Laurel, princesse du désert

La vengeance de Jack

TESSA RADLEY

Laurel, princesse du désert

Passions

éditions HARLEQUIN

Collection : PASSIONS

Titre original : ONE DANCE WITH THE SHEIKH
Titre original bonus : THE KINCAIDS : JACK AND NIKKI, PART 5

Traduction française de AGNES JAUBERT

HARLEQUIN®
est une marque déposée par le Groupe Harlequin

PASSIONS®
est une marque déposée par Harlequin S.A.

Photos de couverture
Femme : © GRAPHIC OBSESSION / IMAGE SOURCE
Désert : © ROMUAL 16 / FOTOLIA / ROYALTY FREE
Réalisation graphique couverture : VIVIANE ROCH

83-85, boulevard Vincent-Auriol, 75646 PARIS CEDEX 13.
Service Lectrices — Tél. : 01 45 82 47 47
www.harlequin.fr
ISBN 978-2-2802-8256-7 — ISSN 1950-2761

- 1 -

Qui était-elle ?

Sa chevelure auburn qui retombait dans son dos en cascade opulente s'allumait de reflets flamboyants à chacun de ses mouvements. Une robe en lamé argent moulait son long corps svelte, soulignant ses formes sensuelles.

Emboîtant le pas à la foule des invités, Rakin Whitcomb Abdellah venait de rejoindre l'imposante gloriette blanche où son ami, Eli, s'apprêtait à unir sa vie à celle de Kara Kincaid.

L'esprit vagabond, il se remémora les événements de ces dernières semaines. Sa surprise restait intacte devant la rapidité de la décision d'Eli : non seulement son ami, d'ordinaire plutôt circonspect, avait eu le coup de foudre, mais il était sur le point de prendre pour femme la sœur cadette de son ex-fiancée. Qui aurait pu croire que cette dernière avait rompu leurs fiançailles un mois seulement auparavant ?

Son attention revint à la demoiselle d'honneur qui s'avançait vers la mariée. Comme hypnotisé, il la regarda prendre le bouquet de roses rouges, fasciné par sa chevelure flamboyante et son extraordinaire beauté.

Aucun doute n'était permis : il avait devant lui Laurel Kincaid, la femme qui, un mois avant d'épouser Eli, avait tout annulé.

Et qui, selon son ami, pourrait être la solution à ses problèmes.

Un page s'avançait fièrement du haut de ses quatre ans, portant avec précaution un épais coussin où reposaient les deux alliances. Tendant la main vers lui, la demoiselle d'honneur fit un pas en avant. Manifestement réticent à l'idée de rejoindre les deux fillettes vêtues, elles aussi, en demoiselles d'honneur, il fonça vers les mariés. Les rires fusèrent, et Laurel Kincaid regarda l'assistance.

Le contraste entre le rouge des roses et l'émeraude de ses prunelles était éblouissant. Jamais Rakin n'avait vu un vert aussi pur. Soudain, les yeux de la jeune femme se posèrent sur lui et le temps parut se figer. Les murmures autour de lui, la voix de Kara prononçant le serment du mariage, le parfum capiteux des fleurs du Vieux Sud, tout s'évanouit : il ne voyait plus qu'elle.

Puis elle détourna la tête, et il sentit sa tension se relâcher peu à peu.

Même si Eli ne lui avait pas caché que son ex-fiancée était une beauté, jamais il n'aurait imaginé se sentir submergé d'un désir fulgurant à l'instant où leurs regards s'étaient croisés. Néanmoins, une aventure avec elle n'était pas envisageable. Pour commencer, elle n'était pas une midinette en quête d'amusement, mais une Kincaid, de Charleston. Et s'il suivait le conseil d'Eli, la proposition qu'il comptait lui faire était une proposition d'affaires. Le plaisir en était exclu.

Jamais Laurel Kincaid ne serait pour lui.

Pourtant, il avait beau se raisonner, il bouillait d'impatience de voir s'achever la cérémonie, afin de féliciter les mariés et d'être enfin présenté à cette beauté. Il déciderait alors s'il pouvait envisager de l'associer à son projet.

*
* *

Les lourds parfums du jasmin et du gardénia annonçaient l'arrivée de l'été dans le Vieux Sud.

Le mariage de sa sœur se déroulait dans le parc de la vieille demeure coloniale des Kincaid, une bâtisse à deux étages, à l'imposante façade agrémentée de balcons et à la toiture aux allures de pagode. C'était là que Laurel et ses frères et sœurs avaient grandi.

A cet instant précis, elle se fichait bien de la maison familiale, son attention captée par le bel inconnu. Qui donc pouvait être ce grand brun ténébreux ? Elle croyait pourtant connaître tous les invités du mariage de sa sœur. D'autant que la liste, à l'origine, avait été dressée pour son propre mariage.

Or, tous les noms lui avaient semblé familiers.

D'où diable Kara le connaissait-elle ? Et pourquoi ne lui en avait-elle jamais parlé ?

Elle réprima un soupir. Elle devait arrêter de lancer des regards furtifs à cet homme, sous peine d'éveiller la curiosité de ses sœurs, qui, en une fraction de seconde, en feraient le parti idéal. Or, elle n'était pas intéressée. Tout ce qu'elle voulait savoir, c'était son nom.

Détournant les yeux, elle regarda Eli prendre la main de Kara dans la sienne, l'or de leurs alliances à peine échangées scintillant dans le soleil de l'après-midi. Soudain, elle sentit sa gorge se nouer.

Ah non ! Elle n'allait pas pleurer !

Elle n'avait jamais été du genre à fondre en larmes à un mariage. Un sourire plaqué sur ses lèvres, elle trouvait toujours les mots justes au bon moment. Alors, comment expliquer cette mélancolie subite ? Ce mariage était un jour de liesse, pas de larmes.

Et puis, qui sait comment les invités interpréteraient

ses pleurs ? Elle laissa son regard errer sur la foule sur son trente et un et esquissa un sourire. Elle savait déjà que certains en feraient des gorges chaudes : la rumeur que le mariage de son ex-fiancé lui avait brisé le cœur se répandrait comme une traînée de poudre.

Rien n'aurait pu être plus éloigné de la vérité. Si elle se mettait à pleurer, qui croirait qu'elle était ravie de cette union et tellement soulagée de ne pas épouser Eli ?

— Reprends-toi ! lui intima sa mère.

Elle lança un coup d'œil affectueux à Elizabeth Kincaid, qui, souriante, regardait Kara et Eli échanger leurs serments.

Laurel se ressaisit. Elle aurait eu une bonne raison de pleurer si leur mère n'avait pas pu assister à la cérémonie. Mais, Dieu merci, elle était là.

Elizabeth Kincaid était une beauté légendaire du Vieux Sud, et d'aucuns prétendaient qu'elle aurait pu être élue Miss Caroline du Sud. Mais Elizabeth, à l'élégance intemporelle, à la voix si douce, avait eu bien trop de classe pour s'inscrire à un concours de beauté. Quand sa famille avait connu des revers de fortune, elle avait fait le choix d'épouser Richard Kincaid et était devenue l'une des maîtresses de maison les plus accomplies de Charleston, apportant le raffinement de son milieu aux Kincaid, une famille de nouveaux riches.

Pourtant, la mère de la mariée avait bien failli ne pas assister à la cérémonie. Soupçonnée d'avoir assassiné son mari, elle avait été arrêtée. Et, au cours des derniers mois, dans les pires moments, Laurel avait tremblé à l'idée de voir sa mère condamnée pour meurtre.

Heureusement, Elizabeth avait été disculpée.

Désormais, les soupçons se portaient sur Jack Sinclair, leur demi-frère, dont ils avaient ignoré l'existence jusqu'à l'enterrement de leur père. Jamais Laurel ne pourrait oublier le choc à la nouvelle que, depuis des décennies, Reginald Kincaid menait une double vie avec Angela Sinclair, son amour de toujours.

Invitée au mariage par Elizabeth, qui, même quand cela lui demandait un effort surhumain, mettait toujours un point d'honneur à se montrer juste, Angela Sinclair était assise entre ses deux fils : Jack, le taciturne, et Alan, le fils d'Angela et de son mari décédé, Richard Sinclair. Aussi blond et solaire que son demi-frère était brun et sombre, il avait un caractère joyeux qui contrastait avec les humeurs imprévisibles de Jack.

Laurel se réprimanda : le moment était mal choisi pour ruminer de sombres pensées.

— Vous pouvez embrasser la mariée, disait le pasteur.

Eli, qui dépassait sa femme d'une bonne tête, s'inclina vers le visage radieux levé vers lui et, d'instinct, Laurel détourna le regard. Elle voulait respecter cet instant d'intimité. Un frisson la traversa. Les yeux sombres de l'inconnu semblaient la transpercer comme un laser.

Les grandes chambres que Laurel, Kara et Lily avaient un jour occupées au deuxième étage de la demeure coloniale avaient été converties en suite matrimoniale pour l'occasion. Laurel s'arrêta sur le seuil de celle de Kara, où régnait un joyeux désordre.

Ouvertes sur le tapis, des boîtes à chaussures débordaient de papiers de soie. Un bouquet abandonné par l'une des petites demoiselles d'honneur gisait sur le lit. Le voile de précieuse dentelle que Kara avait porté pour la cérémonie était drapé avec soin sur un dos de chaise. Sur l'une des commodes, entre des bouteilles de parfum en cristal taillé, quatre flûtes scintillantes attendaient le champagne qui refroidissait dans un seau, à côté de la coiffeuse. Le breuvage idéal pour calmer les nerfs d'une mariée partie se refaire une beauté.

Au milieu de la pièce, Kara, debout devant une psyché, examinait le somptueux tissu ivoire d'un œil critique.

— Je n'ai pas fait de trou dans l'ourlet, Laurel ?

Elle s'avança vers sa cadette et examina l'ourlet délicatement festonné.

— Non, je ne vois pas.

— Ouf ! fit-elle avec soulagement, en laissant retomber sa jupe. J'ai cru l'avoir troué avec mon talon tout à l'heure.

— Détends-toi. Tout va bien, la rassura Laurel.

Elle examina le visage de la mariée. Rayonnante, Kara n'avait aucun besoin de retoucher son léger maquillage. L'ombre à paupières rehaussait le vert de ses prunelles, hérité aussi de leur mère, mais toute trace du brillant à lèvres qu'elle portait avant la cérémonie avait disparu.

— Vous êtes une très belle mariée, madame Houghton, la complimenta-t-elle avec un sourire malicieux. Vous n'avez même pas besoin de retoucher le gloss effacé par le baiser de votre mari.

C'était la vérité. Kara irradiait cette beauté intérieure que seul le bonheur peut donner. Laurel la serra dans ses bras, prenant grand soin de ne pas froisser la délicate robe de mariée. Kara, qui n'avait pas ce genre de scrupules, se jeta à son cou.

— Merci, oh merci, d'avoir quitté Eli !

— Crois-moi, si j'avais épousé ton mari, nous aurions tous les deux fait la plus grosse erreur de notre vie, répondit-elle d'un air grave.

Entre le moment où elle s'était fiancée avec Eli et celui où les préparatifs du mariage avaient été lancés, elle avait découvert à sa grande tristesse qu'elle n'avait pas le cœur à l'épouser. Et, au lieu de rêver de bonheur conjugal, elle s'était surprise à entrevoir la routine prévisible de sa nouvelle vie. A commencer par l'ennui mortel que représentait la mise au point de la liste des invités !

Elle était persuadée que sa vie l'appelait ailleurs.

Elle avait alors eu l'idée d'établir une autre liste. La « liste ». Celle des choses à faire pour changer de vie.

Venait en numéro un : rompre avec Eli.

Pourtant, ces mots en haut de la page blanche lui avaient paru si durs, si cruels, qu'elle n'avait pas su si elle aurait un jour le courage de mettre sa décision à exécution.

Il aurait du chagrin. Sa famille serait anéantie. Mais le simple fait de l'écrire noir sur blanc avait agi comme un déclic. Elle avait compris qu'elle n'avait pas d'autre choix.

Eli et elle n'étaient pas faits l'un pour l'autre.

Pour lui épargner un chagrin trop violent, elle avait prétexté ne pas pouvoir l'épouser avant d'avoir retrouvé une vie un peu plus paisible. Trop d'événements s'étaient enchaînés : le meurtre de son père, la découverte si choquante de son autre famille, le chagrin de l'arrestation de sa mère. Rassérénée devant le profond soulagement qu'elle avait lu dans ses yeux, elle avait alors compris qu'elle n'était pas la seule à souhaiter leur rupture.

Presque un mois s'était écoulé depuis qu'ils avaient rompu et, aujourd'hui, son ex-fiancé célébrait son bonheur tout neuf avec Kara. Eli vivait sa vie.

Ce qui ne semblait pas être son cas. Pour l'instant, à part « porter un rouge à lèvres carmin » qui figurait en numéro deux, elle n'avait mis à exécution aucune des résolutions de sa « liste ». Il était toujours un peu angoissant de faire table rase des règles de conduite de toute une vie. Même si sa liste ne quittait pas son sac à main, comme pour la pousser à agir.

Il fallait que cela change. Elle devait commencer à vivre sa vie. A la vivre vraiment.

Comme cet instant chargé d'électricité, durant la cérémonie, où elle avait croisé deux prunelles sombres et avait ressenti comme une décharge. C'était cela, vivre.

S'extrayant de l'étreinte de sa sœur, elle prit la bouteille de champagne, en remplit deux flûtes et en tendit une à Kara.

— Sois heureuse ! fit-elle en portant un toast.

— Oh ! je le suis ! C'est le plus beau jour de ma vie.

Devant ce visage aussi radieux que celui d'une princesse de conte de fées, Laurel eut du mal à réprimer une pointe d'envie. Elle but une petite gorgée de champagne et posa sa flûte.

— Eli et moi avons toujours été si bons amis. Je suppose que nous espérions tous les deux que cela suffirait. En tout cas, je l'espérais. Ça n'a pas marché. Il nous manquait ce lien magique qui existe entre vous.

Elle étouffa un petit soupir de regret. Ils n'avaient même pas partagé ce désir qui l'avait embrasée sous le regard enveloppant de l'inconnu.

— C'est l'amour. Le grand amour. Eli est mon âme sœur, déclara Kara, le regard soudain rêveur. J'ai tellement de chance.

Semblant soudain retomber sur terre, elle enchaîna :

— Dire que c'est avec toi qu'Eli a passé le plus de temps, enfant et adolescent.

— Nous avons le même âge. Nous étions dans la même classe, nous étions invités aux mêmes fêtes.

— Pourtant, tu n'as jamais rencontré son autre grand ami ?

— Rakin Abdellah ? Non. Quel dommage qu'il n'ait pas pu venir au mariage.

Pourtant, elle avait beaucoup entendu parler de ce petit-fils d'un prince du Moyen-Orient avec qui Eli avait lié une solide amitié à Harvard.

A son tour, Kara posa sa flûte, se percha sur le tabouret de la coiffeuse et saisit un peigne.

— Il est ici. Eli me l'a présenté quand il est venu nous féliciter à la fin de la cérémonie.

Laurel lui prit le peigne des mains. Un trouble indéfinissable l'avait envahie. Serait-il possible que… ?

— Où étais-je ?

— Sans doute était-ce au moment où tu es allée calmer Flynn, qui avait lancé le coussin des alliances à la tête des demoiselles d'honneur.

Elle écarta les mains en un geste résigné.

— C'est typique. Je l'ai toujours raté. Chaque fois qu'Eli retrouvait Rakin quand il venait pour affaires, j'étais prise. Peut-être sommes-nous destinés à ne jamais nous rencontrer.

Pourtant, une question insidieuse ne cessait de la tarauder. Le bel inconnu de la cérémonie était-il Rakin ? Elle devait en avoir le cœur net.

— Que portait-il ? s'enquit-elle.

— Qui ? demanda Kara.

— Rakin. L'homme dont tu m'as parlé.

— Aucune idée ! En ce moment, je n'ai d'yeux que pour Eli.

Riant devant l'expression béate de sa cadette, elle entreprit de la recoiffer. Il était temps de chasser le mystérieux adonis de ses pensées.

— En parlant d'Eli, tu ferais bien de remettre du gloss, lança-t-elle.

Kara lui lança un regard coquin dans le miroir.

— A quoi bon ! Au premier baiser, il disparaîtra. Mais je vois que tu portes un rouge à lèvres carmin, ajouta-t-elle d'un air intrigué.

— Si tu viens tout juste de le remarquer, ça ne doit pas se voir beaucoup, répliqua-t-elle, affable.

Kara l'observait toujours.

— Laisse-moi deviner. Tu as décidé de mettre ton plan en action et de prendre enfin des risques. Tu m'avais promis de déployer tes ailes et d'envoyer promener tes inhibitions. Mais depuis que je t'ai conseillé de faire attention à ne pas faire de bêtises, je n'ai constaté aucun changement.

Avec un regard espiègle, Laurel plaisanta :

— Tu m'imagines faire des folies, moi, mademoiselle Raisonnable ?

— Je regrette maintenant de t'avoir mise en garde. Il faut que tu t'amuses un peu. Et si nous demandions à Eli de te présenter Rakin ?

— Je te le défends !

Une onde de panique la traversa. Décidément, rien n'échappait à Kara. Il était temps de faire diversion et de changer de sujet.

— Tu as remarqué comme Cutter se montre protecteur avec maman aujourd'hui ? lança-t-elle.

— Cela n'a dû échapper à personne. Il ne l'a pas quittée.

— A mon avis, c'est l'homme qu'il lui faut. Il semble l'aimer d'un amour sincère.

Elle tapota les dernières mèches et, après avoir reculé pour admirer son œuvre, les laqua.

— Il n'a pas hésité à braver le scandale en se présentant à la police pour dire que maman avait passé la nuit du meurtre de papa avec lui, poursuivit-elle. Grâce à cet alibi, il l'a fait sortir de prison.

— J'ai proposé à maman de leur organiser un mariage discret et élégant, répondit Kara. Mais elle était contre. Elle ne pense pas qu'ils puissent se marier avant qu'un temps de deuil raisonnable se soit écoulé.

Laurel eut un regard courroucé.

— Mais c'est ridicule ! s'exclama-t-elle. Maman doit penser à son bonheur.

Rien que l'idée que sa mère vive sa vie en fonction de l'opinion d'autrui la mettait hors d'elle.

— C'est aussi mon avis, acquiesça Kara. Après avoir découvert les détails sordides de la vie secrète de papa, maman a besoin d'un peu de bonheur. Et si elle doit le trouver en épousant Cutter, je suis avec lui à cent pour cent.

Kara fit pivoter son siège et reprit, le regard fixé sur elle.

— Dire qu'avec toutes ces émotions je n'avais même pas remarqué ton nouveau rouge à lèvres. Maintenant, je brûle de curiosité de connaître tes autres projets.

Sentant ses joues s'empourprer, Laurel étouffa un soupir résigné. Il était évident que sa cadette ne lui laisserait aucun répit. Elle ne savait pas elle-même en quoi consistaient ces fameux projets. Avouer l'existence de la « liste », même à sa sœur, et avec, son espoir de vivre une vie exaltante lui paraissait insensé.

— Rien de bien original, se contenta-t-elle de répondre d'un ton faussement désinvolte, en pensant à la frivolité de manger de la glace au lit.

Mais ce n'était pas tout. En numéro cinq venait : « jouer au casino toute la nuit ». En numéro six : « visiter des pays exotiques ». Ce qui était sans doute un peu plus original.

Kara lui jeta un regard oblique :

— Tu n'as jamais porté de rouge à lèvres carmin.

Tu as toujours dit que c'était trop voyant. Pour toi, c'est déjà sacrément original.

Kara avait raison. Le contraste entre le rouge de ses lèvres et sa chevelure rousse était voyant. Pour elle, risquer la vulgarité était une limite qu'elle se refusait de franchir. Se penchant vers le miroir, elle examina son reflet. A moins qu'elle ne trouve un galant à embrasser, son rouge à lèvres ne coulerait pas.

Ce qui la ramenait à sa liste.

En numéro trois venait : « flirter avec un inconnu ». Elle sentit ses joues s'embraser. Même si, pour une belle du Vieux Sud, flirter était une seconde nature, Laurel était néophyte en la matière. Depuis l'adolescence, il lui suffisait de regarder un homme pour qu'il traverse une pièce et la rejoigne. Parfois, elle avait détesté le genre d'attention que son physique semblait susciter. Pour s'en défendre, elle avait cultivé une attitude polie et détachée. Une façade qui lui servait également à son poste de directrice des relations publiques du groupe Kincaid. Alors pourquoi diable avait-elle ajouté « flirter avec un inconnu » à sa liste ?

Peut-être aurait-elle dû écrire : « embrasser un inconnu ». Cette pensée lui ressemblait si peu qu'elle en resta interdite. La voix de Kara s'éleva et la ramena à la réalité.

— Tu rougis. La motivation pour ce rouge à lèvres serait-elle un homme ? C'est pour ça que tu ne veux pas être présentée à Rakin ?

— Non, pas d'homme, nia Laurel, maudissant sa carnation de rousse qui rougissait si aisément. Ce rouge carmin est pour moi seule.

Prise d'une impulsion, elle fut tentée de confesser l'existence de la liste à Kara. Mais elle se ravisa.

Cela aurait été de la folie. Sa cadette s'inquiéterait

de la voir se mettre en danger. Et la dernière chose qu'elle souhaitait, c'était lui causer du souci le jour de son mariage.

Après avoir fini son champagne, elle reposa sa flûte sur la coiffeuse, le reflet de son visage lui faisant face.

Que ressentirait-elle en embrassant le bel inconnu ? La vision de ses lèvres s'écrasant sur les siennes fit naître un intense sentiment d'excitation au creux de son ventre.

Allons ! Il était grand temps de se ressaisir. Et s'il se révélait être l'ami d'Eli ? Elle sentit la honte la gagner. Elle avait toujours été l'aînée, la raisonnable. Celle qui obéissait sans broncher. Qui travaillait dur pour obtenir les meilleures notes. Qui respectait le couvre-feu. Elle avait toujours montré l'exemple à ses sœurs. Pas de minijupes, d'oreilles percées, de jeans déchirés. Pas de conduite éhontée avec les garçons. Pas d'aventures torrides.

Pas de maquillage vulgaire !

Prise d'une envie soudaine d'alléger l'atmosphère, elle se détourna du miroir. Et se trouva nez à nez avec Kara, qui, l'air songeur, déclara :

— Je dois reconnaître que cette couleur te va bien, Laurel. Tu ressembles à une star de cinéma. C'est glamour, sexy. Ça change de tes rouges à lèvres « nude ». Je reviens sur ma mise en garde, tu devrais te lâcher plus souvent.

Le cœur soudain plus léger, Laurel suivit des yeux Kara, qui se dirigeait vers la porte.

— Attention ! Je pourrais le prendre comme une autorisation à me laisser aller à des folies !

Sur le seuil, Kara lui jeta un coup d'œil par-dessus son épaule et, avec un sourire coquin, répliqua :

— Pourquoi pas ? Commence dès aujourd'hui. Autant battre le fer quand il est chaud.

— Dès ce soir ?

Elle avait soudain les mains moites et froides. Mais déjà Kara disparaissait dans un bruissement de soie.

C'était une chose que d'évoquer avec désinvolture le fait de se laisser aller. Et une autre que de passer à l'acte. Elle eut soudain l'impression de se trouver au bord d'un précipice.

Un choix s'imposait à elle : devait-elle s'aventurer hors des sentiers battus ou rester dans la sécurité de son petit monde, au risque de se sentir frustrée ?

La réponse lui apparut très clairement. Si vite qu'elle la prit par surprise. Elle était lasse de passer à côté de la vie. Elle voulait ressentir plus souvent cette énergie qui l'avait électrisée, plus tôt, sous le beau regard de braise. Une bouffée d'un plaisir illicite l'envahit. Qu'il était bon de se sentir rebelle !

Elle s'emplit les poumons d'oxygène et se sentit soudain très déterminée. Kara avait raison : il fallait battre le fer pendant qu'il était chaud. D'un pas décidé, elle sortit de la chambre à son tour.

Ce soir, elle allait flirter avec un inconnu.

- 2 -

Dans l'élégant salon du rez-de-chaussée, un orchestre de jazz jouait un blues à l'élégance feutrée d'un club enfumé des années 1930. La musique idéale pour ce qui devait être l'un des mariages les plus mondains de l'année.

Fredonnant, Laurel esquissa un pas de danse dans le sillage de Kara et faillit percuter Alan Sinclair, qui venait de surgir devant elles, deux flûtes de champagne à la main. Par miracle, il parvint à ne pas renverser une seule goutte du précieux contenu. Laurel se confondit en excuses.

— Nous avons frôlé la catastrophe, déclara-t-il, ses yeux noisette pétillant d'humour. Ces flûtes vous étaient destinées, jolies dames.

— Juste une gorgée pour moi. Je vais avoir besoin de toute ma vivacité d'esprit. Je dois veiller à ne pas me tromper dans le nom des invités, répondit Kara avec un sourire en acceptant avec grâce la flûte tendue.

— Merci, renchérit Laurel en prenant l'autre verre.

— Je n'ai pas encore eu l'occasion de te présenter tous mes vœux de bonheur, reprit Alan. Eli a de la chance.

— Merci, Alan. J'espère que tu vas bientôt rencontrer la femme de tes rêves. Peut-être même ce soir, renchérit-elle, rayonnante.

Alan partit d'un grand éclat de rire.

— L'espoir fait vivre. Mais peut-être devrions-nous attendre un peu. Te laisser le temps de profiter de ta lune de miel. Avant de te donner un nouveau mariage à organiser.

— Je serais ravie d'organiser un nouveau mariage. Et, pour une fois, ce n'est pas la femme d'affaires qui parle. Je suis si heureuse que je suis prête à marier tout le monde !

Après avoir échangé un dernier sourire avec le fils cadet d'Angela Sinclair, elles s'éloignèrent, leurs flûtes à la main.

— C'est un garçon sympathique, remarqua Laurel.

— Très attentionné, ce qui ne gâche rien, approuva Kara. Il rendra une femme très heureuse.

Elles arrivaient à la table des mariés. Eli se leva d'un bond pour accueillir sa femme. Le regard plein de chaleur et de dévotion, il lui avança sa chaise.

Avec l'impression d'être la cinquième roue du carrosse, Laurel se glissa à la place vacante, à côté de sa mère, et posa son verre sur le lin damassé parsemé de pétales de roses. Un serveur surgit pour remplir son verre.

— Où est Cutter ? demanda-t-elle, consciente d'avoir pris sa place.

Tout le monde était en couple. Y compris sa mère. Tout le monde, sauf elle.

Un sentiment de solitude la gagna, qu'elle s'empressa de chasser. Raison de plus pour appliquer les résolutions de sa liste et trouver un inconnu avec qui flirter. Un mariage n'était-il pas l'endroit rêvé ?

— Il a aperçu Harold Parsons et M. Larrimore, et il est allé les saluer, répondit Elizabeth avec un geste de la main en direction du bar.

Laurel suivit des yeux la direction indiquée par sa mère. L'avocat aux cheveux grisonnants était en grande conversation avec le P.-D.G. de Larrimore Industries, une entreprise en affaires depuis peu avec le groupe Kincaid. Cette nouvelle association contribuait à combler les pertes engendrées par la défection de plusieurs clients fidèles du groupe au profit de Carolina Shipping. Et, pour ne rien arranger, leur frère, Matthew, le nouveau directeur commercial du groupe Kincaid, avait eu vent cette semaine de rumeurs selon lesquelles Jack Sinclair essayait de leur damer le pion sur un important contrat de fret maritime.

Au même instant, elle le vit s'asseoir à une table en bordure de la piste de danse. Son arrogance la laissait pantoise. Il se comportait en propriétaire des lieux, sans doute parce qu'il avait hérité de quarante-cinq pour cent des actions du groupe. Elle n'avait toujours pas réussi à le cerner. Renfrogné, l'air constamment préoccupé, il la mettait un peu mal à l'aise. Et, ces derniers mois, il n'avait engendré que des problèmes.

A côté de lui, sa mère, la blonde Angela, se pencha pour lui murmurer quelque chose à l'oreille. Il fronça les sourcils avec une expression si féroce que Laurel sentit un élan de panique la saisir.

Pourquoi leur demi-frère s'était-il fatigué à venir au mariage de Kara s'il avait l'intention d'arborer un air si revêche ? N'était-il ici que pour donner l'impression aux paparazzis qu'il était un membre à part entière de la famille Kincaid ? Ou ses frères et sœurs avaient-ils raison de croire que Jack partait du principe qu'en se tenant à l'écart il ne ferait que renforcer les soupçons qui pesaient déjà sur lui ? Laurel ne voulait même pas envisager la possibilité que son père puisse avoir été abattu d'une balle dans la tête par son fils aîné. C'était trop horrible.

Il était temps de chasser ces tristes pensées. Elle refusait de laisser la présence de Jack gâcher l'ambiance festive de cette soirée. Le voile de tristesse qui enveloppait la famille depuis des mois s'était enfin levé. Elle avait bien l'intention de profiter de l'occasion. Et de s'assurer que sa mère en faisait autant.

Elle prit la main d'Elizabeth et lui administra une petite pression.

— Tu ne peux pas savoir à quel point je suis heureuse de te voir ici ce soir et de savoir que tu as été lavée de tous ces soupçons ridicules. Kara et Eli n'auraient pu rêver plus beau cadeau de mariage.

— Je dois bien avouer que cela n'a pas été facile, répondit sa mère. Toutes ces spéculations. Je suis sûre que certains des invités croient encore que j'ai tué ton père. Et la présence de Cutter suscite une telle curiosité. Ce n'est pas facile pour lui non plus.

Néanmoins, comme souvent chez une mère de famille du Vieux Sud, le visage d'Elizabeth ne trahissait en rien son malaise. L'air serein, ses cheveux courts auburn aux élégantes mèches argentées élégamment coiffés, elle masquait avec soin le stress des quatre mois écoulés. Seule la lueur de défiance dans son regard vert laissait entrevoir la peur qu'elle avait éprouvée.

— Tu mérites un peu de bonheur, déclara Laurel, répétant les propos de Kara. Et si Cutter te rend heureuse, tu ne devrais pas laisser ce que les autres pensent tout gâcher. Buvons à des lendemains meilleurs.

Relâchant la délicate main de sa mère, Laurel leva sa flûte de champagne. Elizabeth but une petite gorgée avant de reposer la sienne.

— J'aimerais que la police se dépêche de boucler l'enquête. Ne pas savoir qui a tué ton père…

Sa voix se brisa.

Laurel n'ignorait rien de l'opinion très tranchée de

ses frères, RJ et Matt, sur l'identité de l'assassin de leur père. Mais le moment était mal choisi pour en faire part à Elizabeth.

D'un ton réconfortant, elle promit :

— Je vais appeler l'inspecteur McDonough demain pour arranger un rendez-vous cette semaine et savoir si l'enquête a progressé.

Elle jeta un coup d'œil soupçonneux à l'intrus renfrogné au bord de la piste de danse. Avec un peu de chance, la police aurait peut-être fini par réunir assez de preuves pour jeter Jack Sinclair en prison.

Matt et RJ, ses deux frères, ne doutaient pas un instant de sa culpabilité. S'ils avaient raison, Jack avait fait preuve de la plus grande habileté. Il s'était assuré un alibi en béton, plusieurs de ses employés jurant qu'il avait travaillé tard la nuit où leur père était mort. Laurel ne voulait pas croire son demi-frère capable d'une telle trahison. Mais ainsi que l'avait fait remarquer RJ, Jack était un homme très riche, qui avait continué de s'enrichir avec les quarante-cinq pour cent d'actions du groupe Kincaid hérités à la mort de son père. Pareille somme permettait sans nul doute de s'acheter un alibi. Tout particulièrement quand ceux qui le lui fournissaient dépendaient déjà de lui pour gagner leur vie. Laurel décida mentalement s'informer auprès de Nikki Thomas, la spécialiste en sécurité de l'entreprise, recrutée par la famille pour enquêter sur les tentatives de sabotage du groupe par Jack Sinclair. Elle ne supportait plus de voir sa mère si déprimée. Nikki aurait peut-être de nouveaux éléments à leur communiquer. Même si elle soupçonnait la jeune enquêtrice de porter un intérêt autre que strictement professionnel à l'homme impitoyable qui était leur suspect numéro un.

Plongée dans ses pensées, un frôlement sur son bras

la fit sursauter. D'un geste vif, elle tourna la tête et se trouva nez à nez avec Eli.

— Laurel, je voudrais te présenter quelqu'un, annonça-t-il, le visage fendu d'un large sourire.

Un homme brun, de haute stature, se tenait à côté de son ex-fiancé. Devant celui avec qui elle avait échangé ces regards vibrants au cours de la cérémonie du mariage, elle resta pétrifiée.

— Laurel, je te présente Rakin Whitcomb Abdellah, reprit Eli d'un ton cérémonieux. Rakin, voici Laurel Kincaid, ma toute nouvelle belle-sœur.

Déjà, elle sentait son cou s'empourprer. Elle allait tuer Kara, elle se le jurait !

— J'ai tellement entendu parler de vous, déclara Rakin, une main tendue.

— C'est amusant, je m'apprêtais à vous dire exactement la même chose.

Posant son verre, elle lui serra la main et cilla. Sa vigueur l'avait prise par surprise. Dissipant sa gêne, elle s'empressa de reprendre :

— Je m'étonne que nous ne nous soyons jamais rencontrés.

— Inch Allah, répondit-il avec un geste fatidique. Que dire d'autre ? Notre heure n'avait pas sonné.

Elle planta son regard dans le sien.

— Vous aussi, vous croyez au destin ?

— Bien sûr. Rien n'arrive sans raison. Nous devions nous rencontrer aujourd'hui.

— C'était écrit dans les étoiles, acquiesça-t-elle avec un sourire.

Elle était sous le charme. L'ami d'Eli semblait être le candidat idéal pour un flirt.

Sous l'intensité du regard sombre et velouté qui l'enveloppait, une onde de désir la traversa, la prenant au dépourvu. Il émanait de cet homme une virilité étonnante.

Brisant la magie de l'instant, elle porta son attention sur Eli et murmura :

— Tu devrais t'inquiéter de nous voir échanger des secrets. A nous deux, nous savons sans doute tout de toi.

Dans un petit rire, il plaisanta :

— Je suis terrorisé.

— Vraiment ? fit-elle avec un regard en coin à Rakin.

Une lueur de malice dansait dans les prunelles d'un noir d'ébène.

L'orchestre entonna les premières mesures d'une danse.

— Voilà en tout cas un moment que je suis terrorisé de rater, reprit Eli. La valse des mariés. Je vais chercher ma femme.

Laurel le regarda se hâter vers sa sœur en riant et l'entraîner sur la piste. Elle avait une conscience aiguë de la présence imposante du bel homme à son côté. En silence, elle se concentra sur le couple de danseurs. Mais le regard de Rakin sur elle la troublait.

Un spot illumina les mariés. La longue robe de Kara virevoltait, et les époux tournoyaient sur la piste. Un long soupir d'admiration parcourut la foule des invités. Quelques mesures plus tard, Lily et son mari, Daniel, se joignirent à eux, puis Brooke et RJ.

A la table au bord de la piste, assis à côté d'Angela Sinclair, Alan, le demi-frère de Jack, souriait. Jack semblait s'être volatilisé. Décidément, il était regrettable de constater son incapacité à faire preuve de la même courtoisie que celle que les Kincaid témoignaient à son égard, quand bien même cette courtoisie était-elle une requête d'Elizabeth.

— Vous voulez danser ?

La voix de baryton de Rakin lui fit oublier l'impolitesse de Jack.

Pour toute réponse, elle lui tendit la main. La chaleur de ses doigts se refermant sur les siens raviva son fantasme de leurs bouches échangeant un baiser torride. Elle s'empressa de baisser les paupières : pas question de lui laisser entrevoir le trouble qui l'avait saisie.

Il la mena jusqu'à la piste de danse et l'enlaça, la serrant contre lui. Le sentir soudain si proche lui fit l'effet d'une décharge électrique. Son physique ne devait laisser aucune femme indifférente : menton volontaire, épaules puissantes sous la veste de smoking… Au son de la musique entraînante, elle sentait son sang battre à ses tempes.

Un peu gênée par l'admiration qu'elle lisait dans son regard, elle demanda :

— Vous avez rencontré Eli à Harvard ?

— Oui, acquiesça-t-il avec un sourire éblouissant. Nous avions quelques cours communs. Et nous étions fans de randonnées. Nous aimons tous les deux le grand air.

— Vous faisiez de l'aviron, je crois ? Eli m'a raconté vos entraînements sur la Charles River, aux premières lueurs de l'aube.

— J'avoue que, pour quelqu'un originaire d'un pays désertique, cela peut paraître étrange, comme hobby.

— En effet. Parlez-moi de Diyafa, reprit-elle après un bref silence.

— Ainsi, Eli a évoqué mon pays ?

— Il m'a juste mentionné son nom. Diyafa. Quel nom délicieusement exotique et chantant.

— Vous trouvez ? Je vous laisse imaginer le désert, la douceur de ses nuits, son ciel constellé des étoiles les plus brillantes de l'univers, fit-il à mi-voix.

La caresse de sa voix chaude enflamma son imagination.

— C'est magique ! Je déteste l'avouer, mais je n'ai jamais quitté les Etats-Unis.

— Jamais ? répondit-il sans chercher à dissimuler son étonnement.

— Jamais, répéta-t-elle en secouant la tête. J'ai toujours voulu voyager.

Sa résolution numéro six était la découverte de destinations inconnues. Dans une vision fugitive, elle se vit sur la place Saint-Marc, à Venise, ou devant le Sphinx, en Egypte : le summum du dépaysement pour une fille de Charleston.

D'un air grave, elle reprit :

— Maintenant, il ne me reste plus qu'à transformer ce rêve en réalité. J'ai même un passeport.

Elle l'emportait partout dans son sac, avec sa liste et la lettre de son père qui lui avait été remise le jour de la lecture du testament.

— Diyafa est un pays intéressant.

Pensait-il qu'elle essayait de se faire inviter ? Soudain, elle se sentit gênée.

— Oh ! Je ne voudrais surtout pas abuser de votre hospitalité.

— Pourquoi pas ?

— Mais nous nous connaissons à peine, balbutia-t-elle.

— Je suis sûr que nous pouvons y remédier, répondit-il d'un ton teinté d'ironie.

Elle leva les sourcils. Seigneur ! Elle était en train de flirter avec cet homme. Mais après tout, n'était-ce pas l'objet de sa deuxième résolution ?

Il était peu probable qu'elle rencontrât de nouveau Rakin. Il était peut-être l'autre meilleur ami d'Eli mais, avant aujourd'hui, leurs chemins ne s'étaient pas croisés.

Dix ans s'écouleraient sans doute encore avant qu'ils se revoient. Après tout, Rakin était un homme très occupé. Alors, le jeu en valait-il la chandelle ?

Oui ! Il n'était pas question pour elle de se défiler. Le moment d'agir était arrivé. Elle esquissa une moue et le regarda avec ce qu'elle espérait être un sourire énigmatique.

— Peut-être vous rendrai-je visite… un jour.

Une flamme dangereuse dans le regard, il répondit :

— J'attendrai votre message.

Sa voix avait pris une intonation intime. Lui aussi était en train de flirter.

Un art dans lequel, à l'évidence, il était maître. Pour une fois, elle était tentée de se laisser aller. De savourer pleinement le pouvoir de sa féminité. Elle était face à un homme, un vrai, qui n'ignorait rien des femmes. Un séducteur né.

— Pour être honnête, il est plus probable que j'aille à Las Vegas, reprit-elle avec un petit rire.

— Vous aimez jouer au casino ?

Laurel sentit les battements de son cœur s'accélérer. Sa voix rauque était si sensuelle !

— Je n'ai jamais joué d'argent. Et sûrement pas au casino.

Sa mère n'approuvait pas le jeu. Un oncle Winthrop un peu canaille, la brebis galeuse de la famille, avait perdu une fortune au poker, contribuant à la ruine familiale, jusqu'à l'alliance avec les Kincaid. Jouer avait toujours été fortement déconseillé aux enfants Kincaid. C'était assurément la raison pour laquelle « jouer toute la nuit » figurait sur sa liste…

— Nous allons devoir y remédier, chuchota-t-il.

Elle l'observa à travers le voile de ses cils baissés. Il flirtait, c'était indiscutable. Son regard gourmand le confirmait. Prise d'un vertige soudain, elle renonça à lutter.

— Je ne voudrais pas devenir dépendante, protesta-t-elle faiblement.

— Cela ne peut arriver que si les enjeux sont plus élevés que ce que vous pouvez dépenser.

— Si je me retrouve un jour à Las Vegas, je ne manquerai pas de m'en souvenir, répondit-elle sans détacher les yeux de son visage.

La dernière note de la mélodie se tut. Elle avait chaud et soif. Pourtant, elle ne souhaitait pas voir leur conversation s'arrêter. C'était si exaltant, si amusant. Malgré le danger. Jamais elle ne se serait attendue à courir un tel risque quand elle avait griffonné « flirter avec un inconnu » sur sa liste. La paume de Rakin au creux de ses reins, le contact de ses doigts mêlés aux siens, l'ondulation de leurs corps qui se frôlaient au rythme de la musique, tout contribuait à enflammer ses sens.

— Il fait chaud ici, dit-elle, libérant sa main pour s'éventer. J'ai besoin d'un verre.

— La brise est fraîche, dehors, répondit Rakin avec empressement, en relâchant son emprise.

Sans retirer sa paume du creux de sa taille, il l'entraîna en dehors de la piste de danse. De sa main libre, il prit au passage deux flûtes de champagne, avant de la pousser vers les baies vitrées ouvertes sur la nuit.

Sur le seuil, Laurel hésita. Dehors, la terrasse semblait déserte.

Sentant ses doigts se poser sous son coude, elle fut traversée par une onde de désir.

— Venez, murmura-t-il de sa voix profonde. Il y fait frais et nous serons tranquilles.

Docile, elle le suivit et sortit dans la douceur nocturne du Vieux Sud. Pourtant, une question lui traversa l'esprit, insidieuse. N'était-elle pas en train de se laisser entraîner dans une aventure qu'elle serait incapable de contrôler ?

Les effluves sucrés du magnolia et du jasmin embaumaient la brise légère.

Dans l'obscurité, il l'entraîna vers l'extrémité de la terrasse. Sous la lumière tamisée d'une applique murale, les notes sensuelles d'un jazz leur parvenaient, étouffées. Après lui avoir tendu une flûte, il s'adossa à la rambarde de fer forgé. Son regard vert plongé dans le sien, Laurel but une gorgée.

Une sensation indéfinissable lui nouait le ventre. Cette femme lui inspirait-elle du désir ?

Avec sa longue silhouette que la lune nacrée enveloppait d'un halo, sa peau à la blancheur du magnolia, ses yeux scintillants et sa chevelure flamboyante, Laurel Kincaid était incontestablement une femme superbe. Et l'intensité de ses prunelles émeraude aurait troublé le plus hermétique des hommes. C'était peut-être navrant, mais il était loin de faire exception à la règle.

Affrontant son regard sans ciller, il savoura les bulles du vin pétillant sur sa langue. Il savait que son intérêt pour la beauté rousse allait bien au-delà de l'attirance qu'il sentait entre eux. Malgré les millions dont il avait enrichi la fortune des Abdellah, son grand-père menaçait de le déshériter s'il ne se mariait pas très vite. Jusqu'ici, Rakin avait résisté. Pour lui, l'amour n'était pas à l'ordre du jour. Néanmoins, la guerre était désormais déclarée entre son cousin germain, le prince Ahmeer Abdellah, et lui. Seul un mariage rapide pouvait lui assurer de succéder à leur grand-père comme actionnaire majoritaire de la fortune familiale.

Aussi, un mariage avec la femme adéquate constituait

peut-être une solution plus acceptable que celle de se voir déshérité. Et la suggestion à moitié sérieuse d'Eli valait la peine d'être étudiée avec soin : Laurel était peut-être le choix idéal pour satisfaire son grand-père.

Un mariage dans lequel il ne serait pas question d'amour.

Un simple regard à cette splendide créature ferait taire toutes les questions de son roublard de grand-père. Quel homme doté de toutes ses facultés laisserait passer l'occasion d'épouser une telle déesse ? Une alliance avec les Kincaid de Charleston rehausserait encore l'attrait de l'affaire.

Mais, avant toute chose, il devait vendre son idée à Laurel. Née Kincaid, elle n'avait aucune raison d'accepter de l'aider.

Outre le sauvetage du groupe Kincaid…

Affichant son air le plus dégagé, il fit tourner le liquide doré dans sa flûte.

— Ainsi, vous aimeriez jouer à Las Vegas ? s'enquit-il.

— Peut-être.

Il entendait son sourire dans sa voix. Le taquinait-elle ? L'obscurité l'empêchait de déchiffrer son expression.

— Vous n'y êtes jamais allée, vraiment ?

— Une fois, quand j'étais petite. D'un autre côté, je ne m'en souviens pas, donc ça ne compte pas.

— Une telle lacune est facile à combler. Mais vous devez être accompagnée.

— Je viens tout juste de découvrir mon envie de revoir Vegas. Il y a quelques mois encore, j'aurais pu proposer à Lily ou Kara de venir avec moi. Maintenant, c'est trop tard. Elles sont toutes deux mariées. Vous l'ignorez peut-être, mais Lily et Daniel ont décidé de célébrer leur union dans la plus stricte intimité il y a deux jours. Lily ne voulait pas faire d'ombre au mariage de Kara. Ils ont l'intention de donner une réception pour la famille, en octobre, après la naissance du bébé.

Elle s'exprimait d'une voix égale. Pourtant, il lui sembla y déceler un soupçon de regret. Sans doute lié à sa solitude. Un sentiment qui ne lui était pas inconnu. Fils unique, il enviait à Laurel le lien qu'elle partageait avec ses frères et sœurs. Chacun de leurs regards et de leurs rires partagés témoignait de leur complicité.

Ce qu'il avait de plus proche était son amitié avec Eli. Néanmoins, ni l'un ni l'autre ne parlaient beaucoup de famille ou de sentiments. Leurs sujets de conversation privilégiés restaient le sport, l'argent, les affaires.

— Le mariage ne changera pas le fait qu'elles seront toujours vos sœurs.

Sortant du halo lumineux, Laurel s'avança vers l'extrémité du balcon. Le regard perdu dans la nuit, elle but une nouvelle gorgée de champagne. Au bout d'un moment, elle sortit de son mutisme.

— Je le sais. Néanmoins, elles ont désormais leurs priorités. Toutes deux ont un mari. Et Lily sera bientôt maman. Notre relation de sœurs ne sera plus jamais pareille, fit-elle non sans une certaine mélancolie.

Un éclat argenté dans l'obscurité lui indiqua qu'elle se retournait vers lui.

— Qu'importe ! J'ai des tas d'amis avec qui je peux aller à Vegas.

Il n'en doutait pas un instant. Avec une telle vivacité et cette beauté à couper le souffle, elle devait attirer les amis comme le miel les abeilles.

— Comment est née votre amitié avec Eli ? demanda-t-il alors, soudain curieux.

La première fois qu'Eli lui avait parlé d'elle, à l'université, il avait été intrigué. Il avait d'abord pensé qu'elle et lui devaient partager plus qu'une amitié. Avec son éducation dans la société traditionnelle de Diyafa, suivie par une scolarité dans un pensionnat britannique de garçons, il partait du principe qu'une amitié entre un homme et une femme devait forcément passer par la case sexe.

Il avait été stupéfait de voir qu'Eli acceptait sa rupture avec Laurel de bonne grâce, sans paraître anéanti par son abandon. Et carrément abasourdi par l'humour pince-sans-rire de son ami lui vantant son ex-fiancée comme épouse idéale pour résoudre son problème d'héritage.

— Nous avons grandi ensemble, expliqua-t-elle. Des années plus tard, tous les deux toujours célibataires et meilleurs amis, nous étions invités partout ensemble. Je devine que, pour tous, nous étions destinés l'un à l'autre.

Elle haussa les épaules laiteuses que découvrait sa robe argentée.

— L'étape suivante était le mariage. Or, il a vite été clair que nous étions plus amis qu'amants. Il n'y avait aucune étincelle entre nous.

Ce qui expliquerait l'attitude pleine de philosophie d'Eli face à leur rupture. Rakin posa son verre, s'avança d'un pas et murmura :

— Vous voulez des étincelles ?

Quelque chose jaillit entre eux. D'un geste empreint d'une tendresse infinie, il repoussa une mèche rebelle de sa joue. Jamais il n'avait touché peau plus soyeuse. Il brûlait de la caresser de nouveau. Il devait se ressaisir. Sinon, il allait commettre une folie.

— Tout le monde est en quête de cette flamme aussi magique qu'insaisissable. Peu d'élus ont la chance de la trouver.

— Vous voulez dire l'amour ? demanda-t-elle.

— Je ne crois pas à l'amour. Je parle de ce que vous appelez l'étincelle. Une force tangible qui, à de très rares moments dans une vie, soude deux êtres dans une harmonie parfaite.

Elle renversa la tête en arrière et finit son champagne, la peau laiteuse de son gracile cou de cygne reflétant la lumière de l'applique.

— Cette étincelle paraît… intéressante. Avant, je croyais vouloir l'amour plus que tout au monde.

— Vous ne le pensez plus ?

— Non, répondit-elle dans un petit rire.

Rakin esquissa un sourire. C'était absurde, mais de voir qu'elle ne cherchait pas à satisfaire quelque romantique notion d'amour allégeait sa conscience. Les affaires… et pourquoi pas une petite étincelle en bonus… suffiraient peut-être à la convaincre d'accepter son plan.

— Excusez mon fou rire, dit-elle en retournant se placer sous l'applique. Les raisons de rire se sont faites rares ces derniers temps. Cela me fait un bien fou.

— Sans doute la joie communicative d'un mariage.

— Je soupçonne le champagne, aussi, répliqua-t-elle en levant son verre vide.

Surpris, il la dévisagea. Au moins, elle appelait un chat un chat. Pour la première fois, il rencontrait une femme capable de faire la distinction entre le réalisme et le romantisme. En quoi cela le surprenait-il ? Après tout, elle était une Kincaid, une femme d'affaires. Il commençait à avoir l'impression d'avoir découvert une pépite d'or pur.

Il la scruta du regard. Ses cheveux aux reflets cuivrés encadraient en un voile soyeux un visage qu'éclairaient ses immenses yeux contenant la promesse de mille plaisirs exquis.

— Vous voulez une autre flûte ?

— Pas tout de suite. Je crois que j'ai assez bu. J'ai l'impression d'être un peu pompette. J'essaie de me rappeler combien de verres j'ai pris. Trois peut-être. C'est une première, finit-elle dans un nouvel éclat de rire.

Rakin se redressa, prit la flûte de ses mains et la posa sur la balustrade derrière eux.

— Vous n'avez jamais été ivre ?

Elle secoua la tête, faisant voleter sa belle chevelure rousse.

— Jamais. Ma mère serait mortifiée. Elle désapprouverait totalement.

En l'entendant mentionner Elizabeth Kincaid, Rakin répondit :

— J'ai été désolé d'apprendre l'arrestation de votre mère. Cela a dû être une épreuve terrible pour votre famille.

— En effet. Et la police semble piétiner. Le coupable court toujours. Heureusement, maman a été blanchie.

Toute trace d'humour s'était évanouie de son visage. Il se prit à regretter son espièglerie.

Elle frissonnait soudain. Et ce n'était pas de froid, il le savait.

— Je persiste à revivre sans cesse cette journée, reprit-elle. J'étais au bureau, tard cet après-midi-là. J'ai même servi une tasse de café à papa avant de partir. Quand je l'ai posée devant lui, il a levé les yeux. J'ai plaisanté en lui disant qu'il était chaud et corsé, comme il l'aimait. Il a ri. Il ne riait pas souvent. Puis il m'a remerciée et s'est replongé dans les documents qu'il était en train de lire. C'est ma dernière image de lui. Il ne m'a même pas dit au revoir quand je suis sortie de son bureau.

Quand elle se tut, il vit qu'elle luttait pour retenir ses larmes.

— Mais je persiste à penser que j'aurais dû avoir une prémonition. Que j'aurais dû remarquer quelque chose, poursuivit-elle d'une voix rauque. Or, je n'ai rien vu qui sorte de l'ordinaire. La plupart des salariés étaient encore là quand je suis partie : Brooke, qui à l'époque était l'assistante de RJ, a été la dernière à partir.

Un souvenir qui, de toute évidence, lui brisait le cœur. Il remarqua ses bras. Elle avait la chair de poule.

Les croisant en un geste protecteur, elle s'avança de nouveau vers la balustrade.

— Je m'en veux tellement de n'avoir rien remarqué.

— Vous ne pouviez pas deviner.

Elle ne répondit pas. Enfin, elle tourna la tête, son visage baigné par un rayon de lune qui lui donnait la brillance de la soie argentée.

— De nous tous, c'est Brooke qui s'en veut le plus. Dans son témoignage à la police, elle a déclaré que, pendant qu'elle finissait son classement, maman avait apporté à dîner à papa. Et la police a arrêté maman. Elle était la dernière personne à l'avoir vu vivant et, jusqu'à récemment, elle n'avait pas d'alibi. Ce qui rend Brooke encore plus malheureuse, c'est que, cet après-midi-là, il pleuvait à seaux. Elle avait les bras chargés de plans, et elle a couru jusqu'à l'entrée des bureaux pour éviter qu'ils soient mouillés. Un homme en imperméable, coiffé d'un chapeau, lui a tenu la porte. Pensant qu'il était avec Brooke, les vigiles n'ont pas pris son nom. Et, bien sûr, ni elle ni personne n'a la moindre idée de son identité. Pour l'inspecteur McDonough, il a dû se cacher dans le bâtiment et attendre le départ de tout le monde, y compris de maman.

— Donc, personne n'a la moindre idée de son identité ?

Laurel secoua la tête, faisant onduler ses cheveux sur ses épaules.

— Une vidéo de sécurité d'un bâtiment voisin a enregistré la présence de l'Aston Martin de Jack Sinclair sur le parking, de la fin de l'après-midi jusqu'au moment approximatif de la mort de mon père. Mais il jure qu'il était dans son bureau. Pourtant, il n'a jamais signalé la disparition ni le vol de sa voiture.

La note étrange dans sa voix poussa Rakin à insister.

— Néanmoins, vous pensez Sinclair coupable ?

— Je persiste à espérer que non. Papa aimait Angela, il voulait l'épouser, mais ses parents désapprouvaient cette union. Il est évident que cette situation rend Jack amer. Il a beau être l'aîné, il n'est pas un Kincaid légitime. Papa a essayé de réparer ses erreurs en se montrant juste envers lui et Angela. Pourtant, malgré l'héritage et les pouvoirs qu'il lui a laissés, Jack semble faire preuve d'une terrible rancœur vis-à-vis de nous tous. Difficile, dès lors, de ressentir de l'empathie à son égard.

— Et vous aimez voir le meilleur chez les gens ?

— Je m'y efforce.

Les yeux qui croisèrent les siens exprimaient une honnêteté qu'il avait renoncé à espérer trouver un jour.

— Parfois je me trompe. Mais parlons d'autre chose. Je me suis promis que je ne laisserais pas Jack Sinclair gâcher ma soirée. C'est une fête.

— Je veux parler de vous, déclara-t-il à brûle-pourpoint. D'après Eli, personne n'a autant de cœur que vous.

Satisfait, Rakin remarqua qu'elle l'observait de la tête aux pieds.

L'idée de se mettre à sa merci et de solliciter son aide pour sauver son héritage avait jailli dans son esprit quelques minutes auparavant. Mais ce type de comportement n'était pas dans sa nature. Son orgueil l'empêchait de solliciter le moindre service. Toutes ses décisions se fondaient sur la possibilité d'un gain mutuel.

Elle plissa le nez.

— Cela me fait passer pour une personne ennuyeuse.

— La gentillesse n'est pas ennuyeuse.

— Certes, mais elle n'est pas très excitante non plus.

Une lueur d'étonnement passa sur son visage.

— Vous aimeriez qu'on vous trouve excitante ?

— Je veux vivre ma vie ! lâcha-t-elle spontanément.

Comme surprise par l'intensité de sa réponse, elle se tut.

— Seigneur ! Je ne voulais pas paraître aussi mélodramatique.

Un instant, il l'observa. Laurel Kincaid n'exprimait peut-être pas ses désirs assez souvent. Il se rapprocha d'elle.

— Comment comptez-vous vivre votre vie rêvée ?

Son beau regard vert se perdit dans la pénombre. Un long moment, il crut qu'elle ne répondrait pas.

— Je vais faire tout ce que je n'ai jamais osé faire. Ce que personne n'attendrait de Laurel Kincaid, directrice des relations publiques du groupe Kincaid, membre de la bibliothèque, mécène du musée. Toujours la première à se rallier à un comité défendant une noble cause.

Elle avait une telle façon de se tourner en dérision que Rakin réprima un sourire.

— Aller jouer à Las Vegas, par exemple ?

— Exactement, fit-elle en levant le menton d'un air de défi. Ce n'est peut-être pas très significatif, mais ce sera un premier pas vers la liberté.

Ses propres sentiments l'étonnaient. Qu'est-ce qui, chez cette femme, lui faisait le cœur si léger et l'amusait autant ? Avec elle, il avait la sensation que le fardeau qu'il portait depuis des années s'allégeait.

Soudain, il comprit. Sous son apparence rangée, Laurel Kincaid était une rebelle. Version belle du Vieux Sud, mais rebelle tout de même. Il avait le sentiment qu'elle s'apprêtait à jeter aux orties toutes les contraintes qui avaient modelé sa vie. Le destin jouait en leur faveur.

— Vous voulez de l'aventure ?

— Oh oui !

Son regard sondait ses prunelles qui brillaient d'enthousiasme. Et l'évidence le frappa de plein fouet : il voulait apprendre à connaître cette femme fascinante.

Il la désirait. Et, plus important, sa personnalité lui plaisait. Il devinait qu'elle l'écouterait, son regard rivé au sien, quand il lui expliquerait que son grand-père menaçait de le renvoyer de la société familiale qu'il avait travaillé si dur à faire prospérer. Il savait qu'il pouvait compter sur sa compassion. Comment pourrait-il en être autrement, étant donné la similitude de leurs situations, avec Jack Sinclair prêt à tout pour détruire le groupe Kincaid ?

Mais son grand cœur irait-il jusqu'à accepter un mariage de convenance ?

Rakin soupçonnait qu'elle accepterait au moins de l'envisager. Décidément, Eli avait vu juste : Laurel ferait l'épouse idéale.

Toutefois, il avait besoin de temps pour la convaincre. Sur une impulsion, il s'entendit alors lui proposer :

— Dans ce cas, accompagnez-moi à Las Vegas.

- 3 -

— Vous accompagner à Vegas ? Vous êtes sérieux ?

Laurel en était bouche bée. Elle qui croyait pouvoir tout entendre ! L'invitation de Rakin l'avait abasourdie. Comme si cela ne suffisait pas, son bel interlocuteur savait qu'il l'avait surprise. Elle le devinait à son regard narquois.

— On ne peut plus sérieux, répondit-il en comblant l'espace entre eux de son imposante carrure. Vous pourriez tenter votre chance aux machines à sous.

— J'ai des projets plus ambitieux, l'informa-t-elle. J'ai l'intention de jouer toute la nuit. Au casino.

— Ce n'est plus une rébellion, mais une révolte, fit-il, le coin de ses yeux se plissant sous son sourire qui s'élargissait. Dans ce cas, je suis sûr de pouvoir satisfaire un tel projet.

D'un geste impatient, elle ramena ses cheveux derrière son épaule.

— Vous vous fichez de moi ? demanda-t-elle, soudain méfiante.

— Pourquoi pensez-vous ça ?

Pourquoi ? Parce qu'elle devinait que, avec l'image de jeuner fille sage et rangée qu'il avait d'elle, il ne s'attendait pas du tout à ce qu'elle accepte son offre ! Elle remarqua sa posture. Son poids était parfaitement réparti sur ses deux pieds. Dans la pénombre, sa chemise blanche formait un contraste étonnant avec ses cheveux bruns et son visage aux traits acérés. Un incontrôlable besoin de le surprendre la saisit. Pourquoi n'accepterait-elle pas son invitation à aller à Las Vegas ?

Elle prit une profonde inspiration, rassemblant son courage.

— Ma mère était une Winthrop.

Elle guetta sa réaction. Quel effet lui produirait cette information ? Aucun, manifestement. Voyant qu'il restait de marbre, elle reprit :

— J'oubliais, quand on n'est pas né dans le Vieux Sud, ce nom ne signifie rien. En Caroline du Sud, les Winthrop ont toujours été une famille très influente. Je sais, cela peut paraître terriblement snob, reprit-elle avec un petit sourire, mais plusieurs vieilles familles de Charleston ont connu des revers de fortune. Le déclin avait commencé avec mon grand-oncle Winthrop, tristement célèbre pour ses mauvaises spéculations immobilières et les sommes pharamineuses qu'il perdait au poker.

— Je suis navré de l'apprendre.

— Cela ne s'est pas arrangé avec le temps, renchérit-elle avec un haussement d'épaules fataliste. Dans les années 1970, il ne restait plus rien de la fortune familiale. Néanmoins, il n'était pas question pour les Winthrop de renoncer à leur train de vie. Aussi, pour maintenir leur rang dans la société, ils n'ont eu d'autre choix que de redorer leur blason. Car tandis que les Winthrop voyaient leur fortune décliner, mon grand-père Kincaid mettait à profit ses dollars de nouveau riche pour faire tomber les bastions imprenables que sont les vieilles familles de Charleston. Voilà pourquoi il a poussé mon père à épouser ma mère.

Rakin approcha d'un pas.

— Je crois déceler une pointe de cynisme dans vos propos, fit-il remarquer.

— Que vous le croyiez ou non, le cynisme ne fait pas partie de mes traits de caractère, répliqua Laurel en reculant, arrêtée par la balustrade. Néanmoins, je n'ai pas plus d'estime pour mon grand-père Winthrop que pour mon grand-père Kincaid. Le mariage arrangé de mes parents n'était destiné qu'à servir leurs intérêts.

— C'était l'usage dans les grandes familles, répondit Rakin avec philosophie. Je suppose toutefois que vos parents ont joué le jeu.

Avec un pincement au cœur, elle répondit, soudain mélancolique :

— Ma mère est tombée amoureuse de mon père, Reginald Kincaid. Il était beau et plein d'esprit. Quelle femme peut résister à un homme qui a de l'humour ? En plus, il sauvait la fortune des Winthrop. Elle était perdue d'avance.

Elle laissa échapper un soupir tremblant. Allons ! se morigéna-t-elle. Elle devait se ressaisir et ne pas gâcher ce moment magique.

— Je ne sais pas pourquoi je vous raconte tout ça, reprit-elle. Nous sommes ici pour célébrer le mariage de Kara, pas pour nous lamenter sur le passé.

D'une voix empreinte d'une soudaine douceur, il répondit :

— Ne laissez pas les choix de vos parents influencer votre avenir. Venez à La Vegas. Je vous emmènerai au casino, si c'est ce que vous voulez. Sinon, nous pourrons nous contenter de nous amuser tout le week-end.

Elle prit le temps de réfléchir. Quel mal pouvait-il y avoir à s'octroyer quelques jours de pur plaisir ? Deux, trois jours tout au plus. Et puis, la perspective de narguer sa famille, qui, depuis les tristes exploits du grand-oncle Winthrop, honnissait le jeu, était bien tentante.

— Vous rendez l'offre très alléchante.

— Mais ?

Ainsi, il avait deviné son hésitation ?

— Je ne sais pas.

— Vous avez peur ?

Oui, elle avait peur ! Malgré la chaleur moite de la nuit d'été, elle avait même des sueurs froides. Elle aspira une longue bouffée d'air, humant le parfum prégnant du jasmin dans l'air nocturne. Un parfum estival si étroitement lié à son environnement familier que sa conversation avec Rakin lui parut soudain sortir d'un rêve.

— Je ne devrais même pas prendre en considération une telle invitation.

— Bien sûr que si ! Si c'est ce que vous avez envie de faire.

Elle réprima un frisson. Cet homme avait-il le don de lire ses pensées ? Encore une fois, il voyait juste.

Aussitôt, toutes les raisons pour lesquelles il lui était impossible d'accepter affluèrent à son esprit. Qui assurerait la liaison avec l'inspecteur McDonough ? Avec Nikki Thomas ? Qui s'occuperait de sa mère ? De ses sœurs ? D'un autre côté, désormais, Elizabeth avait Cutter, et ses sœurs, leur mari. Une escapade de deux jours lui serait très bénéfique.

S'échapper, s'amuser, profiter de la vie, abandonner ses responsabilités écrasantes.

Pimenter sa vie.

Etait-il déjà trop tard ? Avait-elle oublié de vivre ? Elle jeta un coup d'œil à l'homme qui, un léger sourire aux lèvres, lui faisait miroiter la plus grande tentation de son existence. Son regard s'attarda sur sa lèvre inférieure, charnue, sensuelle. Un frisson d'excitation la traversa. Embrasser un inconnu était bien plus risqué que flirter. Mais bien plus tentant…

Prise d'un vertige, elle s'empressa de détourner les yeux.

Un bruit de pas légers sur le balcon lui évita de prendre une décision. Susannah, la fiancée de Matt, s'avançait dans leur direction. Avec un coup d'œil intrigué à Rakin, elle annonça :

— Laurel, on te demande. Kara est sur le point de lancer le bouquet.

Sauvée ! Elle sentit la tension dans son corps raidi se relâcher.

— Je dois y aller, dit-elle avec un petit sourire. Le devoir m'appelle.

— Je vous attendrai.

Il n'avait pas besoin d'ajouter qu'il attendrait une réponse. L'intensité de son regard était tout à fait explicite.

— J'y compte bien, répondit-elle en faisant la moue.

Elle entrait enfin dans le jeu du séduisant Rakin.

Un flot de femmes avait envahi la piste de danse. Jeunes ou moins jeunes, toutes les célibataires de Charleston voulaient attraper le bouquet.

Le cœur de Laurel se serra. Elle s'immobilisa.

— Il y a assez de femmes qui sont prêtes à tout pour se marier, ici, inutile de venir grossir leurs rangs, chuchota-t-elle à Susannah.

— Kara a bien insisté sur le fait que tu devais être présente, murmura cette dernière en la poussant en avant.

Au moment où elles arrivaient au bord de la piste de danse, Elizabeth les rejoignit.

— Dépêche-toi, Laurel. Kara nous attend.

Son regard alla de Susannah à sa mère.

— C'est une conspiration ? fit-elle, méfiante.

— Oh non ! répliquèrent-elles en chœur.

Malgré leur air innocent, leurs regards indiquaient tout le contraire. Non sans réticence, elle se laissa entraîner au milieu du groupe.

Du coin de l'œil, elle aperçut un grand homme brun, en smoking : Rakin ! D'un geste vif, elle tourna la tête. Il se tenait derrière ses frères, Matt et RJ, en compagnie de Daniel, le mari de Lily. Ils furent bientôt rejoints par Alan Sinclair. Tous souriaient. Sous le beau regard velouté, elle sentit des frissons d'excitation naître au creux de son ventre.

« Je vous attendrai » : le souvenir de ses paroles murmurées fit encore grimper son trouble.

Quelle réponse allait-elle lui donner ?

— Laurel ?

Au son de la voix de sa mère, elle tourna la tête. Pour un peu, elle se serait sentie coupable.

— Tu dois t'avancer encore. Kara est sur le point de lancer son bouquet.

Laurel résista. Mais la foule autour d'elle ne s'embarrassait pas de ce genre de timidité. Tandis que, galant, Eli tendait un bras à Kara pour l'aider à monter élégamment sur l'estrade de l'orchestre, Laurel se sentit poussée en avant.

De l'estrade, Kara inspecta la foule. Laurel sentit les yeux de sa sœur se poser sur elle, son regard soudain pétillant. Puis la mariée tourna le dos à l'assistance et lança le bouquet de roses rouges. Une sourde angoisse lui étreignant le cœur, Laurel se plia en deux.

Puis elle se retourna. Qui était l'heureuse élue ayant reçu les fleurs qui, manifestement, lui étaient destinées ?

Derrière elle, sa mère, l'air interdit, serrait la brassée de roses sur son cœur.

— Eh bien, félicitations, maman ! Tout semble indiquer que tu seras la prochaine mariée.

Prenant pitié de l'air mortifié d'Elizabeth, elle l'entraîna loin de la piste.

— Laurel, que vont penser les gens ? Ton père n'est mort que depuis quelques mois. Et maintenant, me voilà debout sur cette piste de danse, un bouquet de mariée dans les bras. C'est une catastrophe.

Laurel l'enveloppa d'un regard patient. Sa mère aurait bien eu besoin d'établir elle aussi une liste pour changer sa vie. Voilà bien trop longtemps qu'elle était esclave des convenances.

— Maman, arrête de t'inquiéter de l'opinion des autres. C'est ta vie. Tu dois la vivre. Laisse Kara organiser ton mariage, inviter tes vrais amis pour y danser, et fais de Cutter un homme heureux. Epouse-le. Sois heureuse.

— Sois heureuse ? répéta Elizabeth, les yeux soudain brillants. Comme tu as raison, chérie. Je vais être heureuse. Merci.

La gorge nouée, Laurel déglutit. Etait-ce vraiment si facile ? Elle fut tirée de ses réflexions par la voix de Lily.

— Bien joué, maman !

— Oh ! je t'en prie ! s'exclama Elizabeth, les joues empourprées.

Laurel esquissa un sourire satisfait. Cela faisait longtemps qu'elle n'avait pas vu sa mère aussi rayonnante.

Ses pensées furent interrompues par Kara, qui arrivait dans un frou-frou de soie, sourcils froncés. Sous son regard courroucé, elle lui décocha son sourire le plus angélique.

— C'était une erreur, s'empressa de préciser Elizabeth

en haussant les épaules d'un air de s'excuser. Je sais que tu le destinais à ta sœur.

Le sourire de Laurel s'élargit. Ainsi, comme elle l'avait deviné, elles étaient toutes de mèche. Un sentiment de triomphe la gagna devant la réussite de son acte de rébellion.

— Avant d'envisager le mariage, Laurel doit commencer par trouver un fiancé. Lui lancer le bouquet était sans doute un peu prématuré, fit remarquer Lily.

Laurel sentait son amusement croître. Hélas, son soulagement fut de courte durée. Déjà, Lily avait commencé à inspecter les hommes rassemblés sur la piste de danse.

— Laisse-moi regarder. Il doit bien y avoir un beau célibataire à présenter à Laurel. L'un des amis de RJ. Ou peut-être Daniel aurait-il une idée ?

Elle refoula son irritation. Encore une fois, sa famille était en train d'organiser sa vie.

— Attendez un peu !

Ignorant son objection, Kara reprit :

— Eli lui a déjà présenté Rakin.

Sous le regard intrigué de Lily et de sa mère, elle remua, mal à l'aise.

— Rakin ?

— Il est là-bas. Sur le bord de la piste de danse, avec RJ et Matt, précisa Kara.

— Ne montre pas du doigt ! la réprimanda Laurel.

Elle était prête à étrangler ses sœurs. Toutes deux venaient de tourner la tête dans la direction indiquée. Une intonation désespérée dans la voix, elle plaida :

— Je vous en prie, arrêtez de le fixer.

Lily fut la première à se retourner.

— Pourquoi ? Il t'intéresse ?

— Pas exactement, répondit-elle, sentant ses joues

s'empourprer. Mais je ne veux pas que tu embarrasses ce pauvre garçon. Il est bien trop sympa pour mériter cela.

— Sympa ? Il est sublime ! s'exclama Kara, qui ne mâchait pas ses mots.

— Attends ! C'est le type avec qui tu semblais si bien t'entendre sur la terrasse, intervint alors Susannah.

— Oh ! tu étais sur la terrasse avec lui ? Tu nous avais caché ça ? s'acharna Brooke.

— Je viens à peine de le rencontrer, se défendit-elle.

— Visiblement, vous n'avez pas mis longtemps à faire connaissance, remarqua Lily d'un air inquisiteur.

Sous la pression de la curiosité familiale, elle avoua :

— D'accord, il m'a invitée à l'accompagner à Las Vegas.

— Las Vegas ? répétèrent-elles en chœur.

— Chut ! Pas si fort.

— Tu vas y aller, j'espère ? fit Kara.

— Je ne sais pas.

— Mais il le faut.

— A moins que tu ne puisses te libérer de ton travail, avança Lily.

L'air déterminé, Kara intervint :

— Laurel ne peut pas invoquer son travail comme excuse. Je sais qu'elle avait réservé quinze jours pour sa lune de miel. Vu les circonstances, elle ne doit pas avoir pris de rendez-vous bien importants pour ces deux prochaines semaines.

— J'avais besoin d'une coupure, fit Laurel, accablée. Ces derniers mois ont été très chargés.

Laurel évita les yeux perçants de Lily. C'était vrai. Elle avait prévu de s'accorder un peu de temps après le mariage pour faire le point sur sa vie. Un temps que, apparemment, elle allait passer en compagnie de Rakin. Mais la réalité eut tôt fait de la rattraper. Même si cela promettait des moments bien divertissants, elle ne pouvait oublier sa mère.

— J'ai promis à maman de prendre un rendez-vous avec l'inspecteur McDonough dans la semaine.

— Je peux m'en occuper, ma chérie, intervint Elizabeth. Ne laisse pas cela t'arrêter.

— Je m'en charge, annonça Brooke.

Laurel échangea un long regard avec sa future belle-sœur. A son expression implorante, elle comprit à quel point ce geste était important pour elle. Si cela lui donnait l'impression d'être utile, cela en valait la peine.

— C'est une bonne idée, Brooke. Nikki Thomas pourra peut-être t'aider. Ce serait bien de l'appeler aussi.

Posant une main sur son bras, Susannah lui chuchota :

— Je sais que tu as dû faire face à beaucoup de stress ces derniers mois. Tu ne te rends sans doute pas compte. N'oublie pas que c'est toi qui as appelé Matt pour annoncer la mise en garde à vue d'Elizabeth.

Prenant garde de ne pas être entendue par sa mère, elle murmura à son tour :

— Nous sommes tous stressés. Je sais que Matt s'est beaucoup donné pour décrocher de nouveaux contrats et combler ainsi les pertes causées par Jack Sinclair.

Avec un haussement d'épaules résigné, Susannah répondit :

— Les rumeurs sur la perte de gros clients se multiplient. On ne peut les gérer que l'une après l'autre. Tu as fait ta part, tu ne peux rien de plus. Je sais que RJ et toi êtes en relation étroite avec la police et que tu nous as tous tenus informés des nouveaux éléments de l'enquête. Tu as besoin d'une pause.

— J'ai surpris la fin de votre conversation, intervint alors Elizabeth. Et je suis d'accord avec Susannah. Prends un peu de temps pour toi, mon cœur. C'est ta vie… Vis-la. Tu as mérité de t'amuser un peu, ajouta-t-elle avec un sourire.

— Merci, maman, fit-elle avec gratitude en l'embrassant.

Elle ne s'était pas attendue à une telle compréhension de sa part. L'approbation de la toujours très convenable Elizabeth comptait beaucoup pour elle.

Car elle ne voulait surtout pas la laisser tomber. Ses sœurs maintenant mariées, elle se considérait comme la seule en mesure de la dorloter un peu afin de l'aider à surmonter le traumatisme de son arrestation. Or, Kara, Lily, Susannah et Brooke l'avaient soulagée de sa responsabilité. Son dernier blocage, le plus important, était levé. Elle n'avait plus aucune raison de décliner l'invitation de Rakin.

— Maintenant, tu n'as plus d'excuse, déclara Kara d'un ton satisfait, exprimant à voix haute la réflexion qu'clle était justement en train de se faire.

Sans même essayer d'étouffer le rire qui montait de sa gorge, elle répliqua :

— Je devrais être furieuse après toi. Mais comment le pourrais-je ? C'est le jour de ton mariage. Il est normal que tu essaies de caser tout le monde.

— Que veux-tu dire ? s'étonna Kara.

— Puisque tu as convaincu Eli de me présenter Rakin, tout le mérite te revient.

— Honnêtement, je n'y suis pour rien, affirma-t-elle en secouant la tête.

Elle la regarda sa cadette, pétrifiée : comment cela, elle n'y était pour rien ?

Laurel s'approchait de lui, son pas vif et léger faisant virevolter le lamé de sa robe sur ses jambes interminables.

Un sourire aux lèvres, son visage rayonnait d'un éclat qui accentuait sa beauté… Comme le bonheur lui allait bien ! Rakin sentit les battements de son cœur ralentir.

— Excusez-moi, fit-il à ses interlocuteurs.

Les laissant à leur discussion sur la situation de l'industrie du fret maritime, il s'avança vers elle.

— Vous voulez danser ?

Elle acquiesça d'un signe de tête. Il sentit alors une main se poser sur son épaule, et la voix de Matt les interrompit.

— Rakin, nous en reparlerons. J'aimerais en savoir plus sur certains des acteurs du marché de Diyafa.

Sans quitter une seconde Laurel des yeux, il marmonna une réponse à l'intention de Matt. Pour une fois, les affaires passaient au second plan.

Il sentait néanmoins qu'il prenait des risques. Le plaisir menaçait de l'emporter sur le travail. Il ferait bien de se montrer plus vigilant et de ne pas inverser les priorités. Puis la réalité reprit ses droits. Il était Rakin Whitcomb Abdellah. Il contrôlait un empire de un million de dollars. Son grand-père gouvernait Diyafa. Il n'était pas le genre d'homme à laisser son cœur l'emporter sur sa raison. Jamais !

Laurel Kincaid était synonyme d'affaires : il n'était pas censé l'oublier. Même s'il n'avait jamais rencontré une femme d'une telle beauté.

Cherchant à dissimuler son émotion, il l'entraîna.

— Dansons ! déclara-t-il d'un ton bourru.

Les notes de jazz, chaudes et profondes, brûlaient de la passion du Vieux Sud.

Le corps de Laurel frôla le sien et, malgré lui, il resserra son étreinte. Elle était si douce, si sensuelle, si incroyablement féminine. De quoi faire oublier à un homme toutes ses bonnes résolutions.

La sentant soudain se raidir dans ses bras, il la relâcha. Il n'était ici que pour sauver son héritage, il ne devait pas l'oublier.

— Que fait Flynn sur la piste de danse ? s'étonna-t-elle tout à coup.

Rakin suivit son regard. S'il avait craint un instant de se laisser griser par le plaisir, il était évident que Laurel avait gardé les deux pieds sur terre. Ce n'était pas sa proximité qui l'avait faite se raidir, comprit-il avec soulagement, c'était la vue du petit page porteur des alliances de la cérémonie qui, d'un pas résolu, se faufilait dans la foule des danseurs. Son pyjama bleu ciel semblait indiquer qu'il aurait dû être couché.

— Hé ! fit Laurel en dégageant son bras pour prendre l'enfant par la main.

Le visage de Flynn s'éclaira.

— Tante Laurel, tu n'as pas attrapé les fleurs que tante Kara t'a lancées.

— Tu regardais ?

— Quand est-ce que tante Kara va couper le gâteau ? Elle m'a promis que je pourrais en avoir.

Se tournant vers Rakin, elle lui expliqua :

— Ce charmant polisson est mon neveu, le fils de Matt et de Susannah, Je ne pense pas qu'ils coupent le gâteau avant un moment, reprit-elle à l'intention de l'enfant. Ne devrais-tu pas être au lit ?

Il hocha la tête, ses grands yeux bleus emplis de candeur.

— Je voulais du gâteau.

— Alors tu t'es échappé, fit Laurel avec un sourire entendu. Ecoute, tu peux danser une danse avec nous, puis j'irai te recoucher. Je te promets de te garder une énorme part de gâteau pour demain matin. C'est d'accord ?

Flynn parut hésiter.

— Accepte, lui conseilla Rakin. Tu n'auras pas d'offre plus intéressante ce soir.

Il lui tendit sa paume ouverte. Les yeux de Flynn pétillèrent.

— Ça marche ! s'exclama-t-il en faisant claquer sa petite paume contre la sienne.

Amusé, Rakin regarda le garçonnet se trémousser avec eux. Sans aucune inhibition, comme souvent à cet âge, il mettait tout son cœur dans chacun de ses mouvements. Quand la mélodie se tut, il avait l'air épuisé.

Un petite femme aux cheveux argentés surgit et le prit dans ses bras.

— Il m'a échappé, expliqua-t-elle à Laurel. Je vais le recoucher.

Flynn leur adressa un petit salut par-dessus son épaule et l'orchestre entonna un nouvel air. Rakin s'avança et reprit Laurel dans ses bras. Elle se laissa faire, docile.

— La gouvernante, je suppose ?

Elle acquiesça d'un signe de tête.

— Oui, c'était Pamela. Pardon, j'aurais dû vous présenter, mais Flynn devait aller dormir.

Le coup d'œil de mise en garde de Pamela avait fait comprendre à Rakin qu'elle faisait partie intégrante de la maisonnée Kincaid. « Tenez-vous bien ou vous aurez affaire à moi », avait-elle semblé dire. Rakin sourit intérieurement. Pamela n'avait rien à craindre.

La tête contre son épaule, Laurel murmura :

— Je suis si heureuse de voir Flynn tellement mieux, même s'il est encore très maigre.

La faisant tournoyer avec adresse pour éviter un couple immobilisé au milieu des danseurs, il demanda :

— Il a été malade ?

— Très. Voilà deux mois qu'il ne sort pas pour ne pas risquer d'être exposé aux microbes. Matt et Susannah, ses parents, ont dû se montrer très vigilants. Désormais, il a le feu vert des médecins, il est sur le chemin de la guérison. C'est la première fois ce soir qu'il voit autant de monde.

— Pas étonnant qu'il soit surexcité. C'est un enfant adorable.

— Oh oui ! approuva-t-elle en levant les yeux vers lui.

Ses yeux scintillaient comme deux émeraudes. Cette femme était un véritable joyau, digne d'un sultan. Il se réprimanda. Il ne devait pas laisser son imagination s'emballer.

— Flynn a raison. Pourquoi n'avez-vous pas rattrapé le bouquet de la mariée ?

La façon dont, d'un mouvement preste, elle avait esquivé le bouquet l'avait amusé. S'il avait eu des doutes sur sa sincérité quand elle avait affirmé qu'elle ne cherchait pas l'amour, maintenant il la croyait. N'en avait-elle pas donné la plus belle preuve en public ? Le mariage ne l'intéressait pas, c'était une évidence, et elle le clamait haut et fort.

— Non, je ne l'ai pas attrapé.

Malgré le sourire poli et le « non » énoncé avec beaucoup de soin, la flamme intrépide dans son regard ne le dupait pas. S'efforçant tant bien que mal à contenir sa joie pour éviter d'attirer des coups d'œil curieux, il répondit :

— Je croyais que toutes les demoiselles d'honneur rêvaient d'être la prochaine mariée.

— Pas moi. Je veux…

— De l'excitation… de l'aventure.

— Exactement, répliqua-t-elle avec un petit rire forcé. Vous me retirez les mots de la bouche.

Rakin oublia tout de la curiosité des sœurs et des

belles-sœurs Kincaid. Son regard avait glissé sur la bouche de Laurel.

Comment la perfection de son dessin avait-elle pu lui échapper ? La courbe en arc de sa lèvre supérieure était une véritable œuvre d'art ; la lèvre inférieure si pulpeuse, une promesse de mille plaisirs défendus.

Son humeur changea instantanément et, en proie à un flot d'émotions contradictoires, vibrant de tension refoulée, il sentit sa gorge se dessécher. Ses taquineries, l'agacement de Laurel, leur rire : tout s'évanouit. Hormis la femme dans ses bras, Rakin n'avait plus conscience de personne dans la pièce.

Soudain, dans un souffle, elle annonça :

— J'accepte. Je vous accompagne à Vegas.

Il avait fait appel à tout son pouvoir de persuasion. Mais ce n'était plus nécessaire. Cette tension dont il ignorait jusqu'à l'existence s'estompa. Avait-il vraiment pensé qu'elle allait refuser ? Le soulagement qui l'envahit semblait indiquer que, dans le fond, il n'avait pas pensé gagner la partie haut la main.

Il leva les yeux et croisa un regard plein d'excitation.

— L'aventure ne fait que commencer, lui promit-il.

Un instant, il savoura son triomphe. Même si elle l'ignorait encore, Laurel Kincaid allait faire la femme trophée idéale.

- 4 -

La limousine blanche qui les avait attendus à l'aéroport international de McCarran roulait le long du fameux Strip de Las Vegas. Abasourdie, Laurel regardait défiler la ville, véritable choc pour les yeux.

— Aucun endroit au monde n'égale Las Vegas, déclara Rakin.

— On dirait un décor hollywoodien. J'y suis venue enfant, mais je ne me souviens de rien.

— Dans ce cas, je serai obligé de tout vous montrer.

— J'ai tellement hâte !

Malgré le faible éclairage de l'habitacle du véhicule de luxe, il voyait ses yeux briller d'enthousiasme.

Mais déjà ils arrivaient dans la cour de l'hôtel de prestige dans lequel il avait réservé. Il descendit de voiture et, galamment, la contourna pour ouvrir la portière passager. Un instant, il regretta de ne pas avoir pris une suite dans un complexe plus haut de gamme encore.

— Las Vegas regorge d'hôtels plus extravagants les uns que les autres, mais j'ai pensé que vous apprécieriez un endroit paisible, expliqua-t-il. Il est parfois nécessaire de se mettre à l'abri de la folie ambiante.

A son côté, Laurel, dans son pantalon en lin blanc et son débardeur taupe, paraissait radieuse. Elle abaissa sur ses yeux les lunettes de soleil.

— L'adjectif « paisible » me semble difficile à concilier avec Las Vegas, répondit-elle.

— Croyez-le ou pas, il existe des endroits très calmes tout près d'ici.

— Par exemple ?

— Quand nous étions à Harvard, Eli et moi avons passé des vacances dans la région. Le désert est très beau, préservé. Il nous arrivait de partir en randonnée dans Red Rock Canyon.

Un long moment, elle l'observa en silence.

— Vous aviez le mal du pays, dit-elle, une intonation étrange dans la voix. Diyafa et votre famille vous manquaient.

Il ne répondit rien. Derrière l'écran sombre de ses lunettes noires, il devinait la compassion dans ce regard que, Dieu merci, il ne voyait pas. Il ne voulait pas de la pitié de cette femme qu'il était résolu à épouser.

Il n'était pas question de lui exposer la relation complexe qu'il entretenait avec sa famille. De lui raconter qu'il marchait à peine que déjà son grand-père l'étouffait des espoirs qu'il mettait en lui, donnant naissance à cette rivalité entre ses cousins et lui. De lui parler des accès de colère de son père et des pleurs de sa mère qu'il n'avait jamais vue heureuse, de sa culpabilité quand il avait dû l'abandonner pour partir en pension en Grande-Bretagne, de son ressentiment accru vis-à-vis de son père, responsable de son exil.

Il avait treize ans quand un accident avait coûté la vie à ses parents. Bien longtemps avant le jour où Eli et lui avaient découvert Red Rock Canyon pour la première fois.

Aussi, Laurel se trompait. Ses escapades à Las Vegas n'avaient rien à voir avec une quelconque nostalgie de Diyafa ou de sa famille.

Toutefois, inutile qu'elle sache qu'il n'avait pas de souvenirs heureux. Ou, du moins, pas avant qu'il ait réussi à la convaincre de l'épouser, déjouant ainsi les menaces du prince Ahmeer. Ce qui comptait, à cet instant précis, c'était de tenir sa promesse à sa rebelle du Vieux Sud : il allait faire en sorte que sa visite à Las Vegas soit riche en plaisirs et en aventures.

La prenant par le bras, il l'entraîna, emboîtant le pas au portier dans le luxe feutré du hall de l'hôtel. Une hôtesse se précipita à leur rencontre pour leur offrir une flûte de champagne. Avant même qu'il ait pu refuser, Laurel secoua la tête.

— Je veux avoir les idées claires, expliqua-t-elle avec un sourire penaud. Et profiter de chaque instant de notre visite.

— J'aime bien quand vous êtes un peu pompette, murmura-t-il.

Ses joues s'empourprèrent.

— Un gentleman ne devrait pas me rappeler mon état d'ébriété.

Il se mit à rire. Venant de ce modèle de distinction transformé en rebelle, l'affirmation ne manquait pas de sel.

— Je croyais que vous étiez lasse des contraintes sociales, la taquina-t-il.

— Pas assez pour m'enivrer de nouveau.

Ils arrivaient à l'accueil. Quand elle se pencha pour répondre à une question du réceptionniste, il eut inopinément une conscience aiguë des lignes fermes de son corps svelte, de la grâce de ses bras nus. Elle posa ses mains à plat sur le comptoir ciré, attirant son attention sur les bagues qui ornaient ses doigts graciles.

Son regard s'attarda sur la marque pâle à son annulaire gauche qui témoignait de ses fiançailles rompues avec Eli.

Son parfum léger, fleuri, flotta jusqu'à lui. Il en aspira une longue bouffée. Pouvait-on s'enivrer de parfum ?

Il s'empressa de refouler la question absurde. Il était là pour affaires. Ni pour le parfum de Laurel ni pour le plaisir de sa compagnie. Dire qu'ils ne se connaissaient que depuis la veille ! Il avait eu toutes les peines du monde à la convaincre de partir aujourd'hui. A peine avait-elle accepté son invitation qu'elle avait essayé de gagner du temps en suggérant de repousser leur séjour à Las Vegas au week-end suivant. Mais il ne pouvait pas prendre le risque de la voir changer d'avis. Il avait insisté, et il avait eu gain de cause. Elle avait fini par capituler. Il avait donc deux jours pour la persuader de l'épouser. Et consolider sa position chez Gifts of Gold, la société familiale dont il avait été nommé P.-D.G.

Mais ces quarante-huit heures lui suffiraient-elles ? Il allait devoir l'entraîner dans un tourbillon de distractions qui lui donneraient envie de prolonger le séjour.

Aussitôt les formalités d'enregistrement remplies, il passa immédiatement à l'offensive. Le temps lui était compté.

— J'ai pensé que nous pourrions partir explorer la ville, murmura-t-il au creux de son oreille.

Elle avait retiré ses lunettes de soleil, lui dévoilant des prunelles rayonnantes.

— Excellente idée ! J'en brûle d'envie.

Il se sentit sourire malgré lui. La joyeuse impatience de sa compagne de voyage devait être contagieuse.

— Dans ce cas, il n'y a pas une seconde à perdre.

Laurel se grisa des splendeurs de Las Vegas.

Le Luxor Hotel se dressait sous une immense pyramide de verre noir gardée par un sphinx géant. A sa grande surprise, à l'intérieur, le thème de l'Egypte ancienne laissait place à une exposition permanente en hommage au *Titanic*.

Si elle fut émue par les témoignages des dernières heures à bord du paquebot mythique, avant le plus célèbre naufrage de l'histoire, le kitch des collections du musée Liberace, en revanche, la fit beaucoup rire. Les pianos scintillant d'éclats de miroir ou de strass étaient d'une excentricité incomparable. Et quand, perplexe, il se planta devant le célèbre minishort bleu, blanc et rouge, elle jubila.

— A mon avis, cela manque à votre garde-robe, lança-t-elle, espiègle.

— Le petit-fils du prince Ahmeer Al-Abdellah en minishort ? Vous ne vous rendez pas compte, ce serait un désastre national pour Diyafa, répondit-il du tac au tac.

Leurs regards se croisèrent, intenses, comme un lien entre eux. Elle le brisa d'un éclat de rire auquel le sien répondit en écho.

— Assez de musées ! s'exclama-t-il. Nous avons besoin d'un peu plus d'action.

Elle se félicitait d'avoir accepté de le suivre dans cette aventure dont elle croquait chaque instant avec un enthousiasme joyeux.

Mais quand elle sentit sa main, chaude et ferme, se refermer sur la sienne, un frisson de surprise la traversa. Elle lui jeta un coup d'œil à la dérobée. Il avançait d'un pas décidé et ne paraissait pas le moins du monde perturbé par le fait qu'ils se tiennent par la main. Comme deux amants.

Elle se rabroua. Elle se faisait des idées.

Rakin la traitait avec cette amitié chaleureuse qu'elle

adorait. Alors pourquoi tout gâcher en allant imaginer une intimité entre eux qui n'existait pas ? Pour lui, ce geste était tout naturel. Une autre façon de se libérer était d'éviter d'analyser leur complicité naissante.

Hélas, c'était plus facile à dire qu'à faire. Elle semblait incapable d'ignorer le contact de leurs mains liées. Quand il s'arrêta devant un paysage familier, elle se dégagea de son emprise.

— New York ? s'étonna-t-elle en reconnaissant la statue de la Liberté, l'Empire State Building, le pont de Brooklyn, et d'autres bâtiments célèbres de la Grosse Pomme.

Malgré elle, elle était un peu déçue. Même si les répliques de gratte-ciel étaient impressionnantes de vérité, elle s'était attendue à un peu plus d'originalité quand il avait parlé d'« action ».

— Chaque monument fait environ un tiers de sa taille réelle. Mais je ne comptais pas sur eux pour vous procurer les sensations fortes promises, fit-il avec un geste de la main.

Elle regarda dans la direction indiquée et lut le nom de l'attraction.

— Des montagnes russes ? s'étonna-t-elle.

— Pourquoi pas ? Vous avez peur ? demanda-t-il, sarcastique.

Même si cela avait été le cas, la lueur de défi dans le regard de Rakin l'aurait poussée à le lui cacher. Ne lui avait-elle pas dit qu'elle rêvait d'aventures ? Elle ne pouvait plus reculer.

Levant le menton en signe de défi, elle répondit :

— Bien sûr que non. J'adore les montagnes russes. Du moins, j'aimais beaucoup ça autrefois, ajouta-t-elle d'un ton un peu plus dubitatif.

Certes, « adorer » était un peu exagéré. Cela faisait

des années qu'elle n'en avait pas fait l'expérience. A dire vrai, elle n'avait pas vu le temps passer. Depuis quand avait-elle banni tout amusement de sa vie pour devenir si… ennuyeuse ? Depuis quand avait-elle oublié qu'il y avait autre chose au monde que sa famille et les exigences de sa carrière d'attachée de presse du groupe Kincaid ?

— Les rails entre les gratte-ciel grimpent à soixante-deux mètres, reprenait Rakin.

— Merci. C'est tout à fait rassurant, railla-t-elle.

— Les wagons sont conçus sur le modèle des taxis jaunes new-yorkais, et le train roule à plus de cent kilomètres-heure, avec des plongeons de quarante-quatre mètres dans New York reconstitué.

Cette information la laissa un instant songeuse.

— Je vais finir par croire que vous voulez m'effrayer.

— Loin de moi cette idée !

Mais son sourire facétieux le trahissait : son humour communicatif lui faisait l'effet des bulles de champagne.

— Vous m'en direz tant ! persifla-t-elle à son tour.

Sans se départir de son air espiègle, il reprit :

— Néanmoins, pour garantir les sensations fortes, ce type d'expérience se doit d'être abordé avec une certaine dose d'appréhension.

Elle leva les yeux au ciel et vit ses craintes immédiatement confirmées.

— C'est bien ce que je disais, vous voulez me faire peur. C'est nul ! lança-t-elle en brandissant son sac.

Sans lui laisser le temps de le frapper, Rakin l'attrapa par les poignets.

— Vous vous amusez ?

Elle s'immobilisa et jeta un rapide regard autour d'elle. Elle n'avait pas été longue à oublier le digne comportement qui incombait à la fille aînée des Kincaid.

Elle refoula son embarras. Qui dans cette foule la connaissait ? Et qui cela intéresserait-il ? Etonnée par sa sensation de liberté, elle répondit en rejoignant la file d'attente avec lui.

— Oui, follement !

Une fois qu'ils furent assis au premier rang, solidement attachés, la peur lui nouant la gorge, son bel enthousiasme disparu, elle sentit le train se mettre en branle.

— Au secours ! s'exclama-t-elle alors qu'ils prenaient de la vitesse.

Protectrice, la main de Rakin se referma sur la sienne. Avant qu'elle ait pu reprendre son souffle, ils fonçaient vers le bas avant de remonter. Le plongeon suivant lui coupa la respiration. Elle entendit des cris dans son dos, le rire de Rakin à côté d'elle et elle serra sa main à s'en faire mal.

Un peu désorientée, elle se retrouva la tête en bas, l'azur du ciel défilant devant elle en une chute vertigineuse. Puis tout se remit en place et le train fonça dans une série de virages.

Submergée d'une sensation euphorisante, le cœur battant à tout rompre, elle pressa sa cuisse contre celle de Rakin.

En passant devant la statue de la Liberté, elle s'aperçut qu'elle riait. Mais quand le train s'engouffra dans un tunnel d'un noir d'encre, alors qu'elle avait les ongles toujours fichés dans les paumes de Rakin, un frisson d'angoisse la traversa.

— Pardon, murmura-t-elle en desserrant son emprise.

— Pas de problème, fit-il dans un petit rire.

Avec un coup d'œil reconnaissant, elle murmura :

— Merci pour votre soutien.

Dans un dernier soubresaut, le train s'arrêta dans la

gare souterraine. Le joyeux salut de l'employé qui la délivrait de sa ceinture se mêla au brouhaha des passagers.

Elle descendit du wagon, flageolant un peu sur ses jambes, les cheveux tout ébouriffés. Galvanisée par l'expérience, elle s'exclama, son enthousiasme revenu :

— Vous aviez raison. J'ai adoré ! Merci.

Elle se sentit soudain très heureuse. Prête à braver le monde entier. Il pouvait lui proposer n'importe quoi, elle était partante. Elle savoura ce sentiment grisant de liberté. Enfin un peu de piment dans sa vie…

Rakin n'était pas même essoufflé. De plus, pas un seul de ses cheveux bruns ne semblait avoir bougé. D'humeur enjouée, elle fut prise d'une envie subite de le voir décoiffé.

— Encore ! le provoqua-t-elle. Je veux recommencer.

D'une main dans son dos, Rakin la poussa hors de l'ascenseur de verre. La terrasse panoramique de la tour Eiffel du Paris de Las Vegas était déserte.

— Comme c'est beau ! murmura-t-elle devant le ciel embrasé par les lueurs rougeoyantes du crépuscule.

Ses hauts talons claquant sur le bitume, elle s'avança vers le panorama qu'offrait la ville scintillante dans son écrin de montages pourpres.

Quand elle s'arrêta, les rayons du soleil couchant enflammèrent sa longue chevelure. Il réprima un soupir. Dans son élégante robe bustier noire, sa silhouette se découpant à contre-jour sur le ciel cramoisi, elle ressemblait à une déesse. Sa voix le tira de son extase.

— J'ai passé une journée extraordinaire. L'audace m'a poussée à accepter votre invitation. J'ai cédé à la tentation de faire tomber l'interdiction familiale d'approcher d'un casino. Mais je ne m'attendais pas à cela, ajouta-t-elle en embrassant le panorama de ses deux bras en croix. Je suis curieuse de savoir quelles autres surprises vous me réservez.

— Ne vous en faites pas, les trésors de Vegas sont inépuisables, répondit-il en comblant le vide entre eux. Des animaux, par exemple : des dauphins, des requins, des lions.

Un éclair de malice passa dans son beau regard vert.

— Et si nous essayions les montagnes russes de la Stratosphere Tower ?

Feignant l'accablement, il leva les yeux au ciel.

— J'ai créé un monstre. Trois fois les montagnes russes de New York, sans parler de celles du café Nascar cet après-midi, et vous en voulez encore ?

— Je ne m'étais jamais aperçue de ce que je ratais. J'aurais dû mettre « montagnes russes » sur ma liste.

— Vous avez fait une liste pour vos activités à Las Vegas ? s'étonna-t-il.

Les joues empourprées, elle détourna le regard et repoussa une mèche de cheveux.

— Pas exactement, répondit-elle.

— Mais vous avez une liste ? la pressa-t-il.

Elle hocha la tête.

— Et qu'y a-t-il, dessus ? s'enquit-il, de plus en plus intrigué par sa réticence.

— Je… je ne me souviens pas, bafouilla-t-elle, le visage cramoisi.

Il lui lança un coup d'œil sceptique. Laurel Kincaid mentait très mal.

— Vous avez piqué ma curiosité.

Elle bredouilla une réponse intelligible. Puis, pointant un doigt, elle essaya de faire diversion :

— Regardez comme c'est joli !

Il se laissa distraire de bonne grâce. En bas, très loin,

le Strip brillait de mille feux : Las Vegas se préparait pour la nuit qui tombait, comme une show-girl pour le spectacle nocturne.

— Oh ! Et là-bas ! s'exclama-t-elle alors.

Illuminés par des lumières vives, trois cercles de jets d'eau avaient jailli du lac de l'hôtel Bellagio.

Devant son expression extasiée, il s'empressa de dire :

— Nous les verrons de plus près pendant le dîner. J'ai réservé au Picasso, le restaurant du Bellagio.

— Mais d'ici, nous avons une autre perspective. Cette terrasse est fidèle à toutes les photos que j'ai vues de la tour Eiffel. C'est surprenant.

Fasciné, il savourait chacune des émotions qui défilaient sur son visage : l'étonnement, l'enthousiasme, l'émerveillement.

Une question insidieuse s'insinua dans son esprit. A quoi ressemblerait-elle, ivre de désir, son opulente chevelure étalée comme un éventail de feu sur son oreiller ?

Mais l'heure n'était pas aux fantasmes. Fermant les yeux, il dut se faire violence pour bloquer l'image tentante. A son grand soulagement, elle demanda, interrompant ses pensées torrides :

— Vous connaissez Paris ? Venise ? Ce sont deux villes que j'aimerais visiter.

— Pas Venise, répondit-il, maudissant sa voix un peu trop rauque qui trahissait son trouble. Mais je suis souvent allé à Paris. Ma mère adorait cette ville. Elle y avait étudié, à l'Ecole des beaux-arts.

— C'est une artiste ?

Il acquiesça d'un signe de tête.

— C'était. Elle est morte.

— Je suis désolée. Je n'avais pas l'intention de raviver…

Devant son expression penaude, il s'empressa de la rassurer :

— Ne vous inquiétez pas. Parler d'elle ne me rend pas triste. Elle est morte depuis longtemps. La plupart des gens évitent le sujet. Cela les met mal à l'aise. Pourtant, j'aime bien l'évoquer. Elle était si vivante, si talentueuse, si affectueuse. J'ai perdu mon père, aussi.

— Vos parents doivent vous manquer.

Il ne répondit rien. Inutile pour Laurel de connaître l'ambivalence des sentiments qui le liaient à son père.

— Mes parents se sont connus à Paris.

— Comme c'est romantique !

Il s'attendait à cette réaction. Sa mère aussi parlait toujours du romantisme d'avoir rencontré l'homme de sa vie à Paris. Pour son père, le destin était seul responsable. Hélas, au bout du compte, ni le romantisme ni le destin n'avaient suffi à les rendre heureux.

Plongé dans ses pensées, il regarda le couchant embraser les gratte-ciel. Le soir de leur rencontre, Laurel avait évoqué le destin.

— C'était au printemps, se força-t-il à dire d'une voix étranglée. Ils sont rentrés à Diyafa pour un mariage somptueux et, moins d'un an après, je naissais.

Sa naissance avait sonné le glas du conte de fées pour sa mère et marqué le retour à la dure réalité. Une fois sa succession assurée, son père n'avait plus ressenti le besoin de courtiser sa femme. Et si ses parents étaient restés ensemble jusqu'à la mort, c'était par devoir.

Pris d'une envie irrépressible de voir le visage de Laurel, il tourna les yeux vers elle. Le regard perdu au loin, elle murmura :

— J'aimerais connaître Paris au printemps.

— Et flâner sur les berges de la Seine, renchérit-il, coutumier de tous les clichés.

— Quoi de plus merveilleux que de tomber amoureux dans la ville de l'amour ?

— En effet, se contenta-t-il de répondre, laconique.

Décidément, le mensonge sur l'histoire d'amour de ses parents avait la vie dure. Il refoula son cynisme. A quoi bon la détromper ?

La tête penchée, les diamants à ses oreilles scintillant de mille feux aux derniers rayons du soleil, elle ajouta :

— J'aimerais aussi connaître Diyafa.

Il la dévisagea d'un air grave. Sans s'en douter, elle venait de lui donner le signal qu'il attendait.

Pourtant, au lieu de lui parler du projet de son grand-père, il regarda sa montre.

— L'heure de notre réservation approche. Je vous en dirai plus sur mon pays natal pendant le dîner. Ensuite, nous ferons ce que tout le monde fait à Las Vegas, nous irons jouer.

Reprenant pied dans la réalité, elle annonça :

— Et comptez sur moi pour miser gros ! J'ai l'intention de jouer toute la nuit.

Lui aussi devait jouer gros. Alors pourquoi n'avait-il pas saisi la perche qu'elle lui avait tendue pour lui parler de son projet de mariage ? Il étouffa sa frustration. Au fil des heures qui passaient, elle lui plaisait de plus en plus, au risque de lui faire oublier le but de ce séjour à Las Vegas.

Une journée entière s'était déjà écoulée. Bientôt, ils reprendraient l'avion, et l'occasion de négocier sa collaboration serait perdue à tout jamais. Il ne pouvait se permettre de différer plus longtemps la raison véritable de cette escapade avec elle.

Il était temps de lui faire rendre les armes.

Et de la prendre pour femme.

Après avoir savouré leur succulent dîner, ils consultaient la carte des desserts du Picasso, l'un des restaurants préférés de Rakin. Souhaitant offrir à Laurel une vue imprenable sur les fontaines musicales, il avait choisi une table surplombant le lac de l'hôtel Bellagio.

— Bellagio est un village sur les rives du lac de Côme, expliqua-t-il alors.

— Je ferais bien d'ajouter cette destination à la liste des endroits exotiques que j'aimerais visiter, dit-elle avec un sourire malicieux. George Clooney possède une villa sur le lac de Côme.

— Vous avez tant envie que ça de rencontrer George Clooney ? s'enquit-il, mi-figue mi-raisin.

Il avait beau deviner qu'elle plaisantait, son intérêt pour la star de cinéma l'irritait. D'autant qu'avant la menace de son grand-père il avait été aussi déterminé que Clooney à rester un célibataire endurci. Et même s'il avait cédé pour le mariage, il n'était pas question pour lui d'avoir un jour des enfants.

Elle lui jeta un coup d'œil ingénu.

— N'est-ce pas le cas de toutes les femmes ?

Cette fois, il partit d'un grand éclat de rire.

— Vous aimez plaisanter !

L'ingénuité disparut au profit d'une sincérité qu'il trouva infiniment plus dérangeante.

— Pas vraiment, avoua-t-elle dans un souffle. Mais vous m'en donnez envie. Je n'ai jamais flirté de ma vie. Avec vous, c'est facile.

Sa candeur était désarmante. De manière tout à fait inattendue, cet aveu banal fait de sa voix soudain plus rauque résonna à ses oreilles comme une musique envoûtante, mettant tous ses nerfs à vif. Interdisant à son regard de glisser vers la gorge diaphane que dévoilait son bustier, il se força à prendre un ton léger :

— Je croyais que toutes les femmes du Vieux Sud étaient nées charmeuses.

Elle jeta un coup d'œil à son menu et rétorqua d'un ton sans réplique :

— Ce n'est pas mon cas.

Il aurait pu faire valoir qu'elle apprenait vite. Néanmoins, il la soupçonnait de ne pas avoir conscience de l'effet qu'elle produisait sur lui. Voilà longtemps, bien longtemps, qu'une femme ne l'avait pas autant captivé. Pour commencer, sa curiosité avait été piquée par la suggestion d'Eli. Il avait été impatient de rencontrer celle que son ami avait décrite comme la solution idéale à son problème matrimonial. Il s'était vite aperçu que, cerise sur le gâteau, Laurel lui plaisait. Et maintenant…

Son intérêt ne cessait de croître.

Levant les yeux vers lui, elle battit de ses cils d'une longueur invraisemblable et reprit :

— J'ai essayé de flirter avec vous parce que je me sens en confiance.

L'honnêteté de son aveu le prit au dépourvu. Son compliment lui alla droit au cœur, lui ôtant toute envie de prolonger leur badinage.

— Vous ne voulez pas de dessert ? reprit-elle.

Il s'aperçut qu'il avait posé son menu sur la table. Sans répondre à sa question, il la pressa :

— Ainsi, vous trouvez qu'il est facile de flirter avec moi ?

— Ça doit être parce que vous êtes l'ami d'Eli. Je sais que vous êtes digne de ma confiance.

Malgré la gentillesse de son sourire, plus du tout aguicheur, il lâcha, agacé :

— C'est ce que vous a dit Eli ?

— En fait, il n'a jamais dit explicitement que je pouvais vous faire confiance. Mais s'il avait le moindre doute sur votre intégrité, il ne serait pas votre ami. Eli n'est pas le genre d'homme à perdre son temps avec des gens malhonnêtes.

— Donc, plutôt que de suivre votre instinct, vous vous fiez à Eli.

Devant son hésitation, il enchaîna, son menton dans ses mains, la fixant sans ciller.

— Je veux une réponse spontanée. Pas une réponse dictée par votre gentillesse.

— Je vous fais confiance, affirma-t-elle.

A l'expression de son regard, il comprit qu'elle se surprenait elle-même. Toujours aussi concentré, il insista :

— Pourquoi ?

— Je ne sais pas, fit-elle lentement.

Elle détourna les yeux mais, comme mue par une force incontrôlable, les ramena sur lui.

— Et cela vous étonne, déclara-t-il.

— Oui, répondit-elle un peu hésitante, avant d'enchaîner, je ne me fais pas d'amis facilement. Ma famille m'a toujours suffi.

— Et Eli.

— Et Eli, acquiesça-t-elle. Mais c'était différent. Nous avions le même âge et nous étions voisins. Rappelez-vous, c'était mon ami le plus proche.

Soudain irrité, il se réprimanda. Quelle raison aurait-il d'être jaloux ?

— Je peux comprendre, acquiesça-t-il en hochant la tête.

— Je suppose que cela explique pourquoi je vous fais confiance. Je me sens à l'aise avec vous. Je n'avais pas autant ri depuis longtemps.

Avec une grimace, il répondit :

— En fait, pour vous, je suis un clown, plaisanta-t-il.

— Mais non. Pas du tout ! se défendit-elle.

A sa réaction un peu trop vive, il comprit qu'elle

avait peur de l'avoir blessé. Elle était bien trop gentille. Si seulement elle avait pu se douter qu'il gardait ses émotions bien enfouies sous la cuirasse de son cœur, il ne lui aurait sans doute pas inspiré la même confiance.

Et elle n'aurait eu aucune envie de connaître Diyafa. Même si elle semblait avoir noté plusieurs destinations de voyage sur sa liste, à commencer par Las Vegas. Il fallait donc la convaincre de venir visiter son pays.

— C'est vrai, reprit Laurel avec conviction, je ne me rappelle pas m'être sentie aussi légère et détendue depuis bien longtemps.

— Je le prends comme un compliment, fit-il en l'enveloppant d'un regard éloquent.

Elle baissa la tête vers le menu, comme pour lui dissimuler la légère rougeur de ses joues.

— Je ne sais pas quel dessert prendre. J'ai tellement bien dîné.

— Le menu s'inspire de tous les endroits où Picasso a vécu en Espagne et dans le Sud de la France, expliqua-t-il, pris d'un besoin subit d'alléger l'atmosphère.

— Que peignait votre mère ? demanda-t-elle.

— Des grandes toiles abstraites. Inspirées pour la plupart du désert.

Il s'abstiendrait de préciser à quel point son père les avait détestées.

— Vous peignez aussi ?

— Non, j'ai fait des études de commerce. Mais j'ai aussi un diplôme de lettres classiques.

— Pourquoi des études classiques ?

Fasciné malgré lui par l'arc parfait de ses lèvres pulpeuses, il se força à lever les yeux et se composa un visage de marbre.

— Il est impossible de grandir dans un endroit comme Diyafa sans être conscient de l'histoire de l'Antiquité.

Devant son regard limpide, une nouvelle vague de chaleur le submergea. Il brûlait d'envie de lui dire que, si elle perfectionnait encore sa façon de flirter, tous les hommes du monde étaient en danger.

— Vous avez décidé ce que vous vouliez ? demanda-t-il.

— Une mousse au chocolat, fit-elle avec une moue gourmande. Ensuite, je veux aller jouer.

Il ne put s'empêcher de sourire à sa détermination implacable.

— Je n'ai pas oublié. Nous avons toute la nuit.

Le silence qui régnait dans le casino n'était rompu de temps à autre que par les jetons s'entrechoquant et les échanges étouffés entre les joueurs. Des serveuses discrètes passaient avec des plateaux de boissons. Strictement sur invitation, c'était le domaine des riches et célèbres, des joueurs inconditionnels. A la table à laquelle Rakin et elle avaient pris place, plusieurs tas de jetons s'empilaient comme des gratte-ciel, entourant la roulette. Mais, tout comme l'homme maigre qui sirotait son whisky en face d'eux, l'air de plus en plus désespéré devant sa pile qui diminuait, Lauren perdait.

Elle commençait à se sentir mal à l'aise. En dix minutes à peine, elle avait perdu au moins cinq mille des dollars de Rakin et, après avoir absolument refusé d'accepter plus de jetons de sa part, une bonne somme de son propre argent. Quels dégâts une nuit entière de jeu pouvait-elle causer à la fortune de Rakin ? Et à la sienne ?

— Je commence à penser que mon grand-père Winthrop avait raison, murmura-t-elle. Il considérait le jeu comme un maléfice.

— Que vous espériez briser ce soir ?

Elle réfléchit avant de répondre. Avait-elle cru pouvoir réussir à venir à bout du vieux tabou familial en gagnant, ne serait-ce qu'une petite somme ? Elle n'en était pas sûre.

— Je ne crois pas avoir pensé aussi loin. J'étais surtout déterminée à désobéir aux règles de ma famille. La pire raison d'entreprendre quoi que ce soit.

Rakin se mit à rire, s'attirant un regard assassin du perdant au whisky.

— Mais j'ai déjà perdu beaucoup plus que ce que je voulais, chuchota-t-elle alors. Je ne vois venir aucun gain.

— Vous parlez comme une femme d'affaires à la tête froide.

Elle lui jeta un regard inquisiteur.

— Un trait de caractère qu'apparemment je partage avec vous. Vous n'avez même pas encore misé.

— Je ne joue jamais.

— Pour des raisons religieuses ?

— C'est mauvais pour les affaires. Je n'aime pas les paris. Je préfère investir de l'argent qui peut rapporter.

— Maintenant, qui est l'homme d'affaires à la tête froide ?

Ils échangèrent un sourire entendu.

— Nous dérangeons les joueurs. Il est temps que nous partions, je crois, murmura-t-il en frôlant son bras.

Laurel glissa de son tabouret et prit son sac avec soulagement.

— Adieu, ma nuit de jeu !

— Vous vous découvrirez peut-être un second souffle après avoir fait une pause.

— J'en doute, répondit-elle avec un sourire amer. Ce que j'ai découvert, c'est la vitesse à laquelle on peut perdre son argent. Je n'avais jamais compris à quel point c'était facile.

Et cela lui inspirait une certaine compassion pour son grand-oncle Winthrop, la brebis galeuse de la famille.

Une fois sortis du silence guindé du casino, ils furent de nouveau happés par les vibrations et la foule animée de Las Vegas. Le bruit des machines à sous tintait autour d'eux, leurs couleurs vives les aveuglant. Laurel sentit sa légère nausée se dissiper.

Quand ils entrèrent dans le bar, elle s'installa sur la confortable banquette d'une alcôve. Rakin la rejoignit après une halte au bar pour passer commande.

— Je pense que mon grand-père vous aurait approuvé, fit-elle.

— Le même grand-père qui a négocié le mariage de vos parents ?

— Le même.

— Et pourquoi pensez-vous qu'il m'aurait approuvé ?

— D'après ma mère, avant de la marier à un Kincaid, il avait essayé par tous les moyens de restaurer la fortune familiale. Aucun de ses enfants n'avait le droit d'approcher un casino. Maman raconte qu'il était furieux quand son frère aîné a perdu Captain's Watch aux courses.

— Captain's Watch ?

— La villa de bord de mer des Winthrop. Elle était dans la famille depuis le XIXe siècle. Mon père l'a rachetée après son mariage. Cela lui a coûté une petite fortune, mais elle en valait chaque centime. Nous y passons tous nos étés. C'est l'un de mes endroits préférés au monde.

Une image de la vue sur l'océan qu'offraient les baies vitrées de la villa passa devant ses yeux. Pour son plus grand bonheur, la lecture du testament de son père lui avait appris qu'elle en avait hérité.

— J'aimerais que vous me la fassiez visiter un jour, murmura-t-il.

Avant qu'elle ait eu le temps de répondre, la serveuse arriva avec une flûte de champagne et un Coca-Cola.

— Vous n'avez pas l'intention de m'enivrer ? le taquina-t-elle.

Devant son air embarrassé, elle regretta sa plaisanterie.

— Mais non, bien sûr. Je voulais vous rappeler qu'avoir perdu au jeu ne doit pas vous empêcher de vous amuser. Vous êtes ici pour faire de nouvelles expériences. Jamais je n'essaierais de vous enivrer de façon délibérée.

— Je suis désolée, c'était une plaisanterie. De très mauvais goût. Bien sûr, je ne crois pas que vous essayiez de me griser. A quoi cela vous servirait-il, de toute façon ?

Décidément, elle était d'une perspicacité surprenante. N'avait-il pas espéré qu'avec deux flûtes de champagne elle serait plus facile à convaincre ?

Elle se pencha en avant, la lumière faisant scintiller sa gorge diaphane. Avec un nouvel effort de volonté surhumain, il empêcha ses yeux de s'aventurer sur sa peau laiteuse. Réprimant son besoin d'en caresser la texture satinée, il se força à se rappeler qu'il ne s'agissait pas d'un rendez-vous amoureux, mais d'affaires. D'ailleurs, il était grand temps de lui exposer sa proposition.

— Comme je vous remercie d'avoir pris le temps de venir à Las Vegas, dit Laurel. Je m'amuse.

Il sentit ses doigts effleurer sa veste.

— Las Vegas comble vos attentes ?

Un sourire radieux aux lèvres, elle répondit :

— En beaucoup mieux, même. Et cela me fait apprécier d'autant plus votre compagnie. Je me rends compte que vous êtes un homme occupé. Et que vous n'en tirez aucun bénéfice.

Devant son silence qui s'éternisait, il vit son beau sourire se figer. Elle avait l'air inquiet, soudain.

— En fait, il y a quelque chose que je veux vous demander, murmura-t-il.

L'émeraude de ses yeux s'assombrit.

— Vous attendez quelque chose de moi ? demanda-t-elle d'un ton méfiant.

Rakin hésita, cherchant les mots justes.

— Vous voulez coucher avec moi ? C'est pour cela que vous m'avez invitée à Las Vegas ? l'accusa-t-elle en s'éloignant sur la banquette. Vous vouliez m'amadouer pour m'attirer dans votre lit ? Je vous croyais différent.

Il cilla, gêné. Ses regards brûlant de convoitise l'avaient-ils trahi ?

Pourtant, s'il ne pouvait nier qu'il avait une idée derrière la tête, ce n'était pas ce qu'elle croyait.

Son sac à la main, Laurel était déjà debout. Dans un instant, elle serait partie, et il resterait là, comme un idiot. Et sa chance aurait filé.

— Laurel… attendez ! plaida-t-il en la rattrapant par la main. Je ne vous ai pas amenée ici pour coucher avec vous. Rasseyez-vous, et écoutez mon offre. Votre famille peut en bénéficier.

— Vous voulez me proposer une affaire ? fit-elle alors, abasourdie.

— Oui.

C'était maintenant ou jamais, il le savait. Se jetant à l'eau, il déclara :

— Je veux que vous m'épousiez.

— Pardon ?

Laurel le fixa, consternée. Avait-elle bien entendu ? Elle n'en était pas sûre.

Les jambes en coton, elle chancela et se rassit face à la silhouette austère dans son costume sombre, sa chemise d'un blanc éclatant, impeccablement repassée.

Non, il n'avait pas l'air d'un fou échappé de l'asile.

Il l'enveloppait de son regard sombre, ténébreux, intense… Devant son extraordinaire beauté, elle sentit son cœur s'accélérer. Elle fixa ses traits acérés, notant les pommettes saillantes, la gravité de son expression. Aucune trace ne subsistait du compagnon si amusant qui l'avait distraite toute la journée.

— Vous êtes sérieux ?

— Absolument.

Il relâcha sa main, une lueur de défi dansant dans son regard.

Avec un petit rire incrédule, elle répondit :

— Je ne peux pas épouser un homme que j'ai rencontré hier.

Appuyant sa tête au haut dossier, il planta dans le sien des yeux brillant de sincérité.

— Laurel, il n'y a rien à craindre. Je suis un homme d'affaires. Parfaitement respectable, presque ennuyeux.

Pour un peu, elle aurait souri. Elle n'avait pas peur de lui. Mais de là à prendre le risque d'épouser un homme qu'elle connaissait à peine… Le petit-fils d'un prince du Moyen-Orient, de surcroît. Etait-ce bien raisonnable ?

— Vous n'êtes pas ennuyeux, finit-elle par répondre.

Devant la chaleur qui embrasa ses prunelles sombres, elle sentit l'émotion prendre sa poitrine en étau.

— Est-ce que cela veut dire que vous acceptez de m'épouser ? murmura-t-il.

Essayant d'ignorer les battements désordonnés de son cœur, elle pencha la tête et le regarda.

— Vous ne faites même pas allusion à l'amour.

— Parce que vous voulez de l'amour ? Une demande en mariage enrobée de mots sucrés ? Vous aimeriez que je me mette à genoux ?

D'un geste lent, elle secoua la tête.

— Si je rêvais encore de ce genre d'amour, j'aurais attrapé le bouquet que Kara m'a lancé.

Rakin esquissa un lent sourire approbateur.

— Vous êtes pragmatique. Nous ne nous connaissons pas depuis bien longtemps. Et même si je pense que nous avons découvert que nous avions beaucoup de points communs, je ne voudrais pas insulter votre intelligence en parlant d'amour trop vite.

— Merci… je crois.

Elle ne comprenait pas très bien cette proposition qui lui avait fait l'effet d'une bombe. Il avait dit que sa famille en bénéficierait. Mais qu'est-ce que cela signifiait pour lui ? Son esprit échafaudait mille scénarios.

— Vous m'avez demandée en mariage, mais je n'ai toujours pas la moindre idée de ce qui vous motive.

Ses yeux toujours souriants, il répondit. :

— Vous êtes une très belle femme, vous devez le savoir.

Il tergiversait, elle le sentait. Ce qui ne l'empêcha pas de répliquer :

— La beauté ne garantit pas le succès d'un mariage. Il me suffit de regarder ma mère pour le savoir. Vous avez laissé entendre que vous vouliez me proposer une affaire. Je ne m'attendais pas à une demande en mariage.

— En vous demandant en mariage, je vous propose une affaire.

Elle le foudroya du regard. Que pouvait-elle répondre à une telle absurdité ? Mieux valait en rire. Ce qu'elle s'empressa de faire.

Il se rapprocha d'elle, leurs genoux se frôlant.

— Croyez-moi, ce n'est pas aussi dingue que cela en a l'air. Mon grand-père m'a menacé de changer son testament et de me déshériter parce que je refusais les divers partis qu'il avait choisis pour moi. C'est un vieil homme irascible, en pleine forme. Il trompera la mort bien longtemps encore. J'ai donc ignoré ses menaces. Mais, ces derniers temps, elles se sont faites plus pressantes. Maintenant, non content de me déshériter, il veut obliger le conseil d'administration à me priver de mon droit de vote et de mes fonctions de P.-D.G., et nommer mon cousin responsable du capital majoritaire de l'empire Abdellah. Tout cela, si je ne suis pas marié à trente-six ans.

Son visage tendu trahissant sa frustration, il enchaîna :

— Je n'ai aucune intention d'être spolié de la société à laquelle j'ai consacré tant de temps, en faisant de Gifts of Gold un des premiers fournisseurs de mobilier et de linge de luxe.

Laurel avait entendu Eli vanter les mérites de son ami. Rakin disait la vérité, elle le savait. Il avait développé ses ventes auprès des plus prestigieuses chaînes hôtelières de la planète.

— Aussi, voilà pourquoi j'ai besoin d'une épouse, enchaîna-t-il.

Malgré elle, elle sentait la vigueur de sa jambe contre la sienne, la chaleur de sa peau à travers son pantalon et les collants fins qu'elle portait.

— Votre grand-père va-t-il vraiment mettre à exécution une menace aussi inutile ? fit-elle alors valoir. Je suis sûre que cela fera autant de mal à la famille qu'à vous.

— Pour lui, elle n'est pas inutile. C'est un homme orgueilleux. Habitué à agir comme il l'entend. Pour le moment, il se fiche des gains. En m'imposant cet ultimatum, il veut me faire plier et obéir à sa volonté de me voir marié.

— Qui gérera la société s'il vous en retire le contrôle ?

— Oh ! il a déjà tout prévu ! Mon cousin sera le nouveau P.-D.G. de Gifts of Gold. Et personne au conseil d'administration n'osera discuter les ordres de mon grand-père.

— Ce cousin est marié ?

— Fiancé. A une femme que mon grand-père a choisie pour lui, précisa-t-il avec un sourire narquois.

Laurel lui jeta un coup d'œil entendu. Tout était clair, soudain.

— Votre cousin et vous ne vous entendez pas ?

Son hochement de tête confirma son soupçon.

— Zafar me hait. Il me détruirait s'il le pouvait, et je préférerais mourir plutôt que le laisser me déposséder. Aussi, je vais me marier le premier.

— Ne serait-il pas plus avantageux pour vous d'épouser une femme que votre grand-père aurait choisie pour vous ?

Il fronça les sourcils et, l'air soudain redoutable, répondit :

— Cela lui donnerait beaucoup trop de pouvoir sur moi. De plus, même s'il fouillait le monde entier, mon grand-père ne trouverait pas meilleure candidate que vous, ajouta-t-il, se radoucissant.

Laurel sentit ses joues s'enflammer.

— C'est de la flatterie éhontée.

— Pas du tout ! Vous êtes très belle, très élégante. Vous avez de nombreuses relations. Et vous êtes dotée d'une grâce inouïe. Pour vous garantir votre propre satisfaction, je ferai en sorte que notre mariage bénéficie au groupe Kincaid, ajouta-t-il en se penchant vers elle pour reprendre sa main.

***

Au contact de sa peau, il la sentit tressaillir.

— Quel genre de bénéfice ? fit-elle, méfiante.

Il l'avait ferrée. Il en était sûr. Elle allait accepter de l'épouser. Exactement comme il l'avait espéré. La relâchant, il s'adossa à la banquette. Non loin, il entendit la sonnerie d'une machine à sous annonçant un gagnant, suivie par des cris d'enthousiasme.

Sans se laisser distraire, il se concentra sur Laurel. Il était bien déterminé à en faire son épouse.

— L'import-export est florissant à Diyafa. D'où le besoin de transporteurs. Je ferai en sorte que l'empire des Abdellah devienne le premier client du groupe Kincaid, et que cela fasse boule de neige dans mon pays.

— Vous n'espérez pas me voir renoncer à mon rôle au sein de la société ?

Il se sentit envahi d'une bouffée de satisfaction. Laurel commençait à parler comme si leur mariage était un fait accompli.

— Notre mariage serait temporaire. Un sacrifice aussi drastique ne serait pas nécessaire.

— Comment ça, temporaire ?

Il haussa les épaules. Son insistance commençait à l'impatienter.

— Une fois que nous serons mariés, mon grand-père signera la passation du capital majoritaire à mon nom. J'aurai le contrôle de la société. Et vous serez libre de rentrer à Charleston, pour toujours.

Elle s'avança au bord de la banquette, des mèches fines barrant ses yeux. Elle les repoussa d'un rapide geste de main, faisant scintiller de mille éclats les diamants à ses oreilles.

— Je suppose que vous me demanderez d'habiter Diyafa ?

Il hocha la tête et croisa les jambes, dans une attitude délibérément décontractée. Il devait surtout faire attention à ne pas l'effaroucher. Quelques minutes… il n'avait pas besoin de plus.

— Oui. Sinon, mon grand-père n'accepterait pas la légitimité de notre mariage. Et je ne peux pas me permettre de le voir douter de la sincérité de notre union. Mais vivre à Diyafa une partie de l'année vous offrirait des compensations. Je voyage beaucoup et je voudrais vous avoir à mon côté. Je me rends régulièrement aux Etats-Unis, vous verriez donc souvent votre famille. Vous pourriez continuer vos relations publiques pour le groupe Kincaid. Je ne vous en empêcherai jamais. Diyafa vit à l'heure de la technologie de pointe. Vous aurez accès à tout. Et je voyage dans de nombreux autres pays. Réfléchissez, cela vous donnerait l'occasion de travailler à votre liste.

— Que savez-vous de ma liste ? s'exclama-t-elle, levant vers lui un regard ébahi.

Il réprima un sourire triomphant. Il ne lui avait pas fallu longtemps pour deviner son existence.

— Je sais que vous avez une liste d'endroits à visiter. Que Las Vegas en fait partie. Et puis, vous avez fait allusion au lac de Côme et même à Diyafa.

Devant son air préoccupé, il reprit :

— Laurel, je vous emmènerais partout où vous le souhaiteriez. Londres, le Taj Mahal. Vous pourriez boire du champagne sur les quais de la Seine au printemps. Vous ne regretteriez jamais les aventures que vous pourriez vivre.

L'incertitude s'évanouit, laissant place à l'agacement.

— Ce n'est pas juste. Vous m'attaquez sur ma plus grande vulnérabilité.

Il le savait, bien sûr. Pour quelqu'un qui avait avoué ne jamais avoir satisfait son envie de voyages, il lui offrait le rêve d'une vie.

— Ce n'est pas une vulnérabilité que d'avoir un rêve.

Elle le fixa d'un regard étrange.

— Vous me proposez de réaliser mon rêve ?

Il se ressaisit. Elle ne devait surtout pas l'idéaliser, en faire un prince charmant. Après tout, il n'était pas l'amour de sa vie, comme sa mère l'avait cru à propos de son père.

— Ce n'est pas à sens unique. N'oubliez pas que j'y gagnerais aussi.

— Ainsi, nous passerions un marché favorable aux deux parties ?

Il poussa un soupir de satisfaction. Elle comprenait au quart de tour. Même en consacrant l'année à chercher la femme parfaite, il n'aurait pu faire un meilleur choix.

— Exactement, acquiesça-t-il en lui décochant son plus beau sourire. Que diriez-vous d'accepter mon offre ?

Son offre ?

La réalité la rattrapa : ce que Rakin lui proposait était un contrat d'affaires. Pas le rêve d'une vie.

Ne tenant soudain plus en place, elle se leva d'un bond.

— Je crois que j'ai trouvé mon second souffle. Voyons si je peux briser cette malédiction Winthrop.

Rakin se leva à son tour.

— Vous voulez jouer encore ? Maintenant ?

Elle lui lança son regard le plus noir. Il ne voyait donc pas qu'il était le seul responsable de son agitation ?

— Vous me demandez de prendre le risque de toute

une vie en vous épousant. Quelle différence quelques minutes vont-elles faire ?

Il leva la main en un geste de capitulation et s'effaça avec un regard empreint d'une perplexité toute masculine.

— Prenez tout le temps que vous voudrez. Mais il ne s'agit pas vraiment du risque d'une vie. Ce n'est pas un arrangement permanent.

— Je veux un signe, fit-elle en passant devant lui.

— Un signe ? répéta-t-il, ses yeux trahissant maintenant son impatience. Quel genre de signe ?

— Un signe montrant que vous épouser est la décision à prendre.

— Et qu'est-ce qui, pour vous, serait un signe positif ?

Laurel réfléchit un instant.

— Regagner l'argent que j'ai perdu à la roulette. J'ai eu trop de malchance.

— Mais votre famille ne gagne jamais, fit-il valoir sans chercher à dissimuler son exaspération.

Soudain amusée, elle se dirigea vers les machines à sous. Elle espérait bien l'avoir déstabilisé à son tour. Par-dessus son épaule, elle lança :

— Je vais me limiter aux machines à sous, cette fois. Si je gagne, ce sera un excellent présage.

Il émit un drôle de son. Quand elle se retourna, il sortait une pièce de sa poche.

— Pile ou face ? demanda-t-il.

Elle s'arrêta. Comment pouvait-il lui poser une question aussi stupide ?

— Vous me demandez de prendre l'une des décisions les plus graves de ma vie en jouant à pile ou face ?

— Vous êtes sur le point de faire la même chose avec une machine. Je préfère la jouer à pile ou face, fit-il d'un ton résolu.

— Et moi, la machine à sous.

Il sentit son visage se crisper.

— Vous n'avez aucune intention de me dire oui, c'est bien ça ?

Elle ne répondit pas tout de suite. A dire vrai, elle était perplexe. La proposition de Rakin avait chamboulé son univers. Elle était totalement désorientée.

Une part d'elle-même avait envie de foncer et de dire oui. Aucun doute, le mariage avec Rakin serait une aventure. Une chance de faire l'expérience d'un monde dont elle ne soupçonnait même pas l'existence. Si elle pensait affaires, c'était tout à fait logique. Le groupe Kincaid ne pouvait se permettre de refuser de telles occasions de conclure de nouveaux contrats. Tout particulièrement avec Jack Sinclair qui ne cessait de leur mettre des bâtons dans les roues.

Mais son côté prudent, la réserve de la Laurel Kincaid pétrie de bonne éducation, lui soufflait de ne surtout pas prendre un risque d'une telle ampleur, et qu'elle ne connaissait pas assez Rakin.

Il s'avançait vers elle à grandes enjambées. Quand il posa ses mains sur ses épaules, elle sentit tout son bon sens s'évanouir.

— J'aurais dû vous demander de m'épouser sur le balcon, hier soir. Je commence à croire que vous auriez eu plus de chances d'accepter au mariage de votre sœur.

Au contact de ses paumes sur sa peau nue, une sensation électrique parcourut tout son corps. Elle dut faire un effort de concentration. Elle finit par secouer la tête.

— Non, je ne pense pas. Je vous connais beaucoup mieux maintenant.

Elle savait que c'était la vérité. Elle commença à énumérer sur ses doigts ce qu'elle avait découvert de lui.

— Premièrement, vous êtes drôle. Je n'ai jamais autant ri de ma vie qu'aujourd'hui. Deuxièmement, vous avez bon cœur. Vous m'avez tenu la main pour me rassurer sur les montagnes russes. Troisièmement, vous aimez le monde qui vous entoure. J'ai découvert cela sur la tour Eiffel. Quatrièmement, vous êtes gentil avec les enfants.

— Vous ne pouvez pas le savoir ! répliqua-t-il en la relâchant.

Aussitôt, elle sentit un frisson glacé parcourir ses épaules.

— Je l'ai vu, insista-t-elle. A votre patience avec Flynn quand nous dansions.

— Dans ce cas, épousez-moi.

Il sondait son regard de ses yeux sombres et brillants.

— D'accord, si je gagne.

Laurel se dégagea et, s'avançant vers une machine à sous, sortit de son sac un rouleau de pièces au logo du casino. Après avoir déchiré le papier, elle les plaça dans la première machine et appuya sur le bouton « play ».

Les dessins de fruits et les chiffres se mirent à défiler à vive allure et s'arrêtèrent en désordre. Elle recommença et obtint le même résultat.

Elle sentit un grand vide l'envahir. Allons ! Elle n'avait aucune raison d'avoir le cœur serré parce qu'elle ne gagnait pas. C'était ridicule. N'était-elle pas ici pour s'amuser avant tout ?

Pourtant, pour la première fois depuis son arrivée à Las Vegas, elle était en proie à une tristesse inexplicable. Rakin et elle avaient créé un lien. Il était évident qu'ils se sentaient bien ensemble. Leur journée avait été remplie de joie. Son intuition lui soufflait qu'ensemble ils formeraient une excellente équipe provisoire. Que leur association serait aussi profitable au groupe Kincaid qu'à Gifts of Gold.

Alors qu'y aurait-il d'insensé à l'épouser ? Il lui plaisait. De plus, il n'était pas joueur.

Perdue dans ses réflexions, elle fixa la machine sans la voir. A quoi bon perdre ainsi son temps ? Rakin avait raison. Elle n'avait pas besoin d'un signe arbitraire. Il s'agissait d'une décision d'affaires. Accepter sa proposition était tout simplement logique.

Elle n'avait pas besoin de prouver qu'elle pouvait gagner.

Elle allait lui dire oui. Mais pas avant d'avoir poussé le bouton « play » une dernière fois.

Puis elle lui donnerait la réponse qu'il attendait.

Au moment même où elle se tournait vers lui, elle sursauta. Un crescendo assourdissant de cloches et de sonneries électroniques s'était déclenché. Incrédule, elle lut le message qui clignotait, lui indiquant d'appeler un employé.

— Je... je crois bien que j'ai gagné, bredouilla-t-elle.

Les bras tendus, Rakin s'avança vers elle.

— J'ai l'impression que vous avez brisé la malédiction Winthrop. Vous avez gagné le jackpot !

Elle leva les yeux vers le montant qui s'affichait : 522 222 dollars. Le jackpot ! De quoi rembourser ce qu'elle avait perdu au casino.

— Deux doit être mon chiffre porte-bonheur.

Elle sentit Rakin la soulever, la faire tournoyer dans ses bras, et les couleurs clignotèrent autour d'elle. Quand il la reposa, sa stupeur s'estompa, faisant place à l'euphorie. Se sentant soudain pousser des ailes, elle leva les yeux vers lui.

— Je me sens... comment pourrais-je dire... Vernie !

— Nous allons nous porter chance, promit Rakin en l'enveloppant d'un regard brûlant. Nous allons nous marier demain.

- 5 -

Le jour de son mariage était arrivé.

Laurel se dégagea du drap dans lequel elle s'était enroulée dans son sommeil. D'un mouvement souple, elle posa ses pieds à terre et s'assit sur le bord du lit. D'un doigt, elle remonta la fine bretelle de sa chemise de nuit ivoire.

Son regard se posa sur la table de nuit : à côté de la rose que Rakin lui avait fait livrer avec le chèque de ses gains se trouvaient les deux documents les plus importants de sa vie : sa liste et la lettre froissée de son père.

Songeuse, elle entreprit de relire sa liste pour la énième fois.

Un : « larguer Eli »

Deux : « porter du rouge à lèvres carmin »

Trois : « flirter avec un inconnu »

Trois résolutions menées à bien. D'ailleurs, elle avait si bien flirté que, sans même avoir encore embrassé l'inconnu, elle s'apprêtait à l'épouser.

Un petit sourire aux lèvres, elle passa au point suivant.

Quatre : « manger de la glace au lit »

Un tabou absolu chez les Kincaid. La veille au soir, au restaurant, l'arrivée de la glace de son dessert lui avait immédiatement rappelé la liste, son attirance pour le ténébreux inconnu évoquant un flot d'images sensuelles.

Allons ! Elle ne devait pas laisser son imagination

s'emballer. Elle n'avait aucune raison de manger de la glace au lit en compagnie de Rakin.

Cinq : « jouer toute la nuit »

Un profond sentiment de satisfaction l'envahit. Elle avait prouvé hier soir qu'elle n'avait pas besoin de jouer toute la nuit. Elle était une gagnante.

Six : « voyager vers des destinations lointaines »

Coché ! Elle allait partir pour Diyafa avec Rakin. Un voyage qui serait suivi de nombreux autres. Son passeport allait enfin lui servir.

Radieuse, elle parcourut le reste de sa liste. Elle était sur la bonne voie. Même si les dernières résolutions devaient être plus difficiles à mettre en pratique.

Elle déplia alors la lettre de son père.

Laurel chérie,

Si tu lis cette lettre, c'est que je ne suis plus des vôtres.

La gorge serrée, elle la parcourut jusqu'à la dernière ligne. Elle avait beau en connaître chaque mot, elle éprouvait toujours la même émotion, intacte, en la lisant.

Cinq mois avaient passé depuis la mort de Reginald. Pourtant, elle avait toujours autant de peine à accepter qu'elle ne le reverrait jamais. Combien elle regrettait d'avoir appris l'existence de sa double vie avec Angela et la supercherie qu'était le mariage de ses parents, une union qu'elle avait toujours considérée comme idéale. Elle aurait tellement préféré ne pas perdre ses illusions.

Elle refoula sa tristesse. Rakin ne lui offrait peut-être pas son amour… mais, au moins, il lui offrait son honnêteté.

En l'épousant, elle ferait de plusieurs de ses rêves une réalité. Dont celui qui venait sur sa liste en numéro neuf :

aider à sauver le groupe Kincaid. Rakin lui apportait son réseau, elle l'aidait à garder son poste : un marché on ne peut plus équitable. Elle n'avait rien à perdre.

Au bureau des licences de mariage, après avoir signé son nom à côté de la barre oblique et volontaire de Rakin, elle fixa les lettres grasses stipulant : « EPOUSE ». Une fraction de seconde, un sentiment de panique intense l'envahit.

Par quel coup du destin se retrouvait-elle dans cette situation ? Un mois auparavant, elle était fiancée à son meilleur ami. A un homme qu'elle connaissait, pour qui elle éprouvait de l'affection, qu'elle comprenait. Jamais elle n'aurait imaginé épouser un homme qu'elle venait à peine de rencontrer ; un cheikh, de surcroît.

Mais son affolement fut de courte durée.

Rakin lui plaisait. Elle lui faisait confiance. Il avait besoin d'une femme et le groupe Kincaid avait besoin de voir tripler son chiffre d'affaires. De plus, il allait l'aider à devenir celle que, secrètement, elle avait toujours voulu être.

L'employée derrière le guichet tendit à Rakin un double du document officiel.

— L'endroit le moins cher pour se marier est le bureau des mariages civils, leur indiqua-t-elle. Sur la troisième rue, à droite, à quelques pas d'ici.

— Nous allons faire un peu de prospection. Mais merci pour votre aide, répondit Rakin, affable.

— Certains hôtels du Strip demandent des prix exorbitants pour organiser un mariage, signala l'employée en le toisant de la tête aux pieds.

Avec un coup d'œil d'envie à Laurel, elle ajouta, avec un petit sourire nostalgique :

— D'un autre côté, cela ne devrait pas vous poser de problème. Je vous souhaite un merveilleux mariage. Et bonne chance !

— Merci, répondit Laurel en lui rendant son sourire.

Ils venaient de ressortir dans le grand hall du bâtiment officiel quand son regard se posa sur des plaques d'avocats. Un sentiment soudain et funeste l'envahit. Qu'allait penser sa famille de son mariage impulsif ? Eli et elle n'avaient-ils pas passé des mois à négocier un contrat de mariage visant à protéger leurs intérêts respectifs ?

Si son père avait été vivant, il aurait eu une attaque à la pensée que l'une de ses filles épousait un homme sur lequel la famille n'avait pas enquêté, exposant ainsi le groupe Kincaid à toutes sortes de risques. Pour Reginald Kincaid, un mariage sans contrat était pire encore qu'une relation sexuelle non protégée.

Elle coula un regard en coin à Rakin. Que savait-elle de lui, au juste ? A part le fait qu'il était l'ami d'Eli ? Et qu'il lui plaisait beaucoup ? Il aurait pu être chercheur d'or. Ou gigolo. Elle se rabroua. Elle devait mettre un terme à ses délires ridicules.

De toute évidence, Rakin Abdellah était un homme très riche. Même la préposée aux certificats de mariage avait remarqué qu'elle n'avait pas affaire à un amoureux lambda.

Pourtant, les leçons qu'elle avait apprises de la vie la poussèrent à dire :

— Nous aurions dû signer un contrat prénuptial. Ma famille me tuera en apprenant notre mariage.

Sans répondre, Rakin l'entraîna par un coude.

— Où allons-nous ? s'étonna-t-elle.

— Voir si nous pouvons trouver un avocat. Je ne veux sentir chez vous ni culpabilité ni réserves.

— Je dois vous paraître la pire trouble-fête qui soit.

Devant son sourire chaleureux, elle sentit s'estomper la tension qui lui nouait l'estomac.

— Absolument pas. Comment pouvez-vous penser une chose pareille ? Au contraire, j'admire votre prévoyance : vous tenez à protéger votre famille et sa source de revenus.

Pourtant, une part d'elle-même, un peu puérile, regrettait qu'il n'ait pas chassé sa prudence pour l'entraîner se marier à la Little Red House of Love.

Au moins, de cette façon, elle ne serait pas tenue responsable des conséquences… et pourrait toujours jeter le blâme sur lui.

Et peut-être le léger doute qui l'avait envahie se serait-il évanoui comme un nuage de fumée.

L'avocat, un petit homme en costume sombre, était en train de fermer ses bureaux.

Il commença par protester. Mais ne tarda pas à se laisser convaincre par l'air résolu de Rakin. D'une main levée, l'homme de loi fit signe de rester au dernier assistant, qui s'apprêtait à filer en douce.

Ils s'installèrent autour de la grande table cirée de la salle de réunion. La mémoire encore fraîche des négociations avec Eli, Laurel ne fut pas longue à exposer ses requêtes. Rakin se montra encore plus concis. Ce qui renforça son impression : le physique de rêve et la façade affable dissimulaient un redoutable négociateur.

Elle n'avait pas affaire à un chat, mais à un tigre. Un homme à l'instinct de prédateur. Elle avait intérêt à ne pas l'oublier.

— Vous devez être conscients qu'un contrat prénuptial

passé si près de la date d'un mariage peut être déclaré nul, car établi sous la contrainte, expliqua alors l'avocat.

Laurel arbora son air le plus innocent. Le moment était mal choisi pour lui parler des bases de leur mariage. De cette aventure insensée qui devait profiter au groupe Kincaid et régler le problème de Rakin.

Elle avait l'impression que, si l'avocat s'était douté des vraies raisons de cette union, il les aurait pris pour des fous. Et leur aurait dit qu'ils allaient à l'encontre des pires difficultés.

— Vous voulez attendre ? murmura Rakin, interrompant le fil de sa réflexion.

Elle tourna la tête vers ces yeux qui la happaient de leur profondeur fascinante.

— Attendre ? répéta-t-elle en haussant un sourcil.

— Prendre un peu de temps pour réfléchir ?

Si l'avocat avait eu des doutes, la tendresse du sourire de Rakin les aurait dissipés.

Laurel faillit sourire à son tour. A ses dernières hésitations vint se substituer une pointe d'audace. Elle avait pris sa décision. Elle était prête pour l'aventure d'une vie.

Elle était lasse de se montrer prudente. Elle ne voulait plus attendre.

Qui était cette inconnue qui avait pris possession de son corps ? Elle rejeta ses cheveux en arrière et, une lueur de défi dans le regard, déclara à l'avocat :

— Personne ne me force jamais à faire quoi que ce soit.

— Laurel veut s'assurer que nous sommes sur la même longueur d'onde, expliqua alors Rakin. D'autant que nous avons tous les deux des entreprises familiales à prendre en considération.

— C'est très sage, approuva l'homme de loi. Même

si cela ne doit pas vous sembler très romantique, cela prouve que vous êtes d'accord sur l'essentiel. Ce qui est très important pour poser les fondations d'un mariage qui dure.

Après avoir pris quelques notes, il nota l'adresse où envoyer sa note d'honoraires. Puis, se levant, il leur serra la main tour à tour.

— Je vous souhaite un très long mariage. Je suis sûr que vous serez très heureux.

Laurel esquissa un sourire narquois. Il était évident que l'avocat avait décidé que c'était un mariage d'amour. La rencontre de deux âmes sincères. Autant le laisser à ses illusions de romantisme.

A peine arrivée dans leur suite, à l'hôtel, elle retira ses chaussures et s'installa sur le canapé en forme de L.

— Je suis contente que ce soit fait, fit-elle avec un petit rire essoufflé.

— Bientôt, vous serez Mme Abdellah, déclara Rakin en sortant une bouteille de champagne du réfrigérateur du bar.

— Je préfère boire un coca tout à l'heure, s'empressa-t-elle de dire. Sinon, vous allez me convaincre d'accepter de nouvelles propositions.

Il lui décocha un sourire malicieux.

— Décidément, vous n'êtes pas près de me pardonner.

— De toute façon, un mariage provisoire ne dure pas toujours. En attendant, je vais aller prendre une douche, ajouta-t-elle en s'étirant langoureusement.

— Détendez-vous un moment, vous avez encore le temps avant de vous préparer.

Se préparer ? Soudain prise d'une appréhension toute féminine, elle sentit sa gorge se serrer. Elle n'avait pas de robe de mariée. Qu'allait-elle porter ? Avec angoisse, elle pensa à sa robe bustier de la veille. Même si ce n'était pas un mariage d'amour, elle ne pouvait pas porter du noir. Une touche de romantisme s'imposait.

— Je n'ai pas une seule tenue qui puisse convenir à un mariage, confessa-t-elle.

— Ne vous inquiétez pas, la rassura-t-il d'un air énigmatique. Tout est réglé.

— Tout est réglé ? s'étonna-t-elle.

Devant son expression satisfaite, elle eut tôt fait de comprendre. Rakin s'était occupé de sa robe de mariée. Il était évident qu'il avait pensé à tout. Kara, l'organisatrice de mariages, aurait été impressionnée.

Les démons du doute l'assaillirent de nouveau. Et si la robe ne lui allait pas ? Ou, pire, si elle en détestait le style ? Comment était-elle censée le lui dire sans le vexer ?

Si seulement sa sœur avait été là pour l'aider ! Une image de la robe choisie avec elle pour son mariage annulé passa devant ses yeux. Après d'innombrables séances d'essayage, elle avait déniché la robe parfaite : un élégant bustier de dentelle et une jupe corolle.

Elle réprima un soupir résigné. Non seulement Kara n'était pas là, mais cette robe correspondait à la Laurel d'avant. Celle qui se pliait sans broncher aux attentes de son entourage. Pas à la femme assoiffée d'aventure d'aujourd'hui.

Rakin ne l'avait-il pas qualifiée de rebelle ?

— Vous m'avez acheté une robe de mariée, c'est ça ? demanda-t-elle, prise d'une hâte soudaine de voir son choix.

— Pas tout à fait, répondit-il.

Au moment où il s'asseyait à côté d'elle sur le canapé,

son téléphone portable sonna. Il répondit et, après un bref échange, raccrocha.

— Macy et son assistante sont arrivées.

— Macy ?

— Une consultante qui m'a été recommandée. Elle apporte une sélection de robes susceptibles de vous plaire. Libre à vous de faire le choix final.

Une pointe douloureuse lui vrilla le cœur. Voilà tellement longtemps qu'elle permettait aux autres de décider pour elle. Mais Rakin, lui, respectait son autonomie. S'il avait pu savoir à quel point elle lui en était reconnaissante !

La sonnette lui signalant l'arrivée de l'ascenseur privé retentit, la ramenant à la réalité, et, quelques secondes plus tard, les portes coulissèrent. Macy, une grande brune angulaire au regard vif, sortit de la cabine, suivie par une femme plus petite, sans doute son assistante. Un groom fermait la marche. Il poussait un chariot sur lequel s'empilaient des boîtes portant des logos de designers.

— Le mariage a lieu ce soir, nous sommes bien d'accord ? s'enquit Macy d'une voix ne laissant aucun doute sur son efficacité.

Laurel hésita. L'organisation de son mariage avec Eli avait demandé un certain temps.

— Hum… peut-être, répondit-elle. Je ne suis pas sûre que nous puissions être prêts si vite.

— Il n'y a pas de peut-être, intervint Rakin. Notre mariage aura lieu ce soir. Je m'en assurerai.

Son sourire un peu canaille la fit fondre. La voix de Macy la ramena à la réalité.

— Dans ce cas, il n'y a pas une seconde à perdre. Katie, commençons à sortir les robes.

L'assistante s'exécuta et, dans une pluie de pétales

de roses en tissu, un nuage de tissu mousseux jaillit de la première boîte. Laurel la regarda faire, bouche bée d'admiration. Pour un mariage provisoire, Rakin avait bien fait les choses.

Elle le vit donner un pourboire au groom avant de revenir vers elle.

— J'ai des choses à régler, annonça-t-il. Si vous voulez bien m'excuser.

Devant la lueur de convoitise qui dansait dans ses prunelles sombres, Laurel sentit son pouls s'accélérer. Son cœur cognait dans sa poitrine. Il allait l'embrasser.

Mais au lieu de sa bouche, ses lèvres frôlèrent sa joue. Une caresse pour la forme, trop brève.

Quand les portes de l'ascenseur se refermèrent derrière lui, elle laissa échapper un long soupir.

— A son retour, vous ressemblerez à la femme de ses rêves, promit Macy.

Distraite, elle répondit au salut du groom qui, poussant son chariot vide, disparut à son tour.

Etre la femme de ses rêves n'était pas le but de ce mariage. Néanmoins, elle n'avait pas le cœur à briser les illusions de la consultante. Soudain gagnée par son enthousiasme, elle admira les accessoires à mesure qu'ils étaient déballés.

Mais la première robe persistait à la fasciner. Entre la beauté du tissu qui semblait tissé de pétales de roses blanches et la pureté du style dépourvu de tout froufrou, elle était sublime de simplicité.

— Voulez-vous l'essayer ? demanda Macy en la détaillant de la tête aux pieds de son œil expert. Votre fiancé a deviné votre taille. Elle devrait vous aller à ravir.

Son hésitation fut de courte durée. Au diable la prudence !

— J'aimerais beaucoup !

Dans un bruissement de soie, Macy fit glisser la robe par sa tête, puis, d'une main experte, ajusta le bustier et fit bouffer la jupe. Elle cilla et étouffa un cri de surprise.

Mélange d'élégance et de sex-appeal, la mariée qui lui faisait face dans les portes miroirs de la penderie n'avait plus rien à voir avec la jeune femme si classique du Vieux Sud.

Quelques instants plus tard, coiffée, maquillée, Laurel avait l'impression d'être une sirène. Et quand elle entendit la voix de Rakin devant la porte de la chambre, son cœur fit un bond dans sa poitrine. Elle se retourna et étouffa un cri d'admiration.

L'air sombre et imposant, son fiancé se tenait sur le seuil, en smoking. La rose blanche fixée au revers de sa veste formait un contraste frappant avec sa virilité.

Sous la caresse de ses yeux de braise qui l'inspectaient avec un intérêt égal au sien, elle ne s'aperçut même pas du départ de Macy et de son assistante. Elle sentit ses yeux brûlants se poser sur la naissance de ses seins, s'attarder sur sa bouche pour finir par se planter dans son regard. Au-delà du désir indéniable, elle y lut autre chose. Comme une émotion indéfinissable.

Le souffle court, elle s'efforça de se ressaisir. Où avait-elle la tête ? Elle devait contrôler son trouble, se retenir de trembler comme une adolescente à son premier rendez-vous, ne pas oublier qu'elle était une femme adulte, pas une midinette.

Leur mariage était un simple arrangement provisoire qui, du point de vue des affaires, devait être aussi bénéfique à l'un qu'à l'autre.

Pourtant, l'homme qu'elle était sur le point d'épouser avait le pouvoir, d'un simple regard, de la faire flageoler sur ses jambes. « Provisoire », se martela-t-elle. Il ne pouvait s'agir d'autre chose.

Désireuse de ne rien lui laisser paraître de son trouble ni des palpitations désordonnées de son cœur, elle se composa un visage charmeur.

Quand il sourit en retour, elle ne put s'empêcher de remarquer la sensualité de sa bouche aux lèvres charnues et gourmandes. Quel délice ce serait de la sentir s'emparer de la sienne !

Une nouvelle fois, elle s'efforça de chasser ses pensées de son esprit. Elle réfléchit à quelque chose à dire.

— Vous vous êtes déjà changé ? lâcha-t-elle, à court d'idées.

Elle voyait à son menton lisse qu'il était rasé de frais. Il avait donc pris une douche.

Un instant, il resta à la fixer, sans répondre. Puis, sortant de son mutisme, il finit par murmurer d'une voix rauque :

— Vous êtes exquise.

— Merci.

Elle sentit une bouffée de plaisir la gagner. Toute sa vie, on lui avait répété qu'elle était belle comme si, pour la fille aînée d'Elizabeth Kincaid, cela coulait de source. Pourtant, jamais elle n'en avait tiré la moindre satisfaction. Or, pour la première fois de sa vie, elle se sentait regardée comme une femme.

Il plongea une main dans sa poche.

— Je vous ai apporté un cadeau, déclara-t-il à brûle-pourpoint.

— Un cadeau ?

— Un souvenir. Pour vous rappeler notre mariage.

L'écrin plat, en velours noir, révéla une chaîne en or, et quand il s'en empara un éclair scintilla. C'était un diamant ! Il vint se placer derrière elle, et elle sentit ses doigts frôler sa nuque et la fraîcheur de la pierre sur sa gorge. Elle tressaillit de délice.

Heureusement, il sembla ne rien remarquer de son trouble. Quand ses mains se refermèrent sur ses épaules, un long frisson l'électrisa. Il l'entraîna devant le miroir.

— Ça vous plaît ?

Un gémissement d'extase s'échappa de ses lèvres. Le solitaire d'une pureté éclatante scintillait sur son châssis d'or.

— Je… je ne peux pas accepter, finit-elle par balbutier.

— Pourquoi ?

— C'est trop…

Elle cherchait le mot juste. Elle finit par dire :

— C'est trop !

— Il ne vous plaît pas ?

— Non, bégaya-t-elle, je veux dire si, bien sûr, il me plaît, il est magnifique.

— Alors arrêtez de minauder et remerciez-moi gentiment.

— Je ne minaude pas ! se défendit-elle, recouvrant son sang-froid. Merci, c'est vraiment ravissant. Mais j'y pense, je n'ai pas de cadeau pour vous.

— Je n'en attendais pas.

Le miroir lui renvoyait le reflet d'une femme très élégante dans sa robe blanche, un homme brun, souriant, se tenant derrière elle. Son regard se posa sur les mains vigoureuses dont le hâle faisait ressortir la blancheur d'albâtre de ses propres épaules. Une nouvelle vague de chaleur la submergea. Il y avait quelque chose de si voluptueusement sensuel dans le contraste entre sa virilité et sa propre féminité qu'elle sentit son attirance pour lui grimper en flèche.

Elle leva les yeux vers lui. Dans la glace, leurs yeux se croisèrent. Entre eux, l'air crépitait. Après une seconde chargée d'électricité, il la relâcha, et elle eut soudain l'impression de manquer d'air.

— Allons-y. Il est temps, déclara-t-il soudain d'un ton bourru.

Accueillant la diversion avec reconnaissance, elle approuva un peu trop vite.

— Oui, il est temps !

D'un pas vif, elle se dirigea vers la porte. Malgré la vaste superficie de la suite, l'air y était devenu curieusement oppressant.

Quand ils reviendraient à l'hôtel, ils seraient mari et femme.

- 6 -

— The Venitian ? lut Laurel devant la façade de l'hôtel.

— Nous allons nous faire prendre en photo. En souvenir. Et puis, vous avez dit vouloir visiter Venise un jour, reprit Rakin avec un sourire éclatant.

Elle s'était demandé quelle chapelle Rakin avait choisie pour leur mariage : Chapel of Bells ? Little White Chapel ? Red Rock Canyon ? Mais jamais elle n'aurait pensé se retrouver dans un hôtel pour une séance photos. Et puis, qu'allaient penser les autres clients devant sa robe de mariée ?

Allons ! se reprit-elle. Elle se faisait bien du souci pour rien. Après tout, quantité de couples venaient convoler à Las Vegas. Il était plus que probable que personne ne lui accorderait un regard.

En découvrant le haut plafond voûté et les fresques encadrées d'or du hall, elle poussa un cri d'admiration.

— Que diriez-vous d'une promenade en gondole ?

— En gondole ? répéta-t-elle avec un petit rire. Oh oui, s'il vous plaît. Je ne peux imaginer plus romantique pour un mariage.

Elle avait hâte de montrer les photos à Kara. Sa sœur serait impressionnée.

La gondole lui arracha une nouvelle exclamation de surprise. Blanche et or, elle flottait sur un canal bordé de palais qui semblaient avoir été transportés de Venise pour être installés le long des allées pavées des berges. Levant les yeux, elle remarqua les balcons, les piliers, les arches, chaque détail de la ville italienne reproduit à la perfection.

Une femme que Rakin lui présenta comme l'organisatrice de mariages de l'hôtel s'avança pour lui offrir un bouquet de roses blanches et de fleurs d'oranger.

— Un bouquet de mariée ? s'étonna Laurel. Pour les photos, je suppose.

Quand elle aperçut l'homme en costume sombre qui les attendait, elle comprit. Il ne s'agissait pas simplement de photos. Leur mariage allait être célébré ici même. Les jambes soudain en coton, elle éprouva une sorte de vertige. Tout allait si vite.

Après avoir serré la main de l'officiant, Rakin l'entraîna vers la gondole sous une pluie de pétales blancs, et l'air se mit à embaumer. Ils s'installèrent côte à côte, face à l'officiant, et le gondolier fit glisser la barque sur le Grand Canal, lisse comme un miroir.

L'espace réduit était étonnamment propice à l'intimité. Quand elle sentit la cuisse dure de Rakin frôler la sienne, une onde brûlante la traversa.

Elle tourna la tête vers lui. Devant son regard où étincelait la lueur intense du désir, son cœur s'emballa.

D'une voix un peu tremblante, elle répéta le serment du mariage à la suite de l'officiant : elle épousait Rakin Abdellah. Non par amour, mais pour bien d'autres raisons.

Pourtant, quand il prit sa main, elle sentit comme une petite décharge. Jusqu'à cet instant, il ne s'était agi que d'un marché, d'un arrangement, mais le contact de leurs peaux qui se frôlaient lui fit prendre conscience que quelque chose était en train de changer.

Un éclair doré lui indiqua qu'il glissait un anneau à

son annulaire. Surprise, elle leva les yeux vers lui. Elle s'apprêtait à lui faire des excuses pour ne pas lui avoir apporté d'alliance, mais la gravité de son regard la fit taire. Son cœur qui battait à tout rompre semblait sur le point d'exploser dans sa poitrine.

— Je vous déclare mari et femme.

De plus en plus abasourdie, elle sentit sa gorge se dessécher. Elle peinait à y croire. Un mois auparavant, elle était sur le point d'épouser Eli. Aujourd'hui, elle se retrouvait mariée à un homme qu'elle ne connaissait que depuis quelques jours. Un homme qui ne lui avait pas fait de serments d'amour, mais qui lui avait promis l'aventure et de nouveaux contrats. En échange, elle allait l'aider à déjouer les projets de son grand-père. Un homme qui, contrairement à toute attente, avait envahi sa vie… ses pensées…

Derrière eux, la voix du gondolier s'éleva. Aux notes mélancoliques d'*O Sole Mio,* elle sentit une étrange tristesse la gagner. Ses doigts se crispèrent sous ceux de Rakin. Et s'il s'agissait d'une véritable histoire d'amour ? Du mariage de son cœur ?

Au diable les regrets ! Ce n'était pas le cas. Néanmoins, étant donné l'alchimie qui existait entre eux, elle savait que leur union allait bien au-delà d'un simple arrangement dicté par le pragmatisme. Rakin lui avait promis de lui faire vivre des expériences inédites. Il tenait sa promesse. Il avait fait basculer son monde. Et, quelque part, au milieu de ce bouleversement, elle espérait se découvrir. Ne plus vivre pour plaire aux autres, mais pour trouver sa propre plénitude. Devenir la Laurel Kincaid qu'elle ne s'était jamais autorisée à être.

— La tradition veut que le couple de mariés s'embrasse sous les ponts, déclara l'officiant avec un sourire bienveillant.

Avant qu'elle ait eu le temps de répondre poliment que le baiser n'était pas nécessaire, la gondole glissa à l'ombre d'une arche et Rakin pencha la tête vers elle.

Quand sa bouche frôla la sienne, elle se sentit fondre de l'intérieur.

Ses lèvres étaient fermes. Viriles. Impérieuses. Elle se raidit sous le désir inattendu qui la submergea comme un brasier déchaîné et garda les siennes fermement pressées. Rakin cherchait juste à satisfaire celui qui venait de les marier. Il se contenta de déposer un chapelet de petits baisers tendres le long de sa bouche.

Quand ils ressortirent en pleine lumière, laissant le pont derrière eux, il en picora une dernière fois la commissure et chuchota :

— Cette fossette me rend fou.

Elle essaya de rire, mais réprima un gémissement de frustration quand elle le vit s'écarter d'elle. Ses yeux noirs restaient enchaînés aux siens, trahissant sa détermination. Elle s'était trompée. Il se fichait totalement de l'officiant. Il avait voulu l'embrasser.

L'appréhension la gagna. Une fois de plus, sa perception de leur relation avait changé.

— Maintenant, l'aventure commence vraiment, ajouta-t-il sans la quitter du regard.

Un nouveau frisson d'excitation la parcourut. Il émanait de cet homme une séduction diabolique à laquelle elle se sentait incapable de résister.

La tête renversée en arrière, elle ferma les yeux. Elle avait besoin de reprendre son souffle, de gagner un peu de temps. Néanmoins, elle laissa ses doigts dans les siens. Elle ne souhaitait pas briser le lien entre eux. Les notes de la belle chanson napolitaine l'enveloppaient, et elle se sentit submergée par un flot d'émotions trop longtemps refoulées.

Comment un mariage arrangé pimenté de quelques aventures amusantes pouvait-il ainsi se transformer en l'expérience la plus romantique de sa vie ? Elle rouvrit les yeux et fixa sans les voir les étoiles scintillant au-dessus de sa tête.

— Si vous observez bien, vous verrez qu'elles ne sont pas réelles, expliqua l'officiant.

Bien sûr, elles n'étaient pas réelles. Rien concernant cette épopée folle avec Rakin n'était réel. C'était une aventure. Un fantasme. *Son* fantasme.

Pourtant, jamais elle n'avait vécu aventure plus concrète. Elle prenait des risques. Des risques qu'elle n'aurait jamais envisagés si elle n'avait pas fait ce saut dans l'inconnu, loin du monde si sécurisant des Kincaid de Charleston. Si elle n'avait pas accepté d'oublier les règles de bonne conduite de Laurel Kincaid.

Et d'épouser un cheikh qu'elle connaissait à peine.

La voix de l'officiant la tira de ses pensées.

— Nous arrivons au pont suivant.

Tous ses sens soudain en alerte, elle sentit ses nerfs se tendre comme des cordes. Avant même qu'elle ne croise le regard de braise de Rakin, son cœur se mit à battre la chamade.

Alors que la gondole avançait dans la pénombre, elle se raidit, sur le qui-vive. Pourtant, rien n'aurait pu la préparer à ce qui l'attendait. Cette fois, Rakin prit tout son temps. Audacieux, exigeant, son baiser embrasa le désir qui n'avait cessé de couver entre eux. Comme dotés d'une volonté qui leur était propre, ses bras s'enroulèrent autour de son cou. Emportée par une émotion plus forte qu'elle, elle lui répondit avec fougue. Leur baiser gagna en sensualité, leurs langues entamant un ballet érotique.

Les yeux clos, son sang battant à ses tempes, elle

goûta la saveur salée de la bouche de Rakin, tandis que les notes d'*O Sole Mio* la transportaient dans un autre univers, un monde exotique, à des années-lumière de ce qu'elle avait connu jusque-là.

Rien ne serait jamais plus comme avant.

Rakin l'observait à la dérobée. Debout dans l'encadrement de la porte-fenêtre donnant sur le balcon, elle semblait perdue dans la contemplation du parc de l'hôtel.

Depuis qu'ils étaient descendus de la gondole après avoir échangé leurs serments de mariage, elle n'avait quasiment pas prononcé un seul mot.

Qu'est-ce qui pouvait bien la préoccuper ainsi ? Quand ils avaient regagné la suite, à l'hôtel, un festin les attendait. Elle s'était contentée de grignoter un peu de saumon fumé et de melon et n'avait pas bu une goutte du champagne qu'il lui avait versé.

Il se décida à s'approcher et posa une main sur son bras nu.

— Tu es bien silencieuse, remarqua-t-il avec douceur. Tu n'as plus faim ?

Elle laissa échapper un long soupir et répondit d'une voix saccadée, ses yeux posés sur sa main :

— N'avais-tu pas promis qu'il ne serait pas question de sexe entre nous ?

Surpris, il ne répondit pas immédiatement. Manifestement, elle prenait sa sollicitude pour des avances. Pourtant, son inquiétude pour elle était sincère.

— J'aime le contact physique, se défendit-il. Je suis du genre démonstratif.

— Avec tout le monde ?

— Non, reconnut-il.

— Avec qui, alors ? le pressa-t-elle.

Avec les femmes qui lui plaisaient. Qui l'attiraient. Les femmes comme elle.

— Je crois bien que je suis démasqué, avoua-t-il avec un petit rire étouffé. Et qu'il sera un peu question de sexe dans ce mariage, en fin de compte.

L'air toujours aussi grave, Laurel le dévisagea.

— Honnêtement, je n'ai jamais compris pourquoi on en faisait un tel plat.

Il sursauta. Sa candeur était un affront à sa virilité. Il était certain de pouvoir la faire changer d'avis. A la perspective de lui faire découvrir l'extase de la chair, il sentit à quel point son corps réclamait cette femme.

— Je pense que je pourrais te le faire comprendre, répondit-il d'une voix rauque.

Elle lui lança un regard interloqué. La rougeur qui gagnait sa gorge s'étendit à la peau découverte par le profond décolleté de son exquise robe blanche. Un petit son étranglé monta de sa gorge.

— Non merci.

Comme pour contredire son refus, il vit ses yeux se poser sur sa lèvre inférieure, s'y attarder un long moment, avant de remonter vers les siens et de se détourner. Laurel brûlait de curiosité. Il se fit violence. Il ne profiterait pas de la situation.

— D'accord. Pas de sexe. Juste le mariage, concéda-t-il.

Il refoula sa frustration grandissante. Comment allait-il pouvoir tenir une promesse aussi stupide ? Il n'en avait pas la moindre idée.

De sa langue, elle humecta sa lèvre inférieure.

— Je ne pensais même pas au sexe.

De qui se fichait-elle ? Elle avait amené le sujet sur le tapis. Il baissa les yeux vers sa bouche gourmande.

— Bien sûr que si, murmura-t-il. Tu es une très

belle femme. Tu dois passer ton temps à repousser des avances de soupirants.

— J'essaie de les éviter avant qu'elles n'arrivent, répliqua-t-elle avec honnêteté.

— Tu les décourages ? demanda-t-il en soutenant son regard.

— « Décourager » a une connotation un peu froide. J'essaie de rester aimable.

Un très long moment, il continua à la fixer. Jamais il n'avait vu une telle vulnérabilité dans ses yeux. Ils étaient du même vert tendre que les feuilles de printemps humides de pluie. Il avait soudain l'impression de découvrir une facette de Laurel à laquelle peu de gens avaient accès.

— A quoi penses-tu ? s'enquit-elle, sans doute déconcertée par son silence.

— Eli avait raison, se contenta-t-il de répondre pour ne pas l'effaroucher.

— A quel propos ? demanda-t-elle d'un ton soupçonneux.

— Tu es une femme vraiment bien.

Un sourire flotta sur ses lèvres.

— J'ai le même sentiment vis-à-vis de toi. Je pense que tu es un homme très bien. Mais puisque notre mariage doit rester platonique, pourquoi m'as-tu embrassée dans la gondole ?

L'encadrant de ses deux mains, il s'appuya au chambranle de la porte-fenêtre.

— Je pourrais répondre : pour sceller notre contrat.

— C'est un contrat d'affaires. Je n'avais pas besoin d'un baiser pour le sceller, encore moins de deux !

Il dissimula sa surprise. Il aurait pu lui faire remarquer qu'elle ne l'avait pas repoussé. Il préférait opter pour une autre réponse.

— Je ne vais pas mentir. J'aimerais beaucoup te faire l'amour. Ce serait une expérience d'une volupté intense qui nous procurerait à tous les deux un plaisir indicible. Une autre aventure. Et, pour toi, une nouvelle découverte. Je n'ai aucun doute à ce sujet. Mais je respecte tout à fait ton souhait de ne pas mêler le sexe à notre contrat.

Inutile de se leurrer. Il savait déjà à quel point ce serait difficile. Néanmoins, il la respectait trop pour essayer de la convaincre.

Devant son silence, il reprit, l'air grave :

— Qu'attends-tu ? De trouver l'homme de ta vie quelque part dans ce monde ? Celui que tu ne voudras pas décourager ?

— Honnêtement ? Je n'ai jamais rencontré l'amour. Je ne suis même pas sûre de savoir ce que c'est. Même si je sais que c'est beaucoup plus que des mots doux. Kara et Eli me l'ont prouvé. A vrai dire, si j'avais le choix entre l'amour et un mariage plein d'aventures, j'opterais pour le second.

Rakin sentit un profond soulagement l'envahir. Au moins, elle ne s'embarrassait pas des « ils vécurent très heureux et eurent beaucoup d'enfants » des contes de fées !

— Je peux te faire connaître l'aventure.

— Très bien, mais où est le piège ? Je dois passer à la casserole ?

— Pas de piège ! promit-il.

La surprise qu'il lut sur son visage était telle qu'il sourit, amusé.

— Pas de sexe contre ton gré, en tout cas. Mais es-tu bien sûre de vouloir fermer la porte à tout ce qui pourrait exister de merveilleux entre nous ? ajouta-t-il, son sourire se faisant enjôleur.

S'armant de courage, il attendit son refus… qui ne vint pas.

— Je ne suis pas sûre, répondit-elle, le regard empli de curiosité.

Frustré par son indécision, il sentit son sang bouillonner dans ses veines. Un refus catégorique aurait été beaucoup plus facile à gérer pour lui.

— Je vais prendre une douche, annonça-t-il alors d'une voix rauque.

Assise sur le tabouret face à la coiffeuse, dans le peignoir de l'hôtel, Laurel pensait à celui qui venait de devenir son mari. Le fait d'avoir parlé de sexe l'empêchait de trouver le sommeil.

Elle avait pris une douche dans la luxueuse salle de bains de sa chambre. Elle aurait dû mettre la chemise de nuit que Kara avait choisie pour elle pour sa nuit de noces avec Eli. Mais cela n'aurait pas paru naturel. Ce soir était sa nuit de noces avec… Rakin.

Elle jeta un coup d'œil à la robe sexy, abandonnée sur son lit. Elle était beaucoup trop énervée pour passer un T-shirt confortable.

Elle s'étira langoureusement, et le peignoir s'entrouvrit sur la naissance de ses seins. Un frisson de volupté la traversa. Rakin et sa séduction diabolique obsédaient ses pensées. Une lave brûlante se mit à couler dans ses veines.

Il avait promis d'être un amant exceptionnel. Qu'est-ce qui l'empêchait de profiter de sa suggestion ? De faire de ce mariage une nouvelle aventure excitante ?

*
* *

La peau encore humide, Rakin sortit de sa salle de bains en s'essorant les cheveux dans une serviette qu'il lança sur son lit.

Un petit cri lui fit lever les yeux.

Sur le seuil de sa chambre, Laurel, les yeux écarquillés, contemplait son corps nu.

De toute façon, il était trop tard maintenant pour se couvrir.

— Que fais-tu ici ? demanda-t-il.

La question était bien inutile, il le savait. Le vert scintillant de son regard la trahissait. Sentant son érection se durcir, il fit un pas vers elle.

— Je sais pourquoi tu es là.

Quand il l'attira dans ses bras, elle se laissa faire sans réticence. Il l'embrassa, et ses lèvres s'entrouvrirent, dociles.

Il marqua une pause, conscient qu'une fois qu'il aurait commencé rien ne pourrait l'arrêter.

— Tu es sûre que c'est ce que tu veux ?

Sans une seconde d'hésitation, elle acquiesça. Il laissa glisser ses mains à l'intérieur de son peignoir, sur la peau satinée de ses bras. Gêné par le vêtement, il le repoussa et le fit tomber à terre.

Désormais, elle aussi était nue. Le souffle court, il s'emplit du spectacle de sa somptueuse chevelure aux reflets auburn qui tombait en cascade soyeuse sur ses épaules. Devant la perfection de ses seins coquins, de son ventre plat, de sa taille svelte, de ses jambes fuselées, il sentit son cœur cogner dans sa poitrine. Les lèvres en feu, son érection presque douloureuse, il sut alors qu'il devait la faire sienne.

Le sang lui bourdonnait aux oreilles. Ne savait-il pas pourtant qu'il s'engageait sur un chemin dangereux ?

Mais il était incapable d'écouter ce que sa raison lui

dictait. Il attira Laurel vers le grand lit où il s'allongea, la caressant lentement. Un léger soupir lui indiqua qu'elle se détendait. De sa cuisse, il écarta les siennes et s'empara de sa bouche qu'il dévora de nouveau.

Quand il s'arracha à ses lèvres, le souffle court, il plongea les yeux dans son regard où brillait la lueur intense du désir.

Il caressa son ventre, puis laissa ses mains s'aventurer dans les replis soyeux de son sexe. Un râle monta de sa gorge. Il s'arrêta.

Immobile, les paupières mi-closes, mordant sa lèvre inférieure, elle semblait attendre.

Avec une infinie délicatesse, il la caressa de nouveau. Elle se cambra, ses longs soupirs brisant le silence entre eux.

— Désolée, fit-elle en rouvrant les yeux, le regard embrumé.

Ses joues roses trahissaient son embarras.

— Détends-toi, la pressa-t-il. Ne t'excuse pas.

— Ce gémissement, fit-elle d'un air gêné, ce n'était pas très raffiné.

Elle roula de côté et enfonça sa tête dans l'oreiller.

Il lui prit la main. Quand enfin elle releva la tête, il lui dit :

— Laisse-toi aller. Je veux que tu sois toi-même.

Sa timidité s'évanouit soudain pour laisser place à un sourire malicieux.

— Je ne suis pas sûre que mon éducation de jeune fille de bonne famille m'autorise à me laisser aller complètement, répondit-elle.

Il lui rendit son sourire. Quelle que soit la circonstance, elle gardait ce sens de l'humour qui l'enchantait.

— Je comprends.

— Je suis un peu mal à l'aise, admit-elle.

Il avait bien vu que quelque chose la retenait. Il passa ses doigts dans ses cheveux.

— Pourquoi ? s'enquit-il.

— Tout me semble tellement… plus.

— Plus ?

— Plus puissant. Plus intense. Je te donne l'impression d'être folle, ou tu fais cet effet à toutes les femmes ?

Il ne voulait pas parler des autres femmes. Laurel, sa femme, était la seule qui l'intéressait. Et son aveu le réjouissait. Peut-être allait-elle à son rythme, en fin de compte.

L'euphorie le gagna.

— Alors, il va falloir que je te prouve que je peux te faire aller encore beaucoup plus loin sur le chemin du plaisir.

— Vraiment ? s'étonna-t-elle. Comment est-ce possible ?

Manifestement, elle n'avait jamais rencontré l'homme capable de la mener jusqu'à l'extase. Un sentiment de triomphe le submergea. Il allait y remédier. Jouer pour elle la partition du plaisir intense et la sentir vibrer sous la puissance de l'orgasme.

Un lent sourire se dessina sur ses lèvres.

— Nous avons encore bien des aventures à partager, toi et moi, déclara-t-il. Mais d'abord, je veux une promesse. Je veux que tu t'abandonnes. Que tu te laisses aller sans retenue.

— Qu'as-tu l'intention de faire ?

Son air anxieux le fit rire.

— Pas de folie, rassure-toi. Je veux juste être celui qui va te combler.

— Me combler ? répéta-t-elle, l'air de plus en plus éperdu.

Prenant pitié d'elle, il se rallongea à son côté. Ivre

de désir, il leva son visage vers elle et fit filer entre ses doigts la masse de sa chevelure flamboyante, aussi douce que la soie.

— Laisse-toi aller, répéta-t-il. Sans complexes. Je veux que tu oublies que tu es une Kincaid. Concentre-toi sur le fait d'être la femme que tu veux être. Et, surtout, fais confiance au plaisir infini que nous sommes sur le point de partager.

— Je m'en crois capable, répondit-elle, son regard s'illuminant.

— Alors laisse-moi faire vibrer tous tes sens.

Réprimant sa fougue, il s'enfonça de tout son poids dans le matelas, la faisant glisser contre lui et, l'attirant entre ses cuisses ouvertes, il la retint prisonnière de ses bras sans cesser de l'embrasser à pleine bouche, laissant ensuite ses lèvres courir sur sa gorge. La repoussant en arrière, il se mit à dévorer les seins chauds et frémissants, tandis que sa main glissait le long de sa hanche.

Elle n'avait plus peur, soudain. Ses seins aux pointes durcies s'écrasaient contre son torse vigoureux. D'une main qu'il avait posée sur sa nuque, il la pressa contre lui et glissa sa langue dans sa bouche chaude, odorante, cherchant, vorace, les caresses et le plaisir.

Des frissons électriques la traversèrent, réveillant des sensations dont elle ignorait jusqu'à l'existence, embrasant chaque parcelle de son corps. Et quand il la caressa avec adresse au plus intime de sa chair, lui procurant les sensations les plus enivrantes, un tourbillon divin naquit au creux de son sexe, se propagea dans tout son corps, et elle s'abandonna à la jouissance, grisée par l'intensité des sensations qui déferlaient en elle.

D'un geste empreint de tendresse, il repoussa ses

cheveux de son visage. Leurs jambes nues se nouèrent. Comme aimantés l'un à l'autre, ils semblaient laisser leur corps parler pour eux. Haletante, elle souleva ses hanches et pressa son sexe brûlant contre lui, comme pour le guider.

Après avoir déroulé un préservatif sur son sexe gonflé, d'un mouvement souple, il s'enfonça en elle. Elle poussa un petit cri de surprise autant que de plaisir. Les doigts agrippés à son torse, elle ondula en rythme avec lui et s'accrocha à son bassin ferme, s'ajustant à son tempo, allant au devant de chaque nouvel assaut. Répondant à sa supplique muette, il plongea et replongea en elle.

Fermant les yeux, elle ondulait des hanches, sentant la pulsation enfler au fond de son ventre, annonçant l'explosion finale. Des étoiles dansaient derrière ses paupières closes et, soudain, ce fut le point de non-retour. Haletante, frémissante, elle se laissa emporter par les spasmes d'un orgasme dont elle n'aurait jamais soupçonné la puissance. Il plaça leurs mains jointes au-dessus de sa tête, leurs souffles confondus, et, d'un dernier coup de reins, s'enfonça en elle, murmurant son nom, et le long frisson qui l'électrisa rejaillit sur elle par vagues, dans un feu d'artifice de sensations ultimes.

Enfin, dans la brume ouatée de volupté qui les enveloppait, il l'attira au creux de ses bras, où elle s'endormit.

Incapable de trouver le sommeil, Rakin se leva et sortit en catimini dans la nuit chaude et parfumée. Enveloppé par l'obscurité, sous un ciel scintillant d'étoiles, il s'accouda à la balustrade. Dans la chambre, Laurel était endormie.

Tous ses sens repus, il était pourtant en proie à une agitation intense.

Jamais il ne se serait attendu à vivre une telle extase avec une femme qu'il avait épousée par raison.

Le regard plongé dans la pénombre, il sentit un étau glacé lui broyer le cœur.

Il n'était pas fait pour l'imprévu. Chaque facette de sa vie était méticuleusement planifiée ; chacun de ses actes, calculé. Ne pas contrôler les forces qui l'entraînaient vers l'inconnu ne faisait pas partie de son plan. C'était Laurel qui devait goûter à la fascination de l'aventure. Pas lui.

Il s'était cru immunisé contre l'excitation de la nouveauté. N'était-il pas un homme blasé, quelque peu cynique ? Pas le genre d'homme à perdre la tête pour une femme. Même aussi belle que Laurel. Il avait appris dès son plus jeune âge à ne pas croire au leurre de l'amour.

Et même s'il avait toujours apprécié la compagnie des jolies femmes, il ne tombait pas amoureux. Il partait du principe que l'amour était destructeur.

Pourtant, il semblait obsédé par la pensée de Laurel.

La douceur de sa peau, la rondeur de ses seins laiteux. Le goût sucré de sa bouche. Sans parler de l'orgasme prodigieux qui les avait laissés tous deux haletants.

Malgré son désir fulgurant de la rejoindre, il se fit violence : il laisserait sa femme dormir jusqu'au matin.

Il ne devait pas oublier que leur mariage était un contrat d'affaires.

- 7 -

A bord du jet qui les emmenait vers Diyafa, Lauren observait Rakin à la dérobée. La nuit dernière avait été une erreur.

Malgré sa courtoisie pendant le petit déjeuner, ce matin, et sa politesse incontestable durant le trajet jusqu'à l'aéroport, elle sentait une distance entre eux qu'elle n'avait jamais connue avant. Et ce n'était pas son imagination qui lui jouait des tours.

Depuis qu'ils étaient montés à bord de l'avion privé, elle avait fait quelques tentatives pour engager la conversation, sans succès. Finalement, il s'était installé sur la banquette face à elle et s'était plongé dans la section économie de son journal.

Le compagnon plein d'humour et si patient de ces derniers jours semblait s'être complètement volatilisé.

Elle aurait donné cher pour comprendre ce changement d'attitude.

Feignant d'être absorbée par un magazine, elle parcourut les derniers potins des célébrités. Pourtant, son esprit tournait à cent à l'heure. Rakin souhaitait-il un simple mariage blanc ? Voulait-il vraiment cette passion qu'ils avaient partagée la nuit dernière, ou l'avoir l'initiée à l'extase de la chair lui suffisait-il ?

Bien sûr, elle était perturbée par cette indifférence

affichée, mais il n'était pas question d'aborder le sujet. Cela aurait été bien trop embarrassant.

La voix du steward la fit sursauter, la tirant de ses pensées.

— Une flûte de champagne, madame ?

— Non, merci.

Le champagne était bien la dernière chose dont elle avait besoin. Et avec Rakin de cette humeur, elle ne pouvait même pas le taquiner sur le fait qu'il essayait de l'enivrer.

Aussi fut-elle surprise de le voir lever les yeux de son journal et demander :

— Peut-être un jus d'orange ?

— Oui, merci, acquiesça-t-elle avec un sourire.

Après avoir rempli son verre et l'avoir posé sur la tablette attenante, le steward disparut derrière les rideaux, non sans lui avoir recommandé au préalable :

— N'hésitez pas à m'appeler si vous avez besoin de quoi que ce soit.

Le regard de Rakin sur elle la déconcentrait. Tout comme ce silence entre eux maintenant qu'ils étaient seuls. Autant engager la conversation. D'une voix un peu étranglée, elle se jeta à l'eau :

— Je sais déjà que ton grand-père est un tyran et ton cousin un rival. Mais parle-moi du reste de ta famille.

— Il n'y a pas grand-chose à dire. Je suis fils unique. Mes parents sont morts dans un accident d'avion quand j'avais treize ans. Ma mère était américaine, mon père, l'aîné de deux fils et de quatre filles, tous nés à Diyafa et élevés comme des membres de la famille royale. Mon grand-père est le plus jeune frère du prince régnant.

Elle ne put retenir un mouvement de surprise.

— Ne t'inquiète pas, s'empressa-t-il de la rassurer.

Je suis bien trop éloigné du trône pour que la politique ait une influence sur ma vie.

Son ton était factuel, distant. Il lui donnait le minimum de détails. Certains qu'elle connaissait déjà. La pensée l'effleura qu'en fin de compte elle en avait plus appris par Eli au fil des ans : Rakin avait été envoyé en pension en Angleterre, où il était resté après le traumatisme de la mort accidentelle de ses parents. Puis il avait fait ses études à Harvard.

En attendant, elle n'en avait pas appris tellement plus sur les gens qu'elle était sur le point de rencontrer. Quant à l'homme qui était désormais son mari, il lui opposait un visage toujours aussi impassible.

— Dis-m'en plus ! insista-t-elle sans lui laisser le temps de se replonger dans son mutisme. Je vais rencontrer tes grands-parents. Je veux faire bonne impression.

— Tu leur seras présentée à une réception officielle, ce qui n'est pas vraiment propice à des conversations intimes. Aussi, le fait que tu n'en saches pas plus sur ma famille n'a pas grande importance. Tâche de ne pas t'inquiéter de l'impression que tu vas faire. Contente-toi d'être toi-même. Ils vont t'adorer.

Elle ravala sa déception. Facile à dire pour quelqu'un qui avait toujours mis un point d'honneur à répondre aux attentes de son entourage. Pour son père, elle avait été une pianiste de talent et, devenue adulte, l'attachée de presse non moins talentueuse du groupe Kincaid. Pour sa mère, la fille aînée responsable. Pour ses sœurs, le modèle. Le seul avec qui elle n'avait jamais eu à jouer un rôle était Eli. Mais quand leurs amis avaient commencé à se marier entre eux, elle avait de nouveau dû se plier aux espoirs familiaux en se fiançant avec lui.

Elle savourait aujourd'hui cette liberté inédite : au

moins, avec Rakin, elle pouvait être complètement elle-même.

Même avec l'enjeu démesuré que représentait pour l'avenir de Rakin la rencontre avec le vieux cheikh.

Le plus positif dans leur accord restait que ces derniers jours avaient été plus riches en aventures que les trois décennies de sa vie si rangée.

La voix aux intonations chaudes vint interrompre le cours de ses pensées.

— Je bois aux nouveaux amis et aux nouvelles destinations ! lança-t-il en levant son verre.

A son ton plein d'espoir, elle sentit son enthousiasme renaître.

— Je bois à la même chose.

Leurs verres pleins s'entrechoquèrent et leurs yeux se croisèrent en une complicité tacite. Sous son regard d'un brun profond, Laurel se força à détourner la tête. Il n'était pas question de lui dévoiler son trouble.

L'avion entamait sa descente, lui offrant une première vue de Rashad, la capitale de Diyafa.

Construite sur un affleurement montagneux au cœur d'un désert qui s'étendait à l'infini, avec ses teintes ocre et rose pâle, ses dômes et ses minarets se dressant vers le ciel comme des flèches, la ville respirait l'exotisme oriental. A l'architecture traditionnelle se mêlait le style contemporain des gratte-ciel, dans un subtil mélange de passé et de présent.

Enchantée, elle s'exclama :

— On dirait un décor d'Aladin ! Ou, plutôt, Aladin catapulté dans le XXIe siècle. J'ai hâte de tout visiter.

Son allégresse revenue, elle se tourna vers Rakin. Il la regardait. Toute distance entre eux semblait soudain effacée. Devant le brasier qui brûlait au fond de ses prunelles du noir de l'ébène, elle sentit fondre comme neige au soleil toutes ses réserves concernant leur nuit passée ensemble. Peut-être ne lui était-elle pas si indifférente que cela, après tout ?

La réception officielle annoncée par Rakin avait lieu dans un palais qui évoquait *Les Mille et Une Nuits*.

Le dallage de marbre de l'immense salle de réception formait des motifs sophistiqués, les murs étaient couverts de panneaux ciselés, patinés à la feuille d'or, éclairés par des bougeoirs plongeant l'assistance dans une douce lumière. De grosses urnes antiques remplies de bouquets aux couleurs chatoyantes et au parfum capiteux étaient disposées aux quatre coins de la pièce.

Le luxe prodigieux des lieux la laissa abasourdie. Tout comme sa rencontre avec le grand-père de Rakin.

Devant l'homme en djellaba, au visage austère, elle se trouva à court de mots, ce qui ne lui ressemblait pas. Pendant les quelques minutes que dura leur entrevue, elle eut l'impression que les yeux perçants du vieil homme la sondaient jusqu'à l'âme. Une expérience dont elle se serait bien passée.

— Vous connaissez mon petit-fils depuis longtemps ? s'enquit le prince Ahmeer Abdellah.

— Assez longtemps pour qu'elle ait su qu'elle voulait m'épouser, répliqua Rakin à sa place.

Refusant de se laisser déstabiliser en adoptant une attitude défensive, Laurel sourit à la femme du vieux cheikh.

— Vous avez une maison magnifique.

— Nous y avons connu beaucoup d'années de bonheur, acquiesça cette dernière.

Dieu merci, la grand-mère de Rakin lui fut d'emblée plus sympathique. Son visage ridé portait les traces d'une vie heureuse. Et la chaleur de son étreinte contrastait avec la méfiance de son mari.

— Nous devrions nous mêler aux invités, déclara alors Rakin. J'ai promis à Laurel de lui présenter du monde. Elle doit se faire de nouveaux amis. Je vous la ramènerai quand vous serez seuls, demain peut-être.

— Rakin, je voudrais m'entretenir un peu avec ta femme, protesta sa grand-mère. Tu nous as fait languir si longtemps. Maintenant que tu es enfin marié, tu ne peux pas nous l'enlever si vite.

Laurel lui lança un coup d'œil éloquent. Qu'il mit un point d'honneur à ignorer. Elle avait deviné qu'ils ne s'en tireraient pas à si bon compte.

Le prince Ahmeer, allant droit au but, reprit alors :

— Rakin me dit que vous venez d'une famille influente aux Etats-Unis.

Elle opina du menton.

— Ma mère est issue de l'une des plus vieilles familles de Charleston.

Avec un mouvement de tête approbateur, le prince reprit :

— Votre famille a des racines. Comme nous, à Diyafa.

— En effet.

Le regard inquisiteur, il se mit alors à poser des questions plus ciblées. Il voulait des précisions sur le groupe Kincaid. Il connaissait parfaitement le milieu du fret maritime, et Laurel n'eut d'autre choix que de répondre. Manifestement satisfait, il ne tarda pas à sourire, l'air soudain plus détendu.

Une main sur l'épaule de son petit-fils, il finit par déclarer :

— J'étais inquiet quand tu as téléphoné pour m'annoncer que tu t'étais marié. J'ai l'impression que tu as fait un excellent choix. Je suis satisfait. Vous pouvez nous rendre visite demain.

Laissant ses grands-parents s'éloigner, Rakin lui murmura :

— Mon grand-père n'est pas facile à contenter. Tu as fait un miracle. Ceci dit, je n'en doutais pas un seul instant, ajouta-t-il avec un petit sourire. Et maintenant, suis-moi, je vais te présenter à nos invités.

Ils se joignirent à la foule des convives. Les hommes portaient smoking ou dishdasha. D'une élégance incroyable, la plupart des femmes étaient vêtues à l'occidentale, certaines ayant néanmoins opté pour la robe traditionnelle. Aussi émerveillée qu'une enfant devant cet étalage de splendeurs, Laurel n'en croyait pas ses yeux. Pour un peu, elle se serait sentie embarrassée de la sobriété de sa robe noire à dos nu avec, pour seul bijou, le diamant offert par Rakin pour leur mariage.

Une demi-heure plus tard, elle se retrouva seule pour la première fois. Rakin avait été enlevé par deux de ses invités pour en rejoindre un troisième. Il avait promis de ne pas être long.

Elle avait dégusté les délicieux mets du pays, avait été présentée à des dizaines de gens. Et son visage lui faisait mal d'avoir tant souri.

Une voix masculine la fit sursauter.

— Vous êtes la femme de Rakin ?

Elle pivota pour se trouver nez à nez avec un homme de haute taille, brun, vêtu du costume traditionnel. D'un pas, il combla le vide entre eux.

— Je suis le cheikh ibn-Ahmeer, dit-il avec un sourire.

— Oui, je suis bien la femme de Rakin, reprit-elle en souriant aussi.

— Je n'avais jamais entendu parler de vous avant d'être invité à vous souhaiter la bienvenue, ce soir. Comment avez-vous connu Rakin ?

Réprimant son affolement, elle s'appliqua à lui offrir un visage impassible. Elle aurait dû prévoir cette question. Hélas, Rakin et elle n'avaient pas abordé la version à donner concernant le début de leur histoire. Elle ne pouvait pas répondre à cet homme qu'ils s'étaient rencontrés pour la première fois moins d'une semaine auparavant. Désespérée, elle jeta un coup d'œil à la ronde, en quête d'inspiration... ou du retour de Rakin.

Elle l'aperçut en grande discussion avec son grand-père. A voir les froncements de sourcils du vieil homme, les gestes d'humeur de Rakin, la conversation semblait s'envenimer. Elle eut un pincement au cœur. Les deux hommes ne semblaient pas avoir une relation facile. Ce qui n'augurait rien de bon pour le projet de Rakin d'empêcher son grand-père de l'évincer.

— Alors, comment vous êtes-vous rencontrés ? insista son interlocuteur.

— Oh ! Je suis navrée. Je n'ai pas répondu à votre question, fit-elle en ramenant son attention sur lui.

Un peu plus petit que Rakin, il la fixait de ses yeux sombres, comme si elle avait été la seule femme dans la pièce. L'intérêt de cet inconnu, qui contrastait avec le détachement de son nouveau mari, lui fit l'effet d'un baume au cœur.

— Nous avons un ami commun, expliqua-t-elle.

Au moins, elle n'était pas loin de la vérité. Autant le laisser croire qu'ils avaient été présentés par Eli.

— Donc, vous connaissez Rakin depuis un moment, remarqua-t-il.

Une bouffée d'effroi l'envahit. Comment était-elle censée répondre à cela ? Et, surtout, qu'avait raconté

Rakin à ses grands-parents ? Si elle refusait de contredire sa version de leur histoire, elle ne voulait pas non plus raconter trop de mensonges. Le meilleur compromis était d'esquiver la question.

— Nous nous sommes retrouvés au mariage de ma sœur et nous sommes enfin rendus compte que nous étions destinés à être ensemble.

Avec un coup d'œil inquisiteur, l'inconnu déclara :

— Rakin a de la chance.

Mais l'expression de son visage ne trompait pas : « chance » n'était pas le premier mot qui lui était venu à l'esprit. Cet homme soupçonnait-il leur mariage d'être une supercherie ? Ou souffrait-elle de paranoïa ?

— Rakin et moi vivons une très belle relation, insista-t-elle.

Certes ! Elle ne mentait pas : jamais personne ne l'avait fait rire comme Rakin, jamais personne ne lui avait fait comprendre à quel point sa vie manquait de piquant. L'inconnu ne commenta pas son affirmation et, à son grand soulagement, ils abordèrent des sujets plus anodins, comme ses impressions de Diyafa.

Ils ne tardèrent pas à se découvrir des points communs. Son nouvel ami, promoteur à ses heures, investissait dans l'immobilier. Elle lui fit part du projet familial de rénovation des docks du port de Charleston. Un projet actuellement au point mort en raison de l'interférence de Jack Sinclair, qui s'était soldée par la défection des investisseurs.

— Les bénéfices sont très prometteurs, expliqua-t-elle avec enthousiasme. Le quartier qui a été totalement réhabilité est devenu très tendance.

— Vous êtes une bonne femme d'affaires, lança-t-il admiratif.

Interdite, elle ne répondit pas tout de suite. En quoi cela l'étonnait-il ?

— Bien entendu. Je suis responsable des relations publiques du groupe familial.

— Excusez-moi. J'avais compris qu'il s'agissait d'un poste honorifique, d'un rôle sans vraie signification.

Le premier sentiment d'affront passé, elle répliqua :

— Au moins, vous êtes honnête. Mais sachez que j'ai travaillé dur pour arriver où j'en suis aujourd'hui.

Voyant son visage s'assombrir, elle s'en voulut de son ton cassant. Elle ne tarda pas à refouler son regret. N'était-ce pas exactement ce qu'elle essayait de corriger ? Il était temps d'être elle-même, indépendante, de ne pas se soucier de l'opinion des autres.

— Dans ce cas, je me dois de vous présenter des excuses pour ma présomption. Je suis très impoli. Vous devez me prendre pour un macho.

Certes, l'idée avait germé dans son l'esprit. Elle se garda de protester, comme l'aurait fait la Lauren d'avant.

— Si vous voulez en savoir plus sur le projet, déclara-t-elle, je peux vous mettre en rapport avec mon frère, Matthew. Il y a beaucoup d'argent à gagner.

— Oui, s'il vous plaît, demandez-lui de me contacter.

Sans rien ajouter, il l'étudia un instant, puis reprit :

— Je pense que Rakin a fait un très bon choix. Vous allez être un atout pour la famille Al-Abdellah.

De plus en plus intriguée, elle l'observa. Quel pouvait bien être son lien avec la famille ? Elle s'apprêtait à lui poser la question quand elle sentit la présence de Rakin derrière elle.

— Je vois que tu as rencontré mon cousin, lâcha-t-il d'un ton dont la dureté l'étonna.

— Ton cousin ? répéta-t-elle, de plus en plus ébahie,

son regard allant de l'un à l'autre. Mais vous m'avez dit vous appeler Ahmeer. Pas Abdellah.

— Zafar ibn-Ahmeer est le nom sous lequel je suis connu dans ma famille et que je porte en l'honneur de mon grand-père. Mais je suis aussi Zafar Al-Abdellah.

Ainsi, elle était face à l'homme qui devait reprendre les rênes de l'empire familial si Rakin ne trouvait pas de femme ! Zafar s'était montré poli, aimable, même. Il l'avait fait rire. Il ne ressemblait en rien à l'ogre qu'elle pensait rencontrer. Soudain anxieuse, elle s'empressa de repasser leur conversation dans sa tête. Pourvu qu'elle n'ait pas fait de gaffe. Elle se réprimanda.

Pourquoi s'inquiétait-elle ? Rien ne devait l'empêcher de promouvoir le groupe Kincaid à la faveur d'une rencontre à Diyafa. Rakin ne lui avait-il pas assuré qu'en l'épousant elle aurait accès à tout son réseau de contacts d'affaires ? Et ne voulait-elle pas protéger sa famille des manigances de Jack Sinclair en lui amenant autant de nouveaux clients que possible ? Les intérêts de Zafar concordaient avec ceux des Kincaid. S'il voulait investir, son argent serait le bienvenu.

Un homme qui avait surgi derrière Zafar lui murmura quelque chose en arabe.

— Je vais vous demander de m'excuser. J'ai un impératif. Voilà ma carte, annonça-t-il en lui tendant un morceau de bristol. Je suis sûr que nous aurons l'occasion de nous reparler.

Après un petit salut de la tête, sans un sourire à l'intention de Rakin, il emboîta le pas à celui qui devait être son assistant.

Rakin le suivit d'un regard assassin.

*
* *

Elle l'observa à la dérobée. Rakin avait changé depuis leur arrivée à Diyafa.

Au début, elle n'avait pas su définir en quoi exactement ; elle avait juste remarqué la différence. Il se montrait lointain et taciturne.

Une distance qui n'était pas due à la tension née de la nuit qu'ils avaient passée ensemble à Las Vegas. C'était plus complexe. Il avait perdu cette légèreté d'esprit qui l'avait séduite et avait adopté une attitude autoritaire, semblant s'être refermé sur lui-même, comme incapable de communiquer.

Une petite pointe douloureuse lui vrilla le cœur. Redeviendrait-il l'homme qui savait la faire rire ?

Hélas, la rencontre avec le grand-père tyrannique lui avait un peu ouvert les yeux.

A Diyafa, Rakin redevenait un membre de la famille royale régnante. Il n'était plus un simple mortel. Il était un cheikh.

— De quoi parliez-vous tous les deux ? maugréa-t-il à l'oreille de Laurel. Pourquoi t'a-t-il donné sa carte ? Tu comptes le revoir ?

Quand il l'avait aperçue en grande conversation avec son cousin, ignorant les protestations de son grand-père, il s'était hâté de les rejoindre.

Elle releva le menton en signe de défi, un geste qu'il commençait à bien connaître.

— Nous parlions d'immobilier.

— C'est tout ? Pourquoi a-t-il filé quand je suis arrivé ?

— Il n'a pas filé. Il a été appelé quelque part. Tu vois des conspirations partout, le rabroua-t-elle, cassante.

Il réprima un mouvement d'humeur. L'agacement de Laurel ne faisait qu'accroître l'angoisse qui lui nouait l'estomac.

— J'ai mes raisons. Tu ne connais pas Zafar comme moi.

L'air soudain inquiet, elle demanda :

— Il t'a fait du mal ?

Après un instant d'hésitation, il répondit du bout des lèvres :

— Il a toujours été mon ennemi.

— Toujours ? répéta-t-elle sans cacher sa surprise.

Regrettant son aveu, il reprit d'un ton encore plus réticent :

— Nous sommes en conflit depuis l'enfance.

— Vous semblez être à peu près du même âge.

— J'ai trois mois de plus que lui.

Inutile d'ajouter qu'il avait été envoyé en pension, pendant que son grand-père gardait Zafar, son préféré, près de lui.

— Comme c'est dommage ! J'aurais pensé vous voir amis.

— Personne ne nous a jamais encouragés à être amis !

Il n'avait aucune envie d'étayer son affirmation brutale par des explications sur les tensions qui avaient existé entre son cousin et lui.

— Parler de Zafar n'a aucun intérêt, reprit-il avec un geste dédaigneux. Je suis venu te chercher pour te présenter Ben Al-Sahr. Il importe des tonnes de coton des Etats-Unis. Si les Kincaid peuvent le présenter à un fournisseur de Charleston, il pourrait commencer à importer de Caroline du Sud.

— Merci, Rakin, dit-elle avec un sourire radieux.

Je serai ravie de le rencontrer. Et je suis sûre que Matt aussi aimerait beaucoup entrer en contact avec lui.

Quand il sentit sa main se poser sur son bras, tout son corps fut parcouru de picotements.

— Matt ? C'est Laurel.

De l'autre côté de la terre, son frère répondit d'une voix ensommeillée.

— Quelle heure est-il ? Je t'ai réveillé ? s'enquit-elle.

— Ne t'en fais pas. Quelque chose ne va pas ? fit-il, une soudaine tension dans la voix.

— Non, non, tout va bien. Je me suis mariée, annonça-t-elle en croisant les doigts.

Elle ferma les yeux et attendit. L'éruption ne fut pas longue à se déclencher.

— Tu t'es mariée ? Quand ? Avec qui ?

— Avec Rakin. A Las Vegas. Mais nous sommes à Diyafa, maintenant, s'empressa-t-elle d'ajouter. Rakin voulait me présenter à sa famille.

Un long silence se fit. Elle laissa errer son regard sur les jardins du palais. Les teintes rouges, jaunes et orangées des roses en pleine floraison flamboyaient dans le soleil couchant du désert.

— Maman est au courant ? demanda enfin Matt.

A la question lourde de sous-entendus, une pointe de culpabilité la traversa.

— Tout est arrivé si vite. Tu es le premier à l'apprendre.

— Oh !

Devant son mutisme, elle sentit son malaise croître.

— Dès que je raccroche, j'appelle maman, reprit-elle. Puis je téléphonerai à Kara, à Lily et à RJ.

— Kara et Eli sont en voyage.

— Ah bon ! fit-elle, prenant soudain conscience qu'elle n'était plus du tout dans le coup.

Elle n'avait quitté Charleston que depuis quelques jours et, pourtant, elle avait l'impression que beaucoup plus de temps avait passé. En quoi cela devait-il la surprendre ? Après tout, ce n'était pas simplement son cadre de vie qui avait changé, mais toute sa vie qui avait été bouleversée.

— Pourquoi ?

C'était la question qu'elle redoutait.

— Parce que c'est un homme séduisant, avança-t-elle, hésitante, parce que…

— Je ne te demande pas pourquoi tu t'es mariée. Mais pourquoi je suis le premier à l'apprendre.

Une vague de soulagement l'envahit. Au moins, la réponse était facile.

— Eh bien voilà, Rakin m'a présentée à l'un de ses associés qui importe du coton. Il l'a convaincu d'acheter à Charleston et de le faire transporter par Kincaid Shipping. Je voulais te prévenir qu'il te téléphonerait bientôt.

— Tu te maries et tu m'appelles pour parler affaires ? Pour me dire que ton nouveau mari nous a peut-être trouvé de nouveaux clients ?

Elle était abasourdie. Qu'est-ce qui lui valait cette fureur de Matt ? Les hommes étaient si difficiles à comprendre. Le faisaient-ils exprès ? Elle qui pensait qu'à la nouvelle de son mariage et à la perspective de nouveaux contrats pour le groupe familial son frère aurait été emballé.

Elle finit par répondre :

— Oui.

— Depuis quand les affaires passent-elles avant tout dans ta vie, Laurel ?

— Que veux-tu dire ? répliquat-elle, étonnée.

Décidément, sa famille devenait pénible ! Soudain plus agacée que surprise, elle enchaîna d'un ton vif :

— Depuis des mois, vous ne parlez que de ce qui va arriver au groupe Kincaid. Bien sûr, l'alliance avec le patron de Larrimore Industries, le grand-père de Susannah, a bien arrangé les choses. Mais nous sommes loin d'être tirés d'affaire, Matt. J'ai appris au mariage de Kara et d'Eli que Jack Sinclair continuait à faire des siennes. Et que tu étais inquiet. Je n'ai pas besoin d'être sur place pour faire mon possible pour aider ma famille.

— Laurel, calme-toi ! lui enjoignit son frère. Personne ne doute de ton dévouement à la famille. C'est la raison pour laquelle nous tenions tant à ce que tu prennes des vacances. Tu as accumulé beaucoup de stress.

— Comme vous tous, fit-elle valoir.

— Certes. Mais quand Flynn est tombé malade et que j'ai renoué avec Susannah, j'ai compris une chose essentielle. Il y a autre chose dans la vie que les affaires. Tu t'es mariée, tu dois donc le savoir, ajouta-t-il d'une voix radoucie. La nouvelle de ton mariage avec un homme dont tu es tombée amoureuse est bien plus importante qu'un nouveau client potentiel.

Incapable de répondre, elle sentit son cœur se gonfler de tendresse. Chacune de ses paroles la touchait au plus profond de son âme. Son petit frère était devenu un romantique.

Hélas, comment Matt aurait-il pu se douter que les raisons qui avaient motivé son mariage avec Rakin n'étaient pas du tout les mêmes que celles qui devaient l'unir à Susannah ?

— D'accord, finit-elle par dire. Une dernière chose. Tu vas peut-être recevoir un appel d'un certain Zafar ibn-Ahmeer Al-Abdellah. Il est intéressé par notre projet de réhabilitation des docks. Occupe-toi de lui, c'est le cousin de Rakin.

— La famille passe toujours en premier.

Quand elle reposa le téléphone, elle souriait : les mots de Matt résonnaient encore à ses oreilles.

- 8 -

Le reste de la semaine passa dans un tourbillon de rendez-vous.

Fidèle à sa parole, Rakin présenta Laurel à une foule de contacts. En retour, elle s'assura de jouer la comédie du vrai mariage d'amour en présence de sa famille et de ses nombreuses relations.

La nuit torride de Las Vegas ne se répéta pas.

Elle ne savait pas très bien si elle devait en être soulagée ou déçue. Malgré sa tension intérieure due à l'irrépressible attirance qui semblait la pousser vers lui, son respect pour lui, sa tendresse, même, grandissaient de jour en jour. Que de chemin parcouru depuis leur première rencontre !

Néanmoins, une part de lui semblait lui rester inaccessible.

Un soir, assis dans des fauteuils de bois d'olivier sculpté de l'un des nombreux balcons du palais, ils savouraient la douceur du couchant quand elle se décida à se jeter à l'eau.

— Aurons-nous bientôt l'occasion de voir le désert ? s'enquit-elle.

Elle avait espéré qu'il l'y emmènerait. D'abord parce que le désert les entourait de son immensité, ensuite parce qu'elle ne pouvait se défendre de l'impression que la personnalité de Rakin avait été façonnée par l'âpre beauté du paysage de son pays. Sans le désert, il ne serait pas l'homme qu'il était. Et en comprenant sa relation aux traditions ancestrales des nomades, elle espérait réussir à mieux le cerner.

Or, au fil des jours, le comprendre s'avérait pour elle être une nécessité. Elle savait désormais qu'il serait à jamais pour elle l'homme qui lui avait fait découvrir un monde dont elle ne soupçonnait même pas l'existence. Pourtant, elle ne parvenait toujours pas à mettre un nom sur les émotions complexes qu'il éveillait en elle : attirance… rire… désir.

Elle laissa échapper un lent soupir. Il y avait autre chose.

Quelque chose qui, à sa grande frustration, continuait de se dérober à elle et qu'elle ne parvenait ni à analyser ni à nommer. Quelque chose qui, peu à peu, s'était insinué dans son âme jusqu'à faire partie d'elle.

Rakin se leva d'un bond et alla s'adosser à la balustrade, sa carrure charpentée se découpant à contre-jour sur le ciel embrasé.

— Nous pouvons partir quand tu voudras. Tu as hâte de connaître le désert ?

— Oh ! oui ! acquiesça-t-elle avec enthousiasme.

— Dans ce cas, que dirais-tu de demain ?

— Seulement si cela te convient, s'empressa-t-elle d'ajouter. Ou si ton grand-père…

L'interruption fut immédiate.

— J'ai fait tout ce que mon grand-père pouvait attendre de moi. Plus, même.

La frustration dans sa voix ne lui échappa pas. Rakin ne l'aurait peut-être pas dit, mais la vérité creusait comme un gouffre de silence entre eux : il s'était même marié pour son grand-père.

Elle détourna le regard. Inutile de le laisser surprendre ses pensées.

Les jardins du palais baignaient dans l'obscurité du crépuscule. Seuls les contours des palmiers se dessinaient sur l'or pâle du ciel du Sahara. Devant l'étoile du berger qui scintillait déjà, elle fut de nouveau envahie par le désir de découvrir le monde qui s'étendait au-delà des murailles de la capitale.

— Quand je t'ai proposé d'être ton guide, au mariage de Kara et d'Eli, ce n'était pas par politesse, reprit-il.

La pointe d'humour dans sa voix lui réchauffa le cœur. Elle posa son regard sur la haute silhouette sombre. D'une voix adoucie, il reprit :

— J'aimerais voir le désert à travers tes yeux. Ce sera une approche nouvelle. Je vais t'emmener dans ma retraite personnelle, un ryad au cœur du Sahara, près de Dahab.

— Une nouvelle aventure ! s'exclama-t-elle.

— Oui, acquiesça-t-il. Et je te promets que ce sera un voyage bien plus authentique qu'une pyramide de verre noir et son sphinx.

— Tu n'as pas trouvé Las Vegas exotique ? railla-t-elle, amusée.

— Exotique, peut-être, répondit-il avec un petit sourire. Authentique, pas vraiment.

Une vague de gratitude la submergea. Il lui avait déjà fait vivre tellement d'expériences nouvelles. Elle se leva et, spontanément, lui dit :

— Merci.

— De quoi ? s'étonna-t-il.

— De m'avoir donné la possibilité de me libérer de mes chaînes.

— Si cela comptait assez pour toi, tu l'aurais fait de toute façon.

Elle secoua la tête.

— Je ne suis pas sûre que j'en aurais trouvé le courage.

— Parce que ta famille a besoin de toi, ajouta-t-il.

Sans répondre, elle détourna la tête.

Rakin l'observait d'un regard inquisiteur. Il était bien placé pour comprendre les exigences du devoir, qui lui avaient dicté sa conduite toute sa vie. Dans un murmure, il demanda :

— Et tes désirs ?

— Mes désirs ? répéta-t-elle en levant vers lui un regard surpris.

— Oui. Toi aussi, tu as des désirs.

A peine avait-il prononcé ces mots qu'il prit conscience de leur signification cachée et sentit le feu embraser ses veines. La vision de son visage rayonnant à la descente des montagnes russes, à Las Vegas, passa devant ses yeux.

Il repensa à ses cris de volupté quand ils avaient fait l'amour. Jamais il ne l'avait vue aussi expressive, aussi vibrante. Son extase lui conférait une beauté si pure que sa passion pour elle l'avait fait chavirer dans un autre espace-temps.

— Peu importent mes désirs, déclara-t-elle, son ton catégorique lui indiquant que le sujet était clos.

Avec un long soupir, il lui fit lever son visage vers lui. S'efforçant d'ignorer ses sens surchauffés, il se concentra sur ses prunelles émeraude assombries.

— Tes désirs sont *très* importants. Il est grand temps de commencer à penser d'abord à toi.

Elle le fixa sans ciller.

— Que veux-tu dire ?

— Je pense que tu me comprends.

Dans le halo flamboyant de sa chevelure embrasée par les derniers rayons du couchant, elle était d'une beauté indescriptible. Il réprima un soupir. Il ne pouvait se permettre de se laisser distraire.

— D'après Eli, ta gentillesse est l'une de tes principales qualités, reprit-il d'une voix sourde. C'est peut-être aussi l'un de tes plus grands défauts.

— C'est contradictoire.

Malgré la pointe de dédain qui perçait dans la voix de Laurel, il savait qu'il avait toute son attention.

— Non, cela ne l'est pas. Tu as toujours fait ce que tout le monde attendait de toi. Sans jamais penser à ta propre satisfaction.

Il perçut son soupir accablé.

— Tu n'as pas été très tendre avec toi-même, renchérit-il.

— En ce moment, je dois faire passer les intérêts de ma famille avant tout. Il serait égoïste de penser à mes propres désirs.

— Tu es la seule à pouvoir décider de ce qui serait égoïste. Parce que tu es la seule à savoir ce que tu veux vraiment. Rester à Charleston, dans une existence que tu n'as pas choisie, te condamnerait à passer à côté de ta vie.

Il la vit entrouvrir les lèvres. L'envie de capturer la douceur de sa bouche si tendre le terrassa. Impitoyablement, il la réfréna et reprit :

— Tu as besoin d'être fidèle à toi-même.

L'espace d'un instant, le silence se fit entre eux. Enfin, elle déclara d'une voix blanche :

— Tu es en train de me dire qu'en faisant ce qu'il y a de mieux pour ma famille je ne suis pas fidèle à ma vraie nature ?

— Je pense que tu as toujours vécu en fonction de ta famille. Plutôt que de suivre tes aspirations profondes.

— J'aime ma famille, protesta-t-elle. Et mon travail.

— J'en suis bien convaincu. Je ne le ne nie pas,

murmura-t-il, dessinant d'un doigt la ligne de sa mâchoire. D'un autre côté, tu m'as prouvé ton besoin d'échapper à l'image que tu projettes. Ce qui tendrait à confirmer que ce n'est pas celle de la véritable Laurel Kincaid. Or, tu ne dois pas oublier que c'est ta vision qui compte. Pas celle de ta mère. Ni la mienne, même si, en théorie, tu es une Abdellah, désormais. Ta propre vision, rien d'autre.

Se rendait-elle compte que l'amour qu'elle portait aux siens mobilisait toute sa vitalité, toute son énergie ? C'était une sorte de piège.

Elle déglutit. Il remarqua que son pouls battait plus fort sous la peau fine de son cou. Il était parvenu à la faire réagir. Pourtant, sa réponse le prit au dépourvu.

— Et toi, Rakin ? Es-tu fidèle à la vision de celui que tu es vraiment ?

L'hélicoptère amorça sa descente vers le désert.

A travers la coque vitrée, la surface dorée du sable approchait. Ce qui, du ciel, lui avait semblé une étendue dénudée se révéla une myriade de couleurs. Des remparts grimpaient à l'assaut d'affleurements rocheux parsemés de tamariniers recourbés.

Elle poussa un soupir d'aise. Rakin n'avait pas perdu de temps pour organiser leur excursion à Dahab.

— C'est ta retraite ? s'enquit-elle dans le micro de son casque. On dirait une forteresse.

— En effet, acquiesça-t-il. A l'origine, c'était un fort.

L'hélicoptère survola les murailles de l'édifice pour se poser sur un héliport. Le premier, le pilote sauta du cockpit et vint leur ouvrir. Laurel descendit à son tour, gardant la tête baissée jusqu'à ce qu'elle soit hors de portée des pales qui tournoyaient de plus en plus lentement.

La chaleur du désert l'enveloppa, sèche et poussiéreuse.

Elle promena autour d'elle un regard curieux.

Non loin du fort, des filets d'eau fraîche ruisselaient le long de la paroi rocheuse pour aller se jeter dans des étangs encerclés d'une végétation luxuriante.

— J'ai l'impression d'être dans une oasis, fit-elle remarquer.

— C'est une oasis. Viens, l'invita-t-il alors en posant une main sur son coude. Il fait plus frais à l'intérieur.

Ignorant les picotements qui parcouraient tout son corps à son contact, elle pointa un doigt vers un bâtiment.

— Qu'est-ce que c'est ?

— Les écuries.

— Les écuries ? répéta-t-elle avec enthousiasme. Tu as des chevaux ?

— J'ai quelques chevaux. Même si, pour la plupart, ils sont au haras royal, près de Rashad.

— Pouvons-nous les monter ?

Il acquiesça d'un signe du menton.

— Demain ? jubila-t-elle.

Devant son nouveau hochement de tête, elle reprit :

— Si tu savais depuis combien de temps je n'ai pas fait d'équitation !

Stupéfait, Rakin la dévisagea.

— Tu montes à cheval ? s'étonna-t-il.

— Tous les Winthrop montent. Nous avons tous pris notre première leçon à cinq ans à peine.

Elle appuya sa réponse de l'un de ces sourires radieux dont elle avait le secret.

— Alors pourquoi as-tu arrêté ?

— J'ai eu tellement d'autres obligations. Mes frères ont continué, ils jouent au polo. Mais, en tant que fille aînée, ma mère a insisté pour que je prenne des cours de tennis, de piano et de danse. Il fallait donner l'exemple à mes sœurs.

Derrière son sourire, il décela une gaieté forcée.

— Et puis les Winthrop pêchent et chassent, enchaîna-t-elle. Je n'avais plus beaucoup de temps pour mes leçons d'équitation.

— Tu chasses au fusil ? Et à courre ?

— Non, pas à courre. Mais je suis un excellent fusil, précisa-t-elle, l'air malicieux.

Décidément, cette femme continuait de l'étonner. Il avait beau savoir qu'il n'aurait pas dû être surpris, il ne pouvait s'en empêcher. Laurel était si féminine, si raffinée ; jamais il ne l'aurait crue si sportive. D'un autre côté, vu la façon dont elle faisait l'amour, il n'aurait pas dû en être surpris. Elle était si féline. Une nouvelle poussée de désir le terrassa, implacable, et, d'une voix qu'il voulait aussi égale que possible, il reprit :

— Demain, nous prendrons les chevaux.

— Je brûle d'impatience.

— Je vais commencer par te faire visiter ma maison.

La balade à cheval surpassa tous les espoirs de Laurel.

Le jour n'était pas même encore levé quand, côte à côte, ils sortirent des écuries. C'était le seul moyen d'échapper à la canicule, avait expliqué Rakin, ses éperons cliquetant contre les siens.

La jument grise qu'elle montait, ses oreilles dressées sur sa ravissante petite tête de cheval arabe, avait une foulée agréable. Rakin montait Pasha, un étalon fringant, à la longue crinière.

Un moment, ils galopèrent dans un épais silence, le bruit des sabots des chevaux étouffé par le sable du désert. Laurel s'emplit les poumons de l'air sec et déjà chaud. A l'est, les premières lueurs de l'aube perçaient le ciel d'un noir d'encre. Tout autour d'eux, le désert s'éveillait.

A leur droite, un affleurement sombre s'était matérialisé, balayé par les premiers rayons du soleil levant.

— Où sommes-nous ? s'enquit-elle.

— A Jabal Al-Tair. La montagne aux oiseaux, traduisit Rakin. Nous allons monter aussi haut que possible pour admirer l'aube naissante.

L'un derrière l'autre, ils empruntèrent un abrupt chemin pierreux pour atteindre un plateau entre deux imposants versants rocheux.

Rakin descendit de cheval le premier. Après l'avoir imité, elle lui tendit ses rênes et le regarda attacher leurs deux chevaux. Puis elle le suivit le long d'un étroit sentier, à travers les rochers.

Ils traversèrent une fissure et se retrouvèrent sur une large terrasse naturelle. Le souffle coupé, elle laissa échapper un cri d'admiration. Ils étaient sur le toit du monde. Devant eux, le désert de sable doré s'étendait à l'infini jusqu'à l'horizon flamboyant du soleil levant.

— Dahab signifie or, expliqua Rakin, les yeux fixés droit devant lui. Tu comprends maintenant l'origine de ce nom.

— Oui, murmura-t-elle.

Elle n'osait même plus respirer de peur de briser la magie de l'instant.

— Regarde, reprit-il en levant un bras. Il chasse.

Elle suivit la direction de son doigt. Un aigle tournoyait en larges cercles. Puis elle le regarda de nouveau.

Les traits crispés, les pommettes saillantes, il plissait les yeux pour regarder l'oiseau descendre en tournoyant.

— Tu vois ce nuage de poussière ? C'est le lièvre qu'il poursuit.

Après avoir happé le lièvre entre ses griffes, le rapace s'éleva dans le ciel rose et disparut derrière la haute paroi.

Elle tressaillit. Une indicible émotion lui étreignait le cœur.

Un long moment, ils restèrent sans parler, à savourer la beauté du paysage. Avec cette femme à son côté, il se sentait en parfaite communion avec la magie des lieux.

— Le désert, qui paraît si vide, est en fait un écosystème, dit-elle, brisant le silence. Qui se révèle au lever du soleil. Apollon conduisant son chariot de feu dans le ciel à la rencontre du jour nouveau.

Au regard qu'elle lui lança, il fut pris d'une envie irrépressible de la prendre dans ses bras et de s'emparer de sa bouche souriante. Sans lui laisser le temps de mettre son idée à exécution, l'un des chevaux poussa un hennissement.

— Il a envie de rejoindre Apollon ! s'exclama-t-elle en riant.

— Seul un Anglo-Arabe serait capable d'une telle chevauchée quotidienne, répondit-il.

Il continuait à observer à la dérobée son visage aux traits si purs. Sa beauté le grisait. Elle mettait ses nerfs à vif. Même si elle ne pouvait pas deviner tous les fantasmes qu'il nourrissait à son égard, elle n'était tout de même pas stupide au point d'ignorer cette alchimie entre eux. D'une voix âpre, il déclara, à brûle-pourpoint :

— Je veux te faire l'amour. Maintenant.

Le frisson qui la secoua ne lui échappa pas.

— Maintenant ? répéta-t-elle, les joues rosies. Ici ?

— Oui.

— Mais c'est le matin, fit-elle d'une voix qui tremblait.

Elle parlait comme une vierge frigide. Ce qu'elle n'était pas, comme ils le savaient tous les deux.

— Ça te rend timide de faire l'amour au grand jour ? demanda-t-il en caressant sa joue d'un doigt. Malgré la nuit que nous avons partagée à Las Vegas ?

Elle tressaillit. Au mot « amour », elle sentit son cœur se serrer.

Leur mariage n'avait jamais été fondé sur l'amour. Pourtant, elle y pensait de plus en plus. Elle n'avait jamais connu le grand amour. Elle baissa les paupières, le voile de ses cils la protégeant du feu qui brûlait dans le regard velouté de Rakin. Ce qu'elle partageait avec lui était d'une profondeur et d'une intensité que jamais elle n'avait connues avec un autre.

C'était différent. Etait-ce de l'amour ?

— Laurel ?

La voix rauque lui fit lever les yeux. Une tension irradiait de tout son être. Le désir roula dans ses veines comme un torrent furieux. Elle savait qu'il s'apprêtait à l'embrasser. Et ne fit rien pour l'arrêter. Elle attendit, bénissant la vague brûlante quand sa bouche s'empara de la sienne.

Sa langue glissa en elle. Avide. Possessive. Les mains agrippées à ses avant-bras, chaque fibre de son corps le réclamant, elle se tint à lui, lui répondant avec toute la fougue du désir qui couvait en elle. Désir, besoin, qu'importait. Tant qu'il ne s'agissait pas d'autre chose.

Mais cette avidité… ce désespoir… cette émotion si violente… était-ce de l'amour ?

La peur de la réponse la poussa à se dégager.

Sa poitrine se soulevant au rythme saccadé de son

souffle, Rakin la relâcha, s'efforçant de rassembler ses esprits.

— Tu es bien sûre de ne pas vouloir prendre le risque de faire l'amour au grand jour ? demanda-t-il d'un ton qu'il voulait désinvolte.

Sous l'humour qu'il prenait soin d'afficher, elle devinait chez lui une passion dévorante, qui la tentait et la terrifiait en même temps.

— C'est l'idée de…

Elle déglutit, puis, avec précaution, répéta ses mots.

— De faire l'amour au grand jour. Et si quelqu'un nous voyait ? A Las Vegas, la nuit nous protégeait.

— Qui nous verrait ? demanda-t-il en inspectant les lieux. Nous sommes sur une plate-forme rocheuse, dans la montagne, en plein désert.

L'air ténébreux, une lueur dangereuse dans ses pupilles, il s'approcha d'un pas.

— Je sais, je dois te paraître ridicule, mais je ne peux pas l'expliquer, s'excusa-t-elle, se maudissant.

Quelle prude elle faisait ! Elle recula jusqu'à l'endroit où les chevaux étaient attachés. Elle avait voulu de l'aventure, elle rêvait de liberté : elle était servie !

Le regard toujours aussi brûlant, il murmura :

— Ainsi ma rebelle ne l'est pas tant que ça, en fin de compte.

— Je ne suis pas prête à aller si loin.

Si seulement il avait su à quel point elle regrettait de ne pas avoir l'audace de relever le défi qu'il lui lançait !

- 9 -

Ils étaient presque arrivés au fort quand ils aperçurent un jeune garçon qui courait dans leur direction.

Rakin tira sur les rênes de son pur-sang et s'arrêta à sa hauteur.

— Donne-moi la main, lui enjoignit-il en se penchant vers lui.

Il le hissa en selle et l'installa à califourchon devant lui.

Le cheval se remit en route, le cou cambré, la tête bien droite.

— Tu vois, je monte Pasha, ce matin, indiqua Rakin.

— Il est beaucoup mieux que Halva, approuva l'enfant, le dos raidi par la fierté.

— Fais en sorte qu'elle ne t'entende jamais dire ça, répondit-il dans un éclat de rire. Elle serait vexée et elle pourrait te désarçonner.

— Elle est trop vieille pour me désarçonner, répondit le petit, une pointe de dédain dans la voix.

Avec un regard entendu en direction de Laurel, Rakin répliqua.

— Halva est d'une nature très douce. Il n'y a aucune honte à être gentil, tant pour un humain que pour un cheval.

Amusée, Laurel écoutait l'échange. Jamais elle n'aurait deviné que Rakin pouvait se montrer pédagogue à ses heures.

Ils arrivaient devant les écuries. Le garçon murmura un merci et se laissa glisser à terre.

— Ce gamin est un vrai fléau, fit remarquer le palefrenier qui les attendait.

Mais il y avait de la fierté dans les yeux du vieil homme.

— Un jour, ton petit-fils sera un grand cavalier. Comme son grand-père, le complimenta Rakin.

— Il travaille très bien à l'école, se rengorgea le grand-père. Il est beaucoup plus doué que son père ou moi. Et tout cela, grâce à vous qui financez sa scolarité.

— Rien de plus normal, répondit-il en repoussant ses remerciements d'un geste.

Elle n'avait pas perdu une miette de la scène. Plus elle en apprenait sur Rakin, plus elle peinait à le cerner. Ainsi, il se souciait assez de son personnel pour prendre en charge les études de l'un de ses enfants ? Elle se sentit fondre de l'intérieur. Découvrir cette douceur cachée chez son mari l'émouvait au plus haut point. Cet homme commençait à compter dans sa vie, et son grand cœur, sa conscience sociale forçaient son admiration.

Un jour, il ferait un père merveilleux. Et un mari idéal.

Une vague de regret infini la submergea. Un jour : quand elle serait partie depuis longtemps. Détournant son regard, elle tira sur les rênes de la jument grise et mit pied à terre. Puis, venant se placer devant le cheval, elle lui tapota les naseaux, sans un regard pour Rakin.

Leur mariage n'était pas un mariage d'amour, il n'était pas destiné à fonder une famille. C'était un arrangement temporaire. Elle n'était rien de plus que sa femme par intérim.

Et, malgré la chaleur de la journée, ce constat lui glaça le cœur.

*
* *

Le dernier jour de leur escapade était arrivé. Le lendemain, ils devaient regagner la capitale où Rakin avait une réunion de conseil d'administration.

Comme tous les soirs, après un dîner tardif, ils s'étaient retirés dans la bibliothèque. Laurel savait déjà que, toute sa vie, elle chérirait le souvenir de ces quatre merveilleuses journées. Même quand ils auraient repris chacun leur vie.

Pour la dernière fois aujourd'hui, Rakin l'avait emmenée explorer la magie du Sahara. Côte à côte, ils avaient chevauché, parcourant d'imposants massifs de rocaille aride au creux desquels se nichaient des wadis, ces ruisseaux qui faisaient naître la vie dans le désert. Ils avaient visité des villages et leurs marchés dont le pittoresque l'avait enchantée, rencontré des nomades.

Elle aurait dû être épuisée.

Or, elle avait les nerfs à vif. Les images vibrantes et colorées de cette journée palpitante tournoyaient dans son esprit, ne lui laissant aucun répit. Au lieu de rejoindre Rakin sur l'immense et confortable divan égayé par des cousins brodés de couleurs exotiques, elle se planta devant la bibliothèque et parcourut les titres des rayons qui tapissaient le mur jusqu'au plafond.

Chaque sujet y était abordé : la politique, l'histoire, Diyafa, le désert, les civilisations de l'Antiquité. Les beaux livres reliés de cuir côtoyaient les romans et les policiers en éditions de poche. La diversité des titres témoignait de la culture et de la curiosité d'esprit de Rakin.

Sans se lever, il expliqua :

— J'aime beaucoup les récits de grands voyageurs, passés ou contemporains.

— En effet, je le constate.

— Leurs voyages étaient fascinants. Plus que par l'action, ces hommes étaient portés par leur vision de la vie.

Une évidence lui traversa l'esprit. Elle aussi vivait sa propre odyssée. Qui était loin d'être terminée. Elle fixa sans la voir l'étagère devant elle et s'aperçut soudain qu'elle était remplie de recueils de poésie.

Elle s'empara de l'un d'entre eux. Le cuir était soyeux sous ses doigts, les pages jaunies bordées d'une frise fleurie.

Un quatrain attira son attention.

Mon Amour ! Soleil de mon cœur sombre, illumine mes journées,

Apporte la vie au désert aride, réchauffe-moi de ton feu,

Aussi immuable que l'aube suit la nuit étoilée,

Et inonde le jardin parfumé de mon désir.

A la façon dont le livre s'ouvrait tout seul à cette page, elle sut que ces lignes étaient souvent lues. Elle était intriguée : Rakin aimait-il les poèmes d'amour ?

— Que regardes-tu ? demanda-t-il, comme devinant ses pensées.

— Des poèmes.

L'illustration de la page suivante lui arracha un petit cri. Deux amants étaient enlacés sous un arbre, la femme, sensuelle et voluptueuse, l'homme, brun et vigoureux, leurs visages exprimant l'extase du plaisir.

En temps normal, une telle image l'aurait mise mal à l'aise. Pourtant, elle sentit aussitôt un tourbillon capiteux naître dans le creux de son ventre.

Combien elle aurait aimé voir cette expression sur le visage de Rakin !

Elle ferait mieux de se reprendre, songea-t-elle. Se laisser séduire était une chose, se laisser prendre au piège de l'amour en était une autre. Après avoir refermé et rangé le volume, elle alla s'asseoir sur le large accoudoir du canapé.

— Merci pour cette merveilleuse journée, dit-elle d'une voix trouble, toujours incapable de le regarder, de peur de se trahir.

D'un doigt, il frôla son menton, lui intimant d'une douce pression de tourner la tête vers lui. Elle résista. Il lui caressa les lèvres.

— Tu dois être fatiguée, murmura-t-il. Tu souhaites aller te coucher ?

Surprise par l'intonation de sa voix, elle leva les yeux. Etait-ce une avance ? Le feu embrasa ses veines. Sous son regard de braise, unc étincelle jaillit entre eux.

— Viens, lui intima-t-il d'une voix sourde.

Elle ne sut pas qui avait fait le premier pas, mais en une fraction de seconde elle fut sur ses genoux, sa bouche ayant pris le relais de ses doigts sur ses lèvres, et ils s'embrassaient passionnément. La fièvre et la chaleur entre eux grimpaient en flèche. Dévorantes. Elle avait perdu tout contrôle d'elle-même.

La fougue les gagna et, cette fois, lorsqu'il pencha la tête vers elle, il ne se contenta pas de frôler ses lèvres. Il s'empara de sa bouche avec frénésie et la dévora avec voracité. Elle poussa un soupir d'aise, une délicieuse chaleur diffuse se propageant en elle.

Les jambes en coton, elle sentait tout son corps l'appeler, rêvant de ce qu'il était le seul à pouvoir lui donner. Ses mains vigoureuses s'aventurèrent le long de son dos, avant de se poser sur ses fesses et de la plaquer contre lui, très près, ne lui laissant rien ignorer de son excitation.

Ils retirèrent leurs vêtements à la hâte et, après de rapides préliminaires, Rakin la jucha à califourchon sur lui.

Ce fut rapide et violent.

A chaque poussée, le plaisir allait croissant. Son regard rivé au sien, elle guettait chaque lueur dans ses yeux sombres. La façon dont sa gorge se contractait quand il déglutissait, le moment où ses paupières se fermèrent quand un râle monta du fond de sa gorge.

Elle prit son visage au creux de ses mains et vit ses prunelles assombries s'élargir. Dans un vertige fulgurant, elle sentit son pouvoir de femme enfler en elle, comme jamais auparavant.

Il y avait quelque chose de scandaleusement merveilleux dans le fait d'avoir autant de pouvoir sur un homme. Surtout un homme aussi fort, aussi inébranlable que Rakin. Jusqu'ici, il avait décidé de tout. A Las Vegas, il l'avait laissée haletante, lui avait révélé l'amante qui sommeillait sous son apparence conventionnelle de jeune femme de bonne famille, libérant en elle une passion insoupçonnée.

Ce soir, il lui offrait sa chance d'inverser les rôles.

Rakin était aussi affamé de son corps qu'elle l'était du sien. Rien ne semblait pouvoir assouvir leur avidité.

Les doigts agrippés à son torse, elle tressaillit, submergée par les spasmes de l'orgasme. Devant son regard étincelant de passion, elle l'incita à la rejoindre dans l'extase.

Un météore de pur plaisir la traversa, quand elle les frappa de plein fouet, les emportant dans la même communion.

Haletante, ivre de volupté, elle posa sa tête sur son torse et perçut les battements affolés de son cœur.

Laissant Laurel assoupie, il avait gagné la piscine. Il avait besoin de s'éclaircir les idées. Mais, pour une fois, les longueurs qu'il enchaînait ne semblaient pas l'aider le moins du monde.

Jamais il ne se serait cru aussi naïf. Assez idiot pour, après avoir clamé haut et fort qu'il ne fallait jamais mélanger affaires et plaisir, briser la règle établie. Pas une fois, mais deux. Pire, il savait que c'était loin d'être fini.

Sa longueur terminée, il agrippa le bord du bassin et renversa la tête en arrière, indifférent à la beauté de la nappe argentée de l'eau au clair de lune.

Des émotions contradictoires bataillaient en lui.

Le déclic du loquet de la barrière de bois qui fermait le mur d'enceinte de la piscine, suivi par un bruit de pas feutrés, le tira de ses sombres réflexions. Plissant les yeux, il essaya de percer l'obscurité.

Un rayon de lune éclaira un éclat de soie blanche, et il reconnut sa femme.

Laurel s'arrêta sur le bord du grand bassin. Quand elle s'était réveillée, le lit était vide. Devinant où elle trouverait Rakin, elle avait décidé de le rejoindre. Debout sur le bord, elle regarda sa forme sombre qui nageait vers elle, ses bras fendant l'eau en brasses vigoureuses.

Il reprit pied, et la lumière de la lune inonda ses larges épaules mouillées.

— Tu veux te baigner avec moi ? demanda-t-il d'une voix rauque.

— Oui, c'était mon intention.

Laissant glisser son peignoir, elle s'avança et, consciente de ses yeux sur elle, elle descendit les marches, la tête haute, les épaules redressées, fière de sa nudité. L'eau lui fit l'effet d'une soie chaude sur sa peau.

Rakin se redressa, ses cheveux bruns plaqués en arrière, son corps d'athlète ruisselant. Sous la clarté de la lune, les gouttes faisaient briller sa peau. Il avait un torse vigoureux, sans être trop fort. Elle jeta un coup d'œil à ses abdominaux de béton et sentit ses poumons se vider de leur oxygène. Dans toute la splendeur de sa virilité, il était d'une beauté renversante.

La clarté de l'astre nocturne éclairait son visage, ses pommettes saillantes, la volupté de sa lèvre inférieure. Son regard glissa plus bas, remonta sur l'amulette sur sa poitrine qu'ombrait une toison sombre, puis sur sa bouche.

Le désir lui noua l'estomac. Un désir violent, qui embrasait tous ses sens. Elle semblait ne pas pouvoir se repaître de cet homme magnifique.

Cela aurait dû la choquer. Pourtant, jamais elle n'avait éprouvé sensation plus naturelle. Protégée par le voile de la nuit du Sahara, elle oubliait toutes ses inhibitions. D'une main, elle caressa sa joue, éprouvant sa barbe naissante, et laissa échapper un gémissement. Sa main continua sa progression pour se poser sur la peau humide de son cou.

Sous ses doigts, son pouls palpitait. Ainsi, il partageait la même avidité incontrôlable.

Elle posa son index sur ses lèvres. Le happant, il se mit à le suçoter.

Elle sentit la pointe de ses seins se durcir et une onde de chaleur envahir son ventre.

Elle remarqua son regard qui s'attardait sur son corps.

Il enlaça sa taille d'un bras, lui coupant le souffle, et

elle sentit sa main glisser avec une sensualité langoureuse sur sa nuque. La plaquant contre lui, il l'embrassa.

Sa bouche était chaude, et il laissa ses mains glisser le long de son dos. La sensation de son torse contre ses seins nus la fit fondre de désir.

Plongeant leurs deux corps plus profondément dans l'eau, il s'approcha d'elle. Sa bouche toujours sur la sienne, il fit glisser sa main sous ses fesses et la poussa à enrouler ses jambes autour de sa taille.

— C'est bon, murmura-t-il contre ses lèvres.

L'obscurité, l'eau chaude et apaisante rendaient les choses innocentes, sans danger. Elle sentit le rebord de la piscine contre son dos alors qu'il continuait à la griser de ses baisers.

Lorsqu'il lui fit éprouver son sexe durci, un frisson de bonheur illicite la traversa, qu'il décupla en glissant sa main entre ses jambes pour lui prodiguer la plus délicieuse des caresses. Halctante, elle se cambra contre lui.

— Tu es si douce, fit-il en glissant un doigt dans son sexe velouté, lui procurant des sensations divines, tandis que sa langue jouait avec la sienne.

Son autre main vint alors taquiner la pointe de son sein. Une boule de feu jaillit en elle, qui sembla tout embraser : l'eau, son corps, le sien. La tension en elle montait, montait… Elle baignait dans un voile de sensualité.

Elle renversa la tête en arrière, et il lissa ses cheveux mouillés de sa main libre. Elle avait l'impression d'être une sirène amoureuse dévorée de passion pour un simple mortel.

La respiration saccadée, elle laissa glisser ses jambes le long de son corps et reprit pied. Puis, sans dire un mot, elle cambra les hanches, l'invitant à s'introduire au plus profond d'elle.

Elle ne se reconnaissait plus. Jamais la Laurel d'avant ne serait entrée nue dans une piscine. Ne se serait abandonnée ainsi au plaisir des sens.

Une émotion intense l'envahit. Ce qu'ils partageaient allait bien au-delà de l'amitié, de l'attirance… du respect, même.

Encore une fois, la question lui traversa l'esprit. Etait-ce de l'amour ? Son cœur se serra. Elle n'osait même pas y penser.

Le grand corps luisant de Rakin frissonna contre le sien. Sous l'eau, elle sentit ses mains puissantes encercler sa taille pour redescendre encore sur ses fesses. Il laissa échapper un soupir et s'enfonça en elle, lui arrachant un cri de volupté. Elle ondulait contre lui et le sentait se durcir. Leurs bouches scellées, ils bougeaient en rythme, unis par la divine communion de la chair.

Enfin, secouée de spasmes d'extase, elle sentit le corps de Rakin se figer, avant de s'abandonner à la volupté de leur union en s'enfonçant au plus profond de son corps.

Elle tressaillit, voguant sur l'extase qui les fondait l'un à l'autre, les contours de la réalité s'estompant.

Elle pressentait que c'était loin d'être la fin. Une joie pure l'inonda. Elle était amoureuse de son mari temporaire.

Rakin resserra son étreinte. Le sang battait toujours à ses tempes.

— Tu as froid ? demanda-t-il en picorant son cou.

Elle secoua la tête. La soulevant dans ses bras, il monta les marches jusqu'à un transat. Laurel assise sur ses genoux, il enroula la serviette autour de son corps en un geste empreint de tendresse, et lui tapota le visage. Elle ferma les yeux, sans opposer la moindre résistance.

Elle n'avait pas prononcé un mot depuis l'expérience bouleversante qu'ils venaient de partager dans la piscine.

Il ressentait un violent besoin de l'entendre dire quelque chose.

Plaçant un doigt sous son menton, il releva son visage. Elle gardait les yeux obstinément fermés.

— Laurel ?

Ils finirent par s'ouvrir, lui dévoilant leur trouble.

— Qu'y a-t-il ? reprit-il. Quel est le problème ?

— Quel pourrait être le problème ? Je viens sans doute de connaître le plus bel orgasme de ma vie.

— Bien, fit-il, soulagé. Tu es sûre que tout va bien ? Je ne t'ai pas fait mal ?

Il avait eu tellement envie d'elle qu'il espérait ne pas s'être montré brutal.

— Bien sûr que non. Je suis un peu fatiguée, c'est tout.

Soudain penaud, il acquiesça :

— La journée a été longue. Je vais te ramener au lit.

— Non, attends ! C'est tellement beau ici. La lune, l'eau, fit-elle avec un geste de la main en direction de la piscine. Restons encore un peu.

Soudain, il comprit sa soudaine mélancolie. Leur départ l'attristait.

— C'est notre dernière nuit, murmura-t-il. Nous rentrons à Rashad demain.

Lui aussi le regrettait. La réunion du conseil d'administration ne lui semblait plus si importante, tout à coup. Cédant à une impulsion, il suggéra :

— Nous pouvons rester plus longtemps, si tu le souhaites.

Elle secoua la tête.

— Non, tu raterais ta réunion. Et ta famille t'attend ce soir, pour dîner. Nous devons rentrer.

— Nous reviendrons bientôt. Ne t'inquiète pas.

Il scella sa promesse d'un baiser ; pourtant, malgré ses paroles pleines d'espoir, les ombres qu'il devinait dans son regard ressemblaient à de la peur.

- 10 -

Laurel réprima un mouvement de surprise. Elle s'était attendue à un petit dîner dans l'intimité. Mais une longue table d'une bonne vingtaine de couverts était dressée dans la salle de réception au plafond décoré de fresques colorées. Des plats de kofta, petites croquettes de riz et de noix enroulées dans des feuilles de vigne et de légumes grillés saupoudrés de paprika et de gingembre en brochettes, ainsi qu'une multitude de hors-d'œuvre auxquels elle n'était toujours pas habituée, attendaient les invités. Ils commençaient à se rassembler. Seuls manquaient à l'appel les hommes de la famille qui, réunis dans le salon royal, discutaient de l'avenir de Gifts of Gold.

L'attente l'angoissait. Qu'allait-il être décidé ?

Leur mariage assurait-il à Rakin le contrôle de Gifts of Gold ainsi qu'il l'avait souhaité ? Le prince Ahmeer tiendrait-il sa promesse de le garder comme P.-D.G. de la société familiale et de lui confier l'administration du capital ? Ou prendrait-il sa revanche en offrant le poste à Zafar, quitte à changer son testament pour faire de son autre petit-fils son légataire universel ? Rakin serait anéanti. Elle préférait ne pas y penser.

Bouillant d'impatience, elle persistait à jeter des coups d'œil anxieux à la grande porte à double battant qui donnait sur la salle à manger.

Quand, enfin, elle s'ouvrit sur le petit groupe, Rakin apparut. L'autorité naturelle qui émanait de lui le distinguait des autres, mais son visage impénétrable ne trahissait rien de ce qui avait été décidé. Elle eut un petit haussement d'épaules. Le contraire l'eût étonnée.

Puis il posa son regard sur elle et son expression s'adoucit.

Se détachant des autres, il s'avança vers elle. Consciente du fait qu'ils n'étaient pas seuls, elle esquissa un sourire hésitant. Il prit place à côté d'elle et, se penchant, lui chuchota au creux de l'oreille :

— C'est gagné ! Je suis désormais le responsable des capitaux de Gifts of Gold. Le contrat vient tout juste d'être signé. Tout devrait être mis à mon nom sous quarante-huit heures.

Incapable de contenir sa joie, elle s'exclama :

— C'est merveilleux !

— Merci, fit-il en s'approchant encore.

De près, il sentait la menthe poivrée et l'after-shave frais et entêtant.

Le cœur broyé dans un étau glacé, elle prit soudain toute la mesure de ce qu'il venait de lui annoncer. Rakin n'avait plus besoin d'être marié : dans deux jours, le transfert des pouvoirs serait officiel. Ce qui impliquait qu'ils pouvaient se séparer bien plus vite que prévu.

Il entamerait alors la procédure de divorce. A quoi bon attendre ? Il n'y avait aucun intérêt.

La joie qui l'avait envahie quelques instants plus tôt s'évanouit, lui laissant un sentiment de vide abyssal.

Les plats de viande si somptueusement préparés, accompagnés de légumes parfumés au cumin et à la coriandre, avaient un goût de paille dans sa bouche. Elle se prit à regretter la simplicité des plats dégustés sur la terrasse surplombant le désert, au ryad, à Dahab.

Elle aimait son mari. Elle n'était pas prête à divorcer.

Elle lui jeta un coup d'œil à la dérobée. Il était vêtu d'un élégant costume sombre et d'une cravate, son unique concession au costume traditionnel était sa coiffure. Il surprit son regard et lui adressa un sourire chaleureux qui illumina tous ses traits.

Elle sentit une bouffée d'espoir insensé la gagner.

Il devait partager ses sentiments, le contraire était impossible. Ils avaient tellement de choses en commun. Ils s'appréciaient mutuellement, partageaient des éclats de rire et semblaient incapables d'assouvir leur désir l'un de l'autre. Nombreux étaient les couples qui ne pouvaient pas en dire autant. Ils n'avaient aucune raison de divorcer. Leur mariage temporaire pouvait se transformer en mariage pour la vie.

— Rakin, chuchota-t-elle en frôlant son bras.

Elle fut interrompue par l'un de ses collaborateurs qui surgit derrière lui. Murmurant une excuse, Rakin tourna son attention vers ce dernier, qui lui murmura quelque chose en arabe. Après une réponse brève, il repoussa sa chaise et se leva :

— Je ne serai pas long, lui indiqua-t-il.

Elle sentit alors une main sur son épaule. Un sourire plaqué sur ses lèvres, elle se retourna. Même si elle n'avait pas le cœur à faire des civilités, elle devait faire bonne figure. La grand-mère de Rakin se tenait debout derrière elle. Se glissant à la place laissée vacante par son petit-fils, elle arrangea sa robe autour d'elle.

— Vous avez assez mangé ? s'enquit-elle.

Laurel opina d'un signe de tête.

— Merci. Tout était délicieux.

Avec un sourire éclatant, Tula approuva :

— C'est bien ! Vous devez prendre bien soin de vous. Nous attendons votre nouvelle avec impatience.

— Ma nouvelle ? demanda-t-elle, perplexe.

Se penchant vers elle, Tula lui tapota le ventre.

— Le bébé.

— Le bébé ?

Elle devait paraître ridicule à répéter comme un perroquet. Pourtant, elle semblait ne pas pouvoir s'en empêcher. Il était si étrange d'avoir une conversation aussi personnelle avec la grand-mère de Rakin. D'autant qu'ils ne se connaissaient pas depuis assez longtemps pour avoir eu le temps de penser à un bébé. Son cœur se serrant un peu plus, elle tressaillit. D'un autre côté, ils n'avaient pas fait preuve d'une grande prudence lors de l'épisode de la piscine. Un bébé n'était pas exclu.

Sans rien remarquer de son embarras, la femme du cheikh reprit :

— Mon petit-fils et vous aurez des enfants magnifiques. Il est important que vous soyez enceinte.

Que pouvait-elle répondre à cela ? Elle se contenta d'émettre un petit rire gêné.

Bien sûr ! Il s'agissait avant tout d'assurer la succession. Sentant la rougeur de l'amertume lui brûler les joues, elle rétorqua :

— Nous voulons d'abord apprendre à nous connaître.

— Vous êtes mariés, fit valoir Tula avec un haussement d'épaules fataliste. Apprendre à vous connaître viendra avec le temps. Vous aurez de nombreuses années pour cela. Moi aussi, j'ai été jeune mariée. Je n'avais jamais rencontré le grand-père de Rakin avant la cérémonie. Mon mari a toujours dit qu'il était tombé amoureux de moi le jour où j'ai donné naissance à mon premier bébé, le père de Rakin.

A ce souvenir, son visage se fendit d'un nouveau sourire.

— Rakin est très riche et, désormais, il est seul

responsable du capital de Gifts of Gold. Il aura besoin d'un fils pour lui succéder.

Trop abasourdie pour répondre, Laurel fixait Tula. Inutile d'essayer de lui faire comprendre que Rakin et elle n'avaient aucun projet d'assurer leur descendance, c'était un combat perdu d'avance.

A moins, bien sûr, qu'elle parvienne à convaincre Rakin de faire de ce mariage un mariage permanent.

Une fois de plus, l'espoir surgit en elle. Rakin voudrait des enfants. Qu'est-ce qui l'empêcherait d'être leur mère ? Elle l'aimait, ils étaient mariés.

Elle se sentait tout à fait rassérénée, soudain. Elle finirait bien par le persuader qu'un divorce n'avait aucun sens.

Si seulement il pouvait l'aimer aussi… tout irait pour le mieux dans le meilleur des mondes.

Elle était prête à faire preuve de patience. Peut-être était-il déjà en train de tomber amoureux d'elle. Si elle se fiait à la tendresse de son regard quand il était entré dans la salle de réception, tous les espoirs étaient permis.

— Ce n'est pas bien d'attendre, insistait Tula. Vous ne rajeunissez pas et, si vous laissez passer trop de temps, il sera peut-être trop tard.

Laurel étouffa un soupir résigné. A quoi bon le lui rappeler ? Si, comme elle s'y attendait, Rakin voulait des enfants un jour, l'éventualité qu'elle ne puisse plus lui en donner pouvait tout gâcher entre eux.

Elle ne pouvait nier qu'inconsciemment elle avait su que le temps passait. Aussi, quand elle avait vu ses amies d'enfance convoler une à une, son désir d'enfant l'avait poussée à épouser Eli. Certes, la raison de son mariage avec Rakin avait été tout autre.

Une pointe de regret la transperça.

Tout cela était d'une telle ironie ! Depuis qu'elle avait

découvert qu'elle l'aimait, elle ne pouvait envisager d'avoir un bébé avec un autre. Il était l'homme dont elle voulait partager la vie. Le père qu'elle voulait pour ses enfants. Celui qu'elle voulait à son côté pour les regarder grandir.

Leur mariage devrait être beaucoup plus qu'un arrangement temporaire fondé sur un contrat d'affaires et l'envie de s'amuser.

Et toute romantique qu'elle soit, leur aventure ne lui suffisait plus. Elle lui laissait comme un arrière-goût amer. Son rêve était de vivre une véritable histoire d'amour, de fonder une famille.

— C'est un sujet trop difficile à aborder avec votre nouveau mari ? Vous êtes timide ? la pressa Tula.

L'air enchanté de ce qu'elle considérait apparemment comme une pudeur touchante, la grand-mère enchaîna :

— Dans ce cas, je parlerai au grand-père de Rakin. Mon mari dira à son petit-fils de faire son devoir.

Affolée, Laurel s'empressa de protester :

— Non ! Ce ne sera pas nécessaire. J'ai pris note de votre inquiétude. Je lui parlerai moi-même.

L'idée que le peu d'intimité qu'elle partageait avec Rakin puisse être gâché par les conflits familiaux ou par les espoirs de descendance de ses grands-parents lui était insupportable.

— Mon petit-fils a fait un bon choix, approuva Tula, son beau visage s'éclairant d'un sourire. Vous êtes une femme intelligente, vous comprenez ce qui est important. Votre coopération est appréciée. Vous avez apporté beaucoup de bonheur à notre famille.

Laurel s'appliqua à lui rendre son sourire. Si seulement la grand-mère de Rakin avait pu se douter qu'elle travaillait avant tout à son propre bonheur.

*
* *

— Rakin, je me suis fait coincer par ta grand-mère, hier soir.

— Hum ! fit-il, distrait.

A la fin de l'interminable soirée, ils avaient fait l'amour dans leur suite. Douché de frais, dans la lumière du soleil qui se levait sur un jour nouveau, Rakin, admirant avec gourmandise les formes sensuelles de son corps à peine vêtu, se sentait prêt à recommencer.

Il s'arrêta devant son lit et caressa sa hanche. L'avait-il déjà embrassée à cet endroit ? Quelle importance ? Il avait l'intention de déguster la moindre parcelle de son corps.

— Rakin ? Tu as entendu ce que je disais ?

— Ma grand-mère voulait te parler.

Avec un lent sourire de satisfaction, il leva la tête. Il planifiait déjà les minutes divines qu'il s'apprêtait à passer. Il jeta sa serviette mouillée à terre et, nu, s'agenouilla sur le lit et l'attira à lui. D'humeur taquine, il demanda :

— Voulait-elle essayer de te convaincre d'organiser son festival de films français avec elle ? C'est sa passion.

Etait-ce son imagination ou les yeux de Laurel avaient-ils une expression étrange ? Mais non. Il devait se faire des idées.

— Non, rien de tout cela. Elle voulait juste me prévenir qu'il était important pour moi d'attendre un enfant dès que possible. Apparemment, tu as grand besoin d'un héritier.

Son enthousiasme soudain évanoui, il roula sur le côté, s'assit, et passa ses doigts dans ses cheveux, avant de couvrir sa nudité d'un drap qu'il tira sur ses jambes. S'était-elle attendue à le voir partir d'un éclat de rire ? Eh bien, elle se trompait !

Les battements de son cœur s'affolèrent. Derrière lui, la voix hésitante de Laurel reprit :

— Rakin ? Quelque chose ne va pas ?

Il tourna la tête. Elle était à genoux, sur le lit, la masse de ses cheveux tombant autour de son visage. Le désir bouillonnait en lui. Il le refoula impitoyablement.

— Je n'ai jamais voulu d'enfants, déclara-t-il d'une voix sourde.

— Vraiment ?

Sans répondre, il secoua la tête.

— C'est ce qui fait la différence entre nous, déclara-t-elle alors. J'ai toujours su qu'un jour j'aurais des enfants. Une famille. Et ta grand-mère dit vrai. Je ne rajeunis pas. De son point de vue, si nous voulons des enfants, nous ne pouvons pas nous permettre de trop attendre. Le sablier du temps se vide.

Elle esquissa un sourire songeur.

— Je n'en veux pas ! répondit-il, catégorique, maudissant malgré lui la dureté de son ton. Je n'ai jamais voulu de femme non plus. Mais je n'avais pas le choix. La supercherie du mariage temporaire était la meilleure solution.

Un éclair d'une émotion intense sembla passer dans le beau regard émeraude.

Mais déjà elle se détournait, attrapait la robe de chambre de soie blanche au bout du lit et l'enfilait. Malgré lui, il sentit un pincement de regret. Il l'ignora. Il ne l'avait jamais trahie. Leur mariage avait toujours été un marché entre eux. Un mariage temporaire. Laurel le savait. Les promesses qu'il lui avait faites se limitaient à l'entraîner dans des aventures palpitantes, à briser sa routine, à lui faire découvrir un autre monde que celui des vieilles familles conformistes de Charleston. Et, en bonus, à la faire profiter de son carnet d'adresses. Alors au diable la culpabilité ! Il ne l'avait pas trahie.

— Notre union n'a jamais été destinée à fonder une famille, répéta-t-il dans un souci accru de transparence.

— Je le sais ! répliqua-t-elle, les épaules raidies.

Elle rejeta la tête en arrière et ses cheveux auburn ondulèrent comme des langues de feu dans la lumière dorée du matin.

Pourtant, incapable de faire taire son sentiment de culpabilité, il insista :

— Je n'ai jamais parlé de bonheur familial. Je t'ai promis l'aventure.

— Comme se baigner dans la piscine sous les étoiles ? Ou faire l'amour à Las Vegas ? persifla-t-elle, d'un ton dont le cynisme le perturba.

Il n'aimait pas la manière crue dont elle parlait de cette expérience bouleversante, sa façon de la ramener à quelque chose de purement sexuel.

— Comme t'amener à Diyafa, t'ouvrir ma maison, te montrer le désert, les coutumes de mes ancêtres, répliqua-t-il avec amertume. Comme explorer des endroits presque vierges. Comme partir en balade à cheval, rencontrer des Bédouins. Des aventures dont peu de gens font l'expérience.

Il la fixa avec gravité. N'avait-il pas partagé son âme avec elle ?

— Ah ! Ces aventures-là ! répliqua-t-elle avec dédain.

— Oui ! affirma-t-il, luttant pour garder une voix égale et la tête froide.

Pourtant, malgré lui, ses paroles avaient fait surgir à sa mémoire une myriade de visions érotiques.

— Et je tiens ma promesse d'apporter de nouveaux clients au groupe Kincaid. Ben Al-Sahr a pris contact avec ton frère Matt pour importer son coton de Charleston.

— Oui, j'en ai parlé avec lui.

— Il t'a appelée ? s'étonna-t-il.

— Non, je l'ai appelé. Plusieurs fois.

— Je savais que tu annoncerais notre mariage à ta famille. Mais tu ne m'as pas dit que tu parlais affaires avec ton frère.

Elle eut un petit rire.

— Commc tu me l'as bien fait comprendre, ce mariage n'est qu'un simple marché entre nous. Nous ne sommes pas vraiment unis, Rakin.

Pourtant, il devinait que le sourire qu'elle arborait crânement dissimulait autre chose.

— Tu as de la peine ? murmura-t-il.

Drapée dans sa fierté, elle rejeta la tête en arrière.

— Pourquoi ton choix de ne pas avoir d'enfant devrait-il me faire de la peine ? C'est ta décision, pas la mienne.

Maintenant, il en était certain, elle lui en voulait. Quand une femme parlait ainsi, il n'y avait pas d'autre explication possible.

Quelle idiote elle avait été ! Rakin l'avait prévenue dès le départ que leur mariage n'était qu'un simple contrat d'affaires. Elle le savait. Il ne s'était jamais agi d'amour. Quant au sexe, cela n'avait été qu'une aventure de plus.

Aujourd'hui, grâce à leur marché, Rakin avait obtenu ce qu'il voulait. Il contrôlait toujours le conseil d'administration de Gifts of Gold et, bientôt, la majorité du capital de son grand-père serait à son nom. Il n'avait plus besoin d'elle.

Pour être exacte, il n'avait jamais eu besoin d'elle.

Il n'avait plus besoin d'une femme. Quelle qu'elle soit.

Son mari pouvait désormais mettre un terme à son

mariage temporaire. Pourtant, depuis qu'elle avait découvert qu'elle l'aimait, de son point de vue, leur mariage ne faisait que commencer.

— Tu n'as pas de cœur !

Les mots avaient passé ses lèvres avant qu'elle ait pu les arrêter. Pourtant, un sentiment soudain de soulagement la submergea. C'était la vérité. Il n'avait pas de cœur.

Le regard sombre, la mâchoire crispée, il répondit :

— C'est faux. Je suis réaliste, c'est aussi simple que cela.

Elle le regarda, laissant échapper un petit rire amer. Simple ? Rien n'était simple dans cette relation. Comment avait-elle pu se convaincre que le mariage avec cet homme ne serait qu'une aventure sans lendemain ? Aussi légère qu'amusante ? Une amourette, une bagatelle, visant à la libérer du conformisme de sa vie rangée. Tout s'était compliqué, pour lui revenir en pleine figure comme un boomerang.

— Je ne veux pas vivre ma vie dans ta réalité.

— Ce ne sera pas nécessaire, répondit-il avec un haussement d'épaules. D'où l'avantage d'un mariage temporaire.

Son attitude ne faisait que confirmer son indifférence. Il se fichait tout autant de leur mariage que d'elle. Maintenant qu'il avait assuré sa position au sein de l'empire familial, il espérait en sortir indemne. Inchangé.

Mais, pour elle, c'était impossible : sa vie était bouleversée.

Terrassée par la douleur, elle se sentit presque tituber.

Elle aimait Rakin, et il ne l'aimait pas. Elle devait affronter l'évidence, l'accepter et passer à autre chose. Leur mariage était terminé. Il venait de lui signifier clairement qu'il ne voulait pas être marié avec elle, faisant voler son cœur en éclats. Inutile de se leurrer, jamais il ne l'aimerait comme elle le voulait, comme elle en ressentait le besoin.

— Alors que proposes-tu, maintenant ? Tu tapes dans tes mains et notre mariage est terminé ?

— Ne sois pas sarcastique, répondit-il d'un ton froid. Cela ne te va pas.

— J'ai besoin d'air, annonça-t-elle en se levant. J'étouffe, ici.

Il roula sur le lit et ferma les paupières.

— Je suis fatigué. Je n'ai pas beaucoup dormi la nuit dernière. Nous réglerons la question plus tard.

Quand la porte de la chambre se fut refermée sur sa femme, il rouvrit les yeux, le regard fixe, perdu dans le vague.

Il poussa un soupir las : inutile de la suivre en trombe et de la remettre au pas avec des paroles sévères. Mieux valait la laisser se calmer d'abord. Ils pourraient parler plus tard.

Enfant, il avait été témoin de trop nombreuses disputes entre ses parents, qui se terminaient toujours par des cris et des claquements de portes. Il éprouvait une certaine fierté à avoir empêché sa confrontation avec Laurel de dégénérer. Néanmoins, il lui avait fallu faire un effort de volonté pour ne pas lui dire qu'elle se montrait ridicule : leur mariage ne pouvait pas se terminer en claquant des mains.

Il fallait en finir de manière propre. Formelle. Légale. Civile.

Ils resteraient associés en affaires. Amis, même.

Il ne voulait pas perdre son amitié à cause d'une dispute. Et la fin de leur mariage ne devait pas pour autant sonner le glas de leur liaison. Pas après avoir partagé une telle passion physique. Il ne voulait pas risquer de voir leur relation se terminer… tant qu'il n'était pas question d'enfant.

Il lui laisserait le temps de s'apercevoir qu'il avait raison. Laurel avait assez de maturité, elle finirait par comprendre.

Quand viendrait l'heure du déjeuner, elle serait calmée. Il pourrait alors la réconforter, si c'était ce qu'elle voulait vraiment. Ou bien, ils pourraient faire l'amour.

Mais, pour le moment, il avait besoin de se reposer. Il ferma les yeux pour se protéger du soleil qui inondait la pièce et, satisfait d'avoir géré le problème au mieux, s'endormit.

Laurel sortit par une porte latérale et se retrouva dans un jardin ceint de murs.

Au parfum des fleurs d'oranger qui flottait dans l'air chaud du désert, elle comprit qu'elle se trouvait dans un verger. Une odeur qui fit jaillir à sa mémoire mille souvenirs de son mariage avec Rakin.

Leur premier baiser sous le pont vénitien, dans la gondole, le moment où son attirance grandissante s'était métamorphosée en passion.

Une passion qui l'avait menée à la douleur implacable qui la terrassait.

Si elle avait rattrapé le temps perdu en vivant l'aventure d'une vie, c'était fini.

Il était temps de retomber sur terre et de recoller les morceaux de sa vie. De sa vraie vie. Pas de ce fantasme romantique auquel elle s'était laissée aller avec Rakin. Serrant les poings, elle s'avança dans les taches du soleil qui jouait à cache-cache avec les branchages. Enfouie au plus profond de son cœur, sous sa colère envers elle-même, envers Rakin pour l'avoir déçue, sa douleur se brisa en mille éclats acérés.

Elle avait mal. Mal de sa déception. De sa perte. De sa solitude à la perspective d'une vie sans Rakin.

Elle commençait à comprendre que son escapade hors des sentiers battus était terminée.

Ce qu'elle avait appris de manière certaine, au cours de cette dernière heure, c'était que Rakin ne l'aimait pas, qu'il ne l'aimerait jamais. Hélas, elle était tombée amoureuse de lui : fatale erreur.

Dans leur marché, cette éventualité n'avait jamais été envisagée. Pas plus qu'elle n'avait cru possible de tomber un jour follement amoureuse d'un séduisant inconnu. Il l'avait fait rire. Il l'avait encouragée à faire l'expérience de l'aventure dont elle rêvait, à jeter aux orties les règles de son existence protégée.

Elle avait pris des risques qui l'avaient comblée de joie. Et pour quel résultat ? La douleur la plus implacable de sa vie.

Si c'était ça, l'amour, elle ne le subirait pas.

Leur conversation lui avait prouvé qu'elle n'était pas la femme soumise du Vieux Sud, prête à se laisser piéger par un amour non partagé pour son mari. Desserrant les poings, elle cueillit une fleur de l'oranger le plus proche et en inhala le parfum. Elle s'était mariée avec Rakin, mais elle ne serait plus sa femme.

Avec un serrement de cœur, elle repensa à leurs fous rires à Las Vegas. Tout comme Elizabeth Winthrop en Reginald Kincaid, elle avait cru avoir trouvé en Rakin l'homme idéal. Il était si drôle, si déterminé à lui faire découvrir une vie dont elle ne soupçonnait même pas l'existence.

Mais c'était un mirage. Rien de tout cela ne serait jamais réel. Parce qu'il ne l'aimait pas, tout simplement.

Sa fierté ne lui permettait pas de rester. Ni de le supplier. Elle devait partir. Aujourd'hui. Elle allait retourner dans son monde familier, retrouver sa vie de famille et d'attachée de presse du groupe Kincaid.

Une vie sans surprises.

Elle repoussa la pensée rebelle qu'elle prenait la fuite. Elle n'avait plus rien à attendre de son séjour ici. Rakin avait été très clair.

Elle allait partir, la tête haute.

Quand il descendit déjeuner, ses grands-parents lui apprirent le départ de Laurel. Sentant la colère le submerger, il leur demanda des explications.

— Elle m'a dit qu'elle avait un impératif familial, expliqua Tula. Tu dormais encore. J'ai demandé à l'un de nos chauffeurs de la conduire à l'aéroport. D'après elle, c'est une affaire de quelques jours. Puis tout sera réglé.

Une affaire quelques jours ? Décidément, Laurel avait pensé à tout : elle n'avait pas voulu annoncer son départ définitif avant que le transfert du capital à son nom soit signé. Pourtant, il le devinait, elle n'avait nulle intention de revenir.

Les mains sur les hanches, il fulminait intérieurement.

— Il ne vous est pas venu à l'idée de me consulter ?

Sa grand-mère le dévisageait, stupéfaite.

— Les impératifs familiaux sont un problème de femme. Pas quelque chose qui doit vous préoccuper, ton grand-père ou toi.

Agacé, il leva les yeux au ciel. Décidément, Tula était vraiment de la vieille école. Si Laurel avait réellement dû faire face à une urgence, il n'aurait pas voulu qu'elle l'affronte seule.

— Quelque chose ne va pas, Rakin ? demanda sa

grand-mère d'une voix incertaine. Laurel semblait si heureuse hier soir.

— Qu'est-ce qui pourrait ne pas aller ? répliqua-t-il d'un ton cassant.

Avec un soupir exaspéré, il pivota sur ses talons. Sa femme avait été heureuse jusqu'à ce que Tula, qui avait la fâcheuse habitude de mettre son grain de sel partout, vienne se mêler de leur vie. Et l'aide à prendre la fuite.

Mais peut-être tirait-il des conclusions hâtives. Peut-être avait-elle eu vraiment un impératif familial. Il devait en avoir le cœur net.

Ce qui voulait dire appeler Eli.

Une pensée indésirable germa dans son esprit. Laurel avait rompu avec Eli parce qu'elle ne l'aimait pas. En prenant la fuite, elle lui montrait qu'elle n'éprouvait rien pour lui non plus. A sa grande surprise, son départ précipité lui fit l'effet d'un déclic : lui qui n'avait jamais voulu se marier comprenait soudain à quel point elle allait manquer à sa vie.

Aucune autre femme ne pourrait jamais remplacer celle qu'il avait épousée.

- 11 -

En ce dimanche après-midi, quand Laurel arriva devant la grande maison coloniale de Montagu Street, Pamela l'accueillit à la porte d'entrée.

La chaleureuse étreinte de la fidèle gouvernante lui fit monter les larmes aux yeux.

— Allons, allons, mon ange. Pourquoi ces larmes ?

— Vous m'avez tous manqué, répondit-elle du fond du cœur.

Songeuse, elle s'arrêta devant le grand escalier de marbre recouvert d'un tapis blanc. Une heure auparavant, elle était descendue de l'avion qui la ramenait de Diyafa, accueillie par l'air chaud et parfumé de Charleston.

La voix de Pamela la tira de ses réflexions.

— Ta maman est au premier. Ce gentil inspecteur vient de partir.

— L'inspecteur McDonough ?

— Oui.

— Y a-t-il du nouveau au sujet du meurtre de papa ? demanda-t-elle, se sentant soudain coupable.

Ces deux dernières semaines, elle avait à peine pensé à l'assassinat de son père.

— Il faudra demander à ta mère, répondit Pamela. En tout cas, nous avons commencé à trier ses vêtements.

Laurel échangea un long regard avec la gouvernante.

— Comment maman le prend-elle ? demanda-t-elle, le cœur gros.

— Beaucoup mieux que ce que j'aurais pensé. Monte la voir, je vais préparer du café.

Elle trouva Elizabeth agenouillée par terre à côté d'une pile de vêtements, rangeant avec soin un pull dans une boîte. En la voyant, elle s'immobilisa.

— Laurel ! Que fais-tu ici ?

— Je suis rentrée.

— Où est Rakin ? s'enquit sa mère en regardant le couloir.

— A Diyafa. Je suis seule.

— Je suis étonnée qu'après un mariage aussi récent il laisse sa femme s'en aller seule.

Une fraction de seconde, Laurel réfléchit. Comment annoncer la nouvelle à sa mère ? Elle opta pour l'approche directe.

— Je l'ai quitté, maman, déclara-t-elle crânement.

— Oh ! mon Dieu !

En un quart de seconde, Elizabeth fut debout et la serra contre son cœur. Humant le parfum familier de la lavande de sa mère, Laurel ferma les yeux, puisant le réconfort dans ses bras. Elle avait l'impression d'être redevenue la petite fille qui se précipitait chez sa mère après s'être battue avec RJ. A l'époque, Elizabeth arrangeait tout d'un sparadrap et d'un baiser.

Mais aujourd'hui, ce n'était pas ses genoux égratignés qui saignaient, c'était son cœur. Et Elizabeth ne pouvait pas le panser.

— Tu veux en parler, ma chérie ?

La compassion dans sa voix faillit la faire craquer. Elle rouvrit les yeux et, le regard perdu par-dessus l'épaule maternelle, puisa un peu de force dans une profonde inspiration. Voulait-elle en parler ? Personne sans doute ne la comprendrait mieux qu'Elizabeth.

Après tout, tout comme le mariage de Laurel à Rakin, le mariage de ses parents, à l'origine, avait été un contrat d'affaires. Jusqu'au coup de foudre d'Elizabeth pour Reginald. Laurel frissonna. L'histoire semblait se répéter. Elle aussi était tombée amoureuse de son mari en dépit de leur mariage arrangé. La différence principale était que Reginald avait réussi à convaincre sa femme qu'il l'aimait. Rakin ne faisait pas de telles promesses. Il lui avait même dit sans prendre de gants qu'il ne voulait ni femme… ni enfant.

Elle s'installa sur le lit et répondit, laconique :

— Il n'y a pas grand-chose à dire. Viens t'asseoir à côté de moi et raconte-moi ce que tu as fait depuis mon départ.

— J'ai eu la visite de la charmante Nikki Thomas. Elle aussi a parlé à la police. En fait, l'inspecteur vient de partir. Ses soupçons se portent sur Jack Sinclair. Le seul problème étant, comme tu le sais, que Jack Sinclair a un alibi. Son personnel affirme qu'il a travaillé très tard cette nuit-là.

D'un geste tendre, Laurel mêla ses doigts à ceux de sa mère.

— Mais ça ne peut pas compter. Il a pu les acheter.

La police ne semblait pas avoir beaucoup progressé depuis son départ. Sa mère avait eu raison, il n'aurait pas été nécessaire qu'elle reste.

— Et puis, il y a aussi le détail de sa voiture garée sur le parking de nos bureaux, ajouta-t-elle.

— Mais Jack nie aussi, répliqua Elizabeth.

— Comme c'est étrange ! Je suis sûre qu'il ment, affirma-t-elle après un bref silence. Qu'en pense Nikki ?

— Elle dit vouloir poursuivre ses recherches. Elle est bien déterminée à trouver le coupable.

Laurel aussi l'avait été. Sa résolution numéro dix était : « trouver l'assassin de papa ». De toutes, c'était sans doute la plus difficile, et elle n'avait pas avancé le moins du monde. De sa main libre, elle écarta ses cheveux de son visage. Nikki ferait sans doute du bien meilleur travail. Tant que la jolie enquêtrice écoutait sa tête plutôt que son cœur !

— Si la police n'avance pas, Nikki saura sans doute prouver que Jack a monté son alibi de toutes pièces. Plus vite il sera démasqué, plus vite nous pourrons remettre notre vie sur des rails, ajouta-t-elle avec une pression affectueuse sur la main d'Elizabeth.

Et une fois que Jack Sinclair serait sous les verrous, il n'aurait plus aucune chance d'être élu président du groupe à la réunion du conseil d'administration qui devait se tenir en juin. Pour le plus grand soulagement de tous les Kincaid.

— J'organise ma vie, maintenant, reprenait Elizabeth. J'ai demandé à Kara de m'aider à préparer mon mariage avec Cutter. Il devrait être célébré dans un mois ou deux.

— Oh ! maman ! Quelle bonne nouvelle !

Pourtant, sa joie était teintée de tristesse. Elle ne pouvait s'empêcher de repenser à son propre mariage. Prise d'une soudaine envie de sangloter, elle faillit nicher sa tête dans l'épaule maternelle, si réconfortante. Elle ne souhaitait qu'une chose : que, contrairement à elle, Elizabeth et Cutter connaissent le bonheur.

La soirée avançant, Laurel se joignit à la réunion familiale hebdomadaire. A l'annonce de sa séparation, la première surprise passée, le soutien des membres de sa famille fut immédiat. Matt et Susannah avaient amené Flynn, qui avait rejoint Pamela, en quête de friandises. RJ et Brooke devaient passer plus tard.

Dans la sécurité de sa famille, entourée de leur sollicitude, de leur amour, elle commençait à se sentir mieux.

Lily et Daniel ne se quittaient pas des yeux.

Radieuse, Kara, d'une beauté éclatante, échangeait des regards entendus avec Eli. Ils semblaient être dans leur monde, et elle se surprit à envier leur complicité. C'était le genre de mariage dont elle rêvait. Le cœur soudain lourd, elle se rendit à l'évidence : son rêve ne se réaliserait pas avec Rakin.

Le repas lui ouvrit les yeux sur une autre certitude : sa relation avec Eli avait changé. Désormais, il n'était plus son meilleur ami, il était son beau-frère. Il ne serait plus jamais son confident.

De plus, il serait délicat d'aborder le sujet de Rakin. Les deux hommes n'étaient-ils pas liés par la même amitié que celle qui les avait soudés, elle et lui, depuis l'enfance ?

Assis en face d'elle, il avait passé le dîner à lui lancer des coups d'œil accablés. Elle ne tarda pas à comprendre pourquoi, quand il lui avoua :

— Rakin m'a téléphoné.

— Il t'a téléphoné ? répéta-t-elle, incrédule. Quand ? Pourquoi ?

— Il semblait croire que nous avions un problème familial urgent. Il voulait s'assurer que tout le monde allait bien.

Sentant une bouffée de culpabilité la gagner, elle détourna le regard. La honte lui brûlait les joues.

— Je n'imaginais pas qu'il s'inquiéterait, maugréa-t-elle. Contrairement à ce que je pensais, il a un cœur et non un bloc de glace dans la poitrine.

— Rakin a du cœur, fit valoir Eli.

— Tu crois ? répliqua-t-elle, incapable de dissimuler son amertume. Je n'en suis pas si sûre.

Son ami lui jeta un regard courroucé. Elle refoula la vague de nostalgie qui menaçait de l'envahir. Elle se montrait injuste, elle le savait. Elle n'était pas aveuglée par la rancœur au point d'avoir oublié la bonté dont elle l'avait vu faire preuve avec les enfants et les personnes âgées. Hélas, il n'y avait pas et il n'y aurait jamais de place pour elle dans ce cœur.

— C'est ma faute, reprit-il, l'air de plus en plus sombre.

— Mais non, Eli, répondit-elle avec un geste apaisant. Ne te blâme pas de nous avoir présentés l'un à l'autre. Tôt ou tard, nous nous serions rencontrés.

— Tu ne comprends pas.

Devant la gravité de son regard, un sentiment funeste l'envahit. N'entendant soudain plus rien des conversations animées autour d'elle, elle demanda :

— Qu'est-ce que je ne comprends pas ?

Après un coup d'œil circonspect à la ronde, il chuchota :

— J'ai suggéré à Rakin de t'épouser.

— Pardon ?

Abasourdie, elle fixa son nouveau beau-frère. La stupeur la paralysait. Comment l'ami de toute une vie, la personne qu'elle pensait connaître le mieux au monde, avait-il pu lui jouer un tour pareil ?

— Quand ? finit-elle par articuler à grand-peine.

— Après notre rupture.

— Mais pourquoi ?

C'était un cri du cœur. Interrompant sa conversation

avec Brooke, Lily tourna un regard anxieux vers eux. Laurel s'empressa de la rassurer d'un sourire.

L'air penaud, Eli chuchota :

— Rakin avait un problème. Je lui ai dit que tu pouvais être la solution.

— Comme ça ? Et il a été d'accord ? fulmina-t-elle.

La rage l'étouffait. Ce genre de combine était si typiquement masculin !

— Quel homme ne l'aurait pas été ? répondit-il avec un petit rire gêné. Je lui ai dit que tu étais belle, intelligente, qu'il ne pouvait pas trouver mieux.

Elle leva les yeux au ciel. Pour résumer, il l'avait décrite comme un marchand de chevaux faisant la promotion d'une jument.

— Merci, Eli, siffla-t-elle entre ses dents serrées.

Visiblement surpris par ce ton qui lui était si peu familier, son beau-frère se sentit soudain extrêmement coupable.

— Tu es furieuse. Depuis que je te connais, c'est la première fois que je te vois en colère.

Elle n'essaya même pas de lui répondre. Qu'aurait-elle pu lui dire, de toute façon ?

Alors que les secondes s'étiraient en un silence inconfortable, Eli reprit d'un ton hésitant :

— Je pourrais essayer d'arranger les choses.

— Ah oui ? Et comment ? persifla-t-elle.

— Si je lui téléphonais…

— Non ! Surtout pas. Je ne veux pas que tu t'en mêles.

— Je suis désolé. Je t'ai fait de la peine. Je n'aurais jamais pensé que…

Il secoua la tête sans finir sa phrase.

— C'est ça, l'ennui. Les hommes ne réfléchissent jamais aux conséquences de leurs actes.

Lily tourna de nouveau la tête. Son front plissé trahissait son désarroi. Il était clair qu'elle sentait leur discorde. Pour calmer les soupçons de sa sœur, Laurel lui adressa son sourire le plus affable.

— Je ne peux pas être enceinte.

Cette phrase irréelle tournait en boucle dans sa tête ; en ce lundi matin, la semaine commençait vraiment très mal.

Après un coup d'œil au dossier sur son bureau, la gynécologue la regarda, ses yeux inquiets derrière ses lunettes.

— Vous n'avez pas eu de rapports sexuels ? s'enquit-elle avec incrédulité.

— Je me suis mariée et j'ai fait l'amour avec mon mari, déclara-t-elle sans chercher à dissimuler son embarras.

Le soulagement se lut sur le visage du médecin.

— Mais je n'ai jamais voulu être enceinte. Nous avons pris nos précautions. A part une fois, ajouta-t-elle, se rappelant soudain la nuit dans la piscine.

— Les préservatifs ne sont pas toujours fiables à cent pour cent.

Elle fut prise d'une envie de rire hystérique.

— Je le sais. J'ai eu cette conversation avec ma mère le jour de mon premier rendez-vous, à quinze ans. Mais aujourd'hui, un accident est impossible. Je suis une femme adulte et responsable. Intelligente.

Elle appuya son affirmation d'un hochement de tête satisfait. Même la grand-mère de Rakin le pensait.

Avec une petite grimace, la gynécologue répondit :

— Les grossesses accidentelles arrivent. Même à des femmes d'affaires adultes et responsables. Dites-vous que c'est une bénédiction. Parce que j'ai des patientes encore plus adultes et responsables que vous qui adoreraient se retrouver enceintes par accident.

Laurel sentit sa gorge se serrer. Les mots avaient atteint leur cible. Pourtant, il n'était pas question de pleurer. Se ressaisissant, elle enchaîna :

— J'ai toujours eu l'intention d'avoir une famille, un jour. Mais avec un père pour mes enfants. Une famille traditionnelle.

La gynécologue la regarda, l'air de plus en plus perplexe.

— J'ai cru comprendre que vous vous étiez mariée ?

Mal à l'aise, elle se trémoussa sur sa chaise et répondit :

— Oui, à Las Vegas. Mais c'est déjà fini. J'ai envoyé les papiers du divorce à mon mari ce matin.

Ignorant l'expression ébahie du médecin, elle repensa à sa mère trahie par l'homme qu'elle avait aimé. A son père assassiné dans la force de l'âge.

— La vie nous joue parfois de bien drôles de tours, n'est-ce pas ? enchaîna-t-elle sans chercher à cacher son amertume.

Un souvenir lui traversa l'esprit, lui mettant un peu de baume au cœur : il lui restait toujours Captain's Watch, la maison léguée par son père. Un violent besoin d'aller se réfugier à l'abri des murs épais de la vieille maison la prit soudain.

La vieille villa de bord de mer n'avait pas changé.

Construite à la fin du XIXe siècle, à l'époque où les grandes familles de Caroline du Sud découvraient les bains de mer, elle se dressait depuis plus d'un siècle face à l'éternel mouvement de flux et reflux des marées.

Heureuse d'avoir retrouvé la sérénité immuable des lieux, Laurel poussa les lourdes persiennes de bois érodé qui laissèrent entrer à flots le soleil de mai. Une main sur son ventre, elle regarda la plage sur laquelle elle avait passé tant d'heures, enfant et adolescente, avec la tribu de ses frères et sœurs et de ses amis.

— Toi aussi, tu connaîtras cela, mon chéri, je te le promets, murmura-t-elle à l'intention du bébé qui grandissait en elle.

Son père avait su à quel point elle aimait Captain's Watch. Et, aujourd'hui, la grande maison et le parc qui l'entourait lui appartenaient. Quittant la fenêtre, elle revint à la grande table de bois autour de laquelle la famille au complet se réunissait pour les repas et, les jours de pluie, les parties de cartes. Deux feuilles de papier étaient posées sur le bois sombre.

Songeuse, elle ramassa sa liste. Elle ne lui serait plus très utile, désormais. Entre son travail, sa famille et son bébé, elle avait assez de piment dans sa vie. Pourtant, elle ne pouvait se résoudre à s'en débarrasser. La liste avait changé sa vie. Ou plutôt elle lui avait permis de remettre de l'ordre dans ses priorités. De mûrir, de connaître de nouvelles expériences. Elle préférait ne pas dire « aventures ». Le mot évoquait le souvenir de Rakin, qui restait douloureux. Et elle avait appris à mieux se connaître. Elle ne le regretterait jamais.

Une dernière fois, elle la lut. Hormis la résolution numéro quatre, « manger de la glace au lit », qui lui paraissait bien puérile désormais, seule la résolution dix restait à remplir.

Mais peut-être Nikki Thomas aurait-elle plus de chance qu'elle en récoltant des indices qui mèneraient à l'arrestation de Jack Sinclair.

Elle laissa échapper un long soupir, plia la feuille

en quatre et la glissa dans une bouteille d'eau vide : sa liste avait rempli sa mission.

Elle ramassa alors la lettre de son père. Le papier tout froissé indiquait qu'elle avait été lue et relue. Pourtant, elle avait envie de la relire encore.

Laurel chérie,

Si tu lis cette lettre, c'est que je ne suis plus des vôtres.

Mais Captain's Watch est à toi pour toujours. Chaque année, à l'approche des grandes vacances, tu communiquais ta joie de revoir la maison à toute la famille. Tu disais que, même si la maison restait toujours la même, pas une journée ne se ressemblait : à Captain's Watch, l'aventure durait tout l'été.

Je te laisse Captain's Watch dans l'espoir qu'elle te fera vivre bien d'autres aventures. Je sais que ton grand cœur te poussera à ouvrir les portes de ta nouvelle maison à toute la famille, pour d'autres belles vacances à la plage.

Alors, je vous souhaite à tous une multitude de beaux étés placés sous le signe du bonheur.

Je t'embrasse tendrement,

Papa

A travers le brouillard de ses larmes, elle dessina la signature paternelle de son doigt.

La découverte qu'il avait une autre famille, d'autres enfants, les avait tous anéantis. En particulier Elizabeth, quand elle avait appris que le grand amour de son mari avait été Angela.

Rakin n'était pas ce genre d'homme. Il ne l'aimait

pas, certes, mais ce n'était pas parce qu'il en aimait une autre. Il ne voulait ni femme ni enfant, c'était tout.

Pour la première fois, Laurel sentit une vague sympathie pour Angela Sinclair, qui, quand elle avait découvert qu'elle était enceinte de Jack, avait essayé de prévenir Reginald. Les Kincaid l'en avaient empêchée. Elle n'osait pas même imaginer la douleur de leur père en découvrant l'existence de son fils, Jack, dix ans plus tard. Un fils qui, par amertume, était allé jusqu'à le supprimer.

Si seulement Jack avait su que ce père l'avait assez aimé pour lui léguer quarante-cinq pour cent des parts du groupe Kincaid, l'œuvre de sa vie, Reginald Kincaid serait peut-être toujours vivant.

Mais cela, personne n'en saurait jamais rien.

Les larmes qui lui brouillaient la vue se mirent à ruisseler sur ses joues. Tenant toujours la lettre d'une main, elle posa l'autre sur son ventre.

Même si Rakin ne voulait pas de son amour, il devait savoir qu'ils attendaient un enfant. Contrairement à Reginald, il devait connaître son bébé, le voir grandir.

Avec délicatesse, elle replia la feuille et la rangea dans son sac. Puis elle prit son téléphone portable.

Elle rassembla ses esprits. Elle devait trouver les mots justes. Au bout de quelques minutes, se sentant prête, elle l'appela pour, hélas, tomber sur sa messagerie. Une fraction de seconde, elle hésita, puis raccrocha.

Elle ne pouvait pas laisser de message. Elle devait lui annoncer la nouvelle de vive voix.

Dans une heure, elle le rappellerait. Et si elle ne pouvait pas le joindre, elle ne voyait qu'une solution : s'envoler pour Diyafa.

Rakin devait à tout prix savoir qu'ils allaient avoir un bébé.

- 12 -

Les pieds nus dans le sable, Laurel regardait sa liste danser sur la mer, dans la bouteille vide.

Elle savait qu'elle ne faisait que reculer pour mieux sauter. Depuis qu'elle avait reposé son téléphone, tout à l'heure, l'appréhension lui nouait le ventre. Elle avait trouvé des dizaines d'excuses pour ne pas rappeler Rakin. Quelle lâche elle faisait !

Cette fois, elle lui laisserait un message en lui demandant de la rappeler. Et s'il ne le faisait pas, elle insisterait, encore et encore.

Jusqu'à ce qu'il sache.

Perdue dans ses pensées, elle poussa un petit cri. L'écume venait de lui lécher les pieds. La marée montait. Elle ne voulait pas mouiller son jean. Elle recula vivement pour éviter une nouvelle vague et se heurta à quelqu'un.

Elle pivota sur ses talons et resta pétrifiée. Elle se trouvait nez à nez avec Rakin.

— J'ai… j'ai essayé de te joindre, bredouilla-t-elle.

— J'ai vu que j'avais un appel de toi en absence. Mais j'ai décidé de venir directement de l'aéroport.

— Que fais-tu ici ?

La mâchoire crispée, le regard sombre, il répliqua :

— Comment peux-tu me poser cette question ? Après avoir déposé une demande de divorce ?

Un bref instant, une bouffée d'un espoir insensé

l'envahit. Il avait dû prendre l'avion de Diyafa tout de suite après que les papiers du divorce lui avaient été présentés. Cela ne pouvait être que positif. Mais la réalité eut tôt fait de la rattraper. Rakin ne l'aimait pas. Il n'y avait rien à espérer. Il était sans doute ici pour régler les formalités aussi vite que possible.

— Je ne vois pas l'intérêt de…

— Comment peux-tu revenir sur notre promesse de mariage ?

Devant son visage de marbre, un frisson glacé la traversa. Il semblait plus distant que jamais. Qu'est-ce qui pourrait bien l'atteindre ? Sûrement pas la nouvelle du bébé.

— Rakin.

— Rien n'a changé. Tu connais les termes de notre marché.

— Oui, acquiesça-t-elle, il s'agit d'un mariage temporaire. En d'autres mots, qui ne doit pas durer.

Néanmoins, elle n'arrivait pas à faire taire la stupide petite voix qui lui soufflait que, peut-être, après tout, il tenait à elle.

Sourcils foncés, il reprit d'une voix amère :

— Ai-je jamais dit que j'étais d'accord pour mettre un terme à notre mariage ? As-tu pris la peine de me parler avant de partir pendant mon sommeil ?

Il lui en voulait de ne pas l'avoir informé au préalable ? C'était son seul grief ? L'étincelle d'espoir s'éteignit.

Elle ne pouvait continuer à feindre que ce mariage n'était qu'un marché conclu entre eux. Elle aimait Rakin. Et son amour pour lui la poussait à rompre tout lien avec lui. Rester prisonnière de leur arrangement lui aurait brisé le cœur.

— Tu n'as plus besoin de moi, répliqua-t-elle. Tu as ton héritage. C'était le but de notre mariage, non ?

Rakin fixa le visage pâle de sa femme dans le halo doré d'un rayon du soleil de l'après-midi. Son beau regard émeraude exprimait une lassitude infinie. La brise qui soufflait de l'océan jouait dans sa somptueuse chevelure, faisant danser des mèches d'or roux sur ses joues. Il avança la main pour les repousser mais, d'un geste vif, elle se dégagea.

Il laissa retomber son bras.

— Tu t'es enfuie, lui reprocha-t-il d'une voix sourde.

Le choc et le sentiment de néant qui avaient suivi son départ l'avaient pris totalement au dépourvu. En comparaison, les menaces de son grand-père lui avaient soudain paru bien insignifiantes.

— Je ne me suis pas enfuie, se justifia-t-elle. Je suis rentrée chez moi.

— Tu as dit à ma grand-mère que tu avais un impératif familial.

— J'ai menti. Je ne pouvais pas lui dire la vérité. Que je ne pouvais plus rester. Et je ne voulais pas mettre ton avenir en péril.

Il sentit son cœur voler en éclats. Elle lui opposait un visage placide, comme s'il lui était désormais indifférent. Il était sur le point de la perdre, il le savait.

Où était sa femme si chaleureuse, si aimante, si sexy ? La terreur du néant le pétrifia. Etait-ce la raison pour laquelle sa mère était restée avec un mari qui ne l'aimait pas ? Parce qu'elle avait préféré cela à une vie sans lui ? Il s'était toujours juré de ne jamais répéter la même erreur. L'amour à sens unique était sa conception de l'enfer.

Mais un monde sans Laurel serait infiniment pire encore.

Il devait garder la tête froide, faire barrière au mélange de ressentiment et de regret qu'il sentait monter en lui, sans parler de la douleur fulgurante qui le déchirait. Dans une piteuse tentative pour l'appâter, il murmura :

— Tu vas être obligée de revenir à Diyafa. Le frère de Ben Al-Sahr veut te faire une nouvelle offre de contrat.

L'air obstiné, elle secoua la tête.

— Non, je ne veux pas. Matt s'en occupera. Je vais rester ici.

La détermination de son ton l'atteignit au plus profond de lui-même. Elle n'avait jamais refusé une occasion de permettre au groupe Kincaid d'engranger de nouveaux profits. Elle ne reviendrait pas à Diyafa. Jamais.

Il la fixa, de plus en plus abasourdi par le sentiment de vide qui le submergeait à la perspective de toute une vie sans elle.

Laurel ne voulait plus de lui : son cœur saignait d'une blessure que le temps, il le savait, ne cicatriserait jamais.

Dans un sursaut de désespoir, il décida de jouer sa carte maîtresse. Il n'était pas du genre à rendre les armes sans se battre jusqu'au bout. A sa grande surprise, il s'entendit dire les mots qu'il ne pensait jamais prononcer un jour.

— Nous pouvons essayer d'avoir un bébé si c'est ce que tu veux.

Elle le dévisagea, un étonnement sincère sur son visage.

— Un bébé ? répéta-t-elle. Pourquoi choisis-tu ce moment précis pour parler d'un bébé ?

Sa réaction le laissa perplexe. La panique le gagna. Il avait été si certain qu'elle voudrait un enfant. N'était-elle pas partie parce que lui n'en voulait pas ? Il secoua la tête pour essayer de s'éclaircir les idées et reprit :

— C'est ce que tu souhaites, non ?

Devant son silence, il sentit son inquiétude et sa confusion s'accroître. Il se fit violence. Elle n'avait pas besoin de savoir à quel point sa fuite l'avait anéanti. Il refusait de prendre le risque de lui dévoiler ainsi son cœur.

Pourtant, sa voix était rauque quand il murmura :

— Je voudrais un enfant de toi.

Au lieu de lui ouvrir grand les bras, elle les croisa sous sa poitrine et le fixa d'un regard accusateur.

— Je te rappelle que tu as m'as présenté ce mariage comme temporaire, fondé sur notre attirance sexuelle et un contrat d'affaires.

— J'ai dit des tas d'idioties, admit-il. C'est ce que font les hommes qui ont peur.

D'un geste tendre, il caressa son bras, sentant sa peau satinée sous ses doigts. Un désir fulgurant de toucher d'autres parties de son corps le traversa comme une flèche brûlante.

— De quoi avais-tu peur ? fit-elle, glaciale.

Il laissa retomber sa main. Bon sang ! Pourquoi un tcl acharnement ? Que voulait-elle, à la fin ?

— Tu n'es pas obligé de me répondre, acheva-t-elle.

Elle détourna le regard. Les reflets du soleil sur la mer allumèrent des paillettes d'améthyste dans ses prunelles qui brillaient de larmes contenues.

— Je t'en prie, ne pleure pas, plaida-t-il.

Sa peine le désolait. Il esquissa un geste gauche, comme pour la prendre dans ses bras. Puis enfonça ses mains dans ses poches.

— Je ne pleure pas, protesta-t-elle d'une voix hachée, lui offrant un visage ruisselant de larmes. Du moins pas vraiment. Ce ne sont pas des larmes de tristesse.

Sa perplexité était à son comble : décidément, il ne comprenait plus rien. La comprendrait-il jamais ?

— Alors pourquoi pleures-tu ?

Dans un battement de cils, elle répondit :

— Je suis soulagée. Reconnaissante. Je pensais que

tu ne voulais pas d'enfant. Tu n'es pas curieux de savoir pourquoi je t'ai téléphoné ?

Il n'avait qu'une envie, la serrer contre lui. Il se fichait bien des questions auxquelles il n'avait pas de réponse. Mais elle retenait son souffle. Manifestement, elle attendait. Sentant à quel point c'était important pour elle, il se décida à la questionner :

— Pourquoi m'as-tu téléphoné ?

— Parce que je suis enceinte.

— Enceinte ? balbutia-t-il, abasourdi.

Chancelant sous le choc, il sentit son visage devenir livide.

Elle hocha la tête, les yeux écarquillés, pleins d'espoir. A quoi s'attendait-elle ? A le voir sauter de joie ?

Bien sûr ! Ne venait-il pas de lui dire qu'il aimerait avoir un enfant avec elle ? Paupières mi-closes, il renversa la tête en arrière. Il était pris à son propre piège. Sentant sa gorge se dessécher, il déglutit. Le moment de vérité était arrivé.

— Rakin, tout va bien ?

— Je suis désolé, fit-il en rouvrant les yeux. Pour une surprise…

L'anxiété se lisant sur son visage, elle reprit :

— Tu n'es pas content ? Tu ne parlais pas sérieusement quand tu m'as proposé d'avoir un bébé ?

Les épaules soudain affaissées, elle se détourna et s'éloigna d'une démarche lasse.

Devant sa douleur, il sentit son cœur se briser.

— Laurel, attends !

Elle se figea dans une immobilité de statue.

D'une grande enjambée, il vint se placer derrière son dos raidi et l'enlaça, ses deux mains se croisant sur son ventre où grandissait leur enfant. Puis, avec une douceur infinie, il la fit se tourner vers lui.

— Laurel…

Les mots semblèrent se bloquer dans sa bouche, et il baissa les yeux vers son visage accablé. Il voyait le chagrin enfler en elle et se muer en un désespoir implacable.

Un vague de pitié l'envahit : comment pouvait-il lui mentir en lui disant qu'il se réjouissait ? Comment lui expliquer qu'il était trop tôt pour cet enfant ? Qu'il ne voulait pas qu'elle se sente obligée de rester mariée à cause du bébé ?

Il voulait qu'elle reste parce que… parce qu'il l'aimait.

Il s'arracha à la vulnérabilité de son regard et laissa ses yeux errer sur l'océan, ne remarquant même pas la vague qui vint s'écraser à ses pieds, détrempant ses élégantes chaussures de sport. Les flots dansaient sous le soleil, parsemés de mille pépites dorées.

Il se sentait prisonnier d'un tourbillon d'émotions liées à son passé. Quand donc le cauchemar prendrait-il fin ? Sa mère avait adoré son père, qui, lui, voulait simplement un héritier. Cette fois, les rôles étaient inversés : il aimait Laurel, qui, elle, voulait un enfant. Une douleur indicible lui broyait le cœur. Tout comme celui de sa mère, son amour était à sens unique.

Bien sûr, par l'une des plus grandes ironies de la vie, ses grands-parents seraient enchantés : Laurel était enceinte. Il allait avoir un héritier. La succession de l'empire familial était assurée.

Pourtant, il était incapable de chasser sa tristesse. Il serait marié à une femme qui ne l'aimait pas. Lié pour toujours à Laurel par le lien d'un enfant. Comme dans un labyrinthe sans issue.

Il ne voulait pas renoncer à Laurel. Pourtant, il savait que plus jamais il ne connaîtrait le bonheur entrevu trop furtivement lors de leur escapade dans le désert, les moments de pure joie partagés avec elle. Il devrait se contenter d'une vie dictée par le devoir, tous ses désirs anesthésiés.

Il était pris au piège. Inch Allah ! Il s'en remettait au destin.

Laurel était perplexe.

Rakin s'était fermé comme une huître. Depuis qu'il était revenu de la plage, une heure auparavant, il paraissait ruminer de sombres pensées. Il avait jeté un coup d'œil hâtif à l'intérieur de la maison avant de s'installer dans le confortable fauteuil en cuir de Reginald, devant la porte-fenêtre, face à la plage.

Sans doute avait-il besoin d'un peu de temps pour s'habituer à la nouvelle. Assise sur le canapé, tout en feignant de feuilleter des magazines, elle lui jetait des coups d'œil à la dérobée. Son humeur ne semblait pas s'améliorer.

Son mutisme n'augurait rien de bon.

Elle avait commencé par croire que la nouvelle de sa future paternité ne lui ferait aucun plaisir. Pourtant, quand, à sa grande surprise, il lui avait proposé d'avoir un bébé ensemble, elle avait senti ses espoirs renaître.

Aussi, elle n'arrivait pas à décrypter son attitude. Souffrait-il ? Qu'à cela ne tienne ! Elle aussi souffrait.

A bout de patience, elle déclara :

— Tu as l'intention de ne plus jamais m'adresser la parole ?

— Pardon ? fit-il avec un regard surpris.

— Te rends-tu compte que tu n'a pas dit un mot depuis que nous sommes remontés de la plage ?

— Je suis désolé, c'est très impoli de ma part.

— Il ne s'agit pas de bonnes manières. Il s'agit de la peine que tu me fais en te murant dans ton silence.

Le visage toujours aussi impénétrable, il semblait ne pas comprendre.

— Je vais avoir besoin d'une paire de menottes, déclara-t-elle alors à brûle-pourpoint.

— De menottes ?

— Oui, de menottes, répondit-elle sans chercher à lui cacher sa frustration. Le sexe semble être la seule façon pour moi de te troubler.

Il rougit.

— Tu n'as pas besoin de menottes pour ça, murmura-t-il.

— Que veux-tu dire ? demanda-t-elle, sentant son pouls s'accélérer.

— Ce n'est pas le sexe qui me trouble. C'est toi.

Il avait parlé si bas qu'elle l'avait à peine entendu. Elle ne s'était pas attendue à une telle honnêteté. Son cœur battant la chamade, elle vint s'asseoir à côté de lui, sur l'accoudoir.

— Prouve-le ! lui enjoignit-elle.

Si elle s'était attendue à un baiser plein de fougue, elle en fut pour ses frais. Il se contenta de frôler ses lèvres.

— Je suis terrifié, admit-il d'une voix douce.

Il disait la vérité. Elle voyait sa peur dans la profondeur de son beau regard brun.

— Pourquoi ? A cause du bébé ? Tu sais, il est très commun d'avoir son premier dans la trentaine, aujourd'hui. Je suis très bien suivie. Tout ira bien.

— Non, ce n'est pas ça. Mes craintes sont beaucoup plus égoïstes.

— Qu'y a-t-il ? Dis-moi ! le pressa-t-elle, soudain anxieuse.

— Malgré ce que je t'ai fait croire, le mariage de mes parents était loin d'être idyllique. Ce n'était pas l'histoire du siècle !

— C'est tout ? s'exclama-t-elle, soulagée. Si tu veux

tout savoir, le mariage de mes parents était loin d'être parfait, lui aussi. Nous ne sommes pas obligés de répéter leurs erreurs.

Plantant son regard dans le sien, il déclara, laconique :

— Mon père n'a jamais aimé ma mère.

Une vague de douleur la submergea. Etait-il en train d'essayer de lui faire comprendre qu'il ne pourrait jamais l'aimer ? Pourtant, il le lui avait déjà dit. Alors pourquoi ces paroles rouvraient-elles la blessure en elle ?

Se redressant, elle répliqua :

— Même si mon père affirme avoir pu aimer deux femmes à la fois, j'ai peine à le croire. Ce n'est sûrement pas le genre d'amour que je veux vivre. Néanmoins, il a été un excellent père. Ce que j'essaye de te prouver, c'est que, sans nous forcer à rester coincés dans un mariage d'apparence, comme ceux de nos parents, rien ne nous empêchera de rendre notre enfant heureux.

Ayant vidé son cœur, elle se sentait beaucoup plus légère. Elle avait trouvé un terrain d'entente avec Rakin.

Il la dévisagea avec insistance. D'une voix grave, il reprit :

— Malgré les espoirs qu'il mettait en moi, mon père ne m'a jamais aimé non plus.

— Oh ! Rakin ! s'exclama-t-elle, son cœur se gonflant de tendresse.

— Et si je ne pouvais jamais aimer cet enfant ?

Devant la terreur qu'elle lisait dans ses yeux, elle se sentit fondre.

— J'ai vu ta patience avec Flynn. Avec le garçon du ryad.

— C'est différent. Ce n'est pas juste ma peur, reprit-il en lui coulant un regard en biais.

— Quelles sont tes autres craintes ?

Il secoua la tête.

— Rakin, fit-elle, exaspérée, comment puis-je t'aider si tu ne me dis pas tout ? Laisse-toi aller.

— Me laisser aller est la chose la plus difficile que tu puisses me demander. Toute ma vie, on m'a enseigné la fierté. La réserve. A me comporter comme un membre de famille royale. A honorer le nom Abdellah.

— Certains hommes ne devraient jamais être pères, répondit-elle, comprenant où il voulait en venir. Mais tu n'es pas ton père.

L'incertitude qu'elle lisait dans les beaux yeux sombres la bouleversait.

Il secoua la tête, se leva et se dirigea vers la baie vitrée surplombant la mer. Elle devinait qu'il était face au plus grand défi de sa vie. Et qu'il était terrifié.

— Je t'aime.

Le murmure était à peine plus fort qu'un froissement d'aile de mouette dans le vent. Pourtant, il lui fit l'effet d'un coup de tonnerre. Il se retourna, incrédule.

— Quoi ?

Nimbée de la lumière du soleil d'été qui entrait à flots par la fenêtre, elle était debout, les bras croisés sur son ventre en un geste protecteur. Manifestement, elle se préparait à une rebuffade de sa part.

Néanmoins, elle répéta, très lentement :

— Je t'aime.

Il avait bien entendu. Il fit un pas vers elle. Puis s'arrêta. Etait-elle sérieuse ? Ou parlait-elle par devoir ? Pour le bien de leur enfant ? Mais devant l'émotion qui voilait ses yeux, il se détesta pour son instant de doute. Et se sentit soudain pousser des ailes.

Elle était sérieuse. Elle l'aimait.

Et sa belle Laurel était beaucoup plus courageuse que lui. Elle avait tout risqué, de se voir rejetée, d'avoir le cœur brisé.

— Répète ! la pria-t-il d'une voix étranglée.

— Je t'aime.

Puisant tout son courage dans une profonde inspiration, il se força à chuchoter :

— Moi aussi, je t'aime.

Il avait fermé les yeux. Quand il les rouvrit, elle le fixait, le regard embué de larmes.

— Non, tu es trop heureuse pour pleurer.

Elle eut un petit rire.

— Je veux me remarier, annonça-t-il.

Le visage rayonnant, elle répondit :

— Moi aussi.

Avait-il bien entendu ? Il n'osait le croire.

— Tu es d'accord ?

— Bien sûr, je suis d'accord !

Elle se jeta dans ses bras. Il l'attira fermement contre lui et la cala à l'abri de son torse puissant. La tête nichée contre son épaule, elle s'abandonna contre lui.

— Où allons-nous nous marier ? demanda-t-elle. Et qui sera invité ? Je ne veux que toi.

Il déposa un baiser sur ses cheveux.

— Comme pour notre mariage dans la gondole. Mais cette fois, ce sera différent. Quand nous échangerons des serments, je saurai que tu m'aimes. Ce mariage sera la consécration de notre amour.

— Nous n'avons besoin de personne, renchérit-elle. Pour tous, nous sommes déjà mariés. Alors, ce sera juste toi et moi. Comme à Las Vegas.

— Dans ce cas, nous nous marierons sur le Grand Canal.

— Tu veux retourner à Las Vegas ? s'enquit-elle.

Guettant sa réaction, il répondit :

— J'avais pensé, cette fois, à un mariage à Venise. La vraie.

Nouant ses deux bras autour de son cou, elle leva vers lui un regard extasié.

— Oh ! Rakin ! Et nous reviendrons ici chaque été, ajouta-t-elle dans un rire étranglé par l'émotion. Je veux voir notre enfant jouer sur la plage avec ses frères et sœurs. Et ma famille y sera toujours bienvenue.

— Tout ce que tu voudras.

Elle partit d'un éclat de rire. Inondé de tendresse, il murmura :

— J'adore ton rire. Si spontané. Tu n'es jamais aussi belle que quand tu ris.

— Tu me rends heureuse !

Toutes ses craintes maintenant dissipées, il se laissa griser par le bonheur. Il n'était pas son père. Jamais il ne ferait souffrir Laurel. Ils s'aimaient d'un amour qui vaincrait tous les obstacles.

Leurs enfants aussi seraient aimés.

Epilogue

Tous les Kincaid étaient réunis dans le salon pour l'apéritif quand la sonnette de la porte d'entrée retentit.

Quand Laurel apparut sur le seuil, la taille enlacée par le bras de son grand mari brun, Elizabeth Kincaid sut tout de suite que son aînée avait retrouvé sa joie de vivre.

Les premières effusions passées, Laurel annonça :

— Rakin et moi avons une grande nouvelle. Nous attendons un bébé.

Dans la liesse générale, un joyeux brouhaha s'éleva. Kara poussa un cri de joie, Lily, elle-même enceinte, serra Laurel contre son cœur. Et Susannah essuya une larme de joie.

Et tout en l'embrassant, Brooke annonça :

— Si RJ et moi n'attendons pas encore d'enfant, tu n'imagines pas à quel point je partage votre bonheur !

— N'attendez pas trop, lui conseilla Laurel en l'étreignant. Ce sera sympa pour tous les cousins de jouer ensemble.

La gorge nouée par l'émotion, Elizabeth surprit le coup d'œil de sa belle-fille à RJ.

— Cela devrait être pour bientôt, murmura Brooke.

— Si je comprends bien, je suis pardonné, intervint alors Eli.

— Sans toi, Rakin ne m'aurait sans doute jamais

demandée en mariage. Je te dois donc un merci du fond du cœur, répondit-elle en lui prenant la main.

— J'ai un certain sentiment de déjà-vu, plaisanta Kara. Je me rappelle ma gratitude quand tu as quitté Eli.

Au milieu des éclats de rire, Elizabeth échangea un regard plein de tendresse avec Cutter.

Il était son pilier. La vie lui offrait une seconde chance d'amour et de bonheur. L'avenir s'annonçait plus joyeux qu'il l'avait été depuis longtemps. Si seulement le meurtrier de Reginald pouvait être démasqué, tout serait parfait.

Elle eut une pensée pour Angela Sinclair. Savoir Jack soupçonné d'avoir assassiné son père ne devait pas être facile pour elle. Elle regarda ses propres fils. RJ félicitait Rakin d'une chaleureuse poignée de main. Flynn sur les genoux, Matt caressait les cheveux de son fils tout en discutant avec Lily et son futur mari, Daniel.

La mort de Reginald ne l'avait pas privée de sa famille. Ils étaient heureux, en sécurité. C'était le monde d'Angela qui était bouleversé.

Le dîner pouvait attendre un peu. Se dirigeant vers la bibliothèque, Elizabeth en sortit un album. Puis, revenant s'asseoir sur l'élégant canapé, à côté de Cutter, elle l'ouvrit sur ses genoux. Le moment était bien choisi, étant donné l'heureuse nouvelle de Laurel et Rakin et la naissance attendue chez Lily et Daniel. Le tour de Brooke et RJ n'allait probablement pas tarder.

— Avant le dîner, je voudrais vous montrer à quel point les bébés Kincaid sont beaux.

Quelques instants plus tard, elle était entourée de sa famille si aimée.

La saga *L'héritage des Kincaid*
vous passionne et vous intrigue ?

Tournez la page...
un bonus exclusif de Day Leclaire vous attend !

Jack et Nikki, l'hésitation

Découvrez la rencontre de Jack,
le fils illégitime de la famille Kincaid,
et de la belle Nikki.

Retrouvez Jack et Nikki juste après ce bonus
dans le dernier tome de la saga
L'héritage des Kincaid...

Jack et Nikki, l'hésitation

— Alors, Nikki, racontez-moi, comment avez-vous connu Jack ?

Nikki esquissa un sourire en coin. Même si, en ce samedi soir, ce dîner chez Angela Sinclair, à Greenville, leur donnait l'occasion de se voir enfin pour la première fois, elle soupçonnait la mère de Jack Sinclair d'être parfaitement au courant des circonstances de sa rencontre avec son fils. Sa relation avec Jack Sinclair n'avait-elle pas démarré trois mois auparavant ?

— Je l'ai gagné, plaisanta-t-elle.

— A la vente aux enchères des célibataires Read and Write, précisa Jack. Elle m'a acheté pour 1 000 dollars.

— La meilleure acquisition de ma vie ! renchérit Nikki. Un simple regard, et j'ai su qu'il était pour moi. En plus, mon argent est allé tout droit à la mise en œuvre de programmes d'alphabétisation. Je me suis fait plaisir tout en participant à une bonne cause. La combinaison idéale.

— Sans aucun doute, approuva Angela sans cesser de la dévisager.

Malgré son expression amicale, Nikki décelait un soupçon de méfiance.

— Et que faites-vous exactement dans la vie ? reprit la maîtresse des lieux après un bref silence. Il me semble que Jack ne me l'a pas dit.

Nikki posa sa fourchette sur son assiette. Le brusque changement de sujet l'avait prise un peu au dépourvu. Que répondre ? Son regard se posa sur Jack, avant de revenir à Angela.

— Je suis enquêtrice en entreprises.

Le haussement de ses sourcils châtain trahissant sa surprise, Angela examina Nikki de ses beaux yeux noisette.

— Comme c'est intéressant ! Pour qui travaillez-vous ?

Un frisson d'appréhension la traversa. Comment allait-elle bien pouvoir s'en tirer ? C'était compter sans Jack, qui, à travers la table, posa une main sur celle de sa mère.

— Elle n'est pas autorisée à en parler, expliqua-t-il d'une voix d'une extrême douceur. Ses enquêtes sont confidentielles.

Tout au long du repas, il avait affiché envers sa mère une attitude à la fois protectrice et emplie d'une affectueuse sollicitude. Comme s'il craignait de voir Angela se briser en mille morceaux. Nikki observa cette dernière du coin de l'œil. Une question s'insinua dans son esprit. La vulnérabilité d'Angela était-elle due au fait que son statut de maîtresse de Reginald Kincaid ait été dévoilé au grand jour ? Ou y avait-il autre chose ?

— Bien sûr, acquiesça leur hôtesse avec un petit rire. Je suis infirmière, je devrais comprendre. Nous aussi sommes astreints à la confidentialité envers nos patients.

Alan, son fils cadet, intervint.

— Et si vous nous parliez de certaines de vos enquêtes ? En changeant les noms pour protéger les suspects, bien sûr.

Nikki se tourna vers lui. Le peu de ressemblance entre les deux demi-frères l'avait étonnée. Aussi blond que son frère était brun, avec le sourire chaleureux et les yeux noisette de sa mère, Alan, le solaire, avait tout du gendre idéal. Jack, en revanche, le fils de Reginald Kincaid, semblait avoir hérité des Kincaid son physique ténébreux et son air grave et intimidant.

— Pour être honnête, finit-elle par répondre, ces enquêtes ne sont pas si intéressantes qu'il n'y paraît. Mon travail implique principalement des recherches en amont.

Ne tenant pas à s'étendre sur le sujet, elle se tut.

N'avait-elle pas omis de préciser à Jack un détail d'importance qui finirait par se savoir ? En ce moment, elle enquêtait sur les Kincaid. Sur Jack Sinclair, plus exactement. Elle réprima un frisson. Elle n'osait imaginer les conséquences désastreuses le jour où il le découvrirait.

D'un autre côté, comment aurait-elle pu prédire que Jack deviendrait un suspect dans le cadre de l'une de ses enquêtes ? Cette situation d'une délicatesse extrême la mettait constamment sur le fil du rasoir. Elle refoula ses appréhensions. Pour le moment, elle préférait chasser ses pensées sombres. Il était temps de faire diversion.

— Et vous, que faites-vous, Alan ? demanda-t-elle d'un ton désinvolte.

A peine eut-elle posé sa question qu'elle la regretta. Angela feignit de se passionner pour le contenu de son assiette, et Jack, un petit sourire sardonique aux lèvres, regarda son frère d'un air amusé.

— Oui, Alan, raconte-nous ce que tu fais ! persifla-t-il.

A l'éclair de rage qu'elle surprit dans les yeux du cadet, elle comprit que les deux frères n'étaient pas aussi proches qu'elle l'avait imaginé. Toute animosité évanouie, Alan arbora de nouveau l'un de ses charmants sourires.

— En ce moment, pas grand-chose. Disons que je suis entre deux emplois, confessa-t-il non sans humour. Mais le groupe Kincaid m'a proposé un poste. C'était l'une des requêtes de Reginald Kincaid dans son testament.

Nikki se figea. Seigneur ! Avait-elle bien entendu ? Pour un peu, elle se serait pincée.

— Le groupe Kincaid, répéta-t-elle faiblement, avec un coup d'œil furtif en direction de Jack.

La raison de sa surprise lui avait échappé. Pour lui, manifestement, elle était due au conflit entre les Kincaid et lui. Il n'avait pas la moindre idée du « détail » sur lequel elle avait fait l'impasse, à savoir sa mission d'enquêtrice pour le groupe Kincaid. Comment allait-elle se sortir de ce mauvais pas quand Alan prendrait ses nouvelles fonctions ? Ils finiraient bien par se croiser dans les bureaux du groupe. Et le jour où cela arriverait…

Jack découvrirait toute la vérité sur son compte !

— Mon frère étant tout le temps entre deux emplois, mon père a voulu l'aider, expliqua Jack d'une voix teintée d'ironie.

Le premier mouvement de colère passé, la tristesse se lut sur le visage d'Alan. Visiblement, son aîné avait touché une corde sensible.

— Reginald était comme un père pour moi, se justifia-t-il.

— Vous êtes le fils de Richard Sinclair ?

— Oui, acquiesça-t-il. Mes parents se sont mariés peu après la naissance de Jack. Qui, comme vous le savez déjà, même s'il s'appelle Sinclair, est le fils de Reginald Kincaid. Après la mort de mon père, Reginald est revenu dans la vie de notre mère. Et il m'a traité avec la même tendresse que son propre fils. Nous étions très proches.

— Bien sûr, murmura-t-elle.

Nikki lança un nouveau regard à Jack. Les explications d'Alan devaient le peiner. N'avait-il pas cru, jusqu'à l'âge de dix ans, être lui aussi le fils de Richard Sinclair ? Pourtant, à peine un battement de cils trahit son trouble.

Elle étouffa un soupir. Dans le fond, elle avait le plus grand mal à se mettre à leur place. Elle ne souhaitait qu'une chose, ne jamais se voir impliquée dans les histoires de famille de Jack. Entre sa relation conflictuelle avec ses demi-frères et demi-sœurs Kincaid et celle, non moins difficile, qu'il entretenait avec Alan, avait-il jamais l'impression d'appartenir à une vraie famille, d'avoir de ces racines dont les natifs du Vieux Sud s'enorgueillissaient ?

Comme pour répondre à sa question muette, Jack maugréa :

— N'as-tu pas toujours affirmé avoir été plus proche de mon vrai père que je l'étais ?

— Les garçons ! les rabroua Angela.

Son ton exaspéré ne laissait rien ignorer de la vieille rivalité entre ses deux fils, une rivalité que le temps ne semblait pas essouffler.

Nikki jeta un nouveau coup d'œil à la mère de Jack. Elle devinait que la décontraction avec laquelle sa relation illicite avec Reginald était abordée n'était pas du goût d'Angela. Elle se redressa à son tour. Sa mère lui avait appris au moins une chose : l'art de changer habilement de sujet de conversation. Pourtant, sa curiosité restait intacte : comment une femme assurément intelligente, la mère aimante de deux enfants, une infirmière dévouée, avait pu si longtemps se contenter de son statut de maîtresse cachée de l'un des piliers de la bonne société de Charleston ?

Il lui fallut attendre plusieurs heures pour connaître la réponse à sa question. Et ce fut Jack qui, à son insu, la lui donna. Le dîner terminé, ils roulaient tous les deux en direction de la propriété où il descendait quand il désertait Charleston pour un séjour à Greenville.

— Je ne comprends pas non plus, déclara-t-il à brûle-pourpoint.

— Tu ne comprends pas quoi ? demanda-t-elle d'un air innocent.

Elle avait pourtant sa petite idée sur ce qui occupait les pensées de Jack.

— Les choix de ma mère. Mes parents affirmaient s'aimer et se fichaient de ce que pensait la société. Même si la double vie de mon père n'a jamais été ébruitée avant sa mort. Il a tout fait pour dissimuler notre existence comme s'il s'était agi d'un secret honteux.

Sentant son cœur se serrer, elle murmura :

— Je suis désolée.

— Tu n'as pas à être désolée.

— Tes parents… il est évident qu'ils se connaissaient avant le mariage de Reginald avec Elizabeth Winthrop.

Il lui coula un regard amusé.

— Manifestement, puisque je suis la preuve.

— Pourquoi n'a-t-il pas épousé Angela ? L'a-t-il jamais dit ?

D'une voix monocorde, il expliqua :

— Ils étaient tous les deux très jeunes. Les parents de mon père étaient farouchement opposés à leur relation. C'était une famille de nouveaux riches, bien déterminés à faire tomber les bastions de la haute société de Charleston. Pour remplir le contrat familial, mon père n'avait d'autre choix que de contracter une alliance avantageuse tant d'un point de vue social que financier.

— Objectif qu'un mariage avec ta mère n'aurait pas satisfait.

— Je ne te le fais pas dire, acquiesça-t-il d'un air sombre.

— Et Reginald a cédé à la pression ? Cela ne ressemble pas à l'homme que j'ai connu, s'étonna-t-elle alors.

— Tu as raison. Dans un acte de rébellion, il s'est enrôlé dans les forces spéciales de l'armée. Avec son unité d'opérations secrètes, il a été envoyé dans les secteurs les plus chauds du monde. Résultat, il n'a reçu aucune des lettres de ma mère dans lesquelles elle lui annonçait sa grossesse. Sur l'insistance de sa propre mère, elle a épousé Richard Sinclair peu avant ma naissance, dans le but de me donner un semblant de légitimité. Mon vrai père ne soupçonnait rien de mon existence. Jusqu'au jour où, dix ans plus tard, il a rendu visite au vieux patriarche Kincaid, son père, dans l'hôpital où travaillait ma mère.

— Et Richard était déjà mort ?

— Oui. D'un autre côté, ajouta-t-il avec un haussement d'épaules fataliste, ma mère m'a avoué un jour ne l'avoir jamais aimé comme elle avait aimé Reginald. Mais elle a été aussi heureuse qu'elle pouvait l'être avec lui et lui a même donné un fils.

Après un bref silence, elle lâcha, sans réfléchir :

— Alan t'en veut.

— Je sais, fit-il avec humeur. Je n'y peux pas grand-chose. Je sais juste qu'enfants nous nous entendions bien.

Elle haussa les sourcils, de plus en plus intriguée. L'imperceptible crispation de ses mains sur le volant ne lui avait pas échappé.

— Qu'est-ce qui a changé ? s'enquit-elle avec une curiosité non feinte.

— Richard est mort. Je pense que c'est l'origine de notre problème. Jusque-là, Alan faisait partie de ce triangle parfait, même si je ne sais pas s'il était assez vieux pour en être conscient. Il était « leur enfant », alors que je n'étais que « le fils de maman », l'élément à part.

— Puis Reginald est arrivé, et Alan est devenu l'élément à part.

— Mais non, la rabroua-t-il gentiment. Tu as entendu mon frère. Mon père l'aimait comme son propre fils.

— Je vois.

Une vague d'une tristesse infinie la submergea soudain. Jack n'avait jamais été proche d'aucun de ses frères et sœurs. Tous l'avaient tenu à distance. Pour commencer, il avait été exclu du triangle formé par Alan, Angela et Richard. Puis il y avait eu sa relation secrète avec Reginald, les visites irrégulières d'un père qui n'avait pas le droit de faire partie de sa vie. Il avait sans doute dû affronter aussi les commentaires et les insinuations des autres enfants, puis, plus tard, de ses collègues. Comme sa vie avait dû être difficile ! Sa soif de réussite, sa lutte acharnée contre les Kincaid, sans doute motivées par un instinct de revanche, visaient à leur prouver qu'il pouvait les égaler en affaires, à défaut d'autre chose. Plus rien de tout cela ne l'étonnait.

Elle sentit les larmes lui picoter les paupières. Heureusement, à l'intérieur de l'habitacle, il faisait sombre. Elle ne voulait pas se ridiculiser à pleurer devant l'homme si fort, si capable, qu'était Jack. Comme elle avait pu le constater ce soir, s'il faisait tout pour protéger sa mère, jamais il ne lui serait venu à l'idée d'espérer cette même protection de Reginald Kincaid. Toute sa vie, il avait dû se battre seul.

Pas étonnant qu'il nourrisse une telle rancune envers les Kincaid.

*
* *

Avec un sourire de satisfaction, Jack Sinclair ouvrit la porte d'entrée et s'effaça devant Nikki. Il ne s'était pas trompé. Elle était parfaitement à sa place dans sa maison coloniale, une maison qui symbolisait la grâce et l'art de vivre du Vieux Sud.

— C'est… commença-t-elle.

Elle pivota sur elle-même pour admirer le large escalier, le très haut plafond, les moulures du XVIIIe siècle.

— C'est splendide ! Tout simplement sublime.

— Je ne sais pas pourquoi tu feins une telle surprise. Tu m'as décrit les lieux le soir de notre premier rendez-vous.

En effet, pendant le trajet vers sa maison sur la plage où il l'avait emmenée dîner lors de leur première sortie, elle l'avait surpris en devinant à quoi ressemblait la maison de sa plantation. Selon elle, il lui suffisait de se fonder sur sa personnalité. C'était un jeu auquel elle jouait, enfant, avec son père, un policier assassiné en service. Elle lui avait décrit la plantation comme la rencontre idéale entre le passé et le présent, magnifiquement restaurée, à la décoration intérieure qui alliait meubles anciens et style contemporain. Encore plus surprenant, elle lui avait prédit qu'un jour il apporterait sa propre touche aux lieux. Probablement au grand dam de son décorateur.

Aussi, il y avait longtemps qu'il attendait de voir sa réaction.

Elle partit d'un éclat de rire.

— Je ne suis pas sûre que cela corresponde à ma description. C'est plus… beaucoup plus… grandiose.

Penchant la tête, elle ajouta :

— Et pourtant, je te retrouve dans ce décor. Il te va bien.

— Je te réserve le tour du propriétaire pour demain.

— Vraiment ? fit-elle d'un air déçu. Pourquoi pas maintenant ?

Il secoua la tête.

— Je préfère tout te montrer dans la lumière du matin.

Elle haussa les épaules en signe d'acquiescement. Une autre qualité qu'il appréciait chez elle était sa nature souple.

— Très bien, fit-elle en lui lançant un coup d'œil par-dessus son épaule. Dans ce cas, qu'aimerais-tu faire ?

— J'ai en tête beaucoup plus amusant que la visite de la maison.

Une lueur passa dans ses yeux couleur saphir, et un lent sourire gourmand se dessina sur ses lèvres.

— Je ne vois pas du tout !

— Devine !

Sans lui en laisser le temps, il la souleva dans ses bras et s'avança vers l'escalier.

— J'ai toujours rêvé de faire ça avec une femme. Dans cette maison, cela s'impose.

Elle noua ses bras autour de son cou.

— Tu es fou, tu le sais ? Je suis loin d'être légère.

— Détrompe-toi, tu es une vraie plume.

Arrivé sur le palier du premier, il enfila le long couloir jusqu'à sa chambre principale. D'un pied, il poussa la porte et emmena Nikki jusqu'à son lit où il la déposa. Son sourire radieux le toucha jusqu'à l'âme. Il avait intérêt à se montrer vigilant, sinon il risquait de tomber amoureux. D'ailleurs, il en était à un souffle. S'il était honnête avec lui-même, depuis leur première rencontre, quatre mois auparavant, ses sentiments pour elle n'avaient cessé de croître.

— Tu es parfaite, tu sais, murmura-t-il.

Elle se contenta de le fixer en secouant la tête. Une pointe d'appréhension au creux de son ventre, il vit ses yeux briller comme deux joyaux. Des larmes ? Pourquoi diable pleurait-elle ?

— Ce n'est pas vrai, tu sais, chuchota-t-elle d'une voix sourde, trahissant sa détresse. Il y a beaucoup de choses que tu ignores à mon sujet.

S'allongeant à côté d'elle, il s'installa confortablement sur le couvre-lit de soie bleu roi, de la couleur de ses yeux humides.

— Nous avons tous des secrets qui n'appartiennent qu'à nous, la rassura-t-il. Tu les partageras avec moi le jour où tu seras prête.

— Tu ne comprends pas.

Picorant ses lèvres, il la fit taire d'un baiser tendre. Avec un gémissement, elle s'ouvrit à lui avec le même abandon qu'elle lui témoignait depuis le début de leur relation. Elle donnait tout, sans jamais jouer la fausse pudeur.

Jamais il n'avait rencontré de femme comme elle. Elle n'hésitait pas à jouer cartes sur table, sans se poser de questions. D'accord, elle ne lui dévoilait pas tout son jeu. Comment aurait-il pu l'en blâmer ? Pourtant, elle ne pouvait pas dissimuler la femme qu'elle était vraiment.

— Je n'ai pas besoin de tout comprendre, la rassura-t-il de nouveau. Le moment venu, tu te confieras.

Sans attendre sa réponse, il s'empara de sa bouche avec fougue. La passion monta entre eux, leur peau s'embrasant. Avec un gémissement étouffé, elle fit glisser ses doigts dans ses cheveux. Et comme chaque fois qu'ils étaient ensemble, il sentit le temps se figer et son monde basculer.

Un à un, il défit les boutons de son chemisier de coton lilas et en écarta les pans, dévoilant un soutien-gorge de soie et dentelle, d'un mauve plus pâle. Un long frisson l'électrisant, il prit dans ses paumes ses seins lourds.

— Si tu savais depuis combien de temps je voulais te voir ici.

Une lueur de méfiance passa sur son visage.

— Ici, dans ton lit ? demanda-t-elle. Ou ici, dans ta maison ?

— Dans ma maison.

Il hésita, comprenant la question muette.

— Le fait de t'amener à Greenville et de te présenter à ma famille n'est pas une étape que je prends à la légère.

Elle hésita et hocha la tête.

— Moi non plus.

D'un doigt, il suivit la ligne de son soutien-gorge, guettant le désir qui assombrissait son regard et colorait ses joues.

— Je dois donc m'attendre à te voir me rendre la pareille ?

Elle se tut. Il l'enveloppa d'un regard interrogateur. Son silence était-il dû à ces secrets enfouis qu'elle avait évoqués à demi-mots ?

— Tu es bien silencieuse, fit-il remarquer.

Elle eut une petite grimace et lui jeta un coup d'œil narquois.

— Désolée, je pensais juste au stress engendré par les invitations chez les parents. J'étais terrifiée à l'idée de rencontrer ta mère. Je suis sûre que tu seras tout aussi silencieux quand tu viendras voir ma mère et ma grand-mère Beaulyn. Et si tu ne l'es pas avant, je te garantis des sueurs froides lors des présentations.

Feignant un air réprobateur, il déclara :

— Qu'est-ce qui me vaut cette menace ?

A sa satisfaction, sa question provoqua un sourire. Elle se détendit.

— Ce n'est que justice, étant donné le champ de mines que tu m'as imposé ce soir, rétorqua-t-elle.

— Un champ de mines que tu as traversé avec grand succès.

Impatient de clore le sujet, il joua d'une main avec l'agrafe de son soutien-gorge, qui céda. Sous son regard fasciné, les bonnets mauves glissèrent sur les deux seins les plus parfaits qu'il ait jamais vus. Devant leurs petites pointes roses, tendues de désir, il sentit chaque parcelle de sa peau s'embraser.

Nikki ne put réprimer un gémissement.

— Jack, implora-t-elle dans un souffle.

— Je suis là, chérie. Impatient de passer à un sujet bien plus intéressant que la famille.

Avec un petit rire, elle fit glisser sa chemise par sa tête.

— Plus besoin de paroles. De l'action ! plaida-t-elle.

Il n'avait pas besoin de se le faire dire deux fois. Il l'embrassa de nouveau, tous ses sens surchauffés, dévorant sa bouche. Un à un, ils retirèrent leurs vêtements, jusqu'à ce que seule la brise nocturne par la fenêtre ouverte vienne caresser leurs deux corps enlacés. La nuit résonnait de mille bruits, le croassement des grenouilles et, plus loin, la mélopée plus grave de leurs cousins, les crapauds-buffles. Le chant des grillons se mêlait au bruissement des branches et, sous la fenêtre, au craquement furtif des feuilles sous les sabots des daims.

Le chœur de la nature se mettait à l'unisson de ce moment parfait. Au soupir de plaisir intense de Nikki, il devina qu'elle partageait sa plénitude. Il la sentit se laisser aller dans ses bras, le visage éclairé d'un sourire d'une telle douceur qu'il regretta de ne pas pouvoir capturer ce moment et le graver dans sa mémoire pour toujours.

— Nikki, fit-il d'une voix rauque, teintée d'un désir qui ajouta une note de passion à la mélodie nocturne qui les berçait.

Elle déposa un chapelet de lents baisers sur son torse,

ses mains glissant sur sa taille. De ses doigts, elle frôla une cicatrice de sa hanche droite jusqu'à ses fesses.

— Comment t'es-tu fait ça ? Tu n'as jamais voulu me le dire.

Il réprima un soupir résigné. Il n'avait pas voulu s'attarder sur ce souvenir douloureux et l'avait distraite de façon délibérée.

— J'ai été renversé par une voiture quand j'avais douze ans.

Le souffle soudain saccadé, elle le pressa :

— Mon Dieu, Jack ! Que s'est-il passé ?

— Alan est sorti dans la rue. Je lui ai évité de justesse de se faire écraser. Malheureusement, j'ai été happé par la voiture, ajouta-t-il avec un petit rire amer. J'ai fini à l'hôpital.

— Ta mère a dû être dans tous ses états.

— En effet.

— Et ton père ?

Bien entendu, elle avait mis le doigt sur ce qu'il souhaitait le moins évoquer. Il répondit à sa question par un long baiser langoureux, puis un autre, dans l'espoir qu'elle passe à autre chose. Ils revinrent au plaisir dont la découverte de la cicatrice les avait distraits. La tête enfouie dans son cou de cygne, il l'effleura de ses lèvres. Son parfum collait à sa peau au goût de miel, à ses cheveux, l'enivrant, s'immisçant en lui. Ses caresses l'enflammaient.

— Je ne pense pas avoir jamais désiré une femme autant que je te désire, murmura-t-il.

— Alors qu'attends-tu ? Je veux te sentir en moi, Jack.

Elle noua ses bras autour de son cou et se plaqua contre lui, ses seins s'écrasant contre son torse.

Il voulait que ce moment soit un moment magique. Etait-ce parce qu'ils se trouvaient dans sa maison de

Greenville où il n'avait jamais amené d'autre femme ? Ou parce qu'il avait l'impression de frôler la perfection ? Il n'aurait su le dire. Qu'importait la raison, le moment était mal choisi pour y réfléchir.

Il commença par l'embrasser comme il l'avait embrassée la toute première fois. Un premier baiser qui les avait marqués de sa marque indélébile. Elle le laissa entamer le ballet érotique de leurs langues, mais il sentit dans son baiser quelque chose de nouveau, une vulnérabilité mêlée d'abandon, comme s'il avait percé une brèche dans une barricade dont il n'avait jamais soupçonné l'existence. C'était comme si, par ce baiser, ils se donnaient le signal tacite que l'heure était venue de mettre leurs âmes à nu.

Lentement, la passion monta, et la magie opéra de nouveau. Laissant courir sa main sur la hanche de Nikki, il prit ses fesses en coupe. Le sang lui battant aux tempes, il goûtait, avide, chaque parcelle de son corps divin, incapable de s'en rassasier : à la fois longue et svelte, elle avait des rondeurs d'une incroyable sensualité. Si Nikki ne serait jamais la fragile belle du Vieux Sud, elle possédait la force et le courage du magnolia, la stabilité de son tronc vigoureux profondément enraciné, la douceur infinie de ses fleurs au parfum envoûtant. Quand il plongea son sexe lourd en elle, elle se cambra, l'accueillant au plus profond d'elle-même, et il s'enfonça dans sa chaleur moite.

Se laissant emporter par l'extase qui les mêlait l'un à l'autre, ils ondulaient en rythme, submergés par les spasmes du plaisir, se laissant vaincre un peu plus à chaque lame. Quand il vit son corps secoué d'un ultime sursaut, il se laissa submerger à son tour par la jouissance.

Jamais ils n'avaient atteint une telle plénitude. Comblé,

il poussa un râle et s'écroula sur elle, leurs deux corps soudés, secoués par les derniers frissons.

Dans cette volupté qui suivait toujours leurs ébats, il murmura :

— C'est de mieux en mieux. Comment est-ce possible ?

— Je ne sais pas, répondit-elle en nichant son visage contre son torse. Je l'ignore.

A sa grande surprise, il sentit des larmes sur sa peau. De nouveau, elle pleurait.

— Chérie, que se passe-t-il ?

— Rien. Tout est… parfait, répondit-elle avec un petit rire étranglé. Tellement parfait que je crois que ça me fait un peu peur.

Elle leva les yeux vers lui, ses prunelles comme un éclair bleu vif dans l'obscurité.

— Je voudrais simplement que ça dure toujours. Et j'ai peur que ça s'arrête. Que ce ne soit pas possible.

— Ça peut durer et ça durera ! l'assura-t-il.

Il faillit lui parler de son cœur qui se gonflait d'amour, de la bague cachée dans le tiroir de sa commode. Mais il se ravisa. Il était trop tôt. Quand il l'épouserait, il voulait tirer un trait définitif sur le passé, être dans une position qui lui permettrait de prendre les rênes de Carolina Shipping et du groupe Kincaid. Or, cela n'arriverait pas avant la réunion annuelle de juin. Il déposa un baiser tendre sur ses cheveux. L'heure n'était pas venue. Pour le moment, à défaut d'écouter son cœur, il allait s'abandonner à son désir.

Le lendemain matin, comme promis, Jack lui fit faire le tour du propriétaire.

— C'est incroyable ! s'exclama-t-elle. Toutes les boiseries sont d'époque ?

— Oui, toutes, dans la partie la plus ancienne. Dans les deux ailes plus récentes, ce sont des répliques exactes, expliqua-t-il.

Ils avaient exploré presque toutes les pièces. Néanmoins, elle le soupçonnait de lui réserver une surprise, probablement la pièce à laquelle il avait apporté sa touche personnelle et qui, comme elle l'avait prédit, avait dû faire s'arracher les cheveux à son décorateur. Ils arrivèrent devant une dernière porte fermée. A voir son sourire énigmatique, elle comprit qu'elle ne s'était pas trompée. D'un grand geste cérémonieux, il ouvrit, recula d'un pas et s'effaça devant elle.

A peine entrée, elle partit d'un éclat de rire.

— Un bar polynésien ! s'exclama-t-elle, émerveillée.

— Une plantation n'est pas une plantation sans un bar polynésien, répondit-il d'un air grave.

Elle traversa la pièce jusqu'au bar.

— C'est dingue ! reprit-elle en faisant glisser sa main sur la surface de bois lisse.

Et cela l'était ! Sols de bambou aux décorations dignes des bars tropicaux les plus branchés, bar au toit de chaume avec son menu listant les cocktails à la craie multicolore, les jeux électroniques, le grand écran de télévision : rien ne manquait au décor.

— Les portes-fenêtres ouvrant sur la piscine sont amovibles, précisa-t-il.

Il semblait jubiler. Manifestement, il avait préparé son effet et le savourait.

— Jamais je ne t'aurais imaginé dans ce cadre ! reconnut-elle, encore sous le coup de la surprise. Mais maintenant que j'y pense, curieusement, il te convient tout à fait.

— Comment cela ? demanda-t-il en l'enlaçant.

Elle se pressa avec délice contre son corps vigoureux, absorbant sa chaleur et sa force.

— Parce que ce n'est pas conventionnel, murmura-t-elle.

— Tu n'es pas en train de m'accuser d'anticonformisme, par hasard ?

La neutralité de son ton la fit réfléchir un instant.

— D'une manière générale, non. Pourtant, il y a quelque chose de rebelle en toi, finit-elle par répondre. Un peu comme si tu disais : « Vous pensez peut-être m'avoir cerné, mais ce n'est pas le cas. Je ne suis ni mon père ni ma mère ni aucun de mes frère et sœurs. Je suis moi. Et si je veux un bar polynésien dans ma plantation, je me fiche royalement du qu'en-dira-t-on ! »

Intrigué par son long silence, elle leva les yeux vers lui. L'avait-elle offensé ? Mais devant la vulnérabilité qu'exprimait son visage, elle sentit l'émotion lui nouer la gorge.

— Tu sais, parfois, ta perspicacité me fait peur, finit-il par déclarer.

— Tu n'es pas seul, Jack, chuchota-t-elle. Tu n'es plus seul. Tu as ta maison, ici. Tu as trouvé ton havre dans ce vaste monde, un endroit où tu es chez toi.

Sans un mot, il la serra plus fort, la pressant contre son cœur avec une violence presque vengeresse. Elle laissa son regard errer sur le magnifique cadre qu'il avait créé. Bientôt, très bientôt, il pourrait avoir tout ce qu'il avait souhaité dans la vie. Il lui suffirait de baisser un peu sa garde. Et il le méritait, tout comme sa maison méritait de remplir sa promesse. D'être pleine de l'amour et du bonheur qu'il avait à donner.

En tendant l'oreille, elle entendait presque les parquets résonner de petits pas, des échos de voix et de rires joyeux dans des pièces qui avaient connu des générations d'enfants. Des pièces qui attendaient de vibrer de nouveau d'amour, tout comme le parc attendait de revoir des bambins gambader comme des faons sur ses pelouses.

— Jack ?

Levant son visage vers lui, elle enroula ses bras autour de sa taille, le cœur gonflé d'une telle tendresse qu'elle était incapable de prononcer une parole de plus.

Elle aurait voulu lui avouer son amour, les secrets enfouis au plus profond de son âme. Mais cela aurait été prématuré. Le moment venu, elle se confierait enfin ; peut-être avant la réunion annuelle qui nommerait le prochain président et P.-D.G. du groupe Kincaid. Il faudrait attendre fin juin.

Se hissant sur la pointe des pieds, elle l'embrassa de toute sa fougue.

L'heure n'était pas encore venue. Pour le moment, à défaut d'écouter son cœur, elle allait s'abandonner à son désir.

DAY LECLAIRE

La vengeance de Jack

Passions

éditions HARLEQUIN

Titre original : A VERY PRIVATE MERGER

Traduction française de ROSA BACHIR

83-85, boulevard Vincent-Auriol, 75646 PARIS CEDEX 13.
Service Lectrices — Tél. : 01 45 82 47 47
www.harlequin.fr

- 1 -

Nom d'un chien !

Devant l'immeuble du groupe Kincaid, Jack Sinclair observait Nikki Thomas, sa future ex-maîtresse, qui prenait congé d'Elizabeth Kincaid, avant d'entrer dans le bâtiment. Pour lui, c'était le summum de la trahison.

Des pièces du puzzle se mirent aussitôt en place. Nikki travaillait pour le groupe Kincaid, il n'y avait pas d'autre explication. Pendant tout ce temps — pendant ces trois mois incroyables où ils avaient été ensemble, liaison passionnée sur le point de se transformer en relation solide et permanente —, elle s'était servie de lui. Elle l'avait piégé. Elle travaillait pour l'ennemi. Il prit une profonde inspiration pour retrouver la contenance et la maîtrise qu'il mettait un point d'honneur à garder en toute circonstance. La tâche était ardue.

Il pouvait y avoir une autre explication à l'accolade à laquelle il venait d'assister entre les deux femmes, lui intimait le peu de raison qui lui restait. Nikki avait payé pour un dîner avec lui, lors des enchères de célibataires organisées par l'association Read and Write. Un événement qui avait eu lieu chez Lily Kincaid, auquel la moitié de ce que Charleston comptait de personnalités avait assisté. Nikki avait très bien pu faire la connaissance d'Elizabeth ce soir-là. Ou dans un club qu'elles fréquentaient toutes les deux. Peut-être Elizabeth et la mère de

Nikki étaient-elles amies ? Toutes deux appartenaient à la haute société de Charleston. Sans nul doute, elles s'étaient déjà rencontrées lors d'un événement ou d'une réception.

Pourquoi chercher midi à quatorze heures ?

Sans compter que Jack avait demandé à Nikki, enquêtrice privée, de découvrir qui possédait des parts du groupe Kincaid, et plus précisément qui possédait les dix pour cent clés qui n'étaient contrôlés ni par lui ni par les Kincaid. Peut-être sa rencontre avec Elizabeth Kincaid était-elle de nature professionnelle.

Il y avait un moyen simple d'en avoir le cœur net. Il sortit son téléphone portable et composa le numéro du groupe Kincaid. La réceptionniste répondit à la deuxième sonnerie.

— Groupe Kincaid. Que puis-je pour vous ?

— Passez-moi Nikki Thomas, s'il vous plaît.

Son interlocutrice hésita.

— Nikki ? Nikki Thomas ?

— C'est votre enquêtrice privée. Elle a dit que je pouvais la joindre à ce numéro.

— Oh ! Certainement. Un instant, s'il vous plaît.

Il raccrocha, et poussa un long juron. L'espoir d'explication simple à la scène dont il avait été le témoin venait de fondre comme neige au soleil. Il savait depuis le départ qu'elle était détective, mais la confidentialité à laquelle elle était tenue l'avait empêché de lui poser des questions importantes. Désormais, le voile était levé.

Il se dirigea vers l'immeuble du groupe Kincaid, en proie à une émotion si forte et primaire qu'il ne pouvait pas même la nommer. Il savait seulement que cette émotion le conduisait à Nikki. Et à une confrontation avec la femme ayant poussé les portes de son cœur, qu'il avait mis des années à barricader.

La femme qui regretterait bientôt de l'avoir mené en bateau.

Inutile de temporiser davantage. Il traversa la rue, sans prêter attention à la circulation intense. Il ne pensait qu'au bâtiment de quatre étages face à lui, et à la femme qui y travaillait. Les cinq derniers mois, il s'y était rendu à plusieurs reprises pour rencontrer les fils et les filles de son père — les « légitimes », comme il les surnommait. Nul doute que ces derniers, quant à eux, l'appelaient le « bâtard ».

Il se dirigea vers la réception. L'hôtesse, assise derrière un large comptoir de bois finement sculpté, lui lança un regard et saisit aussitôt son téléphone. Sans le moindre scrupule, il se pencha par-dessus le comptoir et coupa la communication. Elle avait sans doute reçu l'ordre strict d'alerter un des Kincaid chaque fois qu'il se présentait au siège de l'entreprise. A leur place, il aurait agi de la même manière.

— Vous savez qui je suis ? demanda-t-il d'une voix doucereuse.

Sans un mot, elle hocha la tête.

— Parfait ! Dans ce cas, vous savez aussi que je possède une part considérable de cette entreprise.

Il lui fit signe de reposer le combiné sur sa base.

— Nikki Thomas. Quel étage ?

Elle sembla inquiète.

— Pour quelle raison souhaitez-vous voir Nikki Thomas ?

— Ce ne sont pas vos affaires. Où est son bureau ? Je ne le redemanderai pas. Pas plus que je n'oublierai votre manque de coopération.

L'inquiétude de la réceptionniste s'accrut, mais il lut aussi sur son visage une expression presque protectrice. Il n'était guère étonné que Nikki suscite une telle loyauté chez ses collègues. L'espace d'un instant, Jack crut que l'hôtesse ne répondrait pas. Mais elle capitula.

— Deuxième étage… porte 210, murmura-t-elle.

— Vous ne la préviendrez pas de ma présence, est-ce clair ?

— Oui, monsieur.

Jack contourna le comptoir, se demandant brièvement s'il prendrait l'ascenseur ou l'escalier. L'escalier. Il y avait moins de risques de tomber sur un Kincaid. Etant donné son humeur, il serait bien capable de leur décocher une droite en guise de salutation. Il ne lui fallut pas longtemps pour trouver le bureau de Nikki. Sa porte était ouverte et, même si elle se tenait devant une vaste fenêtre surplombant le port, il doutait qu'elle profite de la superbe vue. Elle avait la tête baissée, et ses épaules fines semblaient porter tout le poids du monde. Depuis qu'il la connaissait, jamais il ne l'avait vue si abattue.

Ses cheveux étaient relevés, exposant son cou gracile et pâle. Le soleil doré qui filtrait par la vitre jouait avec la nuance ébène de ses cheveux et soulignait les courbes féminines de sa silhouette moulée dans un tailleur cintré bleu roi. Il l'avait regardée l'enfiler ce matin même, et savait quelles pièces de soie et de dentelle se cachaient dessous, d'une couleur parfaitement assortie à son tailleur. Il savait aussi — intimement — à quoi elle ressemblait dans son coordonné, et comment cette nuance de bleu conférait à sa peau laiteuse l'éclat du magnolia, au point qu'il avait été tenté de le lui ôter sur-le-champ et de l'attirer de nouveau dans son lit.

Il réprima cet élan de désir avec la rudesse impitoyable qui avait fait sa réputation. Elle l'avait trahi, et il doutait de pouvoir le lui pardonner un jour. A présent, il allait découvrir toute l'étendue de cette trahison. Et la raison de cet acte impardonnable. Il ferma la porte.

Le son métallique lui évoqua le bruit d'une gâchette. Quand il tourna la clé dans la serrure, ce fut comme une déflagration à ses oreilles.

Nikki sursauta et se retourna vivement. Son expression confirma ses pires soupçons. Il avait dû entretenir encore l'espoir qu'elle lui offre une explication plausible pour sa présence dans les locaux. Sinon, il n'aurait jamais éprouvé un tel sentiment de désolation.

— Jack.

Elle avait soufflé son nom dans un soupir empli culpabilité et de désarroi.

— Je crois qu'il y a une chose que tu as omis de me dire, Nikki. Une information cruciale, avec quatre mois de retard.

Il n'approcherait pas tant qu'il n'aurait pas repris le contrôle de sa colère.

— Cela t'ennuierait-il de rectifier cette omission ?

— Je peux tout expliquer.

Il rit, ce fut plus fort que lui.

— Combien de fois une femme a-t-elle dit cette phrase à un homme ? En général, c'est quand elle est surprise avec un autre homme dans son lit.

— La réciproque est vraie, rétorqua-t-elle, piquée.

Sa colère subite s'évanouit, laissant place à du chagrin mêlé de regret.

— Je suis navrée, Jack. Te dire que je peux tout expliquer était plutôt ridicule, au vu des circonstances.

Il s'appuya contre la porte et croisa les bras.

— Je me demandais pourquoi tu étais prête à payer autant pour moi, aux enchères de Read and Write. Tu prétends que tu as enchéri pour moi parce que personne d'autre ne l'avait fait. Mais maintenant, je soupçonne que ce n'était qu'un piège. Les Kincaid ont monté ce plan ingénieux, pour que tu sois en position de m'espionner, n'est-ce pas ? Tout est clair à présent.

Elle leva la main.

— Attends. Si tu penses un seul instant que j'ai enchéri pour toi à la demande des Kincaid…

— Tu as proposé mille dollars, alors que personne n'avait fait d'offre.

La colère qu'il s'efforçait tant de maîtriser échappa à son contrôle l'espace d'une seconde.

— Tu m'as piégé, depuis le début.

Elle secoua la tête. Des mèches de cheveux s'échappèrent et caressèrent ses pommettes saillantes. Dire qu'il avait enfoui son visage dans ses cheveux parfumés quelques heures à peine auparavant. Il se revoyait en train de déposer une pluie de baisers le long de son cou. Combien de temps avant que les souvenirs s'effacent et qu'il retrouve la paix ?

— Je ne t'ai pas piégé. Ni hier ni aujourd'hui.

Elle fit un pas dans sa direction, mais quelque chose dans son expression l'arrêta. Elle hésita, ce qui réveilla le prédateur en lui. Elle avait dû le sentir, car son souffle s'accéléra et ses yeux — des yeux d'un bleu saphir à se damner — s'assombrirent de douleur et de regret. Elle noua ses bras autour de sa taille mince, ce qui ne fit qu'attirer son attention sur ses seins généreux.

Il se força à détourner le regard et à se concentrer sur les traits élégants de son visage, une distinction qu'elle tenait probablement de sa mère. Il aurait dû savoir qu'une personne née et élevée dans la haute société de Charleston ne pouvait pas être digne de confiance. Sa propre mère ne l'avait-elle pas appris à ses dépens quand Reginald Kincaid avait fait d'elle sa maîtresse ?

Angela Sinclair n'était pas née dans le bon milieu. Elle était devenue sa maîtresse, mais elle n'avait jamais été assez bien pour qu'il l'épouse, pas plus que le fils qu'ils avaient conçu n'avait été assez bien pour qu'il le reconnaisse. En fait, songea Jack avec amertume, il n'avait été reconnu qu'une fois son père mort et enterré, et avait laissé les autres nettoyer la pagaille que ce dernier avait laissée derrière lui.

De toute sa vie, jamais Jack n'avait fréquenté ces manoirs élégants dans lesquels la haute bourgeoisie du Vieux Sud s'accrochait à ses règles et à son ordre social. La société avait fait de lui un paria, en raison de son statut d'enfant illégitime, tout en accueillant à bras ouverts son père. Un homme adepte du deux poids, deux mesures, et qui avait fièrement reconnu les « légitimes », les enfants qu'il avait conçus avec Elizabeth Kincaid. Des années durant, il avait caché à tous l'existence d'Angela et de son fils aîné, comme s'ils étaient un secret sombre et honteux. Et voilà que le sort lui jouait un tour ironique.

La seule femme qu'il en était venu à respecter, et dont il se disait qu'il pourrait bien l'aimer pour le reste de sa vie, à qui aussi il avait prévu d'offrir la bague soigneusement rangée dans le tiroir de sa commode, travaillait en fait pour les Kincaid. De fait, leur relation tout entière était bâtie sur des mensonges.

Nikki leva la main.

— S'il te plaît, Jack. Tu dois me croire. Quand j'ai assisté à cette soirée et que j'ai enchéri pour toi, je n'avais aucune idée de qui tu étais. Je ne comprenais pas pourquoi personne ne faisait d'enchère. Car enfin, c'était une soirée caritative. Ça n'avait pas de sens.

— Tu espères vraiment que je croie que les Kincaid ne t'ont pas demandé de le faire ?

Il secoua la tête.

— Désolé, mon cœur. Etant donné que tu travailles

pour eux et que tu m'as caché ce fait, il m'est impossible de croire quoi que ce soit d'autre venant de toi.

— Je n'ai appris ton identité qu'après notre premier baiser, ce soir-là, insista-t-elle obstinément. Lily nous a surpris dans la remise, tu te souviens ? Ce n'est que lorsque tu es parti qu'elle m'a dit qui tu étais.

Oh ! il se souvenait de ce premier baiser ! Il se rappelait chaque seconde du désir irrépressible qui les avait saisis tous deux, un désir qui les avait rendus aveugles et sourds à tout ce qui se passait autour d'eux. Il n'avait jamais rien connu de tel. Il perdait rarement la maîtrise de lui-même, et s'enorgueillissait de contrôler ses émotions et ses réactions en toute circonstance. Mais ce soir-là… Ce soir-là, il avait été submergé par ce besoin impérieux de la posséder, de marquer cette femme d'une façon fondamentale et primaire. De la faire sienne, dans tous les sens du terme.

Etait-ce ce que ses parents avaient ressenti l'un pour l'autre, la raison pour laquelle ils avaient bafoué les règles de la société ? Il chassa cette pensée, peu disposé à explorer la moindre nuance de gris dans son monde en blanc et noir. Il n'avait pas fait l'amour à Nikki ce soir-là. Mais il l'avait fait lors de leur rencontre suivante, quand elle avait réclamé le dîner pour lequel elle avait enchéri.

Il riva son regard au sien.

— Même si je te croyais… les Kincaid étaient tous là quand tu as enchéri pour moi. Ils savaient que tu avais gagné un dîner avec moi. Essaies-tu de prétendre qu'ils ne se sont pas servis de cette information ? Tu es bien leur détective privée, non ?

— Oui, je suis leur détective privée. Oui, Matt et RJ Kincaid étaient au courant pour notre dîner. Et, oui, Matt m'a demandé…

Avant qu'elle puisse terminer sa phrase, quelqu'un tenta d'ouvrir la porte. Comme elle était fermée à clé, il se mit à tambouriner. Jack fronça les sourcils, contrarié. Apparemment, sa capacité d'intimidation laissait un peu à désirer, puisque, manifestement, la réceptionniste avait appelé du renfort. Même si, pour être juste, il lui avait seulement ordonné qu'elle ne prévienne pas Nikki de son arrivée. Il n'avait pas pensé à inclure le reste des Kincaid dans son exigence.

— Voilà la cavalerie, on dirait.

Il pencha la tête.

— Ce doit être la réceptionniste. Apparemment, son inquiétude pour toi a pesé plus lourd que mes menaces.

Une lueur d'indignation brilla dans son regard.

— Tu as menacé Dee ?

— Bien sûr que je l'ai menacée. Je suis ainsi, tu t'en souviens ? Je menace. J'agis. Et ensuite, je gagne.

Elle secoua la tête.

— Ce n'est pas vrai, Jack. Ce n'est pas l'homme que j'ai passé les trois derniers mois à ai…

Une autre salve de coups l'interrompit. Il aurait donné la moitié de sa fortune pour entendre la fin de sa phrase.

— Sinclair, nous savons que vous êtes là.

La voix de RJ, son demi-frère, décida-t-il. Etrangement similaire à la sienne, ce qui ne fit qu'ajouter à sa colère. Une colère irrationnelle, mais bien réelle.

— Ouvrez cette porte tout de suite, sinon nous appelons la police.

Jack haussa un sourcil.

— Qu'en dis-tu ? Crois-tu que je devrais les laisser entrer ?

Elle soupira.

— C'est sans doute ce que tu as de mieux à faire, si tu ne veux pas que la police t'arrête.

— M'arrêter pour quoi ? Je possède quarante-cinq pour cent du groupe Kincaid.

— Jack, s'il te plaît.

Il haussa les épaules et capitula. Autant en finir au plus vite. Il déverrouilla la porte et recula d'un pas, heureux de son initiative car la porte s'ouvrit violemment. RJ et Matt Kincaid entrèrent en trombe dans le bureau. Pendant que Matt se postait devant Nikki, RJ se tourna vers Jack.

— Tout va bien, Nikki ? demanda RJ sans le quitter des yeux.

La ressemblance entre RJ et lui allait au-delà des apparences. Tous deux avoisinaient les un mètre quatre-vingt-dix et étaient plus solidement bâtis que Matt, à la musculature de nageur. Ils avaient également hérité des traits harmonieux et aristocratiques de leur père, y compris ses cheveux bruns et la forme de ses yeux, quoique la nuance de bleu soit très différente. Et même si cela lui coûtait, Jack devait admettre qu'ils avaient le même don pour les affaires, excellant tous deux dans le domaine — raison pour laquelle Jack ressentirait un plaisir accru lorsqu'il prendrait la place de RJ à la tête du groupe Kincaid.

Matt, de son côté, avait les cheveux plus foncés et les yeux verts de sa mère. A cet instant, ils brillaient de colère.

— Nikki ? répéta RJ. Est-ce que ça va ?

— Je vais bien. Jack et moi avions une petite… discussion.

Elle s'écarta de Matt et de ses larges épaules protectrices.

— Peut-être que vous pourrez m'aider, dit-elle.

— Bien sûr. Sortez, Sinclair.

Jack rit.

— Pas question.

— Ce n'est pas ce que je voulais dire, intervint Nikki. Peut-être que vous pourriez m'aider en disant à Jack ce que vous m'avez demandé de faire, concernant notre enquête sur lui.

A côté d'elle, Matt se raidit.

— Vous plaisantez ?

— Je suis tout à fait sérieuse, répondit-elle, en l'implorant du regard. Matt, dites à Jack quand exactement vous m'avez demandé d'enquêter sur lui et sur ses affaires. S'il vous plaît.

Matt hésita, mais Jack devina à son expression que ce n'était pas pour inventer un mensonge plausible, mais parce qu'il essayait de se souvenir du moment exact.

— Vous étiez au téléphone avec lui, afin de décider d'une date pour votre dîner remporté aux enchères, dit-il enfin. Quand vous avez raccroché, je vous ai demandé si vous pouviez enquêter sur ses projets concernant le groupe Kincaid. Puisqu'il possède maintenant quarante-cinq pour cent de la compagnie, nous espérions qu'il vous confierait comment il comptait utiliser ses parts.

— Et… insista-t-elle.

Elle sourit devant son air inquiet.

— Ça va, Matt. Dites-lui, simplement.

Il lança un regard réticent en direction de Jack.

— Je vous ai demandé de procéder à une évaluation. Pour savoir si vous le verriez à la tête du groupe Kincaid.

— Donc, vous avez ordonné à Nikki d'enquêter sur moi et sur Carolina Shipping, résuma Jack d'un ton acerbe.

Il reporta ses yeux sur Nikki, qui s'attardèrent sur elle pendant un long moment douloureux. Lorsqu'il vit le regard de la jeune femme s'embuer, il se força à ne pas bouger et à nier tout impact sur lui.

— J'attends une copie de tous les rapports que vous avez produits sur moi sur mon bureau à la fin de l'après-midi.

— Vous ne pouvez pas…, commença RJ.

— Bien sûr que si, coupa Jack sans hésitation. Je suis l'actionnaire majoritaire de la compagnie. Je suis tout à fait en droit de requérir ces informations. Et si elles ne sont pas sur mon bureau à 17 heures, mon avocat demandera une ordonnance du tribunal pour vous contraindre à me les remettre. Ainsi, je saurai exactement ce que vous avez demandé à Nikki, et quand.

— Vous êtes notre concurrent, Sinclair, intervint Matt d'une voix dans laquelle perçait la frustration. A quoi vous attendiez-vous, bon sang ? A ce que nous restions assis, sans rien faire, pendant que vous démantelez notre gagne-pain ? Il est impossible que vous n'essayiez pas de nous prendre notre compagnie, avec ces quarante-cinq pour cent que vous ne cessez d'agiter devant nous, tout comme il est impossible que vous n'essayiez pas d'absorber le groupe Kincaid au sein de votre société.

Il posa une main réconfortante sur l'épaule de Nikki. Jack dut faire appel à toute sa maîtrise pour ne pas le repousser d'un geste sec. La vague de possessivité qui le submergea était aussi puissante qu'une déferlante.

— Pour votre gouverne, j'ai dit à Nikki que si j'avais tort et que vous étiez honnête nous ne ferions rien contre vous. Mais vous n'êtes pas honnête, n'est-ce pas, Sinclair ?

— Je le suis, quand il s'agit d'affaires.

— Mensonges, intervint RJ. Vous nous mettez des bâtons dans les roues depuis le début, en profitant de l'accusation de meurtre que la police a tenté de mettre sur le dos de ma mère pour nous voler notre société.

— Exact, acquiesça Jack en haussant les épaules. Et alors ? Les affaires sont les affaires.

RJ serra les lèvres et son regard — étrangement semblable à celui que Jack voyait dans son miroir tous les matins — lança des éclairs.

— Je ne vous laisserai pas nous voler la société que mon père a bâtie et la jeter aux orties.

— Pourquoi ferais-je une chose pareille ? s'enquit Jack d'un ton doucereux.

Comme il appréciait le pouvoir qu'il avait sur ses demi-frères, eux qui étaient passés avant lui toute sa vie ! Il avait rêvé de ce moment, tout comme il rêvait du moment où il prendrait la place de son père, en devenant P.-D.G. du groupe Kincaid.

— Le groupe Kincaid est une affaire florissante, dans laquelle je possède des parts considérables. Je n'ai aucun intérêt à la détruire.

RJ hésita, et échangea un regard avec son frère.

— Alors, quelles sont vos intentions concernant la réunion annuelle à la fin du mois ?

— Je compte y assister.

Oui, décidément, cette situation lui plaisait beaucoup. Tout du moins, elle aurait pu lui plaire, si Nikki n'avait pas les yeux rivés sur lui, l'implorant en silence de se montrer raisonnable. Ce qu'il voyait surtout, c'est que jamais il n'aurait jamais dû faire confiance à une personne qui évoluait dans les rangs fermés de l'élite de Charleston.

— Nous allons élire un nouveau P.-D.G. Pour qui comptez-vous voter ? insista RJ.

— Je pourrais vous répondre « vous verrez bien », mais ça ne servirait à rien.

Il fit un pas en direction de RJ, et ne fut pas le moins du monde surpris que son demi-frère ne cille pas. Il avait le sentiment qu'ils se ressemblaient aussi beaucoup sur ce point, et qu'ils étaient faits sur le même moule que leur père.

— Je compte prendre le contrôle du groupe Kincaid.

Matt marmonna un juron.

— Je le savais, dit-il.

Jack se contenta de sourire.

— Et je compte faire exactement ce que vous pensiez. Je compte absorber le groupe Kincaid dans ma propre compagnie.

Il regarda tour à tour RJ et Matt.

— Bienvenue chez Carolina Shipping. Je suggère que vous ne preniez pas trop vos aises. Vous ne serez pas amenés à y rester.

Sans un mot de plus, il tourna les talons et quitta le bureau. Il ne regarda pas en arrière, même s'il mourait d'envie de le faire. Mais il s'en empêcha. Car il savait que le visage dévasté de Nikki l'anéantirait.

A 17 h 5 précises, Nikki Thomas s'arrêta sur le parking de Carolina Shipping. L'Aston Martin rouge rubis de Jack était garée sur la place la plus proche de l'entrée. Une entrée qui menait sans doute directement à son bureau. Elle décida qu'elle ferait mieux de ne pas l'emprunter. Désormais, elle devait faire montre d'une extrême prudence, ce qui signifiait qu'elle emprunterait la porte principale, comme tout le monde.

Elle passa les portes de verre et, une fois dans le hall, prit un instant pour observer les lieux. Elle n'était jamais venue ici, et n'avait jamais demandé à Jack de lui faire visiter les locaux, au cas où ce dernier aurait attendu qu'elle lui rende la pareille ou en aurait profité pour la questionner sur son métier.

L'élégance et le charme sudiste de la décoration la

surprirent. Pourtant, ce n'aurait pas dû être le cas. Elle avait vu sa propriété en bord de mer, qui était loin d'être un simple pavillon, comme elle se l'était imaginé. Au contraire, cette demeure imposante et contemporaine respirait le luxe et la richesse. Et elle avait également séjourné dans sa maison de Greenville, immense demeure coloniale qui mêlait brillamment tradition et modernité.

A son arrivée, la réceptionniste l'accueillit avec un charmant sourire.

— Mademoiselle Thomas ?

Nikki cilla, surprise.

— C'est ça.

— Jack m'a prévenue de votre visite. Il a parié que vous arriveriez juste avant la fermeture.

L'hôtesse eut un petit rire.

— Après toutes ces années à travailler pour lui, je devrais savoir qu'il ne faut pas paricr contre lui. Il gagne toujours.

Nikki étouffa un petit soupir d'irritation.

— Je l'ai appris aussi, dit-elle.

— Ah, à l'évidence, vous connaissez notre Jack.

Notre Jack.

— Je vais vous conduire à son bureau.

Elle contourna la réception et s'engagea dans un vaste couloir. Nikki lui donnait environ vingt-cinq ans, soit six ou sept ans de moins qu'elle. Elle portait un tailleur pantalon impeccable, d'une teinte chocolat assortie à ses yeux. Ses cheveux blonds et courts étaient coupés à la dernière mode et mettaient en valeur ses jolis traits. Elle s'arrêta devant une double porte et frappa doucement avant d'ouvrir.

— Nikki Thomas est ici.

— Merci, Lynn. Vous pouvez partir maintenant.

— D'accord. A lundi.

Elle offrit à Nikki un autre sourire charmant.

— Ravie de vous avoir rencontrée, mademoiselle Thomas.

Jack leva les yeux du dossier qu'il lisait et lui fit signe de s'asseoir face à lui. Dès l'instant où elle fut installée, il alla fermer la porte. Le geste lui parut menaçant, s'ajoutant à une terreur vague qui était allée croissant toute la journée.

Etait-ce bien ce matin qu'elle s'était réveillée blottie contre lui ? Ce matin qu'elle avait été baignée par les rires et la joie de leurs ébats impromptus ? Par les instants délicieux et magiques qui avaient suivi ? Elle ferma les yeux pour chasser le souvenir de cette matinée. En vain. Elle se revit sous la douche avec Jack, riant aux éclats tandis qu'elle s'efforçait tant bien que mal de se laver entre deux caresses.

Puis elle se souvint du regard sensuel de Jack lorsqu'il l'avait regardée enfiler son coordonné de dentelle bleu roi. Il avait plaisanté en affirmant qu'il allait lui retirer ses sous-vêtements sur-le-champ, et ses suggestions l'avaient faite rougir, même si elle les avait trouvées diablement tentantes. A présent, elle regrettait de ne pas avoir accepté son offre, puisqu'elle doutait que cette occasion se représente jamais.

Sans un mot, Jack reprit place derrière son bureau, tel un capitaine à la barre de son bateau. Elle lui lança un rapide coup d'œil. Son visage paraissait toujours aussi fermé. Comme elle aurait aimé briser le mur de glace qui les séparait ! Mais il était passé maître dans l'art de cacher ses émotions, sans doute le résultat de son éducation peu conventionnelle. Elle savait d'expérience à quel point il était rare qu'il laisse quiconque pénétrer son intimité, et elle mesurait à quel point il devait se sentir trahi.

Pour dissiper sa tension, elle balaya la pièce du regard. Comme la réception, son bureau respirait l'élégance et la prospérité. L'immeuble lui semblait très différent de celui qui abritait le groupe Kincaid, où les pièces étaient élégantes, mais plus fonctionnelles, et marquées d'une touche masculine que Reginald Kincaid affectionnait tout particulièrement.

Les minutes passèrent, le silence persistant entre eux. Peut-être la tension qui existait dans la pièce se passait-elle de mots, exprimant sans ambiguïté la douleur et la tristesse, les secrets et le mensonge. Incapable de supporter un instant de plus l'orage qui montait, Nikki brisa le silence.

— Je suis désolée, Jack. J'aurais dû te dire dès le début que je travaillais pour les Kincaid.

Il ne répondit pas et se contenta de l'examiner de ses yeux bleu pâle si troublants. Ils étaient si froids qu'elle en eut le cœur serré. Elle posa le dossier qu'elle lui avait apporté sur son bureau et le poussa vers lui.

— J'ai apporté mes rapports, comme tu l'as exigé.

Il jeta un coup d'œil sur le dossier, puis se leva de nouveau, se dirigeant vers le bar où il se versa un verre. Il regarda par-dessus son épaule et lui lança un regard interrogateur.

— Non, merci, dit-elle.

Le silence de Jack lui mettait les nerfs à vif.

— Vas-tu enfin dire quelque chose ?

— Tu espérais en finir rapidement et sans douleur ? Désolé, chérie. Tu ne t'en tireras pas si facilement.

Le sarcasme la fit tressaillir. Soudain, elle se sentit terriblement lasse. La journée avait été interminable, et allait sûrement mener à une nuit tout aussi pénible. Dieu merci, on était vendredi, et elle aurait tout le week-end pour digérer tous les événements éprouvants de cette terrible journée.

— Jack, j'ai commis une erreur, reprit-elle à voix basse. Vas-tu vraiment jeter notre relation aux orties à cause d'une seule omission ?

— Notre relation ?

Il prit une longue gorgée de son verre. Pour la première fois, elle eut un aperçu de sa rage, dont l'intensité la laissa tremblante.

— Nous n'*avons* pas de relation. Nous *avions*… Nuance.

Elle cilla, s'efforçant de réprimer ses larmes.

— S'il te plaît, Jack…

— Non.

Il posa violemment son verre sur le bar.

— Arrête, ordonna-t-il.

— Les Kincaid ignoraient à quel point notre relation était devenue sérieuse. Et n'ils ne n'ont pas demandé de faire quoi que ce soir d'illégal ou de contraire à l'éthique.

Il lui lança un regard noir.

— Tu veux dire, en dehors d'essayer de prouver que j'ai tué mon père ?

Elle se leva d'un bond.

— Enfin, Jack ! Je sais que tu n'as pas tué Reginald. Je doute même que les Kincaid te croient coupable. Tu ne pourrais jamais faire une telle chose. Ton père et toi aviez peut-être des désaccords, mais je sais le genre d'homme que tu es.

— Et quel genre de femme es-tu ?

— Tu le sais bien.

Son regard se fit plus glacial que jamais.

— Maintenant, je le sais.

La colère l'envahit, tarissant ses larmes.

— Je ne t'ai jamais menti, Jack. Ni sur ce que je

suis, ni sur ce que je ressens pour toi. Crois-tu vraiment que j'aurais pu feindre ma réaction à tes caresses ? A tes baisers ?

Elle osa approcher, une part d'elle-même espérant lui faire perdre un peu de sa maîtrise, tandis qu'une autre part redoutait ce qui pourrait arriver si elle y parvenait.

— Que je faisais semblant quand tu me faisais l'amour ?

Une lueur embrasa ses yeux froids. Elle était tout près à présent. Même si elle s'y était préparée, son mouvement soudain la prit par surprise. Avec un grondement où se mêlaient colère et désir, il l'attira à lui. Puis il l'embrassa.

Alors qu'une seconde plus tôt il était froid comme l'hiver, à présent il débordait de fougue, prenant ce qu'il voulait sans hésitation, réclamant tout de son corps et de son âme. Sa bouche happait la sienne avec une passion empreinte de douleur. Elle sentit son cœur se serrer. C'était elle, la cause de cette douleur, et elle aurait tout donné pour l'apaiser. Elle s'offrit à lui, sans condition ni hésitation.

Lui aussi se donnait tout entier. Tout s'était toujours passé ainsi entre eux. Dès que leurs regards s'étaient croisés lors de la vente aux enchères, devant une foule dont le silence le jugeait et l'ostracisait, il s'était produit entre eux une irrésistible étincelle. Plus tard ce soir-là, quand ils avaient échangé quelques mots, cette étincelle s'était transformée en flamme, une flamme qui avait échappé à leur contrôle lorsqu'ils avaient échangé leur premier baiser.

Quand ils s'étaient retrouvés quelques jours plus tard pour dîner, son destin avait été scellé. Elle ne pouvait pas plus résister à son attirance pour lui qu'une vague ne peut dévier de sa trajectoire qui l'entraîne vers le rivage. Même à ce moment-là, elle lui avait tout donné, malgré les complications, sachant très bien qu'il était décidé à détruire les Kincaid et qu'elle était la seule capable de l'arrêter.

Malgré les secrets. Tous ces secrets.

Il la prit dans ses bras et la porta vers le canapé. Puis il l'allongea sur le canapé et s'étendit sur elle. Il posa de nouveau ses lèvres sur les siennes, lentement, approfondissant son baiser. Elle eut vaguement conscience qu'il écartait sa veste, avant de sentir de l'air frais sur sa peau, puis sa paume chaude et douce vint se poser sur ses seins à travers son soutien-gorge.

— Montre-moi que tu me désires, dit-il. Prouve-moi que ce n'était pas de la comédie.

- 2 -

Nikki sentit un mouvement de révolte sourdre en elle, et le désir irrépressible qu'elle avait éprouvé quelques secondes plus tôt s'évanouit.

— Je n'ai rien à prouver.

Elle le repoussa, ne sachant si elle était soulagée ou déçue quand il recula.

— Soit tu me crois, soit tu ne me crois pas. Soit tu crois à ce que nous ressentions l'un pour l'autre durant ces quatre derniers mois, soit tu n'y crois pas. C'est aussi simple que ça.

— Non, ce n'est pas aussi simple. Tu as trahi ma confiance.

Il se redressa pour qu'elle puisse s'asseoir.

— Mais je te désire toujours, dit-il. Dieu sait pourquoi.

— Eh bien, merci.

— Tu m'as espionné, Nikki. Je ne peux pas te le pardonner.

— Et pourtant, tu n'as eu aucun scrupule à me demander d'espionner les Kincaid. Quelle différence ?

Elle s'efforça de reboutonner sa veste, effrayée de découvrir que ses doigts tremblaient, lui rendant la tâche presque impossible.

— Attends… je vais t'aider.

Il écarta ses mains et réaligna les boutons qu'elle avait fermés de travers.

— D'abord, je ne t'ai pas demandé de les espionner. Je t'ai demandé de mener une enquête, ce qui est tout à fait différent.

— En quoi ? Sérieusement, je suis curieuse de savoir quelle distinction tu y fais.

— Nous couchions ensemble pendant que tu enquêtais sur moi pour le compte des Kincaid. Tu ne couches pas avec les gens sur lesquels je t'ai demandé d'enquêter.

Il la fixa et plissa les yeux.

— N'est-ce pas ?

Elle se leva d'un bond et fit volte-face. La fureur l'envahit, et elle ne fit aucun effort pour la masquer.

— C'est une suggestion sordide. Tu sais que Matt et RJ sont tous les deux sur le point de se marier. Et que les choses soient claires, je n'ai jamais, au grand jamais, eu de relation personnelle ou intime avec aucun des Kincaid. Jamais. Je travaille pour eux. Point final.

Sa véhémence semblait l'avoir convaincu.

— D'accord. Très bien.

— Non, insista-t-elle. C'est trop facile. Tu me dois des excuses.

Il la fixa avec une telle incrédulité qu'en d'autres circonstances la situation aurait pu l'amuser.

— Ai-je bien entendu ? C'est *moi* qui te dois des excuses ?

Elle croisa les bras.

— Tu te souviens peut-être que la première chose que j'ai faite en entrant, c'était de te présenter mes excuses. J'avais tort. Je le savais, et j'ai dit que j'étais désolée. Alors, oui, maintenant, tu me dois des excuses pour m'avoir accusé de coucher avec RJ et/ou Matt.

— Et/ou ?

— Exactement. Et, pour ton information, je n'ai jamais couché non plus avec ton père. Je pense qu'ainsi on a fait le tour de tous les mâles de la famille Kincaid en dehors de toi.

— Je n'ai jamais pensé...

Il s'interrompit, et son regard se fit encore plus orageux.

— Je ne suis pas un Kincaid.

Elle haussa les épaules.

— A d'autres. Présente-moi sur-le-champ tes excuses, ou je m'en vais.

— Tu ne t'en iras pas avant que j'aie consulté tes comptes rendus.

Elle haussa un sourcil et attendit.

— Nom d'un...

Il se passa la main sur le visage.

— D'accord, très bien. Je te présente mes excuses. Je n'aurais pas dû t'accuser d'avoir couché avec les Kincaid. Néanmoins, tu étais de mèche avec eux.

— Je travaillais, tout ce temps, pour prouver ton innocence.

Elle ferma les yeux, en songeant à la douloureuse vérité.

— Mais, en fait, tu n'es pas innocent, n'est-ce pas ?

Il se leva lentement, l'air menaçant.

— Qu'est-ce que ça veut dire, bon sang ? Tu viens de dire que tu ne pensais pas que j'avais tué mon père.

Elle chassa ses paroles d'un geste de la main.

— Non, bien sûr que tu ne l'as pas fait.

— Alors, que voulais-tu dire ?

— Je voulais dire que tu comptes détruire tout ce que ton père a mis sa vie entière à construire.

A moins que quelqu'un ne l'en empêche. Tant de secrets. Tant de projets funestes. Ils l'épuisaient, même si beaucoup de ces secrets et de ces projets dépendaient d'elle. Elle poussa un soupir.

— Avoir une liaison avec toi, c'était une erreur.

— J'avais compris, merci.

Elle devait trouver un moyen de l'atteindre — autre qu'en se disputant avec lui au sujet de ses employeurs. Ils n'avaient jamais été d'accord sur le sujet. Or, là n'était pas vraiment le problème. Le problème était la vendetta insensée qu'il s'était mis en tête de mener contre les Kincaid.

Elle fit un pas vers lui, et perçut dans ses yeux un éclair de méfiance. D'autre chose aussi. De désir. Un besoin irrépressible de même intensité que celui dont elle était la proie.

Elle tenta une autre tactique.

— Jack, as-tu lu la lettre que ton père t'a laissée ?

Elle l'avait pris par surprise, et vit sa méfiance s'accroître.

— Non.

— Il en a laissé une à chacun de ses enfants. A ta mère aussi, d'après ce que j'ai entendu dire. Il y avait sûrement une raison. Quelque chose qu'il voulait te dire. N'es-tu pas curieux de savoir quoi ?

— Ma relation avec mon père était… compliquée.

— La mienne ne l'était pas… dit-elle simplement.

— C'est un peu énigmatique. Tu veux bien développer ?

Elle hésita. Ce n'était pas un sujet dont elle aimait parler. Mais peut-être que, si Jack comprenait pourquoi elle travaillait pour le groupe Kincaid, il comprendrait aussi pourquoi elle se sentait si tiraillée.

— Sans ton père, je n'exercerais pas ce métier.

Jack haussa les épaules.

— D'accord, il t'a donné ta chance.

— Non. Je ne le connaissais même pas quand j'ai commencé ma carrière.

— Alors…

— Il m'a aidée à sauver ma réputation après que mon précédent employeur l'a mise en pièces.

Voilà. C'était dit.

— Il m'a aidée à me sortir d'une situation très délicate, ajouta-t-elle.

Il sembla intrigué.

— Que diable s'est-il passé ?

Elle détestait parler de cette époque. Détestait se souvenir qu'elle avait pu être aussi naïve et stupide, surtout en considérant que son père était policier et qu'il lui avait inculqué la prudence et l'intégrité depuis son plus jeune âge. Mais elle ne s'était pas montrée prudente. Et l'homme dont elle était tombée amoureuse avait manqué d'intégrité, et elle en avait fait les frais.

Elle regrettait de ne pas avoir accepté le verre que Jack lui avait proposé. Elle avait la bouche si sèche qu'elle avait l'impression qu'il lui fallait aller chercher les mots coincés au fond de sa gorge.

— C'était mon premier vrai travail après l'université, avec mes diplômes tout neufs en criminologie et en gestion.

— Personne ne peut t'accuser d'être sous-qualifiée.

Elle sourit pour la première fois depuis ce qui lui semblait des jours.

— Ai-je mentionné mon option en droit criminel ?

— Tu m'as dit que tu envisageais d'entrer dans la police.

Son sourire s'évanouit.

— Mais je ne pouvais pas faire cela à ma famille, avec mon père mort en service. Alors, j'ai commis la même erreur que quantité de jeunes femmes en entrant dans la vie active.

Il ne fallut à Jack qu'un instant pour comprendre.

Sa vive intelligence était une des qualités qu'elle avait toujours appréciées chez lui.

— Tu es tombée amoureuse de ton patron.

Elle ne put s'empêcher de tressaillir. L'entendre formuler cette réalité de façon si brute lui faisait prendre conscience à quel point elle avait été ignorante et inexpérimentée.

— Oui. Pire, il m'a convaincue de garder notre liaison secrète. Il m'a même demandée en mariage, en me promettant qu'une fois mariés nous pourrions vivre notre relation au grand jour. Si mon père avait été encore en vie, je pense que rien de tout cela ne serait arrivé.

Une lueur de compassion passa dans le regard de Jack.

— Tu m'as dit qu'il avait un don pour cerner les gens.

— Je croyais l'avoir aussi.

Elle arpenta la pièce, comme si elle essayait de mettre de la distance entre elle-même et ces événements passés.

— Peut-être que le fait de croire que j'étais comme mon père m'a rendue arrogante.

Il alla se verser un deuxième verre et lui en servit un.

— Tiens, dit-il. Je crois que tu en as encore plus besoin que moi.

Elle accepta le whisky avec un petit sourire de gratitude et en but une gorgée. L'amertume de l'alcool lui brûla la gorge. Après quelques instants, il fit son effet.

— Mais peu importent les détails. Disons simplement que Craig s'est servi de mon nom pour une escroquerie immobilière. Quand tout s'est écroulé, il était parti depuis longtemps, et je suis restée là, et toutes les apparences étaient contre moi.

— Comment mon père s'est-il retrouvé impliqué dans ton histoire ?

— Reginald était un proche ami de mon grand-père, Todd Beaulyn. Le père de ma mère, précisa-t-elle.

Quelque chose passa sur le visage de Jack, comme si le nom de son grand-père lui évoquait un lointain souvenir. Elle se figea, en se demandant si elle avait fait une terrible erreur en mentionnant son nom. Puis la tension se dissipa.

— Mais ton père était policier. Je suis surpris que les Beaulyn aient encouragé ce mariage.

— Mes parents se sont rencontrés à l'université. Cela leur importait peu qu'ils viennent de milieux sociaux différents. Ma mère a toujours affirmé qu'il s'agissait d'un coup de foudre. Quand j'ai eu ces problèmes avec Craig, ton père a considéré qu'il avait une dette envers mon grand-père, et il s'est proposé de m'aider.

— Explique-moi ça.

Aussi désireuse soit-elle de tout dire à Jack, elle devait être prudente.

— Grand-père était un homme d'affaires très rusé, qui avait fait fortune dans l'immobilier. Il venait aussi d'une famille ancienne, qui faisait partie de la plus haute société de Charleston.

Jack plissa les yeux.

— Ce qui a sans doute attiré mon père vers lui. Une des raisons pour lesquelles il avait épousé Elizabeth, c'était pour pénétrer les bastions de la haute société. Apparemment, l'argent neuf ne sentait pas aussi bon que l'ancien.

Elle avait le sentiment qu'il parlait d'une expérience actuelle et personnelle, et ne put s'empêcher de se souvenir des enchères caritatives durant lesquelles il avait été ignoré de façon si flagrante — jusqu'à ce qu'elle enchérisse pour lui.

— Je ne suis pas en position d'en discuter. L'important, c'est que Reginald en a eu vent, peut-être par ma mère.

Il est intervenu et a sauvé ma réputation. Puis il m'a engagée pour travailler pour le groupe Kincaid.

— Donc, tu te sens redevable envers lui.

— Je lui suis redevable, Jack, déclara-t-elle calmement. Ton père avait ses défauts, je ne vais pas prétendre le contraire. Mais il avait aussi ses forces, et tu as hérité de la plupart d'entre elles. Et je sais qu'il aimait ses enfants — tous ses enfants.

— Je présume que cela nous ramène à la lettre qu'il m'a laissée.

Elle opina.

— Tu n'es pas curieux de savoir pourquoi ton père t'a laissé un aussi grand pourcentage du groupe Kincaid ? Pourquoi il a divisé les autres quarante-cinq pour cent entre RJ, Matt, Laurel, Lily et Kara ?

— Non.

Cette tendance à voir tout en blanc ou noir était une des caractéristiques dont elle aurait aimé qu'il n'hérite pas de Reginald.

— Tout ce qui compte, c'est qu'il t'ait donné le moyen de prendre le contrôle du groupe Kincaid ? Qu'il t'ait offert l'occasion de prendre ta revanche sur tes frères et sœurs ?

— Ce ne sont pas mes frères et sœurs, protesta-t-il avec véhémence.

— Bien sûr que si. Et ils ne t'ont rien fait, Jack. Avant la mort de ton père, ils ne savaient même pas que tu existais.

Il serra les lèvres.

— On ne peut pas dire qu'ils m'aient accueilli à bras ouverts.

— Et toi, l'aurais-tu fait, à leur place ? demanda-t-elle, exaspérée.

Il eut un geste d'impatience.

— Pourquoi sommes-nous en train de parler de ça ? Tu étais censée venir ici pour discuter de tes comptes rendus. Et nous avons discuté de tout sauf ça.

— J'espérais t'amener à voir dans quelle position difficile je me trouve. Dans quelle position difficile nous nous trouvons tous, à cause des actes de Reginald. Les Kincaid veulent que j'enquête sur toi. Tu veux que j'enquête sur eux…

— En fait, je t'ai demandé de découvrir l'identité de la ou des personnes qui possèdent les dix pour cent restants des parts du groupe Kincaid. As-tu au moins pris la peine de chercher ?

Comme elle ne répondait rien, il serra la mâchoire.

— Nom d'un chien…

Oh ! non !

— Jack…

— Tu enquêtes, n'est-ce pas ? Mais pour eux. RJ t'a déjà demandé de trouver l'actionnaire mystère, parce que celui qui contrôlera ces dix pour cent aura le contrôle de la compagnie. C'est pour ça que tu m'as mené en bateau tout ce temps, pour que RJ puisse atteindre cette personne avant moi, et qu'il la convainque de passer dans son camp avant la réunion annuelle du conseil d'administration.

Elle laissa les mots de Jack flotter dans l'air, en espérant contre toute logique qu'il les retire. Quand elle comprit que cela ne se produirait pas, elle se dirigea vers la porte. Juste avant de sortir, elle se retourna vers lui.

— Tu sais, j'avais beau aimer et admirer ton père, il possédait un trait de caractère auquel je n'ai jamais pu me faire. Pour quelqu'un de si généreux et humain, c'était un des hommes les plus impitoyables que j'aie jamais rencontré, surtout quand il s'agissait d'atteindre les buts qu'il s'était fixés. Je regrette que tu lui ressembles autant sur ce plan.

Et sans attendre sa réaction, elle sortit. Jamais elle n'aurait cru se sentir plus mal en sortant qu'en arrivant.

Qu'allait-elle faire à présent ? Une bataille couvait entre les Kincaid et Jack, qui devenait de plus en plus dangereuse et compliquée. Une seule étincelle, et une guerre ouverte éclaterait. Malheureusement, l'étincelle, c'était elle.

Car, dès qu'un des deux camps découvrirait qu'elle était la mystérieuse détentrice de ces dix pour cent restants des parts du groupe Kincaid, ils l'auraient tous dans le collimateur.

Bon sang, comment s'y était-elle pris ?

Jurant dans sa barbe, Jack saisit le dossier que Nikki avait laissé son sur bureau. Comment avait-elle réussi à inverser les rôles à ce point ? C'était *lui* qui avait été trompé — pas *elle*. Tout ce temps, elle avait travaillé pour l'ennemi, rassemblant Dieu sait quelles informations pour ses frères et sœurs — ses *non*-frères et sœurs, s'empressa-t-il de rectifier, les maudits « légitimes ». Et pourquoi ? Pour s'en servir contre lui, voilà pourquoi. Ensuite, elle avait eu le toupet de le regarder avec ces grands yeux saphir emplis de douleur et de reproche, comme si c'était *lui* qui était en faute.

Eh bien, il refusait de se sentir coupable. Elle aurait dû lui dire la vérité depuis le début.

Et si elle l'avait fait ? Comment aurait-il réagi ?

Avec un autre juron, il se laissa tomber dans son fauteuil. Aurait-il tenté de la retourner contre ses employeurs ? L'aurait-il soudoyée ? Se serait-il servi de sa relation pour la forcer à agir contre son éthique, un code moral inculqué par le père qu'elle adorait tant ? Il détestait penser qu'il aurait pu tomber si bas. Mais il devait bien admettre que sa soif de vengeance contre les Kincaid lui faisait parfois perdre tout sens commun.

Sur le fond, elle avait raison : il était aussi impitoyable que Reginald Kincaid. Sa vie entière était dédiée à la poursuite d'un seul but, éclipser la compagnie que son père avait mis toute une vie à construire. Il se força à regarder en face les raisons pour lesquelles il avait créé Carolina Shipping, et grimaça. Ce n'était pas beau à voir. Il était l'aîné de son père, et on lui avait nié son droit de naissance à cause de circonstances indépendantes de sa volonté. Résultat, il s'était efforcé d'être plus compétent et plus brillant que tous les autres fils de son père — pour une fois dans sa vie, il avait voulu être le premier, et être reconnu pour cela.

Maintenant que son père les avait quittés, cela n'arriverait jamais.

Il appuya la tête contre le dossier de son fauteuil et poussa un soupir. Génial. Un point pour Nikki. Toutes ces années, il avait réussi à ignorer la motivation à sa soif de succès. Pire, il s'était réjoui à l'avance de pouvoir prendre le contrôle du groupe Kincaid. Maintenant, même ce plaisir lui était refusé, à cause de Nikki Thomas, la seule femme au monde dont il était presque tombé amoureux.

Et puis, il y avait ce qu'elle lui avait raconté sur son premier travail. A propos de Craig. Elle avait été utilisée et s'était brûlé les ailes. Avait-elle gardé le silence sur son travail avec lui parce qu'elle craignait qu'il ne se serve d'elle, comme Craig ? Certes, les circonstances étaient différentes, mais… Et voilà, songea-il en se redressant, une autre vérité dérangeante venait titiller sa conscience. Deux points pour Nikki.

S'il avait découvert qu'elle travaillait pour les Kincaid, il était fort probable qu'il se serait servi de leur relation pour essayer de la retourner. Cette idée lui laissait un goût amer. Pour couronner le tout, il avait été à deux doigts de remettre un peu de pression sur elle ce soir, et d'exiger qu'elle retrouve cet actionnaire manquant. Pour la contraindre à lui communiquer l'identité de cette personne avant de transmettre cette information à RJ. Que lui était-il arrivé ? Et comment diable pouvait-il régler le problème ?

Comme aucune réponse facile ne se présentait, il ouvrit le dossier, et lut chaque mot que Nikki avait écrit. Le rapport était concis, précis, et totalement impartial, même la partie qui mentionnait que son Aston Martin avait été garée sur un parking non loin du groupe Kincaid, le soir du meurtre de son père. Dieu seul savait comment c'était possible, puisqu'il l'avait laissée devant chez Carolina Shipping le matin en arrivant au bureau, et qu'il l'avait retrouvée au même endroit le soir, quand il était parti.

Le seul détail étonnant, il le trouva dans une courte note informant RJ Kincaid que le père de Nikki, Peter Thomas, avait été coéquipier de l'inspecteur principal assigné à l'enquête sur le meurtre. Charles McDonough, sans doute, songea-t-il avec une grimace. Il l'avait déjà rencontré, et aurait préféré que les circonstances de leur rencontre soient différentes. Subir un interrogatoire par un inspecteur qui vous soupçonnait de meurtre n'était pas propice au développement d'un lien d'amitié.

Il revint au dossier. Il ne trouva aucune information que Nikki aurait pu apprendre uniquement par leur liaison. Tous les faits étaient documentés et annotés, les sources référencées. Elle aurait fait un excellent policier, si sa famille n'avait pas insisté pour qu'elle choisisse un autre métier. Jack aurait aimé connaître Peter Thomas : il avait le sentiment, en effet, que la pomme n'était pas tombée très loin de l'arbre.

Une autre pensée dérangeante surgit dans son esprit. Qu'est-ce que M. Thomas aurait pensé de lui ? Aurait-il mis Jack dans le même sac que Craig ? Aurait-il mis en garde sa fille contre lui ? C'était fort probable. Jack repoussa le dossier avec un soupir.

Qu'y avait-il chez Nikki qui le contraignait ainsi à se livrer à une longue et douloureuse introspection ? Il était honnête, travailleur, généreux. D'accord, impitoyable, têtu et ambitieux. Mais durant ces quatre mois, Nikki et lui avaient vécu une relation parfaite. Jusqu'à ce que ces fichus Kincaid se mettent en travers de sa route, une fois de plus. Il recula sa chaise. Eh bien, il savait ce qu'il avait à faire, et plus vite il en finirait, mieux ce serait.

Il nc lui fallut guère de temps pour rejoindre le quartier de Rainbow Row, où Nikki possédait une demeure coloniale, héritée de son grand-père, comme elle le lui avait dit un jour. Et même si elle lui avait appris lors de la soirée caritative que sa famille maternelle appartenait à l'élite de Charleston, elle avait omis de mentionner qu'il s'agissait de l'illustre famille Beaulyn. Sans nul doute, elle craignait qu'une ascendance aussi noble cause des frictions entre eux, compte tenu de l'animosité qu'il nourrissait à l'égard de la haute société.

Il s'avança vers la porte de Nikki. Il s'apprêtait à frapper, mais se ravisa. Il doutait fort que Nikki le laisse entrer. Aussi se servit-il de la clé qu'elle lui avait donnée. Il s'arrêta dans le vestibule, et son regard se porta inévitablement vers le mur contre lequel il l'avait plaquée pour leur second baiser — un baiser innocent qui, contre toute attente, s'était transformé en tourbillon de désir irrépressible, prolongation du baiser qu'ils avaient échangé le soir des enchères.

Après ce début incendiaire, leur liaison était devenue chaque jour plus fougueuse et passionnée.

Jusqu'à ce matin.

— Nikki ? appela-t-il.

Il entendit des pas rapides provenant de la cuisine. Une seconde plus tard, Nikki apparut. Elle avait troqué son tailleur contre une sorte de peignoir léger et transparent. Il se souvenait l'avoir vue le porter un soir, dans sa maison en bord de mer. Il n'en avait eu qu'un bref aperçu, le temps d'apprécier la façon dont le vêtement soulignait ses courbes voluptueuses et de le lui ôter.

Elle s'arrêta à quelques mètres de lui et le regarda pendant un instant infini, avec des yeux qui semblaient noirs sous le faible éclairage.

Elle avait dû lire sur son visage un indice sur la raison de sa venue, car elle se jeta dans ses bras avec un petit cri d'exclamation.

Il la serra fort, en respirant son parfum unique, comme pour l'imprimer dans chaque fibre de son corps, dans son cerveau reptilien qui lui criait qu'elle était son âme sœur.

— Je suis navré, murmura-t-il.

Elle secoua la tête contre son torse. Il lui fallut une petite seconde pour prendre conscience qu'elle pleurait.

— Oh ! non, ne pleure pas, Nikki. Je suis tellement désolé.

Comme elle ne répondait toujours pas, il la souleva de terre et la porta dans l'escalier jusqu'à la chambre. Après avoir retiré ses chaussures, il s'allongea sur le lit avec elle et la garda serrée contre lui, jusqu'à ce que ses larmes cessent.

— Ça va mieux ? dit-il en écartant avec douceur sa frange pour déposer un baiser sur son front.

Elle baissa la tête.

— Ne me regarde pas. Je ne suis pas une de ces demoiselles du Sud qui pleurent sans abîmer leur maquillage. Je suis une de ces filles qui ont le nez rouge et le visage tout barbouillé. Je tiens ça des Thomas, selon ma mère, car une Beaulyn n'oserait pas pleurer ainsi.

Il sourit.

— C'est noté. Maintenant, j'ai peur de te regarder.

A son grand soulagement, elle laissa échapper un petit rire.

— Bon, maintenant il faut que je sache, dit-elle.

Tout son corps fut en alerte.

— Pourquoi es-tu là, Jack ?

— Dois-je vraiment te le dire ?

Il détestait les analyses à froid après une dispute. A combien d'entre elles avait-il assisté, chaque fois que ses parents se réconciliaient ? Bien trop à son goût. Ils avaient vécu une relation bruyante et compliquée, qui éclaboussait tous ceux qui étaient trop proches pour s'enfuir. Pas étonnant qu'Alan et lui soient si perturbés, même si c'était de façon totalement opposée. Son demi-frère Sinclair avait toujours été effrayé par l'excès d'émotion — émotion que leur mère, Angela, n'avait jamais montrée pour le père d'Alan, Richard Sinclair.

Alan l'avait-il mal vécu ? Jack n'avait jamais envisagé cette possibilité auparavant. A en juger par le fait qu'Alan était très protecteur envers leur mère, c'était probable, malgré la relation aimante qu'il prétendait avoir eue avec le père de Jack, Reginald Kincaid. Tandis qu'Alan s'était raccroché plus fort à sa relation avec sa mère et son beau-père, Jack s'était fermé aux autres, construisant un mur protecteur autour de ses émotions. Refusant de laisser les autres lui inspirer le genre de passion extrême que ses parents avaient connu, une passion qui avait détruit tant de vies.

Nikki poussa un long soupir, interrompant le cours de ses pensées.

— Tu t'attendais à arriver ici, après tout ce qui s'est passé aujourd'hui, et à reprendre simplement là où nous en étions restés ?

L'acidité dans sa voix le surprit.

— Si je m'y attendais ? Non. Si je l'espérais ? Oh que oui !

— Jack.

— D'accord, tu veux que je te le dise encore ? Je suis désolé.

Elle lui lança un regard à travers des cils humides.

— Pourquoi es-tu désolé ? demanda-t-elle d'un ton soupçonneux.

— Je crains d'être comme Craig, confessa-t-il.

Elle n'avait pas dû anticiper cette réponse. Elle recula de quelques centimètres encore, confirmant qu'elle ne pleurait pas comme une demoiselle. Pourtant, sans qu'il sache pourquoi, cela la rendait encore plus attachante à ses yeux.

— Craig ? Tu n'as rien à voir avec Craig.

— Je ne suis pas sûr que ton père serait de cet avis.

Il rumina cette pensée un instant.

— J'ai le sentiment que, si tu m'avais dit que tu travaillais pour le groupe Kincaid, je me serais servi de notre relation pour te convaincre d'espionner les Kincaid.

Elle plissa les yeux, une lueur d'acier brillant à travers ses larmes.

— Pour ton information, tu n'aurais pas réussi.

— N'en sois pas si sûre.

Il laissa courir la main le long de sa joue et de son cou, déclenchant un frisson en elle.

— Je peux être très persuasif quand je le veux.

Elle recula encore, comme si quelques centimètres de distance supplémentaires amélioraient ses chances de lui résister. Il aurait ri, sans cette dureté dans son regard pénétrant.

— Juste par curiosité, quelle information m'aurais-tu obligée à te donner ?

Eh bien, son pouvoir de persuasion était en panne. En tout cas, il semblait l'être, ce soir.

— Je ne sais pas. Une information que j'aurais pu utiliser pour obtenir le contrôle du groupe Kincaid.

— Jack, la seule façon pour toi d'obtenir le contrôle du groupe Kincaid est de contrôler la majorité des parts. Même chose pour RJ. Et puisque tu m'as demandé de découvrir qui est l'actionnaire mystère, alors que tu ignorais que je travaillais pour les Kincaid, et que tu aurais voulu la même information si tu avais su que je travaillais pour les Kincaid, je ne vois pas comment tu aurais pu te servir de moi.

Il lui fallut un moment pour suivre son raisonnement.

— Alambiqué, mais juste, concéda-t-il. Mais si je t'avais demandé de me communiquer une information diffamatoire sur RJ, Matt ou une de leurs sœurs ? Une information que j'aurais pu utiliser contre eux à la réunion annuelle ?

— J'aurais refusé, rétorqua-t-elle, un brin exaspérée. D'ailleurs, il n'y a pas d'information diffamatoire. Jack, tes frères et sœurs sont des gens bien. Si seulement tu leur laissais une chance, tu t'en apercevrais par toi-même.

Il serra la mâchoire.

— Je n'en ai aucune intention.

— Oh ! Jack.

Elle se rapprocha et passa la main sur sa joue râpeuse.

Pour une raison obscure, la capacité de persuasion de Nikki était bien plus performante que la sienne.

— Ils sont aussi innocents que toi dans cette histoire.

— Ça ne change pas leur attitude envers moi.

— Leur père vient d'être tué, un homme qu'ils ont aimé et respecté toute leur vie, rétorqua-t-elle du tac au tac. Un homme qu'ils croyaient connaître aussi bien qu'eux-mêmes. Au lieu de pouvoir le pleurer, ils ont dû affronter le fait qu'il avait une seconde famille cachée. Que le pilier de la société de Charleston avait des pieds d'argile. Cela prend du temps pour digérer tout cela.

— Ils ont eu cinq mois, insista-t-il.

— Jack, ils ne sont pas plus responsables de la dynamique familiale que toi. Ta vie et la façon dont tu as été forcé de la vivre étaient le fait de ta mère et de ton père. Ce sont eux qui devraient être tenus pour responsables, pas tes frères et sœurs.

Il se montrait déraisonnable, et il le savait. Il n'en demeurait pas moins qu'il avait vécu toute sa vie dans l'ombre, qu'il n'avait jamais eu la reconnaissance que les Kincaid avaient eue dès leur venue au monde, tout cela parce qu'il avait eu l'infortune d'être né d'un adultère. Des années durant, il avait fait concurrence au groupe Kincaid, en se battant pour décrocher chaque contrat, pendant que ses frères s'étaient vu offrir leurs postes sur des plateaux d'argent. Bientôt, tout cela changerait. Bientôt, ils seraient obligés de lui obéir. Il lui tardait que ce moment arrive.

Nikki poussa un soupir, brisant le silence qui croissait entre eux.

— Tout ce que je dis, c'est que tu pourrais envisager de leur laisser une chance.

— Bien. Problème suivant.

— Les parts manquantes, dit-elle d'un ton résigné.

Elle avait immédiatement deviné à quoi il faisait allusion. Il avait toujours admiré sa capacité de concentration et sa logique, même si ces qualités se mêlaient trop souvent à une sentimentalité fâcheuse.

— Tu finiras par découvrir l'identité de leur détenteur, Nikki. Et lorsque tu l'auras découverte, que feras-tu ?

— Pour être honnête, je l'ignore.

— A tout le moins, j'espère que tu nous donneras à RJ et à moi l'information en même temps, pour qu'aucun de nous n'ait un avantage injuste.

Elle remua contre lui, confirmant ainsi à quel point le sujet la mettait mal à l'aise. Elle avait toujours réagi ainsi sur ce point, même avant qu'il découvre qu'elle travaillait pour les Kincaid. Invariablement, elle changeait de sujet chaque fois que la question survenait, même dans une conversation anodine. Il avait toujours cru que c'était par manque d'intérêt. A présent, il se rendait compte que c'était parce que le sujet était trop dangereux pour elle.

— Je vais y réfléchir, concéda-t-elle enfin.

Il lui faudrait se contenter de cette réponse.

— J'ai une dernière requête, annonça-t-il.

— J'ai presque peur de te demander laquelle…

Il perçut la méfiance dans sa voix. Il sentait qu'il l'avait poussée au maximum de ses limites. Mais c'était important. Très important.

— J'ai lu les rapports que tu m'as apportés au bureau. Ils étaient excellents, d'ailleurs. Très justes, et précis.

— Merci. Je fais de mon mieux, dit-elle d'un ton froid.

— J'ai noté que Charles McDonough était l'ancien partenaire de ton père.

Elle acquiesça d'un bref hochement de tête.

— Nos familles sont restées proches. Qu'y a-t-il, Jack ? Qu'attends-tu de moi ?

Le moment était venu de se montrer totalement honnête.

— J'ai besoin de blanchir mon nom. Et pour cela, j'ai besoin de ton aide.

- 3 -

L'expression de Nikki s'adoucit.

— Jack, je sais que tu n'as pas tué ton père. Je n'aurais pas couché avec toi si j'avais le moindre doute.

— Tu es la seule qui n'ait pas le moindre doute.

Il tira sur sa cravate, qui semblait tout à coup l'étrangler.

— La police cherche dans ma direction. McDonough m'a déjà interrogé plusieurs fois. J'ai l'impression que je suis devenu le suspect numéro un.

— Chercher, c'est loin d'être la même chose que de t'arrêter, encore moins de t'inculper.

Pourtant, elle semblait mal à l'aise.

— Je sais tout cela. Pour l'instant, les preuves sont minces. Ma voiture garée près du groupe Kincaid le soir du meurtre n'est pas une preuve convaincante. Il n'empêche que quelqu'un a tué mon père. Je veux que tu m'aides à trouver qui. Ou, si nous ne pouvons pas retrouver l'identité du meurtrier, au moins que tu m'aides à prouver que ce n'était pas moi.

Elle secoua la tête.

— Je ne peux pas et ne veux pas interférer avec une enquête policière en cours. Charles est peut-être un ami de la famille, mais il ne le tolérera pas, pas même de moi, avertit-elle.

— Je ne te demande pas d'interférer. Nikki… tes comptes rendus étaient brillants.

Quand elle commença à nier, il l'interrompit.

— Non, vraiment. Ils étaient logiques, méticuleux, complets. Tu as un esprit analytique, et un don pour passer au crible des montagnes de données pour en extraire des informations clés. J'ai besoin de tes compétences dans ce domaine.

Elle haussa les épaules.

— Je ne crois pas que je puisse découvrir ce que la police n'a pas su trouver.

— Je ne sais pas s'ils n'ont pas su ou ne l'ont pas voulu, du moins quand ils ont eu un suspect commode sous la main.

— Tu te trompes, Jack.

Elle roula sur le côté pour lui faire face et prit son visage entre ses mains.

— Charles n'est pas comme ça, pas du tout.

Il planta un baiser au creux de sa paume.

— Les Kincaid seraient ravis de voir la police me coller le meurtre de mon père sur le dos. En fait, je ne serais pas surpris qu'ils poussent McDonough dans ma direction. Non seulement, cela résoudrait tous les problèmes que je cause au groupe Kincaid, mais cela ferait disparaître le bâtard de leur vue. Ainsi, les Kincaid pourraient presque prétendre que je n'ai jamais existé.

— Primo, Charles ne peut pas être influencé. S'il l'avait été, jamais il n'aurait arrêté la femme de Reginald pour le meurtre. Ce n'est que lorsque Elizabeth a laissé Cutter Reynolds sortir de l'ombre et qu'elle a avoué qu'elle était avec lui ce soir-là, au moment du meurtre — et qu'ils avaient une liaison de trois ans —, qu'elle a été libérée.

Il hocha la tête avec réticence.

— C'est juste. Il n'empêche qu'en cinq mois la liste des suspects s'est réduite comme peau de chagrin.

Maintenant, c'est à peine une liste d'une personne, et je suis le seul à y figurer. Je refuse de rester assis à attendre qu'ils trouvent une preuve montée de toutes pièces contre moi. Même si tu refuses de m'aider, je compte mener l'enquête.

Elle fronça les sourcils.

— Tu ne me laisses guère le choix, Jack.

— C'est le Craig en moi qui parle.

Heureusement, elle se détendit.

— Tu ne seras jamais comme Craig.

Elle s'était exprimée avec une telle tendresse qu'il ne trouva pas de mots pour répondre… mais il trouva des gestes. Doucement, il l'attira dans ses bras et l'embrassa. Il laissa sa bouche courir sur la sienne, avec douceur et nonchalance. Il mordilla sa lèvre inférieure, passant la langue sur son tracé ourlé avant de se glisser dans sa bouche pour goûter sa saveur sucrée.

— T'ai-je déjà dit que tu avais les lèvres les plus parfaites que j'aie jamais embrassées ?

Elle sourit.

— Ah oui ?

— Oui. Elles ont exactement la bonne taille et la bonne forme.

— Eh bien, permets-moi de te retourner le compliment. Il se trouve que non seulement je trouve que tes lèvres sont parfaites, mais que la façon dont tu t'en sers l'est tout autant.

Elle passa le doigt le long de sa bouche et pinça sa lèvre inférieure.

— Contrairement à certains hommes que j'ai depuis longtemps oubliés, tu ne te contentes pas de prendre ma bouche d'assaut.

— Je crois me souvenir que je l'ai prise d'assaut une fois ou deux, objecta-t-il d'une voix rauque.

— Seulement quand l'occasion l'exigeait, assura-t-elle. Le reste du temps, tu commences lentement, tu taquines mes lèvres, tu éveilles mes sens, tu me tentes. Comme ça…

Elle lui fit une démonstration qui fit affluer son sang dans une partie de son corps très éloignée de sa bouche.

— Ensuite, tu te glisses à l'intérieur, comme le soleil glisse sur l'océan et transforme tout en or. Et là, tu me coupes le souffle. Je ne comprends pas comment ou pourquoi, mais c'est le cas. Puis tu me donnes ton souffle, pour que je puisse respirer de nouveau.

Il ferma les yeux, plus touché qu'il ne l'aurait cru.

— Nikki…

— Fais-moi l'amour, Jack. Coupe-moi le souffle, et transforme encore une fois mon monde en or.

Il n'eut pas besoin d'autres encouragements. Il s'agenouilla au-dessus d'elle, ôta sa veste et sa cravate. Sans prendre la peine de déboutonner sa chemise, il l'ouvrit d'un coup sec et la jeta au sol, pendant que Nikki se chargeait de son pantalon, avec des mains aussi maladroites que les siennes dans sa hâte de gérer sa ceinture et sa fermeture Eclair. En moins d'une minute, il fut nu, même si ce temps lui parut une éternité. Il entreprit alors de déshabiller Nikki.

Son peignoir transparent était d'une couleur indéterminée, dans la pénombre de la chambre. Sous le vêtement, elle portait le coordonné de dentelle bleu roi qu'il avait eu le plaisir de la voir enfiler le matin même. A présent, il aurait le plaisir encore plus grand de le lui retirer. Il attrapa l'ourlet de soie dans ses mains et le fit remonter sur ses cuisses.

Elle avait lâché ses cheveux après avoir quitté le bureau, qui tombaient maintenant en cascade sur ses épaules. Leur nuance ébène créait un délicieux contraste avec sa peau nacrée. Elle s'appuya contre les oreillers et lui offrit son sourire de sirène, une promesse silencieuse de plaisirs à venir.

L'espace d'une seconde, le temps se figea. Depuis le moment où il l'avait vue pour la première fois aux enchères pour Read and Write, traversant le jardin de la maison de Lily Kincaid, sa silhouette voluptueuse et moulée dans son manteau noir cintré, il l'avait désirée. Et quand elle avait levé les yeux vers le balcon sur lequel il se trouvait, il avait éprouvé un besoin impérieux de la faire sienne, désir qu'il n'avait jamais éprouvé envers une autre femme.

Elle l'avait dévisagé sans crainte, avec ces yeux d'un bleu saphir éclatant, puis elle l'avait stupéfié en enchérissant pour lui, offrant mille dollars pour le plaisir de sa compagnie le temps d'un dîner et d'une danse, alors que toutes les autres invitées avaient refusé de faire la moindre offre. Mais, sans s'arrêter là, elle avait exigé un avantage en plus — qu'il lui accorde un souhait, qu'il réaliserait quand elle le voudrait. Elle n'avait jamais réclamé ce souhait, même s'il ne doutait pas qu'elle le ferait, à un moment donné. Mais ce premier soir, il lui avait volé leur tout premier baiser, après l'avoir suivie dans les jardins, mu par le besoin de laisser sa marque sur elle.

Et pourtant, ce soir-là, c'était elle qui avait laissé sa marque sur lui.

Depuis ce premier baiser, il avait été lié à elle d'une façon qu'il ne comprenait pas ni même ne pouvait expliquer. L'intensité de ses sentiments le dérangeait, peut-être parce qu'ils semblaient trop similaires à ceux que son père avait dû ressentir pour sa mère. Pire, ils dérangeaient le calme de sa vie et perturbaient les objectifs clairs qu'il s'était fixés. Ils bousculaient ce qui avait été son moteur pendant l'essentiel de sa vie, le poussaient à se remettre en question et à examiner, de trop près à son goût, ses motivations. Mais il la désirait, avec une force qu'il ne pouvait nier ni contrôler.

— Qu'y a-t-il ? demanda Nikki d'une voix douce.

— Tu as un don pour me déstabiliser, avoua-t-il à contrecœur.

— Devrais-je m'en excuser ? demanda-t-elle gravement.

— Oui.

— Dommage, car j'aime beaucoup te déstabiliser.

Comme pour prouver ses dires, elle lui prit la main et tira dessus d'un coup sec. Surpris, il tomba en avant, et supporta son poids sur ses mains qu'il posa de chaque côté de sa tête.

— Tu me crées des ennuis, dit-il. Je le savais quand tu as enchéri pour moi.

— Tu es à moi. Je m'en suis assurée en remportant l'enchère.

Elle le prit par les épaules et le ramena vers elle, peau contre peau. Soudain, elle prit un air sérieux et inhabituel.

— Je ne te trahirai jamais, Jack. Je veux que tu le saches.

— Tes rapports l'ont prouvé, répondit-il avec le même sérieux. Il y avait quelques détails que tu aurais pu inclure, mais que tu n'as pas mentionnés.

— Quel genre de détails ?

— Ces trois derniers mois, j'ai parlé de différents nouveaux contrats potentiels. Tu aurais pu en informer les Kincaid.

— Comment sais-tu que je ne l'ai pas fait ? J'aurais pu le leur dire en personne. Après tout, il aurait été stupide de laisser une trace écrite.

— Tu ne l'as pas fait, sinon je n'aurais pas décroché ces contrats.

— Ça ne prouve pas…

— J'en aurais perdu quelques-uns, sans doute plus que quelques-uns, si tu en avais parlé aux Kincaid. Pas seulement ça mais, en deux occasions au moins, tu as eu accès aux appels d'offres auxquels j'ai répondu. Si tu avais été si disposée à transmettre les informations, tu en aurais profité.

— Je n'étais pas disposée à le faire, répliqua-t-elle, une note amère dans la voix.

— J'en suis parfaitement conscient.

Il lui caressa les cheveux pour s'excuser.

— Pourquoi sommes-nous en train de nous disputer à ce sujet, alors qu'il y a tant de choses plus intéressantes que nous pourrions faire ?

Elle secoua la tête.

— Je ne sais pas. D'accord, oui, je sais.

Elle prit son visage dans ses mains et lui donna un long baiser plein de promesses.

— Je veux juste que tu saches que, peu importe ce qui se passera dans le futur, jamais je ne te trahirai.

Les mots lui semblaient inquiétants, mais il n'avait pas envie de s'attarder sur la question. Pas alors qu'il avait une femme nue dans ses bras.

— J'apprécie, dit-il.

Avant qu'elle puisse dire quoi que ce soit d'autre, il saisit son sein entre ses lèvres et croqua un délicieux morceau du fruit défendu. Elle haleta et gémit de plaisir.

— Encore. Fais-le encore.

Mais il préféra porter son attention à son autre sein, en taquinant le téton avec sa langue, laissant la chaleur de son souffle sécher l'humidité qu'il avait laissée dans son sillage. Elle frissonna, remuant sous lui, le contact de leurs deux corps ajoutant à la tension qui montait entre eux. Il ne se lassait jamais de redécouvrir son corps si féminin, avec ses courbes généreuses et délicates. Il attendit jusqu'à ce qu'il la sente se détendre et, ensuite, mordilla de nouveau son téton.

En poussant un cri, elle se cambra, enfouissant ses mains dans ses cheveux, le retenant contre elle. Incapable de résister, il caressa son ventre ferme et s'aventura plus bas. Elle s'ouvrit à lui, et il posa la main sur son sexe chaud, savourant sa peau si douce. Il glissa ses doigts dans les replis moites et secrets, tandis que sa langue s'aventurait entre ses lèvres humides.

Elle l'attira vers elle, et ils roulèrent ensemble, puis elle se retrouva sur lui. Elle était d'une beauté incandescente, et plus généreuse que toutes les autres femmes qu'il avait connues. Elle laissa courir ses mains le long de son torse, interrompant leur baiser pour explorer son corps avec ses lèvres comme il venait d'explorer le sien. Son souffle était chaud contre sa peau lorsqu'elle aspira son téton dans sa bouche.

Et, tout ce temps, ses mains s'employaient à caresser son sexe gorgé de désir, allumant un feu ardent en lui. Juste au moment où l'exquis supplice lui sembla intenable, elle passa à califourchon sur lui et descendit sur son sexe dressé, l'enveloppant dans sa chaleur brûlante. Elle s'arrêta pendant un instant qui lui sembla une éternité. Avec sa tête rejetée en arrière et ses longs cheveux sombres et soyeux qui tombaient en cascade dans son dos, elle ressemblait à une déesse païenne. Puis elle se mit à remuer, entamant une danse qu'elle était venue à parfaire pendant les trois mois qu'avait duré leur liaison.

Il agrippa ses hanches, ajustant son rythme au sien, tour à tour menant la danse et la suivant, jusqu'à ce qu'il n'y ait plus ni meneur ni suiveur. Ils étaient deux êtres en fusion, dont les mouvements et les désirs étaient d'une harmonie si parfaite que, l'espace d'un instant, il eut l'impression qu'ils ne faisaient plus qu'un.

La danse s'accéléra, encore et encore, jusqu'au point de non-retour. Avec un cri rauque, Jack se hissa vers elle, et l'attira tout contre lui. Il la sentit s'atomiser entre ses bras, juste avant qu'il ne la suive sur les cimes du plaisir. Le souffle court, elle s'effondra sur lui, telle une poupée de chiffon. Il aurait ri s'il avait eu assez de souffle pour cela.

Il enroula les bras autour d'elle et la garda serrée contre lui, murmurant son nom, le seul mot dont il était capable de se souvenir à cet instant. Elle appuya un baiser sur son torse perlant de sueur, tandis que de délicieux petits frissons la secouaient encore après l'orgasme.

— Je crois toujours que cela ne pourra pas être mieux, dit-elle. Et tu ne cesses de me prouver le contraire.

— Je fais de mon mieux, dit-il humblement.

Il la sentit sourire contre son torse.

— A présent, on dort, dit-elle.

— C'est plutôt une phrase d'homme.

— Puisque j'étais dessus cette fois, j'ai le droit de la prononcer.

Il s'endormit avant que son sourire ne disparaisse de son visage.

Nikki se réveilla au cœur de la nuit, désorientée par le corps viril et ferme sous le sien. Elle bougea, se rendant compte avec amusement que Jack dormait profondément sur le ventre, pendant qu'elle était allongée en travers de son dos comme une couverture, les hanches appuyées contre son postérieur ferme et viril. Le doux rire qui la secoua le réveilla.

— Qu'est-ce que… ?

— Il semblerait que j'ai bougé dans mon sommeil, commenta-t-elle.

— Je serais d'accord avec toi, sauf qu'il n'y a pas grand-chose que nous puissions faire ni toi ni moi, dans cette position.

Elle donna une tape approbatrice sur son postérieur.

— Parle pour toi.

Elle roula pour s'allonger à côté de lui et regarda l'horloge digitale. La douce lumière bleue indiquait qu'il était près de 2 heures. Le dîner qu'elle avait commencé à préparer tout à l'heure n'avait pas été touché.

— Je meurs de faim, dit-elle. Pas toi ?

— Je pourrais avaler un steak si tu m'y forçais.

Il se redressa.

— Avec le reste de la vache, jusqu'au cuir, aux sabots et à la queue.

Elle plissa le nez.

— Je ne sais pas pour le cuir et les sabots, sans parler de la queue, mais j'ai en effet un joli steak avec ton nom dessus. Ça ne prendra qu'une minute pour le faire cuire.

— Passe devant.

Elle prit son peignoir en sortant de la chambre, ignorant la protestation ensommeillée de Jack.

— Je ne cuisine pas nue. Il y a trop de parties que je pourrais brûler.

— Cette petite chose de soie ne te protège guère, déclara-t-il, en enfilant son pantalon.

— Pas de toi, peut-être, mais ça me protège suffisamment des éclaboussures.

Par chance, elle parvint à éviter de s'éclabousser, mais n'essaya pas même d'éviter les caresses de Jack. Pourquoi résister, alors qu'elles étaient si délicieuses ? En quelques minutes, elle avait préparé un repas rapide avec l'aide de Jack. Son enthousiasme à lui prêter main-forte en cuisine — ou en quoi que ce soit d'autre — était une des choses qui l'avaient impressionnée dès le départ.

Il accomplissait les tâches quotidiennes avec le calme tranquille et l'économie de mouvements d'un homme à l'aise avec sa virilité. Et, malgré l'aspect impitoyable dont elle l'avait accusé d'avoir hérité de son père, il pouvait faire preuve d'une grande générosité et d'une tendresse profonde qui survenait aux moments les plus inattendus. Tout aussi important pour elle, il possédait une honnêteté innée qui compensait sa rudesse en affaires. Par certains côtés, il lui rappelait son père, et cela l'attristait de se dire que les deux hommes ne se connaîtraient jamais, puisqu'elle avait le sentiment qu'ils seraient devenus de vrais amis.

Même si elle avait allumé quelques lumières, la densité de la nuit avait envahi la maison, créant une ambiance intime. Dès que le repas fut préparé, elle le porta sur la table, dans une alcôve de la cuisine.

Ils commencèrent à manger en silence. Au bout de quelques instants, Jack l'observa avec un calme qu'elle associait à son visage d'homme d'affaires.

— Je me rends compte que tu n'as jamais répondu à ma question de tout à l'heure.

— Quelle question ?

— Est-ce que tu m'aideras à enquêter sur le meurtre de mon père ?

Elle hésita, se souvenant qu'il comptait poursuivre ce but, qu'elle lui apporte ou non son aide. Elle ne doutait pas un instant de sa sincérité. Or, elle craignait que sa quête de vérité ne le conduise vers des endroits qu'il ferait mieux d'éviter. Si elle était là pour tempérer ses actions, peut-être parviendraient-ils à contourner les ennuis.

— Je suis disposée à t'aider… à quelques conditions.

Il piqua sa fourchette dans son steak.

— Pourquoi cela ne me surprend-il pas ? déclara-t-il, un petit sourire aux lèvres.

— D'abord, je ne ferai rien qui puisse nuire aux Kincaid ou qui interfère avec mon travail.

— Je ne peux pas te le promettre, Nikki. Et si c'était l'un d'eux qui avait tué mon père ?

— Manifestement, ce n'est pas le cas.

— Mais si c'est le cas, alors tu devras être prête à enquêter sur eux, et envisager sérieusement la possibilité que quelqu'un que tu apprécies puisse être le meurtrier.

— Ce n'est pas eux, dit-elle fermement. Tout comme je sais que ce n'est pas toi, je sais qu'aucun de tes frères et sœurs n'aurait tué son propre père.

Il lui lança un regard dur.

— Cesse de les appeler de cette façon. Ce ne sont pas mes frères et sœurs.

— Alan est aussi ton demi-frère, et pourtant je t'ai entendu l'appeler ton frère.

— Seulement quand j'y suis forcé, répondit-il sans enthousiasme.

Elle ne put s'empêcher de rire. Alan était… bizarre. Même s'il était charmant et joli garçon, il semblait réfractaire à toute forme d'effort, alors que les Kincaid se passionnaient pour leur travail, Jack y compris, qu'elle considérait comme un Kincaid de sang, même s'il ne l'était pas de nom.

Physiquement, Alan ressemblait à sa mère. Ils avaient tous deux des cheveux blonds et des yeux couleur miel. Mais tandis qu'Angela possédait un grand courage et une grande détermination, sous ses airs vulnérables, Alan semblait faible, et se comportait comme si tout lui était dû. Même lorsqu'il s'était vu offrir un emploi, comme

Reginald l'avait stipulé dans son testament — requérant qu'un poste lui soit attribué dans le groupe Kincaid —, pas une fois depuis ces cinq derniers mois Alan n'avait émis le souhait de profiter de cette opportunité.

— Pour en revenir au point important, continua-t-elle, j'ai une autre condition : nous ne pouvons interférer en aucune manière avec l'enquête de police. Je ne mettrai pas Charles dans une position délicate et je ne ferai rien qui compromette son enquête.

— Entendu. Autre chose ?

— Non, je ne crois pas.

Les mots étaient à peine sortis de sa bouche que Jack se pencha pour lui donner un rapide baiser.

— Cela scelle notre marché.

— Te connaissant, je ferais mieux de mériter le droit d'ajouter un avenant occasionnel à notre accord.

Il secoua la tête.

— Trop tard. Tu peux tout à fait ajouter quelque chose d'autre, mais je ne peux pas promettre que je l'accepterai.

— Tu es dur en affaires.

— Et encore, j'ai été gentil.

— Si ça, c'est être gentil, je n'aimerais pas avoir affaire à toi quand tu négocies normalement.

Pendant une seconde, son expression changea, et elle eut un bref aperçu du prédateur qu'il montrait rarement devant elle. Un frisson glacé courut le long de son dos. Elle espérait ne jamais avoir à l'affronter à une table de négociations. Jack était un homme qui jouait pour gagner, et elle ferait bien de s'en souvenir. Elle ne s'en était pas rendu compte sur le moment, mais il lui avait pardonné le fiasco d'aujourd'hui avec une relative facilité. Cela aurait été bien différent s'il avait été un peu plus impitoyable, ou s'il n'avait pas tenu à poursuivre leur relation.

Puis une autre pensée lui traversa l'esprit, une pensée qu'elle s'obligea à chasser, mais qui resterait, elle le soupçonnait, dans un coin de sa tête. Et si Jack avait un autre but pour s'être réconcilié avec elle ce soir ? Si c'était uniquement parce qu'il avait besoin d'elle… et non parce qu'il tenait plus à leur relation qu'à sa vendetta contre les Kincaid ou à son désir de réhabiliter son nom ?

Alors qu'il débarrassait les assiettes, il s'interrompit.

— Qu'est-ce qui ne va pas ? demanda-t-il. Tu as l'air bouleversé.

Elle secoua la tête en évitant son regard.

— Ce n'est rien.

Elle se força à sourire et l'aida à débarrasser. Elle avait tort. Jamais Jack ne se servirait d'elle de cette façon.

Elle lui jeta un rapide coup d'œil à la dérobée.

Et si elle se trompait ?

Samedi matin, ils firent la grasse matinée, dans les bras l'un de l'autre.

— Alors, par où commençons-nous ? demanda-t-il après qu'ils eurent avalé un léger brunch.

Elle hésita.

— Tu me laisses décider ?

— Bien sûr, pourquoi pas ?

Un petit sourire s'afficha sur ses lèvres.

— Je n'ai pas un besoin irrépressible de tout contrôler au point de ne pas savoir quand et comment déléguer. On ne peut pas bâtir une compagnie de premier ordre sans cette qualité. Je sais aussi comment choisir la meilleure personne pour un travail donné. Et pour ce travail, c'est toi.

— D'accord. Je peux y arriver.

Peut-être. Elle réfléchit un instant, et se rendit compte que la première étape était assez évidente.

— Nous devrions rendre visite à Elizabeth.

Jack fronça les sourcils, et elle devinait pourquoi. Tandis que les Kincaid considéraient Angela Sinclair comme « l'autre femme », pour Jack, c'était Elizabeth qui avait tenu ce rôle. Etant donné à quel point il était protecteur envers sa mère, elle était sûre qu'il éprouvait de la rancœur vis-à-vis d'Elizabeth.

— Pourquoi ? demanda-t-il d'un ton réticent.

— Nous n'y sommes pas obligés, si c'est trop difficile pour toi.

Elle s'approcha tout près de lui.

— Parmi tous les Kincaid, c'est la personne que tu as le plus de mal à affronter, n'est-ce pas ?

Il sembla sur le point de nier, puis acquiesça d'un signe de tête.

— Elle possédait ce que ma mère a passé sa vie à vouloir. Le nom de mon père. La reconnaissance. Le statut social. Quand j'étais plus jeune, j'aurais donné n'importe quoi pour offrir tout ça à ma mère. Mais ce n'était pas en mon pouvoir.

— Et ce n'était pas la faute d'Elizabeth, dit doucement Nikki.

— Je le sais. Intellectuellement, tout du moins. Mais sur le plan émotionnel…

Il secoua la tête.

— Alors, tu la détestes.

— En fait, non, admit-il à la grande surprise de Nikki. Il m'a fallu presque toute mon adolescence pour prendre conscience que c'étaient mes parents qui faisaient du tort à Elizabeth, et non l'inverse. C'était elle la femme bafouée, pas ma mère.

Il haussa les épaules.

— Ce qui ne change rien au fait que je ressente le besoin de protéger ma mère.

Elle le serra fort, soulagée qu'il lui rende son étreinte. C'était comme si une autre barrière entre eux tombait.

— Bien sûr, que ça ne change pas ce que tu ressens envers ta mère. Et heureusement.

— Alors, pourquoi devons-nous rencontrer Elizabeth ?

— En dehors du tueur, c'était la dernière personne à avoir vu ton père en vie. A mon avis, ça vaut la peine de lui parler de ce qui s'est passé ce soir-là.

Il prit une seconde pour réfléchir.

— C'est logique, approuva-t-il. Pourquoi ne l'appellerais-tu pas ? Je crois qu'elle sera plus encline à accepter une entrevue si la requête vient de toi.

Elle passa l'appel, et ne s'étonna pas qu'il lui faille plusieurs minutes pour convaincre Elizabeth de parler avec eux de la mort de Reginald. Nikki pouvait comprendre ses réticences et son désir d'oublier cette funeste soirée. Mais elles finirent par convenir d'un rendez-vous chez Maybelle's, un café non loin de Rainbow Row.

Jack et elle arrivèrent les premiers et choisirent une table au fond de la salle, loin du bruit de la circulation. Bientôt, ils virent Elizabeth. A leur grande surprise, son compagnon, Cutter Reynolds, l'accompagnait.

Elle gagna leur table d'un pas alerte, l'air tendu. Elizabeth avait fêté ses soixante ans cette année, mais elle demeurait une beauté éblouissante, et semblait faire dix bonnes années de moins que son âge véritable. Elle portait ses cheveux auburn coupés court, et sa silhouette élancée était mise en valeur par un pantalon blanc cassé et une blouse de soie couleur bronze. De discrets bijoux en or brillaient à ses oreilles, ses poignets et son cou.

— Je ne sais pas ce que vous attendez de moi, mais

je doute de pouvoir vous aider en quoi que ce soit, annonça-t-elle de but en blanc.

Jack se leva et la regarda pendant un long moment, puis lui tendit la main.

— Malgré tout, j'apprécie que vous soyez venue, madame Kincaid, d'autant plus que je dois représenter une insulte vivante à vous et à votre mariage.

Elle considéra sa main un long moment. Derrière elle, Cutter murmura son nom, et aussitôt sa colère fondit. Avec un doux soupir, elle prit la main de Jack et la serra fermement.

— Oh ! bon sang, appelez-moi Elizabeth. Comme si ce n'était pas assez embarrassant comme ça.

Elle poussa un petit soupir d'exaspération.

— Et idiote que je suis, voilà que je nous donne rendez-vous en public, où tout le monde peut nous voir.

Jack hocha la tête d'un air compréhensif.

— Puisqu'ils vont jaser de toute façon, je suggère que nous leur donnions quelque chose de croustillant à se mettre sous la dent.

Elle leva le menton.

— Et à quoi pensez-vous, monsieur Sinclair ?

— Eh bien, au lieu de l'esclandre qu'ils l'attendent, nous pourrions faire comme si nous avions une relation cordiale. L'un de nous pourrait même rire.

A ces mots, elle rit, justement. Elle s'installa sur la chaise que Cutter lui avait reculée. Puis elle posa son regard sur Nikki, qui attendait d'être taillée en pièces à la manière douce des dames de la haute société. A sa grande surprise, Elizabeth lui lança un regard amical.

— C'est toujours un plaisir de vous voir, Nikki. Votre mère et moi avons déjeuné ensemble ce mercredi, justement. Elle semble rajeunir chaque fois que je la vois, ce qui me rend folle.

— Elle sera ravie de l'entendre.

— N'allez surtout pas lui répéter ce que je vous ai dit. Sinon, elle ne finirait pas de se vanter.

La serveuse s'approcha de leur table et porta un regard avide sur le groupe, désireuse sans doute de surprendre le moindre geste ou commentaire.

— Une tisane, s'il vous plaît, Jo, demanda Elizabeth. Et les myrtilles sont-elles de la région ?

— Oui, madame, nous avons reçu une livraison hier.

— Dans ce cas, apportez-moi un des Bluebelles de Maybelle, sinon, je n'ai pas fini de me faire rabrouer, dit-elle en faisant référence à la spécialité de la maison. En fait, apportez-en à toute la table, et mettez-les sur ma note.

— Oui, madame Kincaid.

Le regard fasciné de Jo se posa sur Jack et s'y attarda, avant de passer à contrecœur sur Nikki.

— Et vous, madame ?

— Un café, noir.

— La même chose, dit Jack.

Cutter offrit un sourire sympathique à la serveuse.

— Mettez-en trois, dit-il, prenant la parole pour la première fois.

Il attendit qu'elle se soit éloignée avant d'ajouter :

— J'espère que ma présence ne vous dérange pas. Etant donné le sujet de la conversation, je savais que ce serait difficile pour Elizabeth.

— Je suis content que vous soyez là, déclara Jack à la surprise générale.

Il porta son attention sur Elizabeth.

— Et je suis désolé de vous causer un peu plus de souci. Vous savez sans doute que l'enquête de police a récemment changé de direction, et que je suis maintenant soupçonné du meurtre de Reginald.

— Je le sais, oui, même si je ne suis pas sûre de savoir en quoi cela me concerne.

— Vous n'avez rien à voir là-dedans, mais j'espère qu'en rassemblant un maximum d'informations sur la mort de mon père — de Reginald — je pourrai laver mon nom.

Sa légère hésitation sur sa référence à son père ne passa pas inaperçue. Pendant un instant, Elizabeth se raidit. Puis elle lui offrit un regard de sympathie.

— Il était votre père, Jack. Je ne serai ni perturbée ni offensée si vous l'appeliez ainsi. Vous avez autant de droits sur ce terme que mes enfants.

Jack ferma les yeux un instant. Il ne s'était pas attendu à une telle bienveillance d'une femme qu'il était venu à considérer comme la plus grande victime de la double vie de Reginald. Pas plus qu'il ne s'était attendu à la vague de honte et de contrition qui l'envahit. Il aimait et admirait sa mère, mais les choix de son père étaient un sujet sur lequel ils étaient d'avis radicalement opposés.

Et peut-être que cela aiderait de le dire, et de montrer la même bienveillance à l'égard d'Elizabeth que celle qu'elle venait de lui témoigner.

— Ils vous ont tous deux fait du mal, Elizabeth. Pour ce que cela vaut, je suis navré. Il aurait dû divorcer avant de renouer avec ma mère. C'est ce qu'un homme d'honneur aurait fait.

Il vit la bouche d'Elizabeth trembler.

— Vous avez tout à fait raison, murmura-t-elle. Cela aurait été plus honorable. Tout comme il aurait été plus honorable pour moi de demander le divorce il y a trois ans, quand j'ai découvert votre existence dans son testament.

Elle serra les lèvres.

— Et celle de votre mère. Je suppose que Reginald

et moi essayions bêtement de protéger nos enfants, quand, en vérité, ils n'avaient pas du tout besoin de notre protection.

Cutter posa la main sur la sienne et la serra.

— C'est du passé maintenant, Lizzie. On ne peut pas revenir en arrière.

— Cependant, cela fait mal d'apprendre qu'il aimait une autre femme plus qu'il ne m'a jamais aimée. Tout comme cela m'a fait mal qu'il lui ait laissé une lettre, alors qu'il ne m'a même pas laissé un mot d'explication.

Jack plissa les yeux.

— J'ai dû manquer cela à la lecture du testament. Mon père ne vous a pas laissé de lettre ?

- 4 -

Elizabeth leva le menton d’un air fier.

— Eh bien non, répondit-elle d’un ton cassant. Pire, il y a eu les derniers mots que nous avons échangés. Alors que vous tous avez reçu des mots d’amour, il ne me reste que des mots de colère. Des mots qu’aucun de nous ne peut reprendre.

— C’était le soir du meurtre, quand vous lui avez apporté son dîner au bureau ?

— Oui.

La serveuse arriva, et fut manifestement contrariée quand le silence se fit autour de la table. Elle déchargea son plateau, s’assura qu’il ne manquait rien, puis s’éloigna à contrecœur.

— Madame Kincaid — Elizabeth, rectifia Jack. Dites-moi ce qui s’est passé ce soir-là. Qu’avez-vous vu ? Qu’est-ce que mon père vous a dit ?

Elle prit sa pâtisserie, mais ne la porta pas à ses lèvres, se contentant d’en émietter la pâte sableuse entre ses doigts.

— Je n’ai cessé d’y repenser, au point que j’avais l’impression que ma tête allait exploser. Je suis sortie de l’ascenseur et j’ai gagné son bureau. J’ai frappé, attendu qu’il me dise d’entrer, et ensuite j’ai…

— Pourquoi avez-vous dû attendre ? coupa Jack,

interrompant un récit qu'Elizabeth devait sans doute répéter pour la énième fois.

Elle hésita, comme si personne ne lui avait encore posé cette question. Elle passa la main dans ses cheveux auburn et haussa les épaules.

— Seigneur, Jack ! Après toutes ces années, je savais qu'il ne fallait pas l'interrompre quand il était au téléphone. Du moins, c'était mon impression.

Elle eut l'air songeur.

— Maintenant que j'y pense, j'ai patienté plus longtemps que d'habitude. Puis il m'a dit d'entrer.

— Etait-il toujours au téléphone ?

— Non, il avait déjà raccroché.

Elle agita la main avec élégance.

— Qui sait, peut-être qu'il parlait à votre mère. De toute façon, j'avais son dîner dans un grand sac — son plat préféré, un rôti de bœuf et des pommes de terre au four. Nous avions eu une dispute le soir précédent, à propos de sa mauvaise humeur persistante.

— A-t-il expliqué pourquoi il était de si mauvaise humeur ? demanda Jack.

Elle secoua la tête.

— Non, il a juste dit qu'un problème récent avait surgi, et qu'il craignait d'avoir trop attendu pour le résoudre.

— Que s'est-il passé quand vous êtes entrée dans son bureau ?

— J'ai demandé à Reginald pour combien de temps il pensait en avoir, ou comment les affaires se portaient, je ne sais plus exactement. Il m'a répondu sèchement, en me disant qu'il n'avait pas de temps à consacrer à mes questions stupides, et m'a ordonné de rentrer.

Des larmes brillèrent dans ses jolis yeux.

— Il ne voulait même pas du dîner que je lui avais apporté. J'ai fini par le jeter à la poubelle.

— Je suis sûre qu'il ne pensait pas ce qu'il disait, murmura Nikki. Il a toujours parlé de vous avec le plus grand respect. Malgré tout ce qui s'est passé, je sais qu'il tenait profondément à vous.

Elle se tapota les yeux avec sa serviette.

— Merci, ma chère. J'aimerais vous croire, mais les faits suggèrent le contraire.

— Est-ce qu'il s'emportait souvent contre vous de cette façon ? demanda Jack.

— Jamais. Même quand nous nous disputions, il n'était jamais cruel ni cassant, comme il l'avait été cette fois. J'imagine que c'est la raison pour laquelle je me suis sentie si blessée. Je lui ai dit qu'il n'avait aucun droit de me parler de la sorte, et je suis sortie en claquant la porte. J'ai regagné l'ascenseur. Il s'est arrêté une fois, et Brooke est montée. Nous avons échangé quelques mots, même si j'étais trop perturbée à ce moment-là pour me souvenir de ce dont nous avons parlé. Puis j'ai quitté l'immeuble, et je suis allée directement chez Cutter.

— Merci, dit Jack, et il le pensait.

— Vous savez… dit Nikki, je ne me souviens pas que Charles ait dit quoi que ce soit à propos d'un coup de fil.

Elizabeth secoua la tête, déroutée.

— Excusez-moi. Charles… ?

— Charles McDonough, l'inspecteur principal en charge de l'enquête.

— Oui, bien sûr, où avais-je la tête ? Il m'a rendu la vie assez difficile pendant plusieurs mois.

Jack compatissait. Charles lui avait donné du fil à retordre, à lui aussi.

— Elizabeth, avez-vous mentionné ce coup de téléphone à Charles ? s'enquit-il.

Elle réfléchit un instant.

— Non, je ne crois pas. Pour être honnête, je l'avais

oublié jusqu'à cet instant, quand vous m'avez posé la question.

— Merci. Cela nous aide beaucoup.

— Si vous le dites. Je ne suis pas sûre d'avoir dit quoi que ce soit d'important.

Jack reposa sa serviette sur la table. Ils feraient mieux de partir, à présent. De s'en aller, avant de dire quelque chose qu'il regretterait. Après tout, Elizabeth était une Kincaid. Même s'il avait de la compassion pour elle, cela ne changeait en rien ce qu'il éprouvait pour cette famille ni ses plans concernant la réunion annuelle du groupe Kincaid, à la fin du mois.

Mais il ne pouvait partir ainsi, comprit-il. Peut-être était-ce parce que Nikki était à ses côtés, et que ses émotions étaient si tangibles qu'il avait l'impression qu'il pouvait presque les toucher. Peut-être était-ce le fait de percevoir douleur et chagrin dans les yeux d'Elizabeth. Ou peut-être était-ce la généreuse bienveillance dont elle avait fait preuve à son égard qui avait creusé une brèche dans le mur qu'il avait passé toute une vie à construire. Quoi qu'il en soit, il se sentait enclin à parler.

— Mon père m'a parlé de vous un jour, confessa-t-il.

Il se força à continuer, même si le souvenir était douloureux et qu'il n'était pas facile de le partager.

— J'étais un adolescent, en proie à des sentiments ambivalents vis-à-vis de la relation de mes parents, et je ne comprenais pas pourquoi mon père refusait de me reconnaître comme son fils. J'ai usé à votre égard d'un qualificatif assez ignoble.

Il lui offrit un sourire contrit.

— Un qualificatif que vous ne méritez pas, à l'évidence.

— Je suis surprise que Reginald n'ait pas été d'accord avec vous, rétorqua Elizabeth avec une note d'acidité dans la voix.

Jack sourit de plus belle.

— Il m'a donné une fessée et m'a entraîné dehors pour une conversation entre hommes.

Elizabeth sembla surprise.

— Vraiment ? Comme c'est… inattendu.

— Je crois que ce que j'essaie de dire, Elizabeth, poursuivit Jack, c'est que cela ne devrait pas être une surprise pour vous. Ce jour-là, il m'a dit qu'il avait eu beaucoup de chance d'aimer deux des femmes les plus extraordinaires qu'il ait jamais rencontrées. Il a expliqué qu'il vous avait épousée pour votre fortune et votre statut social, mais qu'il est resté avec vous par amour et par respect. Il m'a décrit la vie que vous aviez construite ensemble, pour vos cinq enfants. Et j'ai senti que vous étiez tous très importants pour lui.

Elizabeth fronça les sourcils, et il perçut dans son regard une lueur de sympathie.

— Cela a dû être très difficile à entendre pour vous.

A côté de lui, Nikki lui prit la main sous la table. Il lui lança un bref regard, pour lui signifier à quel point il appréciait son soutien. Comme il aurait aimé faire partie de la vie que son père lui avait décrite ! Il l'avait souhaité avec une telle force que cela l'avait presque rendu fou. Il avait voulu appartenir à ce monde, comme les autres enfants de son père, avoir des frères et sœurs qui l'aimaient et se chamaillaient avec lui, mais qui, en fin de compte, l'acceptaient comme l'un des leurs.

Ce jour-là, avec son père, il avait pris conscience que cela n'arriverait jamais. Que, pour le reste de sa vie, il demeurerait un paria. Qu'il ne serait jamais reconnu. Jamais accepté. Qu'il ne serait jamais un Kincaid. Ce jour avait été l'un des pires jours de toute sa vie et avait sans doute intensifié la soif de vengeance qu'il éprouvait. Alimenté sa rage de gagner. De prendre sa revanche et de prouver qu'il méritait une place dans leur vie, même s'il devait la prendre de force.

Mais ce n'était pas le message qu'il souhaitait faire passer aujourd'hui. Elizabeth avait besoin d'autre chose et, pour une raison qui lui échappait, il se sentait obligé de la lui donner.

— Mon père m'a dit que vous étiez une des femmes les plus généreuses qu'il ait jamais rencontrées. Et au passage, sachez que vous partagez cette qualité avec ma mère. Il a ajouté aussi que vous aviez une douceur que n'ont pas la plupart des femmes de votre monde. Il a affirmé que je pouvais le blâmer autant que je le voulais, car il le méritait largement. Mais je ne devais jamais manquer de respect à ma mère ou à vous, parce que vous aviez toutes les deux agi uniquement par amour, et que vous aviez fait passer les autres avant vos propres besoins, ce que lui n'avait jamais appris à faire. J'ai dû en convenir, puisque sinon aucun de nous ne serait dans cette situation. Puis il a conclu en disant que de toutes les personnes qu'il avait blessées vous étiez sa plus innocente et sa plus grande victime. Je dois aussi en convenir.

Pendant un instant, Elizabeth regarda dans le vide. Puis les larmes lui montèrent aux yeux, et elle se tourna vers Cutter, déjà prêt à la prendre dans ses bras pour la réconforter. Il lui fallut plusieurs minutes pour rependre contenance mais, quand elle y parvint, elle témoigna de la douceur à laquelle Reginald avait fait référence, ainsi que d'une immense gratitude.

— Je ne sais comment vous remercier, Jack. Ce que vous venez de dire… je pense que c'est mieux que n'importe quelle lettre qu'il aurait pu m'écrire.

Il fronça les sourcils.

— Cela n'a pas de sens qu'il ne vous ait pas laissé

de lettre, Elizabeth. Peut-être qu'il comptait le faire et qu'il est mort avant de pouvoir l'écrire. Je suis sûr que la vôtre aurait été la plus difficile à rédiger.

— Je ne pense pas. C'est la vôtre qui a sans doute été la plus difficile, car il avait conscience de tout ce dont il vous avait privé. Me permettez-vous de vous demander ce qu'il vous a dit ?

Jack hésita.

— Je ne l'ai pas ouverte, avoua-t-il. En fait, j'ai même été tenté de la brûler.

— Mais vous ne l'avez pas fait, observa-t-elle avec perspicacité. Je crois que vous aviez juste besoin de temps et de distance avant de la lire. Vous le saurez quand ce moment sera venu. D'ici là, ne faites rien que vous pourriez regretter. Promettez-le-moi.

— D'accord. Puisque c'est vous qui me le demandez, je ne peux vous le refuser.

Elle marqua un temps d'hésitation.

— Je suppose que vous avez reçu votre invitation au mariage de Matthew et de Susannah, le week-end prochain.

— Oui.

— J'espère vraiment que vous y assisterez.

Elle lança un rapide sourire à Nikki.

— Venez avec Nikki, si vous voulez.

N'ayant pas d'autre choix que d'accepter l'invitation, il hocha la tête.

— J'en serai ravi.

Tous les quatre se levèrent, et Jack saisit la note avant Cutter. Quand il tendit la main à Elizabeth, elle la repoussa, pour lui donner à la place une rapide accolade. Il ne sut pas qui était le plus surpris par son geste spontané, lui ou les autres clients. Puis elle s'éloigna, la tête haute, le dos droit. Mais il ne put s'empêcher de remarquer dans son pas une légèreté qu'elle n'avait pas en arrivant.

Bon sang, pourquoi avait-il fallu qu'elle le prenne dans ses bras ? Malgré le fait d'avoir partagé avec elle l'un de ses souvenirs les plus intimes, il avait réussi pour part à garder la maîtrise de lui. Réussi à rester en sécurité derrière les murs qu'il avait bâtis, et à limiter les dommages que leur entrevue avait causés. Mais cette accolade le mettait à nu et le rendait plus vulnérable qu'il ne l'avait jamais été. Il n'aimait pas cela. Pas du tout.

Dès qu'ils furent sur le trottoir, il entraîna Nikki à l'écart. Il sortit son téléphone, composa un numéro et attendit que son interlocuteur décroche.

— Harold Parsons.

— Harold, c'est Jack Sinclair.

— Vous vous rendez compte qu'on est samedi, jeune homme ?

Le ton bourru de l'homme de loi allait parfaitement avec ses sourcils broussailleux et grisonnants, et son regard rusé.

— Mes bureaux sont fermés. Rappelez lundi.

— S'ils sont fermés, pourquoi avez-vous décroché ?

Un long soupir irrité résonna dans l'écouteur.

— Que voulez-vous ?

— Mon père a laissé des lettres à toute sa famille, avec son testament. Mais Elizabeth n'en a jamais reçu. Pourquoi ?

— Comment pourrais-je le savoir ? rétorqua Harold. Elle n'était pas dans le dossier, donc il n'y en avait pas.

— Mon père ne l'aurait pas humiliée de cette façon, insista Jack. Quand a-t-il écrit les lettres ?

— La dernière fois qu'il a mis à jour son testament. Il renouvelait toujours les lettres en même temps.

— Y en avait-il toujours une pour Elizabeth dans le passé ?

Harold réfléchit un instant.

— Oui…

Son irritation disparut, car il comprenait sans doute où Jack voulait en venir.

— Jusqu'à cette fois. Bien sûr, il y en avait aussi une pour Alan, mais pas cette fois.

— Je ne suis toujours pas convaincu, Harold. Alan, soit. Il n'était pas le fils de Reginald. Mais il n'aurait pas humilié Elizabeth ainsi, et ne l'aurait pas embarrassée devant la famille. Je veux que vous passiez vos bureaux au peigne fin. Il a écrit cette lettre, je parierais ma société dessus. Si elle manque, je veux savoir depuis quand, et pourquoi. Sinon, je veux qu'on la retrouve.

— Je m'en charge.

Dès qu'il raccrocha, Nikki lui prit le bras.

— Que se passe-t-il ?

— Je pense que mon père a écrit une lettre à Elizabeth.

Il secoua la tête.

— Non, je suis absolument certain qu'il lui en a écrit une.

— Que penses-tu qu'elle soit devenue ?

— Soit elle est égarée dans les bureaux de Parsons, soit elle est quelque part dans le bureau de mon père.

— Si c'est le cas, nous devrions peut-être demander à RJ de fouiller le bureau de Reginald.

Il eut une moue ironique.

— Oui, bien sûr, je vais lui passer un coup de fil pour le lui suggérer. Compte tenu de la confrontation d'hier, je ne doute pas un seul instant qu'il s'empresse d'accéder à ma requête.

Elle soutint son regard, mal à l'aise.

— Si c'est pour le bien de sa mère, il le fera.

Mince. Elle était sérieuse.

— Tu veux vraiment que je l'appelle ?

— Oui.

— Tu ne laisseras pas tomber tant que je ne l'aurai pas fait, n'est-ce pas ?

— Aucune chance.

Il lui lança un regard noir, sans prendre la peine de cacher sa frustration.

— Tu sais, cette journée est de plus en plus calamiteuse. D'abord, Elizabeth, et maintenant RJ. Tu es consciente que je méprise les Kincaid quand je suis dans un bon jour. Quand je dois les voir pendant un de mes jours de congé, mon niveau de mépris augmente de manière exponentielle.

Elle lui tapota le bras.

— C'est ce que je vois.

— J'essaie aussi de les détruire, de leur prendre leur entreprise et de leur empoisonner l'existence. Tu comprends ça, n'est-ce pas ?

— Tu l'as peut-être mentionné une fois ou deux, concéda-t-elle avec une docilité à laquelle il ne croyait pas une seconde.

— Pour ton information, le fait de les aider menace mes projets de A) les détruire, B), leur dérober leur compagnie, et ne va pas du tout dans le sens de C), à savoir leur pourrir la vie.

Elle lui offrit un sourire compatissant, auquel il ne crut pas davantage qu'à sa docilité.

— Entraidons-nous aujourd'hui. Demain, tu pourras remettre en œuvre ton projet de A à C. Tu pourras même ajouter un D et un E si cela t'aide à te sentir mieux.

— Entendu.

Il pointa un doigt dans sa direction.

— Et compte sur moi pour te prendre au mot. En fait, je pourrais même t'obliger à m'aider.

— Que crois-tu que je faisais jusqu'à maintenant ? dit-elle avec un sourire.

— Si c'est ce que tu appelles m'aider, alors je suis dans de beaux draps.

— Rien, maugréa RJ.

Manifestement, il en voulait à Jack de lui avoir donné de faux espoirs, songea Nikki, embarrassée. Ce n'était pas ce qu'elle avait imaginé pour cette réunion entre frères.

— Rien ici non plus, renchérit Matt, l'air tout aussi renfrogné.

Il lança à Jack un regard pour lui reprocher le temps perdu et leurs efforts inutiles.

— Mais je ne m'attendais pas à trouver quoi que ce soit, ajouta-t-il.

— J'espère, Nikki, que vous n'avez pas donné de faux espoirs à maman concernant cette histoire de lettre, l'avertit RJ d'un ton sec.

Elle lui adressa un sourire rassurant.

— Votre mère ne sait même pas que nous pensons qu'il y a une lettre. C'est Jack qui y a pensé.

— Sinclair ?

Les deux frères avaient parlé à l'unisson et fixaient Jack d'un œil noir.

— Qu'est-ce que vous mijotez, encore ? tonna RJ.

— Je vous l'ai déjà expliqué. Essayez de suivre, Kincaid, rétorqua Jack.

Il semblait fatigué, songea Nikki, inquiète. Certes, il venait de vivre deux jours difficiles, et les Kincaid ne lui facilitaient pas la tâche. Elle trouvait dommage qu'ils ne puissent pas avoir l'occasion de connaître l'homme derrière la façade impitoyable. Comme c'était étrange qu'il ne soit jamais venu à l'esprit de Jack qu'il pouvait lui aussi avoir la vie qu'il avait toujours désirée. Tout ce qu'il avait à faire, c'était d'ouvrir la porte. Il ne serait plus seul. Il aurait sa propre famille, son cercle d'amis, son foyer empli de chaleur et d'amour.

Ce matin avait constitué un excellent début, grâce à la gentillesse innée d'Elizabeth. Elle avait réussi à atteindre Jack sous sa carapace, mais c'était grâce à sa nature douce et généreuse. Ses fils seraient bien plus difficiles à amadouer.

Mais elle trouverait un moyen, décida-t-elle en levant le menton. Pendant que Jack mettait ses projets de vengeance en œuvre, elle comptait rallier tous les Kincaid — y compris Elizabeth — à la cause de Jack. Pour qu'ils forment tous une grande et heureuse famille. Du moins, jusqu'à la réunion annuelle.

— Ça a été une perte de temps colossale. Je m'en vais, annonça RJ.

Juste avant de sortir, il se tourna vers Jack.

— Restez loin des Kincaid, Sinclair. Si vous faites quoi que ce soit pour nuire à ma mère, je vous enterrerai si profondément qu'il leur faudra une pelleteuse pour retrouver vos restes.

Matt emboîta le pas à son frère, puis se retourna.

— Pourquoi voulez-vous cette lettre, Sinclair ? demanda-t-il.

— Je n'en sais fichtre rien.

— Je suis sérieux. Pourquoi ?

Jack s'apprêtait à mentir ; Nikki le devinait à son expression. Elle s'approcha et le regarda dans les yeux. Elle pouvait presque sentir la douleur et la résistance qui irradiaient de lui. Doucement, elle glissa une main autour de sa taille et le serra fort, pour le soutenir. Pendant un long moment où la tension était presque à son comble, elle attendit qu'il prenne une décision. Soit il choisissait de s'ouvrir aux autres, soit il se refermait sur lui-même. Sans nul doute, son intuition lui intimait de mentir. De rejeter l'occasion de révéler le cœur de l'homme derrière la façade de l'homme d'affaires impitoyable. Elle sut, un instant avant qu'il réponde, qu'elle avait gagné ce round.

— Vous connaissez votre père, articula-t-il, comme s'il devait se forcer pour prononcer chaque mot. Et vous savez ce qu'il ressentait pour votre mère. Jamais il ne l'aurait insultée ainsi. Il y a une lettre pour elle, quelque part.

Matt eut l'air sceptique.

— Et vous allez la retrouver ?

— Si je le peux.

— Parce que c'est une bonne action ?

— Quelque chose comme ça.

Il se refermait de nouveau, elle le sentait.

— Pourquoi avez-vous rendu visite à mon fils à l'hôpital ? demanda Matt, le prenant totalement de court.

Matt avait affronté le pire cauchemar pour un parent quand son fils de trois ans, Flynn, avait développé une anémie aplasique après une sévère infection. Heureusement, le traitement médicamenteux avait fait son effet. Sinon, sa mère biologique, Susannah, aurait donné sa moelle pour sauver la vie de son fils. Son arrivée dans leur vie avait abouti à une romance entre Matt et elle, et le couple allait se marier le week-end prochain.

— Pourquoi j'ai rendu visite à Flynn ?

Il eut un sourire ironique.

— Je ne sais pas, Matt. Parce que c'était une bonne action ?

— Et aussi parce qu'il voulait savoir s'il était un donneur de moelle compatible, ajouta-t-elle, sans pouvoir s'en empêcher.

Ses propos firent l'effet d'une bombe. Matt fixait Jack, l'air abasourdi.

— Impossible, dit-il enfin.

Le sourire de Jack se mua en rictus cynique, et il lança à Nikki un regard noir qui augurait un futur châtiment. Cela en valait la peine, songea-t-elle, si cela signifiait que Matt change un peu d'avis sur son frère.

— C'est vrai, dit Jack d'une voix sèche. Impossible que je sois capable d'un acte aussi désintéressé.

— Vous avez offert de donner votre moelle ? répéta Matt.

— C'était facile, puisqu'il était fort peu probable que je sois compatible.

Le regard de Matt s'aiguisa.

— Et si vous l'aviez été ?

Jack haussa les épaules et garda le silence.

Nikki leva les yeux, exaspérée.

— Faites un peu confiance à votre frère, Matt. On ne fait pas le test si on ne compte pas aller au bout de la procédure, en cas de compatibilité.

— Ce n'est pas mon frère, s'écrièrent en même temps les deux frères.

Un silence tendu tomba entre eux. Puis Matt le brisa enfin.

— Quand vous avez rendu visite à Flynn à l'hôpital… Vous avez dit que vous aviez été hospitalisé enfant. Que s'était-il passé exactement ? Vous n'avez pas eu besoin d'une greffe de moelle osseuse, non ?

— Non, rien d'aussi grave.

Elle haussa les épaules.

— Si on considère qu'être renversé par une voiture n'est rien de grave. Personnellement, je trouve ça terrifiant.

Jack se tourna vivement vers elle.

— Veux-tu bien te taire ! Cesse de leur donner des informations personnelles. Ça ne les regarde absolument pas.

— Bien sûr que ça les regarde. Ils font partie de ta famille.

— Quand… quand est-ce arrivé ? bredouilla Matt. Vous vous en êtes sorti ? Je veux dire, apparemment oui. Bon sang.

— Etrange, hein ? Et même perturbant.

Matt secoua la tête, puis se mit à rire.

— Très perturbant. Ça ne devrait pas l'être. Ce devrait être simple. Je vous déteste. Vous me détestez. Tout le monde est content.

Son regard, si semblable à celui de sa mère, s'adoucit.

— Alors, que s'est-il passé, Sinclair ? Est-ce que vous étiez trop occupé à conquérir le monde pour regarder avant de traverser ?

Au grand soulagement de Nikki, elle vit une lueur amusée briller dans le regard de Jack.

— C'est mon frère, Alan, qui ne regardait pas. Mon erreur a été de le pousser vers le trottoir et de me faire renverser à sa place. Ironie du sort, ce petit garnement ne m'a jamais remercié. Il a même nié s'être trouvé à l'endroit de l'accident.

— Quel âge aviez-vous ?

Le sourire de Jack s'évanouit.

— Douze ans. C'était un 4 juillet.

— Oh ! La date de mon anniversaire.

Matt procéda à un rapide calcul.

— Je devais avoir à peine un an.

— Oui, je sais.

Matt se raidit, et son regard s'aiguisa.

— Quelle était l'étendue de vos blessures ?

— Je suis encore là, non ?

Mais Matt n'était pas dupe.

— C'était grave, n'est-ce pas ? Et je suis prêt à parier que votre mère a appelé notre père. Est-ce qu'il est venu ?

— Il a fini par venir.

— Ce qui veut dire non. Il n'est pas venu, alors que vous auriez pu mourir. Et tout cela parce que c'était mon premier anniversaire, et que ma mère aurait soupçonné quelque chose s'il était venu. Alors, vous étiez seul.

— Pas du tout. Ma mère était présente, répondit-il en haussant les épaules. Elle est infirmière. Elle m'a sans doute sauvé la vie, ce jour-là, puisqu'elle savait comment arrêter l'hémorragie.

Matt hocha la tête, l'air sombre.

— C'est pour ça que vous êtes venu voir Flynn. Et que vous lui avez apporté un jouet. Parce que vous n'aviez ni tantes ni oncles, ni frères ni sœurs pour vous rendre visite lorsque vous étiez à l'hôpital.

— J'avais ma mère, répéta-t-il. Est-ce que cela compte, Matt ? Que vous le vouliez ou non, Flynn est mon neveu. C'est un enfant innocent, et il méritait mon aide, indépendamment de mes sentiments vis-à-vis de son père.

— Bien sûr, si tu blesses le père de Flynn, tu blesses aussi Flynn, intervint-elle doucement.

A en juger par la réaction de Jack, ce détail ne lui était jamais venu à l'esprit, ce qui ne l'étonna guère. Il était si concentré sur ses objectifs qu'il en oubliait de prendre du recul pour avoir une vue d'ensemble. Décidant qu'elle avait aidé à combler le fossé entre eux autant qu'elle le pouvait, elle changea de sujet.

— Matt, savez-vous si la police a vérifié les listes

d'appels du groupe Kincaid le soir du meurtre de votre père ?

Aussitôt, Matt redevint méfiant.

— Pourquoi ?

— Votre mère a dit que Reginald était au téléphone quand elle est arrivée avec son dîner. J'étais juste curieuse de savoir avec qui il s'entretenait.

— Ah ! Je crois qu'il vous faudra poser la question à l'inspecteur McDonough. Je suis presque sûr que la police a obtenu une ordonnance du tribunal pour les consulter. Puisque que personne n'a rien dit là-dessus, je suppose que mon père n'a pas passé ni reçu d'appels ce soir-là, ou qu'ils n'étaient pas pertinents pour l'enquête.

— Seriez-vous d'accord pour contacter Charles et lui demander une copie de cette liste ?

Sa méfiance se transforma en suspicion.

— Pourquoi le ferais-je ? Et plus important, pourquoi McDonough accepterait-il ?

Elle répondit d'abord à sa deuxième question.

— Il pourrait être d'accord, si vous lui expliquiez que vous voulez voir si quelque chose vous revient en tête. Vous savez mieux que personne avec qui votre père s'entretenait dans le cadre du travail. Etant donné que l'enquête n'avance pas très vite, Charles pourrait accepter.

Elle rassembla tout son pouvoir de persuasion.

— Et puis, en quoi le fait de vous montrer les listes pourrait-il nuire à l'enquête ? Peut-être, je dis bien peut-être, que cela pourrait être utile.

Matt réfléchit un instant, puis finit par acquiescer.

— Je lui poserai la question, mais je ne vous fais aucune promesse.

Les deux hommes se regardèrent pendant un long moment, puis, avec un soupir irrité, Jack tendit la main.

— Merci.

Matt hésita, comme sa mère quand Jack lui avait tendu la main. Puis il la serra fermement.

— Pas de quoi. Apparemment, les liens du sang font faire de drôles de choses. Comme apporter des jouets à son neveu à l'hôpital et faire tester sa moelle.

— Apparemment, oui, concéda Jack.

— Ils assistent aussi aux mariages. Vous serez là samedi prochain ?

— Je ne manquerai cela pour rien au monde.

Dès l'instant où ils sortirent du bâtiment du groupe Kincaid, Jack se tourna vivement vers Nikki.

— Ne me refais plus jamais ça.

Elle lui sourit d'un air parfaitement innocent.

— Quoi donc ?

— Ah non, je ne marche pas, trésor. Inutile de jouer la comédie.

— Je ne vois pas du tout de quoi tu veux parler, ajouta-t-elle d'un ton faussement naïf.

Il s'arrêta au milieu du trottoir. Le soleil les inondait, l'air était chargé d'humidité, et une brise fraîche venant du port mêlait ses cheveux noirs autour de son visage rayonnant. La lumière de l'après-midi dansait dans ses yeux bleus, et les rendait encore plus brillants que les pierres précieuses auxquelles ils ressemblaient. Les protestations qu'il était sur le point d'émettre moururent dans sa gorge. Et il ne put que la contempler.

Il l'attira vers lui et lui vola un baiser qu'il voulait dur et passionné, mais qui se transforma en une douce étreinte qui la fit gémir de plaisir. Elle noua les bras autour de son cou et s'abandonna contre lui, ses courbes féminines épousant si parfaitement son corps qu'il ne pouvait douter qu'ils étaient faits l'un pour l'autre. S'ils s'étaient trouvés n'importe où ailleurs que sur le trottoir bondé d'East Battery, il lui aurait fait l'amour sur-le-champ.

Mais la raison prit le dessus, et il mordilla une dernière fois ses lèvres avant de s'écarter.

— Il faut que tu cesses d'intervenir, Nikki. Je suis très sérieux. A présent, je suis obligé — rectification, nous sommes obligés — d'assister à un de leurs mariages. Si j'avais voulu une relation avec les Kincaid, j'en aurais établi une il y a longtemps.

A son grand déplaisir, elle secoua la tête, sans ôter les mains de son cou.

— Non, c'est faux, argumenta-t-elle. Même si vous êtes tous adultes et capables de prendre des décisions, tu as continué à respecter les souhaits de ton père en gardant tes distances avec les « légitimes », comme tu les surnommes.

— T'est-il venu à l'esprit que j'ai gardé mes distances parce que je n'avais pas envie de les connaître ?

Son expression se fit encore plus tendre.

— Tu le penses peut-être, mais c'est faux.

Il n'avait qu'une envie, s'en aller. Pourtant, sans savoir pourquoi, il semblait incapable de bouger.

— Tu me traites de menteur ?

— Non, je pense juste que, quand il s'agit des Kincaid, tu as pris grand soin de ne pas étudier de trop près tes motivations.

— Nikki, c'est une discussion inutile. A présent, laisse-moi tranquille. Je suis fatigué, et j'aimerais rentrer et profiter des quelques minutes qu'il reste de la journée.

Mais elle ne capitula pas. Elle ne capitulerait jamais.

— Jack, pour une fois dans ta vie, arrête-toi un instant

et prends le temps de réfléchir. Demande-toi pourquoi tu as fait les choix que tu as faits.

Il afficha une moue obstinée.

— Si tu veux insinuer que j'ai l'intention de détruire les Kincaid…

— Non, ce n'est pas ce que je veux dire. Pourquoi as-tu décidé de fonder une entreprise concurrente ? De tous les domaines et métiers possibles dans lesquels tu aurais pu te lancer, pourquoi a-t-il fallu que tu choisisses le domaine précis dans lequel tu étais forcé de rencontrer tes frères et sœurs, à un moment ou à un autre ? Pourquoi, Jack ?

Cette fois, il saisit ses mains et les retira de son cou. Il fit un pas en arrière, puis un autre, rejetant ainsi toute discussion. Sans un mot, il tourna les talons et s'éloigna. Mais il eut beau marcher, il ne put échapper à la question de Nikki. Pas plus qu'il ne put échapper à la douloureuse pensée qui le transperçait comme un poignard. Nikki avait raison. S'il avait fondé Carolina Shipping, c'était pour rencontrer les Kincaid. Il avait voulu qu'ils sachent qu'il existait. Qu'ils connaissent la vérité.

Il était leur frère.

- 5 -

Deux heures plus tard, Nikki retrouva enfin Jack, assis près d'une statue du général William Moultrie, aux abords du parc de White Point Gardens, qui surplombait le port de Charleston.

Il ne la regarda pas quand elle s'assit sur le mur de béton à côté de lui. Pourtant, au bout de quelques minutes, il brisa le silence pesant.

— Comment se fait-il que tu voies les choses avec tant dc pcrspicacité ?

— Je l'ignore. C'est un don, j'imagine.

Elle fixa l'eau et haussa les épaules.

— Ou peut-être le vois-tu comme une malédiction. Quoi qu'il en soit, je sais simplement que mon père avait ce talent, et qu'il me l'a transmis. Je pense que c'est en partie ce qui faisait de lui un si bon policier. Il lui suffisait de parler quelques instants à quelqu'un pour se glisser dans son esprit. Pour comprendre ce qui le motivait. Une fois, il m'a dit que comprendre les motivations l'aidait souvent à résoudre une enquête.

— Tu t'es glissée dans mon esprit.

Il tourna la tête vers elle, le regard sombre.

— Et je ne suis pas sûr d'aimer ça. Je ne suis pas sûr de vouloir que tu sois là.

Elle hocha la tête.

— Je comprends.

Elle s'efforça de dissimuler la douleur qui l'étreignait.

— Peut-être est-ce la raison pour laquelle tant de policiers préfèrent sortir avec des collègues. Non seulement ils comprennent les exigences et les pressions de ce métier, mais ils sont en quelque sorte immunisés contre ce que toute personne normale finit peut-être par ressentir — l'impression constante d'être épiée.

— Ce n'est pas ce que je voulais dire.

Il l'attira vers lui.

— Je n'ai jamais eu l'impression que tu m'épiais. C'est juste que tu…

Il poussa un soupir de frustration.

— Tu es trop clairvoyante. Et, pour je ne sais quelle raison, ta vision est bien plus claire que la mienne.

Elle se blottit contre lui, la gorge nouée.

— Tu es trop près du problème, voilà tout, répondit-elle. Moi je peux mieux voir les choses parce que j'ai une distance émotionnelle.

A ceci près qu'elle n'en avait pas. Pas avec Jack. A un moment donné au cours des quatre derniers mois, il était devenu son monde. Désormais, elle ne pouvait imaginer sa vie sans lui. Elle ferma les yeux, en priant pour ne pas pleurer. Dans peu de temps, non seulement elle devrait peut-être imaginer sa vie sans lui, mais aussi vivre sans lui. Il prit son menton et tourna son visage vers le sien.

— Il faut que tu arrêtes ça, dit-il doucement. Il faut que tu comprennes que je n'ai pas le genre de lien avec les Kincaid que tu espères, et que je ne l'aurai jamais. Toutes tes tentatives pour créer ce lien sont inutiles, car mes projets pour eux n'ont pas changé, et ils ne changeront pas.

— Jack…

— Arrête, Nikki, coupa-t-il sans hésitation. Je ne

veux pas en débattre. Je suis en train de te dire comment ça va se passer. Tu peux continuer à être avec moi… ou nous pouvons arrêter maintenant. Mais ce désir que tu sembles avoir d'unir nos deux familles ne se réalisera pas. Jamais. Il y a trop de mauvais souvenirs entre nous.

— Il n'y a *pas* de souvenirs entre vous, répliqua-t-elle avec fougue. Il y avait une histoire entre ton père et toi, et entre tes parents. Mais tu n'as rencontré tes frères et sœurs qu'il y a cinq mois. Il n'y a pas de raison pour que tu n'aies pas une forme de relation positive avec eux. Regarde comment cela s'est passé aujourd'hui avec Elizabeth et Matt, ajouta-t-elle, enthousiaste. Tu ne comprends donc pas ? Tout dépend entièrement de toi. Si tu laissais tomber cette vendetta, et que tu envisageais de travailler avec eux, et non contre eux…

Pour l'interrompre, il se servit du moyen le plus efficace à sa disposition. Il l'embrassa. Alors que tout à l'heure son baiser avait été à la fois doux et persuasif, celui-ci prenait les commandes. Il ne lui laissait que l'option de suivre… ou de se retirer. Mais elle ne put reculer. Il était bien trop tard pour cela. Alors, elle rendit les armes.

Sa tête retomba contre son épaule, et elle s'offrit à lui, en frissonnant sous les caresses expertes de ses lèvres et de sa langue. Tant de choses les unissaient : leur intellect. L'amour qui naissait entre eux. Leur sens de l'humour. Leur goût du travail. Leur générosité, et leur envie de protéger leurs proches. Et même la façon dont ils voyaient le monde et ceux qui le peuplaient — à la seule malheureuse exception des Kincaid. Pourquoi Jack ne pouvait-il le comprendre ?

Mais cela lui était impossible et, en voyant l'expression dure et déterminée sur son visage, elle sut qu'il avait gravé ses plans dans le marbre. Toute velléité de le faire changer d'avis la conduirait non seulement à la déception, mais à la catastrophe.

— Je ne tolérerai aucune autre interférence de ta part, déclara-t-il, sa voix soulignant la lueur impitoyable de son regard. Est-ce bien clair, Nikki ?

Elle recula.

— Tout à fait clair. Mais je ne suis pas obligée d'apprécier.

Elle croisa les bras.

— Et au cas où je n'aurais pas été claire sur ce point, je n'apprécie pas.

— Je crois que tu as été parfaitement claire, répliqua-t-il avec un petit sourire qui attisa sa colère. Est-ce que tu rentres chez toi, ou est-ce que tu aimerais passer la nuit chez moi ?

Elle s'autorisa à le laisser mariner pendant trente bonnes secondes avant de répondre.

— Chez toi.

— Excellent. Nous pouvons inaugurer le Jacuzzi ensemble.

Elle ouvrit de grands yeux.

— Un Jacuzzi ? Tu as un Jacuzzi ? Depuis quand ?

Il replaça une mèche de cheveux derrière son oreille.

— C'était censé être une surprise pour ce week-end. Je l'ai fait installer hier. Tu n'as pas idée à quel point ça a été difficile de résister à l'envie de le baptiser avec toi. Il est resté là, à m'appeler toute la journée.

— C'est drôle, dit-elle en lui lançant un regard. Je l'entends m'appeler aussi.

Elle eut un sourire timide. Même si elle voulait rester en colère contre lui, cela n'avancerait à rien.

Elle lui prit la main et l'entraîna avec elle.

— Viens. Il me tarde de répondre à cet appel.

*
* *

Nikki s'étira dans le vaste Jacuzzi et posa la tête contre l'épaule de Jack. Elle appuya sur un bouton, et des jets pulsants jaillirent, envoyant une eau chaude et bouillonnante autour d'eux. Un doux gémissement lui échappa et, suivant l'exemple de Jack, elle ferma les yeux et laissa l'eau tourbillonnante chasser ses soucis — notamment tous ceux qui concernaient les Kincaid.

— J'ai l'impression d'être au paradis, dit-elle.

— Merci.

Elle eut un petit rire.

Il ouvrit un œil et haussa un sourcil interrogateur.

— Explique-moi encore pourquoi tu nous as fait porter des maillots de bain.

— Oh ! je ne sais pas… Peut-être parce que nous sommes sur ta terrasse, en plein air.

— C'est à ça que servent les brise-vues. D'ailleurs, il n'y a aucune maison à côté. J'ai justement acheté les terrains tout autour pour garantir mon intimité.

— Et si quelqu'un marche sur la plage ?

— Nous sommes trop loin pour qu'ils voient quoi que ce soit… d'important.

Il fit courir ses doigts agiles sur sa colonne vertébrale et, un instant plus tard, le haut de son maillot de bain flotta dans l'eau.

— Voilà. C'est bien mieux. Au moins, nous sommes sur la bonne voie.

L'eau écuma autour de ses seins comme une caresse tentante. Elle n'avait jamais imaginé à quel point un bain à remous pouvait être excitant.

— Cela nous aiderait-il à nous approcher du paradis, si je mentionne que le bas se noue ? demanda-t-elle. Et je n'ai pas fait de double nœud…

Le lent sourire de Jack fit naître une onde de chaleur au creux de son ventre qui se répandit dans ses veines au rythme des jets massants du Jacuzzi.

— Alors, tout ce que j'ai à faire, c'est tirer sur ces liens ?

Il caressa la courbe de sa hanche.

— Comme ça ?

Un instant plus tard, le bas de son maillot de bain dansa à la surface, bientôt rejoint par un caleçon de bain masculin. Nikki roula sur le côté pour se placer en face de Jack. Depuis qu'ils étaient arrivés à la maison, il s'était détendu. Dans une certaine mesure, tout du moins. Elle lui en avait demandé trop, et trop vite. Elle s'en rendait compte à présent.

Peut-être que si la réunion annuelle des actionnaires n'avait pas lieu si peu de temps après, au cours de laquelle un nouveau P.-D.G. serait élu pour succéder au défunt Reginald Kincaid, elle n'aurait pas eu à intensifier ses efforts pour tenter de rapprocher Jack des Kincaid. A l'évidence, le réconcilier avec deux Kincaid en un jour avait été plus qu'il ne pouvait en supporter. Sans oublier la discussion qu'ils avaient eue sur les motivations de son choix de carrière, qui avait eu pour effet qu'il se referme complètement.

Du bout des doigts, elle caressa sa mâchoire rugueuse, puis suivit les contours de sa bouche, récoltant au passage un doux baiser.

— Qu'aimerais-tu manger ce soir ? demanda-t-elle.

— Toi. Rien que toi.

Elle rit, ravie qu'ils soient revenus sur un terrain plus familier.

— Tu trouveras cela sans nul doute savoureux, mais pas très nourrissant.

— Nous pouvons commander chez Indigo's, si cela

te dit de manger des fruits de mer. Je sais à quel point tu aimes ce restaurant.

— Ils livrent à domicile ? demanda-t-elle, surprise.

Il afficha un sourire arrogant.

— Ils le feront pour moi.

Il saisit ses fesses et l'attira vers lui.

— Mais plus tard. Bien plus tard.

Le corps de Jack glissa sur le sien, et elle frissonna au contact de l'eau frottant sur la légère toison qui recouvrait son torse. Ses tétons se durcirent, pointant au-dessus de la surface comme deux perles sombres. Il en attrapa un entre ses dents, puis l'autre, et elle gémit, glissant ses doigts dans ses cheveux pour le retenir sur son sein.

Tandis que ses lèvres comblaient ses seins, ses mains l'exploraient sous l'eau, aussi tentantes que les jets massants qui caressaient sa peau. Elle écarta les jambes et leva les hanches, s'offrant à lui. Mais il prit son temps, glissant un doigt dans son sexe moite, faisant monter son désir en flèche.

— Je crois que je vois des étincelles, dit-elle dans un gémissement incontrôlable.

— Je ne les ai pas encore vues, moi.

N'y tenant plus, elle saisit entre ses mains son sexe durci et le plaqua contre elle. Il s'enfonça en elle, lui arrachant un frisson de plaisir. Il leur fallut quelques essais pour trouver leur rythme dans cette eau qui les déstabilisait. Bientôt, les étincelles se transformèrent en feu d'artifice. Il cria son nom dans un souffle puissant. Il plongea en elle une dernière fois, d'un coup de rein puissant qui les mena au bouquet final.

Ils restèrent enlacés ainsi longtemps, encore éblouis par les lumières dans leurs yeux. Puis, peu à peu, ils reprirent contact avec la réalité, s'abandonnant à l'étreinte bienfaisante de l'eau chaude, fusionnant l'un avec l'autre dans une suite de baisers langoureux et de caresses apaisantes. Elle ferma les yeux et se blottit contre lui, se sentant plus vulnérable qu'elle ne l'avait jamais été.

Quand cela disparaîtrait-il ? Quand ce besoin désespéré de lui se transformerait-il en une relation plus gérable, qui ne menacerait pas de lui briser le cœur ? Jamais, peut-être. Leur relation tenait à un fil, un fil d'équilibriste suspendu au-dessus d'un abîme sans fond. Dès l'instant où Jack découvrirait qu'elle possédait les dix pour cent clés des parts du groupe Kincaid — et qu'elle pouvait ainsi offrir le contrôle du groupe soit à lui, soit à RJ, alors ce fil se briserait. Car elle savait que Reginald avait prévu que la place de P.-D.G. revienne à RJ. C'était le patriarche lui-même qui le lui avait dit. Et même si elle adorait Jack, elle ne pouvait pas aller contre sa conscience. Elle s'y refusait.

Or, sa conscience exigeait qu'elle choisisse RJ pour succéder à son père.

Le lundi arriva bien trop vite, du point de vue de Jack. A contrecœur, Nikki et lui se préparèrent à aller travailler. Au cours de ces derniers mois, les tailleurs de Nikki avaient rejoint ses costumes dans la maison de la plage. Il était amusé de voir qu'elle prenait le soin d'alterner ses tailleurs avec ses costumes à lui dans la penderie.

Quand il arriva dans la cuisine, Nikki préparait déjà le café. Même s'il lui avait dit plusieurs fois qu'elle n'avait pas besoin de lui préparer son petit déjeuner, elle ne l'avait jamais écouté, semblant apprécier le fait de prendre ce repas avec lui, la plupart du temps.

— Omelette végétarienne ?

— Excellente idée.

C'était sa réponse habituelle, car il ne voyait pas l'intérêt de faire le difficile alors que Nikki se montrait si généreuse. Mais peut-être que demain il la taquinerait en refusant ses suggestions, simplement pour voir sa réaction. A la réflexion, non. Etant donné la tension entre eux concernant la situation avec les Kincaid, il n'avait certainement pas besoin de créer un nouveau conflit, ne serait-ce que pour plaisanter.

Même s'il pensait que Nikki avait tort d'interférer, il savait qu'elle croyait bien faire. C'était son grand cœur qui la poussait à agir ainsi. Heureusement, il avait réussi à recadrer les choses avec elle sans trop de dégâts. Et même s'il s'était vu contraint de révéler bien plus d'informations personnelles à Elizabeth et à Matt Kincaid qu'il ne l'aurait fait en temps normal, il s'en accommodait, à condition qu'il n'ait pas à en révéler davantage.

Il sortit du réfrigérateur les ingrédients pour l'omelette, et se mit à couper les oignons, les champignons et les épinards. Le soleil du matin inondait la cuisine et dansait sur la silhouette de Nikki. Jamais il ne se lasserait de la regarder. Il y avait quelque chose d'incroyablement vivant en elle, dans ses mouvements nets et doux, et néanmoins énergiques. Elle semblait concentrée et détendue tout à la fois, un petit sourire dansant sur ses lèvres.

Il songea une fois de plus à la bague qu'il avait achetée le mois dernier et qu'il gardait dans le tiroir de sa commode. Ces dernières semaines, il avait été sur le point de la demander en mariage une bonne douzaine de fois. S'il n'avait pas découvert qu'elle travaillait pour les Kincaid, il l'aurait peut-être déjà fait. Mais quelque chose le retenait. Malheureusement, il savait ce que c'était.

Nikki avait un autre secret.

Il en avait pris conscience durant le week-end. Cela avait commencé par ses efforts flagrants pour résoudre le conflit entre lui et les Kincaid. Sa détermination était teintée de quelque chose qui s'apparentait presque à du désespoir, comme s'il était essentiel pour elle que ses efforts se voient couronnés de succès. Puis ses doutes s'étaient encore renforcés pendant la nuit. Il s'était réveillé et l'avait trouvée sur la terrasse, éclairée par le clair de lune, la tête penchée, le dos rond, comme si elle portait un poids terrible sur ses épaules. Celui-ci avait-il quoi que ce soit à voir avec les Kincaid ? Il l'ignorait.

Pourquoi ne pas lui poser la question, se dit-il.

Il s'apprêtait à aborder le sujet quand on sonna à la porte. Nikki regarda par-dessus son épaule.

— Qui cela peut-il être à une heure pareille ? demanda-t-elle, l'air intrigué.

— Il n'y a qu'une seule façon de le découvrir.

— Si c'est quelqu'un que nous connaissons, invite-le à partager notre petit déjeuner, cria-t-elle tandis qu'il quittait la cuisine. Je peux sans problème préparer une omelette de plus.

Il ouvrit la porte et eut la désagréable surprise de découvrir sur le seuil l'inspecteur en charge de l'enquête sur la mort de son père. Avec quelques centimètres de moins et une dizaine d'années de plus que Jack, Charles McDonough était un homme noir et corpulent, dont l'imposante carrure était soulignée par des costumes impeccables. Son crâne rasé luisait dans la lumière du matin, et son regard sombre reflétait son intelligence et sa détermination. Jack avait déjà eu affaire à lui, les quelques fois où l'inspecteur l'avait interrogé.

— Bonjour, monsieur Sinclair. Je suis content de vous attraper avant que vous ne soyez parti travailler.

Il regarda autour de lui.

— Jolie maison.

— Merci, dit-il en reculant d'un pas. Entrez.

L'inspecteur franchit le seuil, tandis que son regard faussement neutre observait chaque détail du grand vestibule et du majestueux salon qui s'étendait jusqu'au fond de la maison, où une baie vitrée dominait l'océan agité.

— Très jolie, corrigea Charles. Si j'avais une maison comme celle-ci, j'y inviterais tous les membres de mon arbre généalogique. Et vous ?

— Je n'ai pas beaucoup de famille. Juste mon frère, Alan, et ma mère. Mais c'est vrai qu'ils séjournent ici quand ils viennent à Charleston.

L'inspecteur eut un petit rire.

— Je parie que cela arrive plus souvent que vous le voudriez.

— Parfois, oui…

Comme la dernière fois qu'Alan était arrivé à l'improviste et qu'il s'était éternisé plusieurs jours, au grand dam de Jack.

Jack indiqua le couloir sur la droite.

— Nous allions prendre le petit déjeuner. On m'a demandé de vous inviter à vous joindre à nous.

— Nous ?

McDonough ralentit le pas.

— Désolé. J'ignorais que vous aviez de la compagnie.

— Ce n'est rien. Je crois que Nikki et vous êtes de vieux amis.

— Nikki ? Nikki *Thomas ?*

L'inspecteur entra dans la cuisine, et son visage se tendit quand il aperçut la jeune femme. Une lueur de colère passa dans ses yeux bruns lorsqu'il observa la familiarité avec laquelle elle évoluait dans la cuisine.

Etant donné l'heure matinale, il n'était pas difficile pour un homme dont le métier était de résoudre des énigmes de faire une rapide déduction. Et d'en arriver à la conclusion que Jack et Nikki couchaient ensemble.

Charles et Peter Thomas, le père de Nikki, avait été coéquipiers, aussi Jack soupçonnait-il l'inspecteur de nourrir des sentiments paternels forts envers elle. Des sentiments paternels qui n'auguraient rien de bon pour Jack.

Il soupira. Il était dans le pétrin.

Nikki lui adressa un sourire chaleureux.

— Bonjour, Charles.

— Qu'est-ce que tu fabriques ici, jeune fille ?

— Je prends le petit déjeuner, dit-elle d'un ton décontracté. Quand j'ai entendu votre voix, j'ai ajouté une omelette pour vous.

— Je ne veux pas d'omelette.

— Dommage. Elle est en train de cuire. Je vous connais, Charles. Si vous êtes sorti si tôt, c'est que vous êtes parti avant que Raye ne soit sortie du lit. Cela signifie que vous avez avalé au mieux une tasse de café et un toast.

Elle désigna d'un geste la table de la cuisine.

— Venez vous asseoir. Jack, verse un café à Charles. Il l'aime avec de la crème et beaucoup de sucre. Raye ne lui laisse pas prendre le sucre en plus, mais ce sera notre petit secret.

— Bon sang, Nikki ! s'exclama Charles. Tu n'as pas répondu à ma question.

Mais Jack remarqua qu'il s'assit malgré tout, lui lançant un regard presque meurtrier. Mieux valait lui donner l'information demandée au plus vite.

— Nous nous sommes rencontrés peu de temps après la mort de mon père, déclara Jack. Nous sortons ensemble depuis plus de trois mois. C'est sérieux. Vous pouvez essayer de me mettre en garde, mais ça ne marchera pas. Elle est décidée à prouver mon innocence. Deux cuillères de sucre ou trois ?

L'inspecteur remua la mâchoire pendant une minute infinie.

— Quatre.

— Houlà, dit Jack en haussant les sourcils.

— Oui, c'est ce que dit Raye. Passez-moi le sucre, et gardez vos commentaires pour vous.

Jack obéit, puis prit place face au policier. Nikki posa leurs assiettes devant eux. En échangeant un regard tendu, ils s'attaquèrent à leur omelette. Charles eut un gémissement approbateur.

— Bon Dieu, Nikki, quand as-tu appris à cuisiner aussi bien ? Tu as pris des cours avec ta grand-mère paternelle, n'est-ce pas ?

— Il se pourrait qu'elle m'ait appris une ou deux petites choses.

Il mangea rapidement son omelette, sans en laisser une miette, puis la repoussa.

— Apprendre que tu es impliquée dans toute cette histoire, cela me déplaît fortement, Nikki, mais ça explique une chose ou deux.

Il se cala sur sa chaise et fit tourner lentement sa cuillère dans tasse de café. Sans doute était-ce son mode de réflexion habituel, songea Jack.

— Comme le fait que Jack, ici présent, ait demandé à Matt Kincaid de consulter les registres des appels du groupe Kincaid.

Jack vit rouge.

— Nom d'un…

Charles l'interrompit d'un geste de la main.

— Kincaid ne sait absolument pas mentir. Dès que

je lui ai demandé pourquoi il voulait une copie, il a commencé à s'agiter comme un enfant de six ans pris les deux mains dans le pot de confiture. Il ne m'a pas fallu longtemps pour découvrir que vous étiez derrière tout ça.

Il posa un regard froid sur Nikki.

— Ou plutôt, Nikki. Son esprit fonctionne exactement comme celui de son père.

Le regard de Nikki s'embua.

— C'est la chose la plus gentille que vous m'ayez jamais dite, Charles.

— Pourquoi veux-tu ces registres, jeune fille ?

— En fait, c'était l'idée de génie de Jack.

— Ah oui ?

L'inspecteur se tourna vers Jack et son regard se fit plus froid encore.

— Et quelle est exactement cette idée de génie ?

Jack était tout à fait conscient que, s'il ne l'expliquait pas à l'inspecteur, Nikki le ferait. Ce qui ne lui laissait guère de choix.

— Le soir où mon père a été tué, expliqua-t-il, Elizabeth Kincaid lui a apporté son dîner. A-t-elle mentionné devant vous qu'elle pensait que Reginald était au téléphone quand elle est arrivée ?

Charles secoua la tête.

— Elle n'a rien mentionné de tout ça, répondit-il d'un ton sec, manifestement contrarié de ne pas avoir eu cette information avant.

— Peut-être parce qu'il n'était pas au téléphone. J'ai vérifié personnellement les appels sur poste fixe, ainsi que les listes d'appel de son portable. Un seul appel sortant, bien avant que Mme Kincaid n'arrive sur la scène du crime. C'était à un partenaire de golf, pour confirmer l'heure d'une partie.

— Alors à qui parlait-il ? demanda Nikki.

Charles haussa les épaules.

— Peut-être parlait-il tout seul ? Ça m'arrive, quand j'essaie de résoudre une enquête. Ton père aussi le faisait, l'informa-t-il.

Jack eut soudain une idée, une idée qui expliquait beaucoup de choses.

— Et si…

Il lança un regard à Nikki, qui l'encouragea d'un signe de tête.

— Et si le tueur était dans le bureau de mon père quand Elizabeth est arrivée ?

Elle le regarda avec admiration.

— Jack, c'est brillant ! Ça ne me serait jamais venu à l'esprit, mais ça expliquerait beaucoup de choses.

L'inspecteur cilla, surpris.

— Comment en êtes-vous arrivé à cette hypothèse ?

Il n'avait pas utilisé le qualificatif « ridicule », mais le sous-entendu était là. Sous-entendu qui n'échappa pas à Jack. Celui-ci se leva, arpentant la cuisine pendant qu'il rassemblait ses pensées.

— Elizabeth nous a dit que mon père s'était montré inhabituellement sec avec elle. Elle l'a même qualifié de « cruel ».

— Oui, en effet, je me souviens qu'elle a employé ce qualificatif devant moi. Où voulez-vous en venir ?

— Ça ne ressemble pas à mon père. Et ce n'est certainement pas la façon dont il m'a appris à traiter les femmes. Même s'il avait une relation avec ma mère, il aimait sa femme et avait le plus grand respect pour elle. Quand j'ai demandé à Elizabeth s'il lui avait déjà parlé comme ça auparavant, elle m'a assuré que non.

— Non, c'est ce que sa famille et ses employés ont

prétendu aussi. C'était une des raisons pour lesquelles j'ai douté de sa version, expliqua Charles. Continuez.

— Pourquoi aurait-il agi de manière si étrange ce soir-là ? Ça n'a pas de sens, à moins que…

Pourvu que son idée ne paraisse pas folle à un inspecteur aguerri.

— A moins que le tueur ait été dans la pièce à ce moment-là, et que mon père ait essayé de protéger Elizabeth en la faisant sortir de la manière la plus efficace et la plus rapide possible.

— Ça serait assez dans le genre de Reginald, murmura Nikki.

Rejoignant Jack, elle lui prit les mains.

— Ça expliquerait tant de choses, n'est-ce pas ? Cela dit, comme c'est triste qu'un de ses derniers actes ait été de traiter sa femme avec une telle cruauté afin de la protéger. Ça lui a probablement sauvé la vie, mais tout de même… Reginald aurait détesté que ses derniers mots entre eux soient ceux-là.

— En supposant que c'est ce qui s'est passé, rappela Charles.

Il pencha la tête et ferma les yeux, comme s'il considérait cette hypothèse, tout en réfléchissant aux biais et aux autres possibilités.

— C'est certainement une explication plausible, conclut-il au bout de quelques instants. Malheureusement, il est tout aussi plausible qu'il ait découvert la liaison de sa femme avec Cutter Reynolds, et qu'il se soit efforcé de digérer la nouvelle. Peut-être est-elle arrivée avant qu'il reprenne le contrôle de lui-même.

— Comment l'aurait-il découverte ? demanda Nikki. S'il avait engagé un détective privé, vous auriez découvert cette information, maintenant. Aucun de ses enfants n'était au courant. Je suppose, en me fondant sur vos entretiens avec ses amis et ses associés, que personne ne le savait non plus, sinon, ils l'auraient mentionné.

— Et si un ami ou un associé le savait, je vous garantis que tout Charleston aurait été au courant en quelques heures, ajouta Jack avec un soupçon d'amertume. En quelques minutes, même, étant donné la vitesse à laquelle la nouvelle de la liaison de mon père avec ma mère s'est répandue, sans parler du fait que j'étais le fruit de cette liaison.

Charles secoua la tête.

— Personne n'a parlé de la liaison d'Elizabeth avec Cutter. Personne n'a même suggéré cette possibilité. En fait, quand elle a avoué cette liaison, j'ai interrogé de nouveau ceux qui auraient pu être au courant. Elle a très bien réussi à cacher sa liaison avec Cutter, confirma-t-il.

— Alors, comment Reginald l'aurait-il su ? demanda Nikki.

— Bon, supposons que Jack a raison, et que le tueur était dans la pièce au moment où elle est arrivée. Et alors ? Qu'est-ce que cela nous apporte de plus que ce que nous savons déjà ? Considérons les faits établis depuis le meurtre de Kincaid.

Il compta sur ses doigts.

— Un : le meurtrier est entré dans l'immeuble par la porte principale, en même temps que Brooke Nichols, juste avant que les bureaux ne ferment. Deux : le tueur devait connaître les lieux, puisqu'il n'a pas demandé de renseignements, mais a agi comme s'il savait où il allait. Mieux, il semblait travailler là, puisque Brooke n'a pas songé à lui poser de questions quand il ne s'est pas arrêté à l'accueil. Trois : sa familiarité avec le bâtiment et l'emplacement précis du bureau de Reginald me fait dire que, selon toute probabilité, Reginald connaissait l'identité de son meurtrier. C'est pourquoi je me suis concentré sur la famille et les amis. Il y a juste un gros problème.

— Tout le monde a un alibi, intervint Nikki.

— C'est exact, jeune fille.

Nikki sentit un malaise la gagner.

— Alors, le quatrième point serait de regarder qui a le plus à gagner du meurtre de Reginald, poursuivit-elle. En d'autres termes, le mobile.

Charles opina.

— Exactement. Jusqu'ici, les seuls qui profitent du crime sont la famille proche.

Le regard de l'inspecteur se posa sur Jack.

— Et de tous les membres de la famille, c'est vous, Sinclair, avec vos quarante-cinq pour cent de parts du groupe Kincaid, qui semblez avoir le plus à gagner.

Jack se força à rester calme et posé. Ce qui s'avéra difficile, sous le regard scrutateur de McDonough.

— Ça ne change pas le fait que je n'ai pas tué mon propre père. Je ne l'aurais jamais fait. Bon sang, inspecteur, j'en aurais été incapable.

— Alors, pourquoi votre voiture était-elle garée sur un parking près de l'immeuble de l'entreprise, au moment du meurtre ?

— J'aimerais bien le savoir.

Jack se risqua à poser une question.

— Comment est-il possible que vous ayez des photos de ma voiture, mais pas de moi ?

L'inspecteur se balança sur sa chaise.

— C'est justement le problème, Sinclair. Nous en avons. Nous avons une belle vidéo de vous en train de sortir de votre luxueuse Aston Martin rouge rubis et de vous diriger vers l'immeuble du groupe Kincaid.

- 6 -

Jack s'enfonça sur sa chaise, abasourdi.

— *Quoi ?*

Il dévisagea l'inspecteur, incrédule. Il s'efforça de rassembler ses pensées, de trouver un sens à un fait si éloigné du champ des possibles.

— Comment pouvez-vous détenir une vidéo de moi, alors que je n'étais pas là ? Ce doit être un faux. Je ne sais pas pourquoi ou comment quelqu'un en irait à de telles extrémités mais, je peux vous l'assurer, je travaillais ce soir-là. Je n'ai quitté mon bureau que bien après l'heure de la mort de mon père.

— Et si c'est vrai, intervint Nikki, pourquoi n'a-t-il pas été arrêté et jeté en prison ?

Charles ignora l'objection et continua à fixer Jack pendant un instant qui lui sembla infini. Puis il ferma les yeux, secoua la tête, en marmonnant des jurons.

— Vous l'ignorez vraiment, n'est-ce pas ? Soit c'est le cas, soit vous êtes un formidable acteur.

La boule de tension brûlante dans le ventre de Jack diminua un peu. L'inspecteur avait-il menti afin d'observer sa réaction ?

— Tout ce que je sais, c'est qu'il est impossible que vous ayez une vidéo de moi à cette heure et à cet endroit, car je n'y étais pas, dit-il simplement.

A sa grande surprise, l'inspecteur s'avéra enclin à lui en dire plus.

— Il pleuvait ce soir-là. A verse. La personne qui est sortie de votre voiture est d'à peu près votre taille et de votre corpulence, et portait un chapeau de feutre. Vous savez, un de ces couvre-chefs à la Indiana Jones ?

— Oui. On avait un nom pour les idiots qui les portaient.

— Oui, chez nous aussi, dit Charles, une lueur malicieuse dans le regard.

Les deux hommes partagèrent un instant de complicité.

— Ce n'est pas un mot que je répéterais devant Nikki, ajouta Charles.

— Alors, vous n'avez pas vu son visage ? demanda Jack.

— Non. Et le peu que l'on pouvait voir, il l'a masqué avec une barbe et d'épaisses lunettes. Il portait aussi un épais imperméable, ce qui rend encore plus difficile l'évaluation correcte de son gabarit.

Jack réfléchit à cette description.

— Y a-t-il une chance pour que ce soit une femme ?

McDonough haussa les épaules.

— J'en doute. Selon Brooke Nichols, l'assistante de RJ Kincaid, il était grand, presque aussi grand que RJ.

— Un autre point contre moi.

— Tous ces points mis ensemble constituent une sacrée preuve contre vous.

Un silence gêné s'abattit sur eux, que McDonough finit par briser.

— De quoi avez-vous discuté, votre père et vous, le jour de sa mort ?

— Nous avons discuté ensemble la veille, pas le jour même, répondit Jack d'un ton absent.

Le regard de l'inspecteur s'aiguisa.

— Faux, mon garçon. Quand Matt a demandé les registres des appels, je les ai étudiés une seconde fois. Il y a eu un appel en provenance de Carolina Shipping, vers la ligne directe de votre père, environ une heure avant la fermeture des bureaux.

Il fallut un instant à Jack pour intégrer l'information.

— De Carolina Shipping ? Le numéro principal, ou ma ligne privée ?

Charles récita le numéro de mémoire.

— C'est la ligne principale, l'informa Jack. J'appelle toujours mon père depuis mon portable ou mon bureau, et j'ai ma ligne personnelle.

— Cette fois, ça n'a pas été le cas.

Jack serra les dents.

— Pourquoi êtes-vous si décidé à me mettre le meurtre de mon père sur le dos ?

McDonough haussa les épaules.

— Pourquoi chaque fait nouveau nous conduit-il droit à vous, Sinclair ? J'aimerais vraiment le savoir.

— Epluchez encore ces registres, assena Jack. Vous verrez que tous les appels que j'ai passés à mon père provenaient soit de mon portable, soit de ma ligne professionnelle propre, vers son portable ou son bureau.

— Alors, si vous ne l'avez pas appelé, qui d'autre ?

— Bonne question, une question sur laquelle je compte me pencher dès que je retournerai au bureau.

— Eh bien, pendant que vous y êtes, voyez si vous ne pouvez pas trouver une explication au fait que votre voiture ait été garée près du bâtiment du groupe Kincaid. Une meilleure explication que « ce n'était pas moi ».

Jack s'efforça de contenir son sentiment d'impuissance.

— J'ai une idée. Si vous me montriez cette vidéo ?

L'inspecteur eut l'air soupçonneux.

— Pourquoi ?

— Je veux voir la preuve que c'est bien ma voiture.

— Elle porte vos plaques d'immatriculation, fiston.

Cependant, McDonough réfléchit un instant.

— Prenez rendez-vous, concéda-t-il avec un haussement d'épaules, et je verrai si je peux arranger ça.

Il se leva.

— Nikki, j'aimerais te dire de te tenir à distance de ce monsieur, mais je doute que tu m'écoutes.

Elle eut un petit sourire.

— Désolée. Je compte rester là pour longtemps.

Il soupira.

— C'est bien ce que je craignais.

Il décocha un regard glacial à Jack.

— Raccompagnez-moi.

Ce n'était pas une requête mais un ordre.

McDonough garda le silence jusqu'à ce qu'ils atteignent la porte. Une fois dans le vestibule, il se tourna vers Jack, l'air déterminé.

— Son père et moi étions amis depuis très longtemps, murmura-t-il d'une voix sombre. Il a pris une balle qui m'était destinée, et il ne se passe pas un jour sans que je vive avec les conséquences de son sacrifice.

— Elle ne vous en veut pas.

Jack n'avait rien trouvé d'autre à dire.

— Dieu sait pourquoi. Il n'empêche qu'il n'y a pas un homme dans la police qui ne prendrait pas sa défense. Vous comprenez ce que je veux dire ?

L'inspecteur n'attendit pas de réponse. Il se pencha pour appuyer son propos.

— Si vous lui faites du mal, vous ne pourrez pas traverser la rue sans être arrêté pour avoir traversé en dehors des clous. En supposant que vous aurez encore des jambes en état de marche une fois que nous en aurons fini avec vous.

Sur ces paroles, il tourna les talons et sortit.

— A quel point la menace était-elle sérieuse ? demanda Nikki.

Jack lui lança un bref regard avant de reporter son attention sur la route.

— Rien que je ne puisse supporter.

— Il ne le pensait pas.

— C'est ça.

Un sourire sans joie passa sur son visage.

— Je pense que tu as tendance à sous-estimer à quel point Charles est protecteur avec toi… et jusqu'où ses collègues et lui iront, si notre relation te cause le moindre chagrin.

— J'ai une idée…, dit-elle d'un ton joyeux. Ne me fais aucun mal.

— Excellent plan.

Son irritation disparut, laissant place à une sincérité qui fit bondir son cœur.

— Crois-moi, la dernière chose que je veux, c'est te faire du mal.

— Oh ! Jack, murmura-t-elle. Parfois, tu dis des choses si inattendues — et si délicieuses.

— Je les pense.

— Je le sais.

Elle posa la main sur sa cuisse et sentit son muscle se contracter sous sa douce caresse.

— C'est ce qui les rend encore plus spéciales.

Ils arrivèrent sur East Battery, où la circulation devenait plus dense.

— Chez toi ou chez moi ? demanda-t-il.

— Chez toi. Je veux prendre un autre bain dans ton Jacuzzi.

— Excellente idée, déclara-t-il avec un petit sourire.

Avec réticence, elle reporta son attention sur l'ordre du jour.

— Je suppose que tu vas essayer de savoir qui a pu appeler ton père de chez Carolina Shipping.

— C'est le premier point sur mon programme.

— Et ensuite ?

— Si quelqu'un a téléphoné de chez Carolina Shipping, il y a des chances pour que je connaisse cette personne. Si tel est le cas, je compte avoir avec elle une longue conversation, avant de la livrer à la police. Ce pourrait être intéressant de savoir ce qu'elle a fait le soir du meurtre de mon père... et s'il y a la moindre chance pour qu'elle ait eu accès à ma voiture.

— Eh bien, ta journée semble bien plus intéressante que la mienne, se plaignit-elle. Je suppose que tu ne me laisserais pas te suivre pendant quelques heures ? Deux paires d'yeux et d'oreilles valent mieux qu'une.

— Et ton travail ?

— Mais je travaille. Je t'espionne, tu te souviens ?

A son grand soulagement, il éclata de rire.

— C'est vrai ! Comment ai-je pu l'oublier ? Tu peux rester avec moi jusqu'à l'heure du déjeuner. J'ai des rendez-vous cet après-midi que je ferais mieux de ne pas reporter.

Elle faillit lui demander avec qui, mais se ravisa. Il pourrait y avoir conflit d'intérêts. Lorsqu'ils arrivèrent sur le parking de Carolina Shipping, Jack se gara sur sa place réservée, près d'une haie de buis anglais dont le parfum odorant flottait dans l'air. Ils sortirent de la voiture, et il déverrouilla la porte du parking menant directement à son bureau, confirmant ainsi qu'il disposait d'une entrée privée. Pas étonnant que Charles considère encore Jack comme un suspect plausible.

— Trop de gens entraient et sortaient de mon bureau, dit-il, comme s'il avait lu dans son esprit. Partir en douce, cela aurait été un risque inconsidéré. N'importe qui aurait pu découvrir mon absence et en parler à la police.

Elle le suivit à l'intérieur, réfléchissant à la chronologie des événements.

— Je suis d'accord. C'est pour cela que rien de tout cela n'a de sens.

— Alors, pourquoi suis-je toujours suspect ?

— Je l'ignore, Jack. Le tueur avait besoin de beaucoup de temps, du temps que tu n'avais pas. Non seulement il devait attendre que l'immeuble soit vide pour voir Reginald en privé, mais il devait aussi attendre à l'extérieur de l'immeuble du groupe Kincaid, pour pouvoir entrer avec un employé, afin d'éviter de signer le registre des entrées et sorties à l'accueil.

— Ça n'a pas de sens. S'il n'a pas signé, pourquoi avoir volé la page du jour du registre ?

— Je me suis posé la même question. Peut-être au cas où le vigile aurait écrit un message pour consigner son arrivée ?

— Deux précautions valent mieux qu'une ?

— Oui, c'est peut-être aussi simple que cela.

Il réfléchit, puis acquiesça d'un signe de tête.

— Ça semble plausible.

Il la conduisit vers une chaise, puis saisit le téléphone de son bureau.

— Je suis là, Gail, annonça-t-il à son assistante. Pourriez-vous dire à Lynn de se présenter à mon bureau dès qu'elle le pourra ? Merci.

Il revint à leur conversation.

— Alors, une fois qu'il est à l'intérieur, il se dirige vers le bureau de Reginald. Inutile de perdre du temps, non ?

— Pas s'il tenait à ramener ta voiture avant que quelqu'un se rende compte qu'elle n'était plus là.

— Problème suivant… Comment aurait-il su que mon père était là, et, plus important, qu'il serait seul ?

— C'était l'heure de la fermeture. Ton père travaillait souvent tard. Supposons que le tueur ait eu la confirmation que Reginald était encore au bureau, en l'appelant de chez Carolina Shipping. Peut-être a-t-il supposé que Reginald serait seul.

— Mmm. Travailler tard, ça semble être un trait de famille.

Il approcha, le regard brûlant.

— Pas autant qu'avant, cela dit. Du moins, pas depuis ces trois derniers mois. Tu as un sacré effet négatif sur ma capacité de travail.

Elle sourit.

— Alors, mon plan diabolique fonctionne.

— Oui, un pcu trop bien.

Il glissa les bras autour d'elle, et frotta son visage contre la zone sensible juste sous son oreille, chassant toute pensée cohérente de son esprit.

— Quand je mets en balance le plaisir de travailler et le plaisir de passer trois heures avec toi, le travail ne peut pas rivaliser.

— Oh ! Jack, murmura-t-elle.

Incapable de résister, elle l'embrassa, en mettant son cœur et son âme dans la fusion de leurs lèvres et de leurs corps. Aucun autre homme n'était capable de l'exciter à ce point, d'un seul regard, d'une seule caresse, d'un seul mot. Il défit les boutons de sa veste, glissa ses mains dessous, et la caressa à travers son chemisier de soie.

Le temps s'évanouit, et elle s'abandonna à un désir plus puissant que tout ce qu'elle avait connu auparavant. Durant ces trois derniers mois, elle n'était pas seulement tombée amoureuse de Jack Sinclair. Elle s'était engagée, avait construit un lien fort avec lui, et avait dévoilé ses émotions de manière si absolue qu'elle ne pouvait s'imaginer avec un autre que lui.

— Nikki, il y a quelque chose que je veux te demander depuis quelque temps…

De légers coups sur la porte les interrompirent, et ils s'écartèrent l'un de l'autre à contrecœur. Pendant que Nikki reboutonnait sa veste, Jack fit un effort visible pour se reprendre. Satisfaite, elle constata qu'il lui fallut plusieurs secondes pour y parvenir.

— Entrez, cria-t-il dès qu'ils furent de nouveau présentables.

Lynn entra dans le bureau.

— Vous avez demandé à me voir, Jack ?

Elle adressa à Nikki un sourire doux, à l'image de sa personnalité.

— C'est un plaisir dc vous revoir, mademoiselle Thomas. J'espère que vous avez passé un bon week-end.

— Excellent, merci. Et s'il vous plaît, appelez-moi Nikki.

Jack attendit avec une impatience à peine dissimulée qu'elles aient fini d'échanger des politesses.

— Lynn, il faut que je découvre qui a passé un coup de fil à mon père le jour de sa mort. Il aurait été passé depuis la ligne principale, et non depuis mon bureau. Vers 16 heures, je crois. Pourriez-vous vérifier ?

Son sourire enjoué s'évanouit, laissant place à un air intrigué.

— Je m'y mets tout de suite, annonça-t-elle.

Dès qu'elle fut sortie, Jack regarda Nikki. Elle devinait qu'il se demandait s'ils devaient reprendre là où ils en étaient restés. Avec un sourire de regret, il se leva et se dirigea vers la cafetière, posée sur le bar. Il remplit deux tasses et en tendit une à Nikki. Il se percha sur un coin de son bureau et but une lente gorgée. Elle s'assit sur la chaise la plus proche de lui et croisa les jambes, en tenant en équilibre sur son genou sa tasse et sa soucoupe.

— Tu sais, les faits semblent assez simples, déclara Jack au bout d'un instant. Le tueur s'est garé sur le parking, où il a été filmé. Il s'est ensuite dirigé vers l'entrée du bâtiment du groupe Kincaid, devant laquelle il a attendu pour pouvoir entrer en même temps que Brooke. Il a passé le bureau de sécurité, sans doute pour prendre l'escalier jusqu'au quatrième étage, afin de se cacher jusqu'à ce que mon père soit seul, puis est allé le voir.

— Il ne pouvait pas prévoir qu'Elizabeth arrive avec le dîner.

La douleur se lut sur le visage de Jack tandis qu'ils approchaient du moment où Reginald avait été tué.

— En supposant que mon père connaissait son meurtrier — ou même si ce n'était pas le cas, il y a eu sans nul doute une discussion, avant et après l'arrivée d'Elizabeth.

Sa voix était plus grave. Plus rauque.

— Le tueur a dû attendre d'être certain qu'Elizabeth soit partie pour qu'elle n'entende pas le coup de feu.

Elle se leva et posa sa tasse avant de faire de même avec celle de Jack. Puis elle le serra dans ses bras.

— Non. Ne pense pas à ça, murmura-t-elle. Cela ne sert à rien, et ton père n'aurait pas voulu que tu imagines ces derniers instants, mais que tu te souviennes de ta relation avec lui.

Il se pencha vers elle, le souffle court.

— Seigneur, Nikki. Je ne peux m'empêcher de penser à ce qu'il a dû ressentir pendant les dernières secondes de sa vie. Y avait-il quelque chose qu'il aurait pu dire pour l'empêcher ? Ou qu'il aurait pu faire ? Quelque chose que l'un de nous aurait pu dire ou faire, si seulement nous avions su ?

— Il se peut que nous n'ayons jamais la réponse. Mais nous pouvons et nous allons retrouver le coupable, affirma-telle d'une voix déterminée. Nous devrons nous en satisfaire.

Il se redressa.

— Tu as absolument raison, déclara-t-il d'une voix tout aussi déterminée. Reprenons. Le tueur tire sur mon père, puis retourne dans le hall.

Ses mots semblaient calmes et objectifs, mais elle percevait sa colère et son chagrin sous la surface.

Il fallait qu'elle reste concentrée. C'était la meilleure façon d'aider Jack à retrouver son équilibre, ainsi qu'un peu d'objectivité.

— D'accord, mais c'était après la fermeture, et presque tout le monde est parti. J'assistais à la réunion durant laquelle Tony Ramos, l'enquêteur que RJ a embauché pour enquêter sur le meurtre de ton père, a passé en revue la chronologie des événements à partir de là. Jimmy était le vigile en service ce soir-là. Il ne quitte son poste que pour aller aux toilettes, et il verrouille toujours la porte d'entrée quand il n'y a personne à l'accueil. Cela signifie que le tueur a dû attendre que Jimmy fasse une pause aux toilettes pour voler la page du registre et s'échapper par l'entrée principale.

— Le détective a-t-il indiqué à quel moment cela s'est produit ?

Elle tenta de se remémorer les détails d'une réunion qui avait eu lieu il y avait déjà deux mois.

— Jimmy a quitté son poste peu après que Brooke et Elizabeth sont sorties du bâtiment. Il a fermé la porte à clé avant de s'absenter, comme le veut la procédure.

Mais quand il est revenu à son poste quelques minutes plus tard, il a constaté que la porte était déverrouillée.

Il secoua la tête.

— Rien de tout cela n'a de sens. J'aurais pu découvrir que la voiture n'était pas là, à n'importe quel moment, et appeler la police. Ou le corps de Reginald aurait pu être découvert, et quelqu'un aurait appelé la police. C'est un laps de temps énorme. Bien trop énorme pour que je sois un suspect sérieux.

— A moins qu'ils croient que tu travaillais de concert avec le vrai meurtrier, suggéra-t-elle à contrecœur.

A sa surprise, Jack approuva d'un hochement de tête.

— C'est aussi ce que je me suis dit. Si l'on observe le meurtre du point de vue d'un policier, cela expliquerait comment et pourquoi le tueur s'est servi de ma voiture. Et pourquoi Charles me considère comme un suspect, ajouta-t-il, les lèvres serrées. Celui qui a pris ma voiture, qui qu'il soit, voulait me piéger.

Alors qu'elle avait évité d'aller sur ce terrain, Jack était allé droit au cœur du sujet.

— Le tueur voulait que la police découvre la vidéo du parking montrant ta voiture — une Aston Martin rouge rubis dont tout le monde à Charleston sait qu'elle t'appartient, commenta-t-elle. Même si tu étais de mèche avec lui, cela aurait été incroyablement stupide de ta part de lui prêter ainsi ta voiture, puisqu'elle conduirait droit à toi.

— Or, je ne suis pas stupide.

— Non.

Elle reprit une gorgée de café, réfléchissant aux différentes alternatives.

— Tu sais… peut-être que nous prenons le problème à l'envers, Jack. Et peut-être que la police aussi.

Il hocha lentement la tête.

— Au lieu de se demander qui en avait après Reginald, dit-il, nous devrions nous demander qui a une dent contre moi et cherche à me faire porter le chapeau. Malheureusement, il y a plusieurs noms sur la liste, la plupart d'entre eux étant des Kincaid.

Un frisson de terreur la parcourut, et sa tasse de café tinta contre la soucoupe.

— Oh ! Jack. Et si la police décide que tu es innocent ? Le tueur pourrait décider de s'en prendre à toi directement. Tu pourrais courir un réel danger.

— Ne t'inquiète pas, Nikki. Je peux veiller sur moi-même.

Il l'ignorait, mais sa réponse calme ne la rassurait pas du tout, au contraire. Combien de fois son père lui avait-il dit la même chose ? Combien de fois avait-il souri de manière rassurante — exactement comme Jack — et lui avait-il dit que tout irait bien ? Qu'il était policier, plus que capable de veiller sur lui-même ? Cela ne l'avait pas sauvé lorsqu'on lui avait tiré dessus, pas plus que Reginald n'avait pu se sauver lui-même.

Pas plus que Jack ne le pourrait.

— Tu ne peux pas veiller sur toi, assena-t-elle en posant sa tasse. Pas si quelqu'un est décidé à te supprimer. Il y a trop de moyens d'y arriver. Regarde ce qui est arrivé à ton père.

— Et au tien ? dit-il avec douceur.

Même si elle venait précisément d'y penser, elle se surprit à fondre en larmes. Aussitôt, il se leva et la prit dans ses bras.

— Tout ira bien, mon cœur. Nous allons résoudre cette énigme, et nous laisserons Charles se charger du reste. Celui qui a tué mon père ne pourra pas m'atteindre s'il est derrière les barreaux.

— Et si nous ne découvrons pas l'auteur du meurtre ?

Ou s'il n'y a aucune preuve, et que la police ne peut pas le mettre en prison ? Ou pire…

Elle se mordilla la lèvre.

— Si le tueur t'accuse de complicité, et que la police le croit ?

— Un problème à la fois. D'abord, nous devons découvrir qui a tué mon père. Ensuite, nous trouverons un moyen de prouver sa culpabilité, tout en établissant mon innocence.

Avant qu'elle puisse débattre de ce point, on frappa de nouveau à la porte. Nikki s'écarta de Jack et fit mine de remplir leurs tasses tout en essuyant discrètement les larmes sur ses joues. Lynn entra dans la pièce un instant plus tard. Du coin de l'œil, Nikki vit la réceptionniste nouer ses mains, l'air visiblement agité.

— Monsieur Sinclair ?

Sa formule officielle avertit Nikki que la nouvelle n'était pas bonne.

— Qu'avez-vous découvert, Lynn ?

— Je suis navrée. Tout est ma faute, dit-elle précipitamment. Je l'ai laissé utiliser le téléphone. Je ne me suis pas rendu compte que c'était mal. Si vous voulez que je démissionne, je comprendrai.

— Doucement, dit-il d'une voix douce et apaisante.

Il prit la réceptionniste par le bras et la guida vers le canapé.

— Venez vous asseoir. Recommençons depuis le début. Vous avez vérifié avec les autres employés qui aurait pu appeler le groupe Kincaid, et… ?

Elle s'enfonça dans les coussins épais et le regarda avec nervosité.

— Et personne n'a appelé. Puis je me suis souvenue que votre frère, Alan, était passé. Il avait demandé à vous voir, mais vous aviez donné la consigne de ne pas vous déranger. Je le lui ai expliqué. Il a souri comme il le fait toujours. C'est un garçon si charmant, vous savez ? Si arrangeant.

— Oui. Arrangeant. C'est tout Alan.

— Il m'a demandé s'il pouvait téléphoner. Naturellement, j'ai répondu oui. Je lui ai proposé mon téléphone, mais il avait besoin de parler en privé, alors je l'ai conduit dans la salle de conférences. Il n'y est resté que cinq ou dix minutes mais, à un moment, j'ai cru l'entendre élever la voix. Je ne me suis pas inquiétée, car je me disais qu'il plaisantait peut-être avec quelqu'un. Puis il est revenu. Je lui ai dit au revoir, mais il n'a pas dû m'entendre. Il est sorti directement. Seulement…

— Tout va bien, Lynn. Rien de ce que vous me direz sur Alan ne me perturbera.

— Il semblait un peu en colère, avoua-t-elle. D'habitude, il est très avenant, vous savez ? Mais j'avais le sentiment que le coup de téléphonc ne s'était pas bien passé, et je me souviens avoir pensé que peut-être il n'avait pas plaisanté, finalement. Peut-être qu'il était en colère contre cette personne.

— C'est génial, Lynn, c'est exactement ce que j'avais besoin de savoir.

— Vraiment ? Vous ne dites pas ça pour me faire plaisir ? Je n'ai rien fait de mal ?

— Vraiment. Vous n'avez absolument rien fait de mal. Vous pouvez retourner travailler, maintenant.

Elle sembla soulagée.

— Merci, Jack.

Elle referma la porte derrière elle.

Jack regarda Nikki.

— Alan ? demanda-t-elle. Est-ce possible ?

— Il m'est difficile de croire que mon frère ait pu tuer mon père.

Il se leva lentement. Elle ne l'avait jamais vu l'air aussi impitoyable.

— Malgré tout, je crois qu'il est temps que nous rendions une visite à mon petit frère.

- 7 -

Le trajet jusqu'à Greenville, où vivaient Alan et la mère de Jack, Angela, dura un peu plus de trois heures. Peu après midi, ils empruntèrent l'allée circulaire de la vaste demeure que son père avait achetée pour sa mère. Jack avait vécu ici depuis ses dix ans jusqu'à son départ pour l'université.

Assis dans la voiture, il regarda l'endroit qu'il avait considéré autrefois comme son chez-lui. Il avait déménagé le jour de la remise des diplômes, sa maîtrise de commerce fermement en main. Il n'était jamais revenu depuis, du moins pas pour y vivre. En partie pour éviter tout conflit avec Alan, qui lui avait bien fait sentir qu'il n'était plus le bienvenu. Mais surtout parce qu'il voulait réussir par lui-même, préférant gagner suffisamment d'argent pour acheter seul sa maison plutôt que de profiter des largesses de son père, tout comme il avait payé lui-même ses études. C'était une question d'honneur et de fierté.

— Ma mère, il y a quelques mois, a parlé de vendre cette maison, dit-il à Nikki. Mais devant la fureur d'Alan, elle a préféré abandonner cette idée.

— Est-ce qu'ils sont là ?

— Ma mère est sans doute au travail, à moins qu'elle ne fasse qu'une demi-journée aujourd'hui. Si tel est le cas, elle sera bientôt rentrée. Quant à Alan…

Il afficha un sourire ironique.

— Rien n'a changé depuis ta dernière visite. Mon frère est toujours entre deux boulots, alors il devrait être là.

— Compris.

Il ne prit pas la peine de frapper et se servit de sa clé. En entendant la porte s'ouvrir, Alan apparut sous la voûte qui séparait le spacieux vestibule du salon. A peine plus petit que Jack, il avait les mêmes cheveux blond doré et les mêmes yeux miel que leur mère. Mais il tenait ses traits juvéniles de son père, Richard Sinclair. Il avait un livre dans la main, et corna sa page avant de le refermer.

— Jack, quelle surprise !

Il porta son regard sur Nikki et lui offrit un sourire sympathique.

— Nikki. Je suis très heureux de vous revoir, même si c'est un peu inattendu. Tu aurais dû téléphoner pour me prévenir de votre visite, Jack.

— J'aurais dû. Mais je ne l'ai pas fait.

Il fit un geste vers le salon.

— Allons discuter.

— Voulez-vous vous joindre à moi pour un verre ? demanda Alan en se dirigeant vers la desserte à alcool.

— Non, merci. J'ai une petite question pour toi.

— Laquelle ?

— Tu es passé chez Carolina Shipping vers 16 heures, le jour où Reginald a été tué. Ça t'ennuierait de me dire pourquoi ?

Alan eut un petit rire incrédule.

— Tu as fait tout ce chemin pour me demander ça ? Tu aurais dû téléphoner, Jack. Ça t'aurait évité un voyage pour rien.

Certes, mais il n'aurait pas pu voir la réaction d'Alan.

— Tu n'as pas répondu à ma question.

— Ça fait si longtemps, je ne suis même pas sûr de me rappeler cette journée.

Il alla s'asseoir sur le canapé et croisa les jambes avec une nonchalance étudiée.

— Ah, je m'en souviens, maintenant ! J'étais passé cet après-midi-là pour t'inviter à dîner. Mais tu étais pris par un gros projet, et je n'ai pas voulu te déranger.

— Un dîner, Alan ? C'est une première. Je ne me souviens pas que tu m'aies jamais invité à dîner.

Son frère sourit par-dessus le bord de son verre, une lueur malicieuse dans le regard.

— Si ça t'aide à te réconcilier avec cette idée, c'est toi qui aurais payé.

— Je n'en doute pas.

Jack continua de l'observer, et ne fut pas déçu de voir son frère remuer et lisser nerveusement le pli impeccable de son pantalon.

— Et pendant que tu étais là, tu as, quoi ? décidé d'appeler papa depuis mes bureaux ? Ça semble étrange que tu n'aies pas utilisé ton téléphone portable.

— Ma batterie était à plat.

— Pourquoi as-tu appelé papa ?

Alan saisit son cigare, le tapota pour en faire tomber les cendres et tira une longue bouffée.

— Puisque tu n'étais pas libre, j'ai pensé que Reginald pourrait te remplacer. Mais il s'est avéré qu'il n'était pas disponible non plus.

Il haussa les épaules.

— Je crois qu'il avait un rendez-vous avec un meurtrier.

Jack vit rouge. Sans nul doute, c'était ce que cherchait Alan. En marmonnant un juron, il prit son frère par le col et le tira pour le mettre debout. Le verre s'écrasa au sol, ainsi que le cigare. Des morceaux de glace, du bourbon et des cendres se répandirent au sol.

Nikki remit le cigare dans le cendrier puis posa la main sur le bras de Jack pour le calmer.

— Lâche-le, dit-elle doucement. Le frapper ne résoudrait rien.

— Peut-être que ça ne résoudrait rien, mais ça me ferait certainement du bien.

— Tout ce que cela fera, c'est prouver à Nikki quel genre d'homme tu es, assena Alan. Le genre d'homme qui aimait me prendre de haut quand Reginald est revenu de force dans la vie de maman. Jusqu'à cette époque, tu n'étais rien de plus qu'un bâtard dont personne ne voulait. Mon père te méprisait, maman me l'a dit. Il te méprisait d'utiliser le nom de Sinclair et de le forcer à te déclarer comme son fils. Il détestait voir son fils légitime élevé avec un enfant adultérin. Nous étions heureux, tous les trois. Nous étions la famille parfaite, sans toi. Si papa n'était pas mort, rien de tout cela ne serait arrivé.

Jack était choqué et révolté par les paroles haineuses d'Alan. Jamais il n'avait soupçonné l'étendue et la profondeur de sa rancœur.

— Tu as raison, Alan. Etant donné que Richard avait des moyens modestes, tu n'aurais pas eu tout cela.

Il désigna d'un geste ample de la main la luxueuse décoration.

— L'argent de mon père n'aurait pas payé ce bourbon que tu engloutis ni ce cigare cubain que tu brûles. Il ne t'aurait pas permis de passer presque trente ans à profiter de son argent. Que s'est-il passé, Alan ? Papa t'a-t-il menacé de te couper les vivres ? A-t-il insisté pour que tu trouves un travail ? A-t-il exigé que tu te débrouilles tout seul ?

— Non ! Il m'aimait. Il m'adorait.

Le regard furieux d'Alan se porta sur Nikki.

— Il faut que vous vous éloigniez de lui au plus vite. C'est un homme dangereux.

— Je sais exactement quel genre d'homme est Jack.

Elle pencha la tête.

— Et vous, Alan, quel genre d'homme êtes-vous ? Ou peut-être que vous avez déjà répondu à cette question.

Il recula d'un pas, surpris par sa pique inattendue.

— Que voulez-vous dire ?

— Je veux dire… Où étiez-vous le soir où Reginald a été tué ?

Alan resta bouche bée.

— Je vous demande pardon ?

— Je suis juste curieuse. Vous étiez à Charleston ce soir-là…

— Certainement pas, nia-t-il avec indignation. J'étais ici. J'ai quitté la ville quand j'ai compris que Jack n'était pas libre pour dîner.

— Ni Reginald.

Il serra les lèvres.

— Ni Reginald. J'ai décidé de rentrer chez moi. Quand Reginald Kincaid a eu cette fin tragique, j'étais ici, avec maman. Nous avons dîné, puis nous avons regardé la télévision, et ensuite nous sommes allés nous coucher, peu avant minuit. Non que je doive à l'un de vous une quelconque explication.

Ils entendirent une clé dans la serrure et, l'instant d'après, la porte s'ouvrit.

— Alan ? Je suis rentrée, dit Angela depuis le vestibule.

— Tu ne pouvais pas mieux tomber, répondit Alan en jetant un regard noir à Jack et à Nikki. A présent, vous allez voir à quel point vos soupçons sont ridicules.

Angela apparut dans le couloir. Son regard surpris se posa sur ses deux fils et sur Nikki. Elle portait un uniforme d'infirmière vert clair, et ses cheveux étaient attachés en chignon sur sa nuque, comme à son habitude. C'était une femme d'une beauté classique, à la silhouette plus corpulente que celle d'Elizabeth. Nikki lui trouvait des airs de Grace Kelly dans ses dernières années.

— Jack ? demanda-t-elle d'un ton incertain. Que se passe-t-il ?

— Juste une discussion avec mon frère.

Angela poussa un soupir, et sa fatigue se lut dans son regard et sa posture.

— J'aimerais que vous appreniez à vous entendre un jour.

— Il pense que j'ai tué Reginald, dit Alan.

Il alla près de sa mère et enroula un bras autour d'elle.

— Dis-leur ce que tu as dit à la police. Que j'étais ici avec toi, à l'heure où Reginald est mort.

Angela se raidit et dévisagea Jack, l'air choqué.

— Tu n'es pas sérieux, Jack. Tu ne peux pas soupçonner…

Jack fixa sa mère, espérant qu'elle lui dise la vérité.

— Etait-il à la maison, maman ?

Elle hésita, puis vacilla, sans doute déséquilibrée par l'étreinte possessive d'Alan. Elle se redressa en posant une main contre son torse.

— Bien sûr, qu'il était là. Je l'ai dit à la police, non ?

— En fait, je ne savais pas que tu le leur avais dit, expliqua Jack tranquillement. Tu n'en as jamais parlé.

— Pourquoi penses-tu qu'Alan aurait pu tuer Reginald ?

Ses yeux semblaient le supplier.

— Qu'est-ce qui peut bien te faire penser une chose aussi horrible ?

— Il était à Charleston cet après-midi-là.

— Et ?

— Et il a téléphoné à papa depuis mes bureaux, quelques heures avant le meurtre.

— Comme je l'ai dit, coupa Alan, c'était pour l'inviter à dîner, puisque tu n'étais pas disponible.

— C'est tout ? demanda-t-elle, des larmes de soulagement embuant ses yeux. Jack, tu… tu accuserais ton propre frère de meurtre, sur une preuve aussi maigre ?

Jack songea à parler du chapeau de feutre, mais se ravisa. Il n'y avait pas de preuve que son frère en possédait un. Et mieux valait ne pas trop dévoiler son jeu. En fait, il regrettait même d'être venu ici, car, désormais, Alan savait qu'il le soupçonnait. Mais au moment où Jack avait pris sa décision, la raison n'avait pas vraiment fait le poids. D'ailleurs, il savait très bien ce qu'Alan ferait si la police l'interrogeait. Il la conduirait dans une autre direction.

C'était d'ailleurs ce qu'il avait fait, en volant l'Aston Martin de Jack. Il leur fallait plus qu'un chapeau qui n'existait pas avant d'aller voir la police. Le coup de fil passé depuis Carolina Shipping n'était tout simplement pas une preuve suffisante, surtout si Alan avait un alibi en la personne de leur mère. C'était le moment de battre en retraite en douceur.

— Je suis navré, maman. J'ignorais qu'il était avec toi.

Il rassembla toute la sincérité qu'il put pour la faire passer dans sa voix.

— Excuse-moi, Alan. Vraiment.

— Ça, tu peux t'excuser, marmonna Alan.

Dans sa voix, le soulagement le disputait à l'indignation.

— Je crois que je suis encore bouleversé par la mort de papa, dit Jack, plus que je ne le pensais, et ça me fait perdre la tête.

Il reposa son verre sur la desserte et jeta un regard à Nikki.

— Il est temps de partir, maintenant.

Elle répondit d'un simple signe de tête.

Il se dirigea vers sa mère et la libéra de l'étreinte d'Alan, puis l'embrassa sur la joue.

— Je t'appelle dans quelques jours.

— Oui. D'accord.

Il offrit à son frère un regard contrit.

— Alan.

Celui-ci eut un sourire triomphant.

— Jack.

Jack ne dit rien jusqu'à ce qu'ils soient dans la voiture et quittent l'allée.

— Ce n'est pas le fruit de mon imagination, n'est-ce pas ? Il a tué mon père.

— Oui, Jack. Il a tué ton père.

Elle regarda par le pare-brise, les lèvres serrées.

— A présent, tout ce qu'il nous reste à faire, c'est trouver un moyen de le prouver.

— Je pensais à une chose…

Nikki roula dans le lit et posa la tête sur le torse de Jack. A leur arrivée, la chambre était plongée dans l'obscurité, mais depuis une heure la lune pointait timidement au-dessus de l'horizon et projetait sa douce lumière dans la pièce, la nimbant partiellement de clarté, tandis que d'autres parties restaient dans l'ombre.

Cinq jours s'étaient écoulés, pendant lesquels ils avaient examiné en long et en large les différentes possibilités pour démonter l'alibi d'Alan, ainsi que le fait qu'il ait eu accès à la voiture de Jack. A contrecœur, ils en étaient arrivés à la conclusion qu'Angela avait menti pour protéger Alan. Mais ils ne parvenaient toujours pas à expliquer comment il avait pu utiliser la voiture de Jack.

Il caressa distraitement le dos de Nikki. Mais il n'y eut rien de distrait dans sa réaction à sa caresse.

— Ce que je crains, c'est que, puisque Alan est mon frère, cela ne renforce les soupçons de ton ami inspecteur, qui pense que nous sommes impliqués dans le meurtre tous les deux.

— Mais ce serait tout bonnement stupide de ta part, de confier ta voiture à Alan pendant qu'il part commettre un meurtre. Alors qu'il aurait pu louer un véhicule ordinaire, que la police n'aurait pu relier à aucun de vous deux. Ils n'auraient peut-être jamais pu relier sa présence sur cette vidéo au meurtre, si Brooke ne s'était pas souvenue de son apparence avec tant de précision. Il n'aurait pas pu prévoir ça.

— Attends. Reviens en arrière.

— A quel moment ?

— Alan aurait pu louer un véhicule ordinaire, répéta-t-il lentement.

Elle hocha la tête.

— Exactement. La seule raison pour laquelle il ne l'a pas fait, c'est pour diriger les soupçons vers toi.

— Exact. Mais... Et s'il n'avait pas loué de voiture passe-partout ? S'il avait loué une voiture identique à la mienne ? S'il n'avait jamais emprunté ma voiture ce soir-là, et qu'il s'était contenté de prendre les plaques d'immatriculation quand il est venu au bureau et de les fixer sur une autre voiture ? Ce n'est peut-être pas ma voiture sur cette vidéo, mais une voiture de location portant mes plaques.

— Oh ! Jack. Serait-ce possible ?

Elle réfléchit. L'idée était si inattendue qu'il lui fallut une minute pour construire un contre-argument raisonnable.

— C'est une voiture assez remarquable, dit-elle. Sans parler de son prix. Combien coûtent ces joujoux, d'ailleurs ?

— Quelques centaines de milliers de dollars.

Elle le fixa, sidérée.

— Jack, c'est indécent.

— Oui, dit-il avec satisfaction.

— Une société de location aurait-elle ce modèle et cette couleur ? Je ne sais pas si je voudrais laisser un de ces bolides de luxe quitter le parking.

— Cela ne devrait pas être très difficile à découvrir. Certaines sociétés louent des voitures rares. Je ne sais pas combien, ou si ce modèle particulier est un des…

Il s'interrompit, et se redressa vivement.

— Nom d'un chien. Pourquoi n'y ai-je pas pensé plus tôt ?

— Quoi ?

Elle se redressa à son tour.

— A quoi penses-tu ? Qu'est-ce qui ne va pas ?

— Ma voiture. Un idiot a percuté la portière arrière côté conducteur, deux jours avant la mort de mon père. J'avais complètement oublié.

— Sans doute parce que tu avais d'autres soucis en tête, suggéra-t-elle avec douceur.

Il grimaça.

— C'est tout à fait possible. Cependant… J'ai fait réparer la voiture la semaine suivante. Mais, si nous avons de la chance — beaucoup de chance —, peut-être que cette vidéo aidera à prouver que l'Aston Martin garée sur le parking le soir où mon père a été tué n'est pas ma voiture. J'imagine que ça ne m'est pas venu à l'esprit de demander à Charles McDonough si la vidéo montrait une bosse, parce que j'ai pensé que c'était la mienne.

Il se tourna vers elle.

— Il faut que nous l'appelions dès demain.

Elle secoua la tête.

— Non, pas demain.

Devant son regard interloqué, elle poussa un soupir d'exaspération.

— C'est le mariage de ton frère, tu te souviens ?

— Matt n'est pas mon frère, répondit-il aussitôt.

Mais elle ne put s'empêcher de remarquer que sa réponse contenait bien moins de conviction qu'auparavant. Le regard sombre, il se cala contre les coussins.

— C'est toi qui réveilles Charles, ou moi ? demanda-t-il.

— Je m'en charge.

Elle alluma la lampe de chevet. Une douce lumière les enveloppa. Elle composa le numéro, s'attendant à ce que Charles McDonough tempête de sa voix rugueuse qu'il avait horreur d'être réveillé si tôt. Mais elle tomba sur son répondeur. Elle lui donna un bref résumé de leur théorie et lui demanda de rappeler dès qu'il le pourrait.

— Il est absent jusqu'à demain après-midi, annonça-t-elle.

Il fronça les sourcils.

— J'imagine qu'un court délai ne fera pas de mal. Je te le garantis, Alan n'ira nulle part, pas tant qu'il peut vivre dans le luxe chez maman. Ou plutôt, qu'il peut profiter abusivement de ce luxe. Nous irons voir Charles aussitôt après le mariage. Avec un peu de chance, il bouclera son enquête sur le meurtre avant la réunion annuelle des actionnaires.

Elle se figea. En priant pour que Jack ne perçoive pas sa tension, elle demanda :

— C'est en fin de semaine prochaine, n'est-ce pas ?

— Oui.

Il l'observa et plissa ses yeux bleus.

— As-tu recherché notre actionnaire secret ?

Elle aurait tout fait pour que la conversation prenne une autre direction.

— J'aurai l'information avant la réunion, promit-elle d'un ton évasif.

— Il ne reste que quelques jours. A peine une semaine. Et j'aurai besoin de temps pour convaincre cet actionnaire de m'appuyer.

Il se redressa, le visage marqué par la frustration.

— Malheureusement, comment suis-je censé convaincre quelqu'un que je suis le meilleur choix pour diriger le groupe Kincaid, alors que je suis soupçonné de meurtre ? Alors que mon propre frère est le coupable le plus probable ?

— Les Kincaid ne vont pas te reprocher les actes d'Alan. Je suis sûre que l'actionnaire mystère non plus.

— Ah non ?

Il écarta les couvertures et se leva pour arpenter la pièce. Le clair de lune joua sur son corps magnifique, soulignant avec délice ses muscles saillants. Pas de doute, la nudité lui seyait à la perfection.

— Si la situation était inversée, je ne crois pas que je me montrerais aussi tolérant envers eux.

— Mais aucun de vous n'est à blâmer. Il n'y a pas de raison pour que tu ne puisses pas te réconcilier avec…

— Arrête.

Ce seul mot, si clair et porteur d'une douleur si vive, la fit taire. Elle quitta le lit et approcha de lui.

— J'essaie simplement de t'aider.

— Nous en avons déjà parlé, Nikki. Ne m'aide pas. Pas avec les Kincaid. Je ne veux pas que tu t'en mêles.

Ses mots étaient comme des coups de poignard. Ayant soudain un besoin impérieux de prendre l'air, elle sortit sur la terrasse, sans se soucier de sa nudité. Elle posa les mains sur la balustrade et contempla l'océan. La lune pleine s'était échappée de son lit de vagues et projetait sa lumière sur le paysage sauvage. Les herbes vertes des marais dansaient sous une brise légère, tandis que des avoines de mer montaient la garde le long des dunes, prenant à cœur leur mission, stabiliser le sable contre les vents capricieux qui fouettaient si souvent la côte.

La nuit, le paysage semblait très différent, lorsque la douce lumière argentée adoucissait le sable, les dunes et l'océan. Nikki voulait en absorber toute la beauté et la graver dans son esprit, pour s'en souvenir quand son histoire avec Jack serait terminée. Des larmes lui piquèrent les yeux. Il ne leur restait plus que quelques jours, désormais. Sept, pour être exacte. Sept jours avant qu'il se détourne d'elle. Comment gérerait-elle ce moment, quand il arriverait ?

Elle sentit la présence de Jack une seconde avant qu'il pose la main sur son épaule.

— Tu es faite pour le clair de lune, dit-il, sans savoir qu'il faisait ainsi écho à ce qu'elle avait pensé de lui tout à l'heure. Presque autant que tu es faite pour la nudité. Chaque fois que je te vois ainsi, je pense à la déesse Diane.

— La chasseresse. La déesse de la lune. La déesse de l'accouchement.

Elle eut un rire déchirant.

— Elle s'est engagée à rester vierge, contrairement à moi.

Le doux rire de Jack gronda contre son dos.

— Dieu merci.

Elle fit la moue et s'appuya contre lui.

— Elle n'a dû rencontrer personne comme toi, sinon elle ne serait pas restée chaste très longtemps.

Lentement, il la fit pivoter vers lui.

— Nikki, je sais que tu veux que je me rapproche des Kincaid. Mais il faut que tu saches que cela n'arrivera pas. Jamais.

— Je le sais bien.

— Pourtant tu continues d'espérer.

Elle tourna le dos à l'océan et scruta son visage éclairé par la lune tandis que le sien restait dans l'ombre.

— Est-ce si mal ?

— Non, mais c'est inutile. Surtout si notre relation change — et elle changera.

Elle se figea et retint son souffle. Etait-il au courant ? Avait-il deviné ?

— Elle changera ?

Il avait dû percevoir un peu de son agitation, car il sourit. Prenant sa main dans la sienne, il glissa un anneau à son annulaire. Des secondes infinies passèrent, avant que son esprit n'intègre ce que Jack venait de faire. Il inclina sa main pour qu'elle prenne la lumière, qui se refléta sur un cercle de diamants étincelants entourant un énorme saphir.

— Epouse-moi, Nikki.

Son esprit cessa de fonctionner. Tout comme sa capacité à parler. Jack avait dû prendre son silence pour un consentement, car il la prit dans ses bras et posa sa bouche sur la sienne. Là, sous une lune bienveillante, il l'embrassa avec une passion qui ne laissait pas de place à la pensée. Incapable de résister, elle noua ses bras autour de son cou et s'abandonna au plaisir.

Elle sentit confusément ses pieds quitter le sol, et se rendit à peine compte qu'ils retournaient vers la chambre. Même quand elle fut allongée sur le lit, elle ne put que soupirer contre sa bouche, s'offrant à lui de manière encore plus totale qu'auparavant. Depuis combien de temps l'aimait-elle ? Depuis combien de temps espérait-elle qu'un miracle se produise et qu'il tombe amoureux d'elle, lui aussi ? Pour des raisons qu'elle ne pouvait pas vraiment se remémorer en cet instant, un engagement, un mariage, un couple avec Jack lui avaient semblé être un rêve impossible. Au loin, l'obscurité s'abattait sur l'horizon magnifique, une obscurité dont elle se détourna.

Plus tard. Plus tard, elle s'occuperait de l'obscurité. Mais pour l'instant, elle allait entrer dans la lumière et saisir le cadeau qui était tombé entre ses mains de manière si délicieuse et inattendue.

Glissant ses doigts dans les cheveux de Jack, elle l'attira à elle. Mon Dieu ! Qui y avait-il de plus délicieux que cette union de leurs lèvres, la sensation de son sexe durci contre son ventre ? Elle s'ouvrit à lui, sa langue se mêlant à la sienne tandis que ses mains avides caressaient les pointes durcies de ses seins.

— Tu as les plus beaux seins que j'ai jamais vus.

Un rire étranglé lui échappa.

— Je ne sais jamais comment répondre quand tu me dis ce genre de choses. Suis-je censée te remercier ? Ne rien dire ? Nier ?

— Tu ne peux pas nier la vérité.

Il descendit plus bas et mordilla son ventre.

— Et puis, il y a ta peau. Si laiteuse. Rien à voir avec la peau trop hâlée et brillante de ces femmes qui passent trop de temps au soleil.

Elle gloussa encore une fois.

— Dieu m'en garde.

— Non, ta peau a une couleur délicieuse et chaleureuse, qui donne envie de la croquer.

Il descendit encore plus bas.

— Je veux y goûter encore.

Il glissa ses mains entre ses cuisses et les écarta. Puis il posa les lèvres dans les replis humides de son sexe.

— Jack ! s'écria-t-elle.

Elle voulait lui dire d'arrêter, que c'était trop intime.

Mais l'exploration douce et insistante de sa langue et de sa bouche chassèrent toute pensée de son esprit, et elle ne put que s'abandonner à la sensation. Savourer la délicieuse rugosité de sa barbe naissante et de sa langue, sentir la tension torride croître, la chaleur et le désir irrépressible affluer entre ses cuisses. Puis il trouva la source de tout ce désir et de toute cette tension. Il l'attrapa entre ses dents et la mordilla.

Aussitôt, elle se cambra, serrant les draps pendant que ses muscles se contractaient. L'air lui manqua, et elle frissonna tandis qu'un orgasme la balayait. Il la tenait sous son emprise, refusant de la libérer, pulsant en elle dans une vague infinie. Elle se sentait telle une nageuse au fond de l'eau.

Elle parvint à prendre une longue inspiration avant que Jack s'étende sur elle et qu'en un coup de rein rapide il unisse leurs deux corps. Elle se tendit aussitôt, et une nouvelle ascension vers l'extase commença. Elle enroula ses bras et ses jambes autour de lui, s'accrochant aussi fort qu'elle le pouvait. Elle se mit à l'unisson de son rythme, allant à la rencontre de chaque coup de rein, cherchant à atteindre de nouveau ce sommet.

La respiration de Jack s'accéléra. Comme ses mouvements. Elle l'entendit répéter « encore, encore », et s'abandonna encore plus. Elle n'avait jamais été si ouverte, si libre, si désireuse de combler les désirs de son partenaire. Le désir s'accrut encore. Jack plongea en elle une dernière fois, et elle se cambra pour aller à sa rencontre. Ils s'immobilisèrent au même instant, comme deux statues vivantes capturées au moment parfait de l'orgasme. Puis la déferlante les atteignit, les balayant tous les deux, jusqu'à ce qu'ils s'effondrent sur le lit, le cœur battant, draps et corps enchevêtrés.

Jack gémit contre son oreille, et son souffle chaud la

fit frissonner. Jamais elle n'avait été aussi sensible, au point que le souffle de Jack contre sa peau lui semble être un exquis supplice.

— Que s'est-il passé ? dit-il. Je n'ai jamais…

— Jamais ?

— Jamais. Et toi ?

— Non. Je n'ai jamais rien vécu de pareil.

Il se laissa retomber sur le dos.

— J'aurais dû te demander en mariage plus tôt.

A ces mots, elle se raidit. Tout d'un coup, l'obscurité qui envahissait son rêve s'approcha encore. De plus en plus.

— Jack…

— Je suis là, dit-il en posant un bras possessif sur sa taille. Je crois que tu m'as tué.

— Jack, il faut que nous parlions.

Il eut un grognement incrédule. Un regard lui apprit qu'il s'était endormi comme un bébé. Elle sentait la fatigue s'abattre sur elle aussi. Elle leva la main pour regarder sa bague de fiançailles. En une heure, elle avait gagné un poids substantiel, car Nikki pouvait à peine lever le bras. Elle la fixa, et la promesse qu'elle représentait semblait la narguer par ses éclairs brillants de diamants, d'argent et de saphir.

Elle n'avait aucun droit sur cette bague. Aucun droit de la porter, alors qu'elle savait que leur mariage n'aurait jamais lieu. Les larmes lui montèrent aux yeux. Elle aurait dû le lui dire. Elle aurait dû lui dire d'emblée qu'elle possédait ces parts. Qu'adviendrait-il quand il lui demanderait de joindre ses parts aux siennes ? Leur liaison se terminerait, car elle lui dirait qu'elle ne pouvait pas les lui vendre. Qu'elle ne le voulait pas.

Sa main retomba contre ses côtes, et ses yeux se fermèrent. Au moins, elle avait eu ces trois derniers mois, qu'elle n'aurait pas vécus si elle lui avait dit la vérité. Et elle avait le reste de la nuit avant d'être obligée de lui rendre la bague. Le reste de la nuit pour s'attarder dans son monde onirique, celui dans lequel Jack l'aimait et où ils étaient fiancés. Ce monde où un mariage, et non une sombre menace, se profilait à l'horizon, où leurs enfants gambadaient à travers les herbes verdoyantes qui entouraient la plantation de Greenville. Un monde heureux. Un monde où seul le bonheur pouvait exister.

Le sommeil réclamait son dû. Avant de s'endormir, elle prit conscience cependant que pas une fois depuis qu'ils se connaissaient Jack ne lui avait dit qu'il l'aimait. Ses larmes coulèrent et elle se réfugia de nouveau dans son monde de rêve.

- 8 -

Quelque chose clochait.

Jack ne pouvait pas vraiment mettre le doigt dessus, mais à un moment, entre la passion stupéfiante qu'ils avaient partagée et le réveil cru à la lumière du matin, Nikki avait changé. Assise à côté de lui, elle regardait par le pare-brise de son Aston Martin, les mains fermement agrippées à sa pochette couverte de sequins métalliques qui cachait sa bague de fiançailles. Les sequins bleu électrique étaient assortis à ceux dc sa robe de soie, telles des étoiles brillantes dans un ciel bleu pâle.

— Qu'est-ce qui ne va pas ? demanda-t-il calmement.

— Quoi ?

Tirée de ses pensées, elle afficha un sourire qui ne se refléta pas dans ses yeux.

— Rien. Je crois que je suis encore à moitié endormie.

Il songea à changer de sujet, mais se ravisa.

— Sérieusement. Qu'est-ce qui ne va pas ?

Le silence s'étira pendant d'interminables minutes.

— Ce n'est pas le moment, Jack, dit-elle enfin à voix basse. Nous sommes en route pour le mariage de Matt. Si nous en parlions plus tard ?

— Donc, il y a bien un problème.

Elle poussa un long soupir.

— Alan sera-t-il au mariage ?

Plus que tout, il voulait arrêter la voiture, et exiger

qu'elle lui dise ce qui se passait. Il fulmina intérieurement pendant un bon kilomètre.

— Oui, je suis sûr qu'Alan sera là, ne serait-ce que pour s'assurer que nous ne le soupçonnons plus. Etant donné ton attitude actuelle, nous avons toutes les chances d'y parvenir, car il supposera que tu as commencé à me soupçonner moi au lieu de lui.

Il marqua une pause.

— C'est le cas ? demanda-t-il.

— Ne sois pas ridicule.

Elle avait répondu avec une telle véhémence qu'il ne put que la croire.

— Tu ne pourrais pas plus avoir tué Reginald que moi.

— D'accord. Parfait.

— Et Angela ? Est-ce qu'elle sera là ?

Décidément, elle faisait tout pour changer de sujet.

— Oui, dit-il. Tout comme elle a assisté au mariage de Kara et d'Eli, même si je pense que c'est le dernier endroit où elle a envie d'être. Ce n'est pas facile de jouer le rôle de « l'autre femme ».

— Non, en effet. Cela demande beaucoup de courage — un trait de caractère qu'elle a transmis à son fils aîné, à défaut de son fils cadet.

Il voulut ramener la conversation sur ce qui la perturbait, mais ils venaient d'arriver devant la maison du colonel Samuel Beauchamp. Lily Kincaid avait offert sa maison comme lieu de réception en guise de cadeau aux mariés. L'ironie de la situation ne lui avait pas plus échappé qu'à Nikki. C'était ici qu'ils s'étaient rencontrés. Il s'était trouvé sur le balcon du salon de la chambre principale quand elle était apparue dans le jardin, et qu'elle avait fait une enchère de mille dollars, rien de moins, pour le plaisir de dîner avec lui… et d'émettre un souhait qu'il devrait réaliser. Puis elle avait disparu dans la nuit. Il l'avait rattrapée près de l'ancienne remise, non loin de l'endroit où la cérémonie du jour se tiendrait. Dès qu'ils s'étaient touchés, ils avaient succombé à une passion brûlante. Et lorsqu'ils avaient échangé leur premier baiser, dans l'étreinte intime de cette froide soirée d'hiver, cette passion s'était embrasée et avait échappé à leur contrôle.

Depuis, rien n'avait changé. C'était même devenu plus intense, pour atteindre un niveau que Jack savait qu'il ne connaîtrait... et qu'il ne voudrait partager avec aucune autre.

— Tu n'as jamais formulé ton souhait, lui rappela-t-il.

Elle lui lança un regard sombre.

— Je le garde pour plus tard. J'ai le sentiment que je vais en avoir besoin très bientôt.

Mais que se passait-il, bon sang ? Il réprima un nouvel élan d'impatience.

— Hmm, cela semble inquiétant, dit-il, étonné d'avoir gardé un ton calme et détendu.

— Ce n'est pas inquiétant, c'est juste la vérité.

Ils sortirent de la voiture, et il prit sa main. Ce fut alors qu'il la vit — ou plutôt qu'il remarqua son absence. Son annulaire était nu. Les derniers vestiges de sa patience disparurent, balayés par une vague de fureur. Il n'y avait plus rien de calme ni de détendu en lui. D'ailleurs, il n'avait jamais été détendu de sa vie. Pourquoi commencer maintenant ?

— Où est-elle ?

Les mots sonnèrent plus dur qu'il ne l'avait voulu.

Elle tressaillit.

— Je ne trouvais pas cela sage de la porter aujourd'hui.

Il n'y avait qu'une explication pour sa sagesse nouvelle. Nikki venait de l'élite de Charleston. Alors que lui était un bâtard, sans parler de son statut de meurtrier présumé.

— Tu as honte de nos fiançailles, lança-t-il.

— Non ! Je… c'est juste que je ne suis pas sûre qu'il y ait des fiançailles. Du moins, pas encore. Pas avant que nous ayons eu une conversation sérieuse.

Elle lui fit face, le regard sombre et peiné.

— Jack, j'ai été prise de court.

Il saisit sa main nue.

— Oui, moi aussi, j'ai été pris de court.

Peu importait ce qu'elle prétendait, elle ne cacherait pas leurs fiançailles à moins qu'elle n'ait pas confiance en lui. Etait-ce le meurtre… ou simplement qui il était, et ce qu'il était ?

— Que se passe-t-il, Nikki ?

Elle libéra sa main.

— S'il te plaît, pas ici. Pas maintenant.

Il planta ses pieds dans l'allée et refusa de bouger.

— Oh ! si, trésor. Ici. Maintenant.

Elle afficha une moue obstinée.

— Tu te rends comptes que depuis que je te connais, et cela fait quatre mois, tu n'as pas dit une seule fois que tu m'aimais ? s'exclama-t-elle.

— Laisse-moi compter le nombre de fois où tu m'as dit ces mots.

Il fit mine de compter sur ses doigts.

— Ah ! A moins que mes calculs soient faux, c'est le même nombre que moi.

Elle jeta un coup d'œil vers la maison, et observa le flot des invités, dont certains s'étaient arrêtés pour observer leur dispute. Elle poussa un soupir.

— Jack, je t'aime depuis presque le premier jour, confessa-t-elle à voix basse.

— Alors pourquoi ne me l'as-tu pas dit ?

— Sans doute pour la même raison que toi. Nous avons tous deux souffert. Je t'ai parlé de Craig. De la façon dont il s'est servi de moi. Cela m'est très difficile de dire ces mots. Je peux aussi comprendre, à en juger par la liaison de tes parents, que tu as peut-être toi aussi une vision plutôt malheureuse de l'amour.

— Une vision malheureuse. C'est une formulation pour le moins intéressante.

— Mais quand tu m'as demandé en mariage... Pourquoi ne m'as-tu pas dit alors que tu m'aimais ?

— Mon attention a été un peu détournée.

Un petit sourire passa sur ses lèvres.

— C'est vrai, concéda-t-elle.

Il posa les mains sur ses épaules.

— Chérie, je t'aime. Je ne te demanderais pas de m'épouser si je ne t'aimais pas.

Sa déclaration lui fit monter les larmes aux yeux. Il tapota doucement ses joues mouillées.

— Allons. Tu ne vas pas pleurer alors que je viens de te dire que je t'aime.

— J'ai une confession à te faire, murmura-t-elle. Et quand je l'aurai faite, tu ne m'aimeras plus.

Il se raidit, ne sachant que répondre à cela. Il avait deviné, depuis que Charles McDonough était venu dans sa maison de plage, qu'elle lui cachait quelque chose. A présent, il allait découvrir ce dont il s'agissait.

— Nikki...

— Des ennuis au paradis ?

La question d'Alan était une interruption malvenue. Son frère approcha, l'air inquiet.

— Je vous avais prévenue, Nikki. Mon frère est dangereux.

Il parvint à feindre un parfait mélange de tristesse et d'indignation.

— Jack est un homme dangereux. Je peux vous

raccompagner, si vous voulez. Il n'osera pas nous en empêcher, pas alors que tout le monde nous regarde.

— Pas maintenant, Alan, marmonna Jack.

Son frère l'ignora, et tendit la main à Nikki.

— Je suis là pour vous aider, ma chère.

Elle eut un mouvement de recul instinctif.

— Jamais de la vie, marmonna-t-elle.

Alan laissa retomber sa main d'un geste raide, et rougit sous le coup de l'humiliation. Il regarda autour de lui, et l'embarras fit place à la fureur lorsqu'il se rendit compte que les gens les observaient. Sans un mot, il tourna les talons et s'éloigna.

— Oh ! seigneur, je n'aurais pas dû faire ça, murmura-t-elle. Nous essayions de dissiper ses doutes, et je viens de les aggraver. Je n'ai pas pu m'en empêcher. Quand il est venu vers moi, tout ce que je voyais, c'était la main d'un meurtrier.

Jack soupira.

— Ne t'en fais pas pour ça. Tu ne serais allée nulle part avec lui, je ne l'aurais jamais laissé faire. Alors, même si tu ne l'avais pas repoussé, j'aurais réagi, et avec plus de force que toi. Je crois aussi que rien de ce que nous aurions pu dire ou faire aujourd'hui n'aurait calmé ses soupçons. C'était ridicule de ma part de penser le contraire. Tout comme rien de ce que j'ai fait durant notre enfance n'a suffi à créer un lien fraternel entre nous.

— Pas même quand tu lui as sauvé la vie ?

— Ça n'a fait qu'empirer, surtout parce que je n'ai pas eu la bonne idée de mourir.

Elle tressaillit.

— Ne dis pas ça.

— Tu te rends bien compte que si je ne l'avais pas sauvé ce jour-là Reginald serait toujours en vie ?

Elle se tourna vers lui, mains sur les hanches, les yeux aussi brillants que le saphir de sa bague de fiançailles.

— Sauf que la culpabilité d'être resté sans rien faire t'aurait tué à petit feu. Tu ne serais pas l'homme que tu es aujourd'hui, si tu avais laissé ton frère mourir. Tu es un homme d'honneur, Jack.

Savait-elle à quel point ses paroles sincères le touchaient ? Non, elle ne pouvait pas imaginer combien ces trois simples phrases de soutien lui allaient droit au cœur. Il y avait si peu de gens, au cours de son existence, qui avaient saisi aussi bien la personne qu'il était au fond de lui. En partie parce qu'il se tenait loin des autres, en gardant à distance ses émotions et en se barricadant pour parer à toute attaque.

Il avait appris l'importance de se protéger à l'école, où il avait été sujet à toutes sortes d'affronts et d'insultes, une fois que son statut d'enfant illégitime avait été découvert — et Alan n'avait eu de cesse de le lui rappeler. Les filles étaient mises en garde contre lui, comme s'il était porteur d'une maladie contagieuse. Les garçons le regardaient avec mépris à cause de son statut d'enfant illégitime. Les enfants recherchaient avant tout la compagnie de leurs semblables, or, il y avait eu très peu d'enfants semblables à lui. Même si sa réputation l'avait suivie à l'université, les circonstances de sa naissance étaient devenues moins importantes, jusqu'à ne plus compter du tout. Du moins, elles ne comptaient plus autant que ce qu'il avait accompli dans sa vie. Mais ces années d'enfance avaient laissé une marque indélébile.

— Nikki…

Il voulait lui expliquer comment toutes ces expériences le rendaient sensible aux humiliations — comme le fait qu'elle refuse de porter sa bague de fiançailles devant l'élite de Charleston. Mais déjà, des notes de musique provenant de l'arrière de la maison se firent entendre. A regret, il renonça à aborder le sujet immédiatement. Il la prit par le coude et la conduisit vers le patio et le spacieux jardin.

— Viens. Allons accomplir notre devoir, ensuite, nous pourrons ficher le camp d'ici.

Il s'arrêta pour aller embrasser sa mère avant de prendre place derrière Alan et elle. La posture raide, son frère ne leur adressa pas un regard. Non pas que Jack y trouve quelque chose à redire. Il avait assez vu son frère pour aujourd'hui.

La cérémonie était charmante, ou en tout cas c'était ce que tout le monde disait. Loin d'être un expert du sujet, il n'était pas en position de discuter de ce point. A son avis, ses trois sœurs, toutes demoiselles d'honneur de Susannah, étaient magnifiques dans leurs robes dos nu. La mariée était tout à fait splendide, dans sa robe bustier qui mettait en valeur sa silhouette élancée. L'étoffe moulait ses hanches et s'évasait en une longue traîne. Matt semblait subjugué, une expression adéquate pour un homme sur le point de se faire passer la corde au cou.

Les premiers accords de la marche nuptiale résonnèrent. C'était le petit Flynn, trois ans, qui accompagnait sa mère vers l'autel. Quelqu'un avait lissé ses cheveux bruns mais n'avait pas réussi à redresser le nœud papillon de son petit smoking. Mais le plus émouvant était de le voir sourire jusqu'aux oreilles, le regard plein d'amour pour ses parents. Et quand le couple échangea enfin ses vœux — des vœux qu'ils avaient écrits eux-mêmes — une partie des invités versa quelques larmes.

La cérémonie fut assez courte.

— Je suppose que nous devons rester dans le coin encore un peu ? chuchota Jack, en espérant que Nikki insiste pour qu'ils repartent tout de suite.

Elle anéantit aussitôt cet espoir.

— Pendant au moins une heure.

— Mince.

Sa mère se joignit à eux. Derrière elle, Jack aperçut Alan qui s'éloignait.

— Ça t'ennuie si je reste chez toi ce soir ? demanda-t-elle.

Elle avait le visage pâle et fatigué.

— Un problème, maman ?

Elle haussa les épaules.

— Alan traverse une de ses crises. Cela nous ferait sans doute du bien à tous les deux d'être séparés. Je ne dois reprendre le travail que lundi, alors j'ai pensé que nous pourrions passer un peu de temps ensemble.

Elle offrit à Nikki un sourire sincère, au grand plaisir de Jack.

— Nous trois, bien sûr, dit-elle.

— J'adorerais ça, répondit Nikki avec un sourire tout aussi sincère.

— Tu peux rester aussi longtemps que tu veux, maman, assura-t-il. Nous partirons dans une heure environ. Je viendrai te chercher à ce moment-là.

— Merci. Je suppose que je ferais mieux de me mêler aux autres invités.

Elle lança un regard vers le clan des Kincaid et soupira.

— Même si cela me tue.

Quelques dizaines de minutes plus tard, Jack prit un chou à la crème avant de consulter discrètement sa montre pour la énième fois. Dix minutes. Encore dix minutes, et ils seraient partis. Il pouvait y arriver.

Peut-être.

Il garda aussi un œil sur Alan, qui arborait son air affable, en dépit d'une irritabilité qui lui était familière. Cela n'augurait rien de bon, puisque cette humeur menait souvent à une explosion de colère. Jack ferait peut-être mieux de lui parler, pour tenter de calmer le jeu avant que cela ne dégénère.

Avant qu'il puisse le faire, Nikki posa la main sur son bras.

— Jack, regarde.

Elle attira son attention vers Elizabeth, qui était assise à une table avec Cutter et ses trois filles. Harold Parsons, l'avocat de la famille, se dirigeait vers eux. Il prit son temps pour les saluer chacun leur tour, témoignant aux Kincaid une gentillesse et un charme courtois à des années-lumière du dédain dont Jack avait fait l'expérience avec lui. Après quelques minutes de discussion, l'avocat tendit une enveloppe qui lui sembla familière. Il reconnut le logo du groupe Kincaid. Elle était identique à celle que Jack avait reçue à la lecture du testament — celle que son père lui avait laissée et qu'il n'avait pas encore ouverte. Tandis que la lettre scellée de Jack était froissée et usée après de multiples manipulations, et même tachée par une trace de café, celle d'Elizabeth semblait immaculée.

— Il est en train de s'excuser, murmura Nikki.

— Le fils de chien, il l'avait en sa possession pendant tout ce temps !

Elizabeth sembla poser une question. En guise de réponse, Harold fit un geste en direction de Jack. Presque en même temps, les quatre femmes se tournèrent vers lui. Les trois sœurs semblaient sous le choc, tandis qu'Elizabeth arborait une expression d'intense gratitude. Elle s'excusa, et disparut en direction de la remise, sans doute pour lire sa lettre en privé.

Jack fronça les sourcils.

— Je me demande bien ce que dit cette lettre. J'espère

que c'est quelque chose de gentil. Si papa était aussi cruel envers elle dans la lettre qu'il l'était le soir de sa mort…

— Reginald n'aurait pas fait ça, affirma Nikki.

Elizabeth réapparut quelques minutes plus tard. Les filles se pressèrent autour d'elle dans un tourbillon de questions. Elizabeth discuta avec elles un certain temps, puis s'excusa pour se diriger vers Nikki et lui.

— Oh ! bon sang, murmura-t-il.

Il patienta, le visage sombre, prêt à recevoir ce qu'Elizabeth allait lui lancer.

A sa grande surprise, elle lui donna une accolade et un baiser sur la joue.

— Merci, dit-elle, la voix étranglée par les larmes.

Par-dessus son épaule, Jack aperçut Alan, qui observait leur embrassade, choqué et incrédule — une incrédulité qui se transforma rapidement en indignation. Alan avait été si heureux de l'accueil que les Kincaid lui avaient réservé, et si prompt à lui agiter sous le nez son invitation à durée indéterminée au traditionnel dîner dominical de la famille. Et il avait été encore plus heureux de voir l'aversion ouverte que les Kincaid témoignaient envers Jack, saisissant toutes les occasions de la mentionner. Manifestement, le fait que le fossé soit comblé le mettait en rage.

Elizabeth se mit à parler. Il reporta son attention sur elle, en reléguant le problème de son demi-frère au second plan.

— Vous n'avez pas idée de ce que cela signifie pour moi, dit-elle. C'est vous qui pensiez qu'il y avait forcément une lettre…

Elle secoua la tête.

— Oh ! Jack. J'étais si sûre que Reginald m'avait délibérément blessée. Au contraire, il acceptait l'entière responsabilité de ses actes. Il m'a dit exactement ce que vous m'avez dit, qu'il avait eu assez de chance pour aimer deux fois, et qu'il n'avait jamais voulu me faire du mal comme il l'avait fait.

— Je suis content d'avoir pu vous aider.

C'était la seule chose qu'il avait trouvée à dire. Apparemment, il avait visé juste, car elle sourit.

— Vous lui ressemblez beaucoup, vous savez. Sauf que vous avez le sens de l'intégrité et de l'honneur qui lui faisait parfois défaut.

Elle prit sa main dans les siennes et la serra.

— Venez nous rejoindre. Pour apprendre à connaître vos sœurs.

— Ce ne sont pas… je préférerais…

Il lança un regard à Nikki qui signifiait « sors-moi de ce pétrin ». Mais au lieu de l'aider à en sortir, elle ne fit que l'y enfoncer encore plus.

— Allez, Jack, l'encouragea-t-elle. Il est grand temps.

— Oui, j'insiste, renchérit Elizabeth.

A contrecœur, il la suivit, tirant sur le bras de Nikki quand il constata qu'elle restait en arrière.

— Si j'y vais, tu y vas aussi, l'informa-t-il d'un ton amer.

Laurel, Kara et Lily se tenaient en rang, de la plus âgée à la plus jeune, et ressemblaient à de charmantes fleurs dans leurs robes de demoiselles d'honneur. Même s'ils s'étaient déjà tous rencontrés, Elizabeth les présenta chacune leur tour. Laurel était tout le portrait de sa mère, avec ses cheveux auburn et ses yeux verts brillants, mis en valeur par sa robe jaune pâle. Kara, la plus petite des trois, portait une robe émeraude, qui rehaussait ses cheveux châtain et s'harmonisait à la perfection avec ses yeux. Il avait entendu quelqu'un dire qu'elle dirigeait une société d'événementiel, Prestige Events, et qu'elle avait organisé le mariage de Matt et Susannah en guise de cadeau. Enfin, Lily était une version plus pétillante de sa sœur aînée, avec des cheveux blond vénitien qui bouclaient dans son dos. Manifestement, c'était la plus ouverte du groupe, et elle était dans les derniers mois de sa grossesse. Il se souvenait vaguement qu'elle était illustratrice de livres pour enfants. Sa robe était assortie à ses yeux bleus et tombait en cascade sur son ventre rond.

— Merci, merci, merci, dit-elle, fondant sur lui pour le serrer dans ses bras, ce qui eut pour effet d'appuyer son ventre énorme et assez effrayant contre lui. Vous n'imaginez pas à quel point nous étions tous bouleversés que papa ait omis d'écrire une lettre à maman. Je n'arrive pas à croire qu'aucun de nous n'ait pensé qu'elle pouvait être égarée, tout simplement. Et je ne peux vous dire à quel point nous apprécions le fait que vous, vous y ayez pensé.

Laurel, la directrice des relations publiques du groupe Kincaid, qui travaillait à distance maintenant qu'elle avait épousé Rakin Abdellah, posa sur Jack un regard pénétrant.

— Nikki avait raison depuis le début. Vous êtes quelqu'un de bien. Vous n'avez pas idée à quel point nous sommes tous soulagés de le découvrir.

— Je ne suis pas un type bien, nia-t-il aussitôt.

Il se tourna vers Nikki.

— Il faut que tu cesses de dire à tout le monde que je le suis. Pourquoi mentir aux gens à ce sujet ?

Ses sœurs se mirent à rire, comme s'il venait de dire quelque chose de drôle, et Nikki sourit.

— Parce que tu es quelqu'un de bien.

Avant qu'il puisse prouver le contraire, Lily intervint.

— Nous nous sommes fait tant de souci sur vos

intentions concernant le groupe Kincaid. Dieu merci, nous pouvons dormir tranquilles à présent.

Elle traça des petits cercles sur son ventre, et sa bague de fiançailles et son alliance étincelèrent sous le soleil. Jack était sur le point d'expliquer en termes très clairs qu'elle se trompait quand elle ajouta :

— Toute cette pression n'est pas bonne pour le bébé.

Il serra les lèvres et changea légèrement de sujet.

— Il y a toujours ces dix pour cent manquants, rappela-t-il. Rien n'est décidé tant que nous n'avons pas déterminé dans quel sens le dernier actionnaire projette de voter.

Laurel lui offrit un sourire sincère, ce qui le mit mal à l'aise.

— C'est vrai. Bien sûr, si vous donnez votre voix à RJ, ces parts n'auront plus d'intérêt.

Bon sang ! Toutes les femmes de la famille le fixèrent avec douceur, sympathie et chaleur, tandis que Nikki semblait soulagée. Ses yeux débordants d'amour s'embuèrent, pendant que la bouche dont il ne semblait pas pouvoir être rassasié se fendait d'un sourire tremblant et plein d'espoir.

Mais comment faisait-elle ? Comment réussissait-elle à organiser des situations où il finissait par recevoir la gratitude des Kincaid ? Quoi qu'il en soit, cela ne durerait pas longtemps. Pas quand ils découvriraient qu'il n'avait aucune intention de mettre ses quarante-cinq pour cent dans le camp de RJ. Alors, tous ces sourires charmants disparaîtraient, et les Kincaid n'auraient plus qu'une envie, le tailler en pièces. Au moins, leur relation reviendrait à la normale.

— Il est temps d'y aller, annonça-t-il en passant la main sous le coude de Nikki.

Avant qu'il puisse s'échapper, les Kincaid l'entourèrent de nouveau, le noyant sous des accolades et des remerciements infinis. Il avait presque atteint son point de rupture lorsque, enfin, elles le laissèrent partir. Sans un mot, il tourna les talons et traversa le patio d'un pas rapide. Nikki dut pratiquement courir pour le suivre.

— Ralentis, tu veux bien. Et n'oublie pas que nous devons passer prendre ta mère.

Il fit volte-face.

— Non, je ne ralentirai pas, pas avant que nous soyons hors de portée de voix de tous ces fichus Kincaid !

Il continua à marcher jusqu'à ce qu'ils soient à l'abri des regards.

— Je t'avais prévenue, Nikki. Je t'avais ordonné de ne pas intervenir. Je t'avais dit que je n'avais aucune envie d'établir une relation familiale avec eux. Est-ce que tu m'as écouté ? Non.

Elle dégagea son bras.

— Attends une minute. Cette effusion de tendresse n'avait rien à voir avec moi. C'est toi qui avais soupçonné que Reginald avait laissé une lettre à Elizabeth. Toi qui as appelé Harold Parsons. Et encore toi qui n'as pas corrigé tes sœurs quand elles ont supposé que tu voterais pour RJ à la réunion annuelle.

— Pour la dernière fois, ce ne sont *pas* mes sœurs.

— Tu sais quoi, Jack ? J'en ai plus qu'assez de tes dénégations. Que tu le veuilles ou non, ce *sont* tes sœurs. Et la raison pour laquelle tu n'as pas corrigé leurs hypothèses, c'est que tu ne voulais pas leur faire de mal. Maintenant, cesse de rejeter la faute sur moi, et essaie de regarder les choses en face, pour une fois. En attendant, je vais rentrer.

Elle pointa un index contre son torse.

— Seule.

Tournant les talons, elle se dirigea vers la rue principale. Il resta là un instant, trop sonné pour bouger. Que voulait-elle dire par regarder les choses en face ? Il avait toujours été totalement lucide sur ses sentiments envers ses frères et ses sœurs — ses *non*-frères et sœurs. Il baissa la tête et marmonna un juron. Quand avait-il commencé à les considérer comme ses frères et sœurs ? Car, sans qu'il sache depuis quand ni pourquoi, c'était précisément la façon dont il commençait à les voir.

D'accord, peut-être pas RJ. Mais les autres…

C'était dangereux de s'ouvrir ainsi, il le savait. Il était un enfant illégitime, et rien ne pourrait changer ça. S'ils le considéraient comme un parent, c'était à ce titre, et uniquement à ce titre. Ce n'était pas parce qu'ils l'appréciaient ou qu'ils le respectaient. Ils étaient juste obligés de composer avec lui.

Et pourtant… Il ne pouvait s'empêcher de se souvenir du sourire amical de Matt et de sa tape dans le dos, tout à l'heure. Bien sûr, son mariage tout neuf le rendait si euphorique qu'il aurait sans doute salué n'importe qui avec autant de chaleur. Mais il y avait eu aussi l'effusion d'Elizabeth. C'était compréhensible, étant donné qu'elle venait de lire la lettre que Reginald lui avait laissée. Même chose avec ses sœurs. Elles étaient si heureuses de l'existence de cette lettre qu'il avait brièvement été inclus dans leur cercle d'amour.

Cependant… c'était agréable. Trop agréable.

Il se passa les mains dans les cheveux et gémit. Comment était-ce arrivé ? Quand ? Une porte s'était ouverte, et il n'avait aucune idée de la manière dont il pourrait la refermer.

En fait, elle se fermerait, et violemment, à la réunion annuelle. Ensuite, il verrait à quel point sa « famille » demeurerait amicale. Ce qui l'amenait au problème suivant.

Il regarda dans la direction que Nikki avait prise. Il refusait de la laisser partir. Pas avant qu'ils aient réglé quelques détails essentiels, comme par exemple le fait qu'elle refuse de porter sa bague. Il exigerait aussi qu'elle lui révèle le secret qu'elle continuait à lui cacher. Et enfin, qu'elle lui explique une bonne fois pour toutes pourquoi elle était si décidée à le réconcilier avec les Kincaid. Certes, il s'excuserait aussi d'avoir agi comme un mufle. Mais il y avait bel et bien un problème, et il voulait savoir lequel.

Il atteignit la rue, mais ne la vit pas. Si elle avait décidé de marcher pour évacuer sa colère, sans doute allait-elle rentrer chez elle à pied. Il prit la direction de sa maison, avançant d'un pas rapide. Bientôt, il la vit à quelques mètres devant lui, sur le boulevard. Elle se dirigeait vers une ruelle qui longeait les maisons du quartier. La ruelle était reliée au boulevard principal, et Nikki regarda brièvement avant de traverser.

Jack entendit les pneus crisser à la seconde même où Nikki les entendit. Il n'aurait pas pu dire ce qui l'avertit du danger imminent. Il sut, tout simplement — comme avec Alan, toutes ces années plus tôt —, qu'elle était sur le point d'être heurtée par une voiture qui roulait trop vite. Sans réfléchir, il se lança dans une course effrénée. A quelques pas devant lui, Nikki se figea. Il l'atteignit juste une seconde avant la voiture et la tira en arrière avec une telle force qu'ils heurtèrent violemment la chaussée.

Ils roulèrent vers le trottoir et atterrirent dans le caniveau. Il avait tenté d'amortir l'impact, mais Nikki avait sans doute récolté de nombreux bleus et éraflures. La voiture dérapa à l'angle de l'allée et du boulevard, si près d'eux que Jack put sentir la chaleur du pot d'échappement et la piqûre de la poussière et du gravier. Le véhicule accéléra et disparut sans s'arrêter.

— Nikki ! cria-t-il. Chérie, tu es blessée ?

Elle trembla contre lui.

— Je suis… je vais bien. Je crois.

Elle s'efforça de se relever. S'ils s'étaient trouvés n'importe où ailleurs que dans une rue sale, il l'aurait allongée pour examiner ses blessures.

— Non, pas encore, insista-t-il. Ne te lève pas avant que je ne vérifie que tu n'as rien de cassé.

Doucement, il la fit s'asseoir sur le bord du trottoir, et procéda à une version abrégée de l'examen de premier secours que sa mère lui avait enseigné. Rien de cassé. Aucune indication d'une blessure à la tête. Juste quelques généreuses écorchures et de gros hématomes.

— C'est bon, tu as réussi le test, dit-il avec soulagement.

— Oh ! Jack !

Elle s'accrocha à son cou.

— Doucement, doucement, chérie.

Il pouvait sentir ses joues mouillées de larmes contre sa chemise.

— Que s'est-il passé, tu le sais ?

— Il a roulé droit sur moi. Il a failli me renverser. Si tu n'étais pas arrivé à temps…

Elle se mit à sangloter.

— Qui, Nikki ? Tu as vu le conducteur ?

Elle recula un peu. Une écorchure douloureuse marquait sa pommette et sa joue, là où les sequins métalliques de sa pochette avaient touché son visage.

— Oh ! Jack. C'était Alan. Alan a essayé de me tuer.

- 9 -

Quand Nikki et Jack revinrent du poste de police, elle avait à peine assez d'énergie pour sortir de la voiture.

Entre ses douleurs et ses blessures après sa chute sur le bitume, et sa fatigue mentale et émotionnelle après les questions incessantes de Charles McDonough, tout ce qu'elle voulait, c'était se mettre au lit et remonter les couvertures sur sa tête. Jack semblait dans le même état.

— Ta mère va s'en tirer ?

— Elle devrait, oui. McDonough a dit qu'ils ne l'accuseraient pas d'avoir menti pour couvrir Alan, si elle témoigne contre lui.

Une expression de douleur profonde passa sur son visage. Plus que tout, Nikki aurait voulu apaiser cette douleur, mais il n'y avait rien qu'elle puisse dire ou faire qui changerait la réalité : le frère de Jack avait tué son père. Pire, sa mère avait menti pour protéger le fils qu'elle avait sincèrement cru innocent.

En fait, ce n'était que lorsque Charles leur avait montré la vidéo du parking filmée le soir du meurtre que les dernières pièces du puzzle s'étaient assemblées. Il n'y avait pas de bosse sur l'Aston Martin de la vidéo. Avec les photos de l'accident qu'il avait extraites de son téléphone portable, et le reçu que le carrossier lui avait envoyé après un simple coup de fil, Jack avait pu prouver qu'il ne s'agissait pas de son véhicule.

Encore plus incriminants étaient le chapeau et le manteau qu'Alan portait ce soir-là. Dès qu'elle les avait vus, Angela avait éclaté en sanglots. C'était elle qui les avait achetés pour Alan, et elle avait fini par avouer qu'elle n'avait aucune idée de l'heure à laquelle Alan était rentré ce soir-là, car elle s'était endormie en lisant sur le canapé. Quand elle s'était réveillée, elle l'avait trouvé assis sur une chaise, en train de lire, et il lui avait affirmé être là depuis des heures. Elle n'avait eu aucune raison de remettre en question sa déclaration, jusqu'à récemment.

Lorsqu'ils avaient quitté le poste de police, un mandat d'arrêt avait été lancé contre Alan. Nikki pensait que, une fois qu'ils auraient vérifié ses comptes bancaires et ses relevés de cartes de crédit, ils trouveraient les preuves nécessaires montrant qu'il avait loué le même modèle de voiture que celle de Jack. Charles étant un fin limier, il ne lui faudrait guère de temps pour rassembler toutes les preuves indirectes et constituer un solide dossier contre Alan.

— Je regrette seulement que maman n'ait pas pu venir à la maison avec nous, dit Jack.

— Tu ne crois pas qu'elle sera mieux sous la protection de la police, jusqu'à ce qu'Alan soit appréhendé ? Il pourrait s'en prendre à elle à présent.

— La sécurité de maman est un des rares points sur lesquels McDonough et moi sommes d'accord, sinon j'aurais insisté pour qu'ils la libèrent.

Il entraîna Nikki vers l'escalier menant à la chambre.

— Viens. Peut-être que ça ne semblera pas si difficile de monter si nous nous soutenons mutuellement.

Ensemble, ils grimpèrent les marches, tout en enlevant leurs vêtements. Quand ils furent dans la chambre, ils étaient tous les deux nus. Nikki fila droit vers le lit, mais fut retenue par le bras puissant et ferme que Jack enroula autour de sa taille. Il la souleva de terre, et se dirigea vers la salle de bains.

— D'abord, une douche. Je veux m'assurer que toutes tes blessures soient bien nettoyées.

Il ouvrit les robinets de la vaste douche pourvue de multiples jets.

— Et puis, ça aidera à détendre nos pauvres muscles malmenés.

Une eau chaude et fumante jaillit, et Nikki se plaça contre les jets pulsants en gémissant de plaisir.

— Oh ! mon Dieu, je crois que je suis au paradis.

— Appuie-toi contre le mur, lui enjoignit-il. Je m'occupe du reste.

Elle obtempéra. Il savonna avec précaution chaque centimètre de son corps, et chaque éraflure avec une grande douceur. Il massa ses différents muscles, de ses chevilles jusqu'à son cou. Puis il termina la mission qu'il s'était attribuée en l'attirant pour lui donner le plus tendre des baisers, qui provoqua d'autres nœuds de tension en elle.

Elle enroula les bras autour de lui et se perdit dans la chaleur de son baiser. Il ferma les robinets et trouva, elle ne sut comment, des serviettes, avec lesquelles il forma un délicieux cocon autour de leurs corps humides. Où trouvait-il l'énergie pour tout cela, alors qu'elle en avait à peine assez pour marcher jusqu'à son lit ? Il réussit même à la sécher avec des caresses rapides et brusques qui firent picoter sa peau de désir, avant de se sécher à son tour. Enfin, enlacés, ils se laissèrent tomber sur le lit.

— Est-ce qu'ils vont retrouver Alan ? demanda-t-elle.

— Ils finiront par le retrouver.

Il l'attira contre lui. Leurs deux corps s'emboîtèrent comme ils l'avaient fait depuis le début… à la perfection.

— Je doute qu'Alan soit rentré à Greenville. Une fois calmé, il a sans doute mesuré les conséquences de son acte. Puisqu'il n'a pas réussi à te renverser, il a dû se dire que nous irions le dénoncer à la police. Il ne peut pas non plus prendre beaucoup d'argent sur son compte bancaire, puisque c'est le week-end. Je garantis que Charles fera geler ses comptes lundi à la première heure.

— Ce n'est pas ta faute, tu sais, dit-elle doucement.

Elle vit apparaître des marques de douleur de chaque côté de la bouche de Jack.

— Je doute que les Kincaid voient les choses de la même façon.

— Le meurtre de Reginald est la faute de ton frère, et de personne d'autre. Pas celle d'Angela. Ni celle de Reginald. Encore moins la tienne. Alan a un sérieux problème.

Elle roula sur le côté et prit son visage entre ses mains. Sa barbe râpa sa paume de façon tentante.

— Reginald a six enfants, et pas un n'a tourné comme Alan. Vous avez tous fait quelque chose de votre vie. Alan a bénéficié exactement des mêmes avantages que vous — et même plus que ce que tu étais prêt à accepter. Et il a gâché cette opportunité. Il se comporte comme si tout lui était dû, alors qu'il devrait donner en retour, d'une façon productive.

— Peut-être que si…

Elle posa la main sur sa bouche.

— Arrête. Tous les « si » et les « peut-être » du monde ne changeront rien et ne feront qu'empirer les choses. Nous ne pouvons pas savoir ce qui aurait pu arriver, si nous avions tourné à gauche au lieu de tourner à droite. Si nous étions allés en arrière au lieu d'aller en avant. Si nous avions sauté au lieu de reculer. Nous ne pouvons que composer avec ce qui est, et non ce qui aurait été.

La tension de Jack diminua un tout petit peu.

— Je l'aurais arrêté, si j'avais su à quel point il était malade.

— Aucun de vous n'a pris la mesure de son trouble, car il cachait très bien sa vraie personnalité. Tout le monde pensait qu'Alan était charmant. Les gens l'appréciaient. Je sais que c'était mon cas, du moins au début.

Elle haussa les épaules.

— Il est doué pour cacher la noirceur en lui.

Il grimaça.

— Je savais qu'elle était là.

— T'es-tu jamais inquiété qu'il fasse du mal à ta mère ou à ton père ?

— Non, bien sûr…

Il poussa un long soupir et l'attira plus près, en se contentant de la tenir pendant qu'il acceptait la vérité que sa mère avait acceptée. Il n'avait pas voulu croire Alan capable d'autant de noirceur.

— Non, bien sûr que non, sinon je ne l'aurais jamais laissé seul dans la maison avec ma mère.

Elle le serra fort.

— Et tu aurais prévenu ton père.

Il caressa sa joue.

— Comment fais-tu ? demanda-t-il d'une voix rauque. Comment réussis-tu à me faire voir quelque chose d'aussi sombre et sinistre autrement ?

Elle sourit.

— Je te montre juste le même problème sous un angle légèrement différent. Tu fais le reste.

— Comme avec… mes frères et sœurs ?

C'était la première fois qu'elle l'entendait utiliser ces termes de son propre chef. Elle ferma les yeux, pour contenir les larmes qui lui montaient aux yeux. Elle s'accorda quelques secondes pour se reprendre avant de répondre.

— Oui, Jack. J'avais déjà rencontré la plupart de tes frères et sœurs, alors je savais que c'étaient des gens bien.

— Enfin… la plupart d'entre eux, dit-il avec une note d'amertume. Pour RJ, je ne sais pas encore.

Son rire contenait un soupçon des larmes qu'elle faisait tant d'efforts pour refouler. La fatigue. C'étaient sans nul doute des larmes de fatigue.

— Alors, ma mission est presque accomplie.

— Elle le sera dès que tu auras découvert qui est l'actionnaire manquant.

Elle se blottit contre lui. Elle ne pouvait pas parler de cela. Pas maintenant. Pas alors qu'elle pouvait à peine garder les yeux ouverts. Une vague de fatigue la frappa avec une telle intensité qu'elle n'arriva même pas à réfléchir.

— Jack…

Avant qu'elle puisse dire quoi que ce soit, il l'embrassa, un baiser passionné et tendre. Et bien qu'elle commence à remuer contre lui, désireuse de poursuivre leur étreinte, elle sentait le sommeil la gagner. La délicieuse saveur de son baiser fut la dernière chose dont elle se souvint avant de fermer les yeux, emportée dans des rêves merveilleux où elle était bien à l'abri dans les bras de Jack, et où tout allait bien.

Elle se réveilla avec un autre baiser tendre. Son corps réagit avant même qu'elle se réveille tout à fait et elle se donna à Jack sans hésitation. Elle ouvrit les yeux au moment où il unit leurs deux corps d'un coup de rein brusque, lui arrachant un doux soupir de plaisir. Elle ne pouvait imaginer une meilleure façon de saluer le matin. Elle ondula avec lui, dans un rythme absolument parfait.

Plus que quelques jours. Une poignée. Juste une

poignée de jours pour qu'il change d'avis sur ses projets pour le groupe Kincaid. Sur ses envies de vengeance sur ses frères et sœurs, qui ne lui avaient jamais rien fait. Comment pouvait-elle l'amener à voir ce problème ultime sous un angle différent ? La réponse était simple. Elle ne le pouvait pas. Il n'y avait pas un seul point de vue qui aurait pu le convaincre de passer les rênes du groupe Kincaid à RJ. Et rien ne pourrait l'amener à lui pardonner de lui avoir caché qu'elle détenait les dix pour cent si essentiels de la compagnie.

Elle chassa ses inquiétudes et tenta de profiter de l'instant, sa douleur et sa peur donnant une intensité accrue à leurs ébats. Il avait dû le remarquer, car il s'enflamma, les conduisant plus haut, plus loin, chaque caresse et chaque ondulation provoquant un tourbillon de sensations en elle. Alors, elle se jeta dans le feu de la passion à son tour et le laissa la consumer.

C'était si intense que cela ne pouvait pas durer très longtemps. Ensemble, ils atteignirent l'extase, dans une explosion si stupéfiante que Nikki oublia tout, sauf Jack.... Il frissonna dans ses bras et s'effondra sur elle.

— Encore cinquante ans, dit-il quand il eut retrouvé son souffle.

Elle secoua la tête, interloquée.

— Pardon ?

— Je veux vivre encore cinquante ans ainsi. Peut-être soixante.

Elle rit, même si son cœur était en train de se briser.

— Je vais voir ce que je peux faire.

— Un bain à remous, une douche ou un petit déjeuner ? Puisque nous avons encore soixante ans, je peux être généreux et te laisser choisir.

— Petit déjeuner. Je meurs de faim. Je peux préparer

quelque chose. Des pancakes ? Une omelette ? Du gruau de maïs ?

— Oui à tout.

Elle sourit.

— Ça arrive tout de suite.

Ils mangèrent sur la terrasse, dans leurs peignoirs, en savourant le souffle de la brise chaude qui provenait de l'océan. Elle garda délibérément la conversation sur un terrain léger et anodin. Ils avaient eu tant de problèmes sombres à gérer la veille qu'elle voulait seulement se détendre. Faire comme si leur avenir regorgeait de dimanches ensoleillés comme celui-ci. Alors même qu'elle s'abandonnait au plaisir de cette matinée, elle savait que celui-ci ne durerait pas.

Et il ne dura pas.

Jack prit une longue gorgée de café et la fixa à travers la fumée qui s'élevait de sa tasse.

— Le moment de vérité, Nikki, annonça-t-il.

Doucement, elle reposa sa tasse sur sa soucoupe. Son cœur s'accéléra. Savait-il ? Avait-il des soupçons ?

— Quelle vérité, Jack ?

— Tu ne portais pas ta bague de fiançailles au mariage de Matt et Susannah, hier. Pourquoi ? Avais-tu honte d'avouer devant tous tes amis de la bonne société que tu avais accepté de m'épouser ? Honte de l'avouer aux Kincaid ?

Elle se pencha aussitôt et prit sa main dans les siennes.

— Non ! dit-elle avec toute la conviction qu'elle put mettre dans ce mot. Ce n'est pas ça du tout. Je n'ai jamais prêté attention à ces considérations. Ce n'est pas ainsi que j'ai été élevée.

— Ce serait pourtant compréhensible, puisque ta mère est une Beaulyn, fit-il valoir. La crème de la haute société de Charleston.

— Certes, ma mère aurait pu choisir n'importe quel homme dans cette sphère. Mais elle aimait mon père — un policier — et c'est lui qu'elle a épousé.

Plus que tout, elle voulait le rassurer sur ce point.

— Crois-tu vraiment qu'elle m'aurait élevée avec des principes contraires aux siens ?

— Alors, pourquoi ne portais-tu pas ma bague hier ?

Elle ferma les yeux. Le moment était venu. Egoïstement, elle avait cru avoir encore quelques jours avant d'avouer la vérité. Mais ils venaient de lui filer entre les doigts comme des grains de sable chassés par le vent. Lentement, elle lâcha sa main.

— Parce que je ne voulais pas accepter des fiançailles qui vont s'achever presque aussitôt qu'elles auront commencé.

Il recula sa chaise et se leva, planant au-dessus d'elle d'un air menaçant.

— Qu'est-ce que tu veux dire ? Que se passe-t-il, Nikki ?

Elle ne pouvait plus reculer, à présent.

— Je sais qui possède les dix pour cent manquants du groupe Kincaid.

Il plissa les yeux.

— Et tu as déjà communiqué l'information à RJ ?

Elle secoua la tête.

— Il n'en sait rien.

Il marqua une pause.

— Alors, pourquoi penses-tu que je mettrais un terme à nos fiançailles à cause de l'actionnaire mystère ? A moins que…

Il se figea, et elle lut dans son regard qu'il venait de comprendre.

— Nom d'un chien. C'est toi, n'est-ce pas ?

— Oui, avoua-t-elle. Je possède ces parts.

— Tout ce temps pendant lequel nous avons été ensemble, tu m'as caché cette information capitale ?

Elle tressaillit devant son ton indigné.

— Je crois que tu peux deviner pourquoi.

— Oh ! il n'y a pas de devinette dans l'histoire, trésor.

Il avait réussi à faire sonner le mot « trésor » comme un juron.

— Il ne peut y voir qu'une seule raison. Tu ne me fais pas confiance.

— Ce n'est pas une question de confiance, nia-t-elle aussitôt.

— Sottises ! Nous nous sommes rencontrés il y a presque cinq mois. Tu avais tout le temps de m'avouer que tu étais la détentrice de ces dix pour cent. Je suis sûr que tu l'aurais fait, si tu m'avais fait confiance.

— Ce n'est pas en toi que je n'avais pas confiance, Jack.

Il était temps d'être totalement honnête, même si cela la rendait malheureuse.

— C'était ce que tu ferais de cette information que je redoutais.

— Tu veux dire, ce que je t'aurais poussée à faire avec ces parts, rectifia-t-il.

— Quelque chose comme ça, oui.

Il gagna la rambarde d'un pas impatient.

— Reprenons depuis le début.

Il se retourna vers elle.

— Comment es-tu entrée en possession de ces parts ?

— Mon grand-père, Todd Beaulyn, a encouragé ton père à étendre son activité à l'immobilier. Reginald avait besoin d'emprunter de l'argent pour ça.

Il réfléchit.

— Je présume que ton grand-père a fourni les fonds, en échange de ces dix pour cent du groupe Kincaid ?

— Oui.

— Et tu as hérité ces parts de ton grand-père en même temps que ta maison de Rainbow Row ?

Elle hocha la tête.

— J'étais sa seule petite-fille, et ma mère n'était pas intéressée par la maison ou les actions.

— C'est un sacré héritage.

Elle soutint son regard sans ciller.

— C'est aussi l'autre raison pour laquelle Reginald m'a engagée, quand ma carrière a pris l'eau. Ton père voulait que je comprenne le fonctionnement interne du groupe, pour que je puisse prendre des décisions avisées sur la façon d'utiliser les parts, le moment venu. Bien sûr, puisqu'il possédait quatre-vingt-dix pour cent et moi dix, je n'avais pas à voter de son vivant.

— Comment est-il possible que RJ ignore qu'elles sont en ta possession ?

— Reginald n'a dit à personne qu'il avait vendu une partie de la compagnie afin de se lancer dans l'immobilier, expliqua-t-elle. Dans le contrat, mon grand-père acceptait de garder le secret. Il a caché son nom en passant par plusieurs sociétés holdings. Grand-père était un homme intelligent. Il fallait vraiment savoir où chercher pour le retrouver.

— Sans nul doute, papa ne voulait aucune protestation de la part de sa famille.

Elle haussa les épaules.

— Peut-être bien. Quand j'ai hérité des parts, Reginald a demandé que je garde le secret, comme mon grand-père. J'ai accepté.

— Bien sûr, il t'avait à sa merci, supposa-t-il. Ce n'est pas comme si tu avais envisagé de refuser, étant donné qu'il avait sauvé ta réputation professionnelle en t'offrant un travail.

— J'aurais gardé le silence même sans ça, insista-t-elle.

Il s'appuya contre la rambarde et croisa les bras. Son regard était glacial.

— Voyons si j'ai bien tout saisi. Tu travaillais pour le groupe Kincaid pendant tout le temps de notre liaison — sans prendre la peine de mentionner ce fait. Tu possédais aussi les mystérieux dix pour cent, ce que tu n'as pas pris la peine de mentionner non plus, et même en sachant que c'était une information que je voulais avoir avant la réunion du conseil d'administration. En d'autres mots, toute notre relation était fondée sur des mensonges.

Elle se sentait épuisée, tout à coup.

— Je te n'ai pas parlé de mes relations avec le groupe Kincaid parce que je voulais vivre une relation avec toi. Une fois que tu aurais découvert la vérité, cela aurait sonné le glas de notre liaison. Et tu sais pourquoi, Jack.

La douleur l'envahit lorsqu'elle songea à ce fait indéniable : pour Jack, ce qu'elle était passerait toujours après ce qu'elle possédait.

— Les parts se dresseront toujours entre nous, parce que je détiens le moyen de réaliser ton projet, la destruction des Kincaid.

— Si notre relation se termine, c'est parce que tu as caché des secrets à l'homme que tu prétends aimer, pas à cause de l'endroit où tu travailles ou des parts que tu possèdes.

Elle se leva d'un bond.

— Je ne *prétends* pas t'aimer. Je t'aime. Quel bénéfice pourrais-je retirer de notre relation, hormis l'amour ? Dès le début, tu as été clair sur le fait que tu méprisais les Kincaid, que tu comptais les anéantir et, sans nul doute, moi avec. Si je t'avais parlé de ces parts, qu'aurais-tu fait ?

— Exactement ce que je compte faire maintenant. Te demander de me les vendre ou de me signer une procuration, ce que RJ fera aussi.

— RJ les veut afin de préserver le groupe. Tu les veux afin de détruire les Kincaid, rétorqua-t-elle.

— Je te l'ai déjà dit. Je n'ai aucune intention de détruire le groupe Kincaid.

— Non, seulement les Kincaid.

L'espace d'une seconde, elle perçut l'hésitation dans ses yeux. Comme une très légère fissure dans la détermination acharnée dont il avait fait preuve jusqu'à maintenant. Elle changea de sujet pour le déstabiliser, espérant en dépit de toute logique qu'elle pourrait l'amener à regarder la situation sous un angle différent — un angle qui pourrait mettre un terme à sa soif de vengeance ridicule.

— Pourquoi possèdes-tu cette maison, Jack ? Pourquoi possèdes-tu la maison coloniale de Greenville ?

Il secoua la tête.

— De quoi parles-tu ?

— Combien de chambres as-tu, avec ces deux maisons ? Une douzaine ? Deux douzaines ? Trois ?

— Je n'ai jamais pris la peine de compter.

— Combien de mètres carrés ? Mille, deux mille ? Plus ?

Il passa la main dans ses cheveux. Son irritation était palpable.

— Où veux-tu en venir, Nikki ?

— Tu as acheté des foyers, Jack. Des *foyers*.

Elle avait appuyé sur le mot, espérant follement qu'il comprendrait.

— Des foyers, conçus pour de grandes familles. Et pourtant, il n'y a que toi. Enfin, avec ta mère et Alan, ajouta-t-elle.

— Ils n'ont jamais vécu avec moi.

— Exactement. Ta mère et Alan ont — ou plutôt avaient — leur propre maison. Alors, pourquoi n'as-tu pas acheté un appartement luxueux de deux chambres, avec vue sur le port ? Pourquoi un foyer, Jack ?

— Cesse d'employer ce mot. Ce ne sont pas des foyers. Ce sont des maisons. Des investissements.

Elle soupira.

— Je pense qu'une part de toi sait que c'est faux. Je crois qu'inconsciemment tu veux une famille, peut-être parce que la tienne a toujours été si fracturée. Tu pourrais avoir cette famille. Tu pourrais avoir ton arbre généalogique.

— Je n'en veux pas.

— Tu mens.

Elle se risqua à faire un pas vers lui.

— Toutes ces années, tu as cru que tu étais à l'extérieur et que tu regardais ces gens à l'intérieur, par la fenêtre. Et maintenant, tu t'enfermes dans des maisons faites pour des familles nombreuses, et tu refuses d'ouvrir ta porte. Tu ne comprends donc pas, Jack ? Tu es déjà à l'intérieur. Il te faut juste laisser les autres entrer avec toi.

— Tu as fini ?

Il s'était fermé, s'efforçant de mettre une barrière émotionnelle entre eux deux.

— J'aimerais que nous en revenions aux affaires.

— Je suis très loin d'en avoir terminé. Mais puisque tu veux parler affaires, soit. Vas-tu vraiment prendre le contrôle de l'entreprise que ton père a passé toutes ces années à bâtir, uniquement pour accomplir une sorte de vengeance mesquine en jetant tes frères à la rue ? En trouvant le moyen de détruire tes sœurs ? Est-ce que cela te satisfera ?

— Oui !

Le mot semblait venir du plus profond de lui.

— Oui, cela me satisfera.

— Parce que tu auras gagné. Parce qu'alors tout le monde saura que Reginald aurait dû te reconnaître dès le début, parce que tu es le meilleur de tous ses fils et de ses filles. Meilleur que Matthew. Meilleur que RJ. Meilleur que Laurel, Kara et Lily. Et une fois que tu l'auras prouvé, ensuite quoi, Jack ? Que te restera-t-il ?

— Le groupe Kincaid.

— Une coquille vide. Une coquille sans cœur et sans âme, parce que tu auras arraché ce cœur et cette âme. Une société, ce n'est qu'un objet. Oh ! Jack ne le comprends-tu pas ?

Sa voix tremblait d'émotion.

— Ce sont les gens qui la dirigent, continua-t-elle, qui la créent, qui la forment… Ce sont eux qui la rendent si exceptionnelle.

— Tu es en train de dire que je ne peux pas lui apporter de cœur et d'âme ?

— Je suis en train de dire que, si tu exclus ta famille de cette compagnie, tu excluras une partie de toi aussi. Tu ne t'en rendras peut-être pas compte au début, parce que tu seras trop occupé à fêter ce que tu percevras comme une victoire. Mais à la fin, tu découvriras à quel point cette société est devenue froide et stérile. Et tu comprendras que tu as détruit quelque chose qui ne peut pas être remplacé.

— Le cœur et l'âme ? demanda-t-il sèchement.

Elle hocha la tête.

— A un certain stade, tu te rendras compte que ce que tu as réussi à gagner ne te procure aucune satisfaction.

— Je peux faire avec.

Elle recula.

— Mais pas moi.

— Que faudra-t-il pour te convaincre de me signer cette procuration ?

Sa question lui fit mesurer à quel point le fossé qui les séparait était grand, et elle eut envie de pleurer. Malgré tout, elle leva le menton, prête à lui tenir tête.

— Rien. Rien de ce que tu pourras dire ne me convaincra.

— Alors, tu vas donner ta procuration à RJ ?

— C'est ce que Reginald voulait, comme il me l'a dit un jour. Je me dois de respecter ses souhaits.

Elle la vit alors. La douleur profonde, insondable, de voir son père — une fois de plus — faire passer son fils légitime devant son enfant naturel.

— Jack, ça n'a pas à se passer comme ça.

— Je crois que si.

Le désespoir la poussa à tenter n'importe quoi pour résoudre ce conflit insupportable entre eux.

— J'ai encore un souhait, celui de la soirée caritative. Tu me le dois.

Il secoua la tête.

— Ça ne marchera pas, Nikki.

Peut-être que si. Peut-être une personne pourrait-elle faire changer d'avis Jack, le convaincre de changer de trajectoire et d'emprunter une nouvelle voie, qui mène à un nouveau départ et non à la vengeance. C'était risqué. Terriblement risqué. D'autant que cela la forçait à trahir la parole donnée à Reginald. Aurait-il compris ? Aurait-il soutenu sa décision ? Elle ferma les yeux, en priant pour faire le bon choix. Car si elle avait tort… Comme en réponse à sa prière, une colombe matinale se posa sur la rambarde et roucoula doucement, telle une bénédiction.

Prenant une profonde inspiration, elle rouvrit les yeux.

— Je te donnerai ma procuration, à une seule condition.

Il marqua un temps.

— Laquelle ?

— Que tu lises la lettre de ton père. Si tu lis la lettre de ton père — à voix haute, pendant la réunion —, je te donnerai ma procuration.

Elle lut le refus dans son regard.

— Je la lirai, mais pas pendant la réunion. Et pas à voix haute.

— C'est mon souhait, Jack. Tu m'as donné un souhait, et je veux que tu l'exauces.

Elle marqua un temps.

— A moins que tu ne sois un homme qui n'honore pas ses promesses ?

Il marmonna une flopée de jurons.

— Je n'arrive pas à croire que tu exiges cela de moi. Quoi qu'il y ait dans cette lettre, c'est privé, et je ne compte pas le partager avec les « légitimes ».

— Je suis navrée, Jack.

Elle l'était vraiment. Mais elle ne voyait d'autre moyen de combler le fossé entre les Kincaid et lui. Elle pouvait seulement espérer que ce que Reginald avait écrit aiderait à achever la réconciliation qui avait commencé avec Elizabeth, et qui s'était poursuivie avec les autres membres de la famille, à l'exception de RJ.

— Tu acceptes ?

Il serra les lèvres.

— J'accepte.

Mais tout en lui, de sa posture raide à la fureur qui brillait dans ses yeux, lui indiquait qu'il n'aimait pas qu'on lui force la main. Nul doute qu'il le lui ferait payer. Bien sûr, elle s'en doutait, et avait déjà abandonné l'espoir d'une fin heureuse entre eux, comme un doux rêve impossible.

Il fit un pas dans sa direction.

— Devrions-nous sceller notre marché, comme nous l'avons fait à la soirée caritative ?

Il ne lui laissa pas le temps de réagir. Il serra les poings sur le col de son peignoir et l'attira vers lui pour un baiser dur, impitoyable et exigeant. Il avait le goût de la colère et de la passion. De la douleur et du désir. C'était le baiser d'un homme poussé à bout. Et pourtant, elle perçut cet éclair de tendresse qui se mêlait toujours à leurs étreintes. Elle donna tout d'elle, sans hésitation. Pour lui montrer son amour de la seule façon qui lui restait, sachant qu'il rejetterait les mots, mais qu'il ne pouvait pas se détourner du désir qui les unissait si fort.

Il tira sur la ceinture de son peignoir. Les pans de soie s'ouvrirent, dévoilant son corps offert. Il la caressa, pour se souvenir d'elle… laisser sa marque sur elle… et lui dire adieu. Les larmes aux yeux, elle enroula ses bras autour de lui, et savoura ces ultimes instants dans ses bras. Quand il la relâcha et recula, elle sut que c'était fini. Il s'était refermé et avait délibérément étouffé ses émotions.

— Je suggère que nous discutions de ce qui va se passer maintenant, dit-il.

Jack lui tourna le dos, appuya les mains sur la rambarde et fixa l'océan. Les vagues étaient calmes aujourd'hui, créant un contraste frappant avec les tourments de sa relation avec Nikki. Même s'il avait suggéré qu'ils parlent de la prochaine étape de leur relation, il n'avait aucune idée de ce qu'elle serait.

Il avait fait confiance à Nikki. Il s'était ouvert à elle comme il ne l'avait jamais fait avec aucune autre femme. Il l'avait laissée entrer dans son cœur, et elle l'avait trahi. Comment réagir ? Allait-il mettre un terme à leur liaison ? Etait-il heureux qu'elle n'ait pas vraiment accepté la bague de fiançailles qu'il lui avait offerte ?

Tout en lui rejeta cette simple pensée. Il ne voulait pas que tout se termine entre eux.

Soit. Donc, ils devaient renégocier leur accord. Ils repartiraient de zéro, et cette fois il établirait des paramètres très clairs. D'abord, ils joueraient cartes sur table. Plus de mensonges. Plus de secrets. Et ils avanceraient en douceur.

Peut-être était-ce là une partie de leur problème initial. Dès l'instant de leur rencontre, dès leur premier contact, la passion avait explosé entre eux. Aucun d'eux n'avait vraiment pu réfléchir, surtout parce qu'ils n'avaient pas pu s'empêcher de se toucher. Alors, cette fois, il ferait passer la raison avant le désir. Ils aborderaient leur relation avec calme et réflexion. Il traiterait Nikki exactement comme il abordait ses affaires, avec logique et méthode, jusqu'à atteindre le but qu'il se fixait.

— Voilà ce que j'ai décidé, annonça-t-il.

Il agrippa la balustrade, en espérant de tout son cœur réussir à la convaincre de suivre son plan.

— Nous allons continuer à nous voir. Mais il y aura des règles de base. Si tu ne peux pas les accepter, il vaut mieux que nous arrêtions maintenant.

Il attendit qu'elle proteste avec véhémence, qu'elle lui tienne tête. Le courage avait toujours été une des qualités qu'il appréciait le plus chez elle. Ils avaient juste besoin d'ouvrir des négociations, pour qu'il sache qu'ils avaient encore une chance. Comme elle ne réagissait pas, il se retourna, son nom sur ses lèvres…

Mais Nikki avait déjà disparu.

- 10 -

Les cinq jours suivants furent les plus longs de la vie de Nikki.

Un par un, ils s'étaient écoulés, les rapprochant toujours plus du jour de la réunion annuelle des actionnaires. Tout semblait suspendu à un fil fragile, au-dessus d'un abîme sans fond. Alan était toujours dans la nature. Jack n'avait pas téléphoné. Et Nikki ne cessait de s'interroger sur le marché qu'elle avait passé avec lui — avait-elle eu raison, ou était-ce l'idée la plus stupide de sa vie ? Elle s'inquiétait aussi de savoir si la lettre de Reginald aiderait ou au contraire ne ferait qu'envenimer la situation — en supposant que celle-ci puisse être pire que ce qu'elle était déjà.

Pendant tout ce temps, elle avait souffert de l'absence de Jack. Mieux valait s'y habituer, s'avisa-t-elle, puisque ce n'était pas près de changer, même après la réunion du conseil. Non seulement Jack la méprisait, mais une fois qu'elle lui aurait signé une procuration sur ses parts les Kincaid aussi la mépriseraient.

Elle ferma les yeux pour ravaler ses larmes. Sans Jack, elle se sentait seule, dans son grand lit froid. La plupart du temps, la culpabilité l'empêchait de dormir, ce qui ne faisait qu'ajouter à sa fatigue. Pire, Jack lui manquait tant qu'elle en souffrait physiquement. Leurs discussions lui manquaient. Leurs rires. Leurs soirées devant un livre ou un film, blottis l'un contre l'autre. Ces moments heureux qui, si souvent, se transformaient en passion, quand les livres se retrouvaient au sol, que le téléviseur s'éteignait, et qu'ils finissaient enlacés.

Il y avait tant de petites choses qu'elle avait prises pour acquises. La façon dont il la tenait tout contre lui, pendant la nuit. Les réveils sous ses baisers ou ses étreintes. Les petits déjeuners sur la terrasse ou à la table de la cuisine, durant lesquels ils échangeaient leurs pensées et leurs sentiments les plus intimes. Elle aurait aimé qu'il lui passe encore ces rapides coups de fils pendant la journée, qui la stimulaient plus efficacement que n'importe quelle quantité de caféine. Sans parler de la fin de la journée, et du moment tendre et excitant de leurs retrouvailles. L'anticipation de l'étreinte à venir, après laquelle ils parlaient et se pelotonnaient l'un contre l'autre, mêlant leurs parfums, leurs caresses et leurs corps. Elle ferma les yeux et laissa couler les larmes qui montaient régulièrement ces jours-ci — les hormones y étaient pour beaucoup, sans doute.

Elle avait perdu Jack, et elle ignorait comment elle allait remplir le vide que cette perte avait laissé.

Il avait perdu Nikki, et il ignorait comment il allait remplir le vide que cette perte avait laissé.

Sans qu'il s'en rende compte, elle était devenue une partie intégrante de sa vie et en avait rempli tous les vides, avec ses rires et sa générosité. Avec son amour infini. D'emblée, elle l'avait accepté tel qu'il était, et l'avait prouvé en proposant une somme exorbitante pour un simple dîner avec lui. Et un souhait, aussi. Que ne donnerait-il pas pour pouvoir le reprendre !

Elle seule pouvait le forcer à voir ce qu'il aurait préféré

éviter de regarder, à considérer son existence sous une nouvelle perspective. Souvent, il rejetait ce qu'il voyait, peu désireux peut-être de changer une trajectoire qu'il avait gravée dans le marbre il y a bien longtemps. Trop longtemps.

Il n'y avait pas seulement la passion qu'ils partageaient, même si elle allait bien au-delà de tout ce qu'il avait cru possible. Non, il était tombé amoureux de la personne qu'elle était. Elle faisait preuve d'une gentillesse innée, et d'une grande tolérance, et pas seulement avec lui. Elle traitait tout le monde ainsi, sans artifice ni faux-semblants, avec une réelle spontanéité.

Il alla vers sa commode et en sortit la bague de saphir et de diamants que Nikki avait laissée, ainsi que la lettre de son père. Cela faisait cinq mois qu'il résistait à l'envie de l'ouvrir, peut-être parce qu'il savait d'instinct que son contenu constituait un terrible fardeau émotionnel. Une tache de café sombre marquait l'enveloppe d'un blanc crémeux, qu'il avait faite le jour où il avait calé la lettre sur la terrasse avec sa tasse. A l'époque, il avait trouvé cette tache appropriée, car elle semblait refléter son droit de naissance… ou plutôt son tort de naissance. Un anneau qui liait tous les Kincaid dans sa noirceur infortunée.

Il jeta l'enveloppe sur le lit et fronça les sourcils. Durant ces dernières semaines, cette noirceur s'était estompée, à mesure qu'il avait appris à connaître ses frères et sœurs. Il avait le sentiment que Nikki, là encore, était responsable de ce changement, tout comme elle avait influencé tant de domaines de sa vie. Sans relâche, elle l'avait poussé à sortir de l'obscurité pour entrer dans une lumière forte et inébranlable, pour lui faire voir la vérité. Sa vérité. Mais, songea-t-il, était-ce uniquement celle de Nikki ?

Toutes ces années, il était resté sur le trottoir, à regarder à l'intérieur de cette grande maison, avec une vision obscurcie par les portes bien fermées et les fenêtres épaisses et blindées qui le séparaient, pensait-il, de son père et des « légitimes ». Peut-être ces fenêtres et ces portes avaient-elles déformé sa perception. Peut-être qu'en les ouvrant — comme Nikki l'avait fait — il pourrait enfin y voir clair. Nikki avait peut-être raison d'affirmer qu'il ne se trouvait plus dehors, sur le trottoir, mais qu'il s'était barricadé lui-même à l'intérieur de sa propre maison, en refusant de baisser sa garde, empêchant les autres de le rejoindre. Etait-ce possible ?

Il se frotta la mâchoire, et sa barbe naissante râpa ses mains. Bon sang. Il y avait des accents de vérité dans l'analyse de Nikki, il fallait bien l'admettre.

Il lui avait promis de lire la lettre de son père à la réunion demain matin, et il honorerait cette promesse. Mais il n'avait jamais dit qu'il ne lirait pas cette fichue lettre avant. Sa décision prise, il saisit la lettre et brisa le sceau.

Et ce qu'il lut mit en pièces son petit monde bien ordonné.

Il était en retard.

Nikki était assise à la table de conférences et consultait nerveusement sa montre. Les Kincaid étaient déjà tous là. Laurel était assise à côté de Matt et lui murmurait de temps à autre un commentaire à l'oreille. Lily et Kara étaient tranquillement en train de discuter, pendant que RJ fixait Nikki. Il s'interrogeait sur sa présence à cette réunion, elle le sentait. Devant elle, un dossier était posé bien droit, et son seul contenu était la procuration qu'elle avait déjà signée à Jack. Juste au moment où RJ s'apprêtait à prendre la parole, Jack fit son entrée.

Il était très impressionnant dans son costume noir soutenu, sa chemise noire et sa cravate aux rayures noires, grises et bordeaux. Sa montre de luxe et ses boutons de manchettes ajoutaient de discrètes touches d'or à ses poignets. RJ se leva, mais Jack lui fit signe de se rasseoir, puis il tendit une main ferme à Nikki. Elle eut aussitôt la gorge sèche. En priant pour que ses doigts ne tremblent pas, elle lui tendit le dossier.

Il resta debout, prenant aussitôt la direction de la réunion.

— Cette procuration me donne les cinquante-cinq pour cent du groupe Kincaid nécessaires pour devenir P.-D.G. Nous pouvons procéder au vote, mais cela ne changera rien au fait que je suis à présent le patron.

— Mais qu'est-ce que c'est que cette histoire ? s'emporta RJ. Qui possède ces dix pour cent ? Comment avez-vous obtenu la procuration ?

Nikki se prépara à affronter le regard furieux de RJ.

— C'est moi qui les possède. Je les ai hérités de mon grand-père, Todd Beaulyn, qui les a reçus de Reginald quand celui-ci s'est lancé dans l'immobilier. J'ai signé une procuration à Jack ce matin.

Des voix fusèrent autour de la table, et tous les Kincaid se mirent à parler en même temps. Jack attendit patiemment qu'ils se taisent.

— Protestez autant que vous le souhaitez. Cela ne changera rien. Prochain ordre du jour…

Il sortit une liasse de feuilles de la poche poitrine de sa veste, et croisa le regard de Nikki.

— Ceci est la lettre que mon — *notre* — père a laissée, et que je vais lire.

— Qu'est-ce que cela peut nous faire, ce que papa avait à vous dire ? tonna RJ.

— Peut-être que c'est important, intervint Matt.

Il saisit le bras de son frère pour le maintenir en place.

— Et puis, je veux entendre ce que papa a écrit.

RJ capitula et hocha la tête avec réticence.

Jack déplia les pages et commença à lire.

— « Cher Jack, par certains côtés, c'est la lettre la plus difficile de toutes celles que j'ai écrites aujourd'hui. Même si je dois à chacun de vous des excuses pour les décisions égoïstes que j'ai prises au cours de ma vie, tu étais la plus grande victime de ces choix. »

Il s'interrompit et regarda tour à tour ses frères et sœurs.

— Pour votre information, c'est faux. C'est Elizabeth qui a été la plus blessée. Quand j'ai été conçu, vos parents ne se connaissaient pas. J'étais un accident. Mais ensuite, lorsqu'il nous a retrouvés…

Il secoua la tête.

— Il aurait dû divorcer de votre mère avant de commencer une liaison avec la mienne.

Nikki regarda les Kincaid échanger des regards surpris. Laurel hocha la tête.

— Merci, Jack. Je ne m'attendais pas à ce que vous voyiez les choses de cette façon. Il se trouve que nous sommes d'accord avec vous sur ce point.

Il acquiesça d'un signe de tête.

— Je continue… « Tu as vécu ta vie dans l'ombre, sans jamais être reconnu, sans jamais profiter des avantages que tes frères et sœurs ont reçus toute leur vie. Je sais à quel point tu as désiré cette légitimité. A quel point tu voulais faire partie de cette famille. Tu rêvais d'avoir un père qui assiste à toutes tes rencontres sportives et tes remises de prix. Qui soit là le soir, après le travail.

Qui soit disponible pour quelque chose d'aussi simple qu'un match de catch. Je n'étais même pas là pour la plupart de tes anniversaires. Et je n'étais pas là le jour où tu as eu le plus besoin de moi, le jour où tu as failli mourir. »

De l'autre côté de la pièce, Nikki vit Kara retenir son souffle, et sut à quel point ces mots l'avaient affectée. Ses doux yeux verts s'emplirent de larmes.

— Oh ! Jack. Matt nous en a parlé. Je suis tellement navrée.

Nikki devinait que la compassion de Kara le surprenait. Il hésita, comme s'il ne savait comment réagir. Même Matt et RJ échangèrent des regards qui reconnaissaient clairement que Jack avait été le plus mal loti.

— Ça va. J'ai survécu, dit enfin Jack.

Il consulta les pages pour retrouver l'endroit où il en était resté.

— Il continue ainsi : « Je n'étais pas là pour toi, Jack, du moins pas comme je l'étais pour les autres. Et pour cela, je te présente mes excuses. Je te présente mes excuses car, par faiblesse, j'ai essayé d'avoir le meilleur des deux mondes — la haute société que ma famille tenait en trop haute estime, et les deux femmes que j'aimais trop… mais pas assez. Je t'ai toujours aimé, et j'ai toujours été fier du fils que je n'ai jamais reconnu. Et je te demande de m'excuser d'avoir trop pris sans donner suffisamment en retour. Je te demande pardon… »

Sa voix trembla, et il s'interrompit. A cet instant, Nikki se rendit compte qu'il ne pouvait pas continuer. C'était sa faute, se réprimanda-t-elle en se levant. Elle était entièrement fautive. Elle l'avait mis dans cette position, sans envisager à quel point la lettre de Reginald serait personnelle, ou à quel point ce serait difficile pour Jack de la lire devant ses frères et sœurs. Elle avait simplement espéré que son père avait expliqué sa décision de ne jamais avoir reconnu Jack, et que cela aurait aidé à réconcilier les deux familles. Elle vint à son côté et lui prit les pages froissées des mains.

— Arrête, murmura-t-elle. Je suis désolée. Je n'aurais jamais dû te demander de la lire à voix haute.

Elle reporta son attention sur les Kincaid.

— Tout est ma faute. J'ai accepté de donner une procuration à Jack s'il promettait de lire sa lettre ici, aujourd'hui. Je n'aurais jamais dû lui faire vivre cela.

— Non, dit Jack, la mâchoire tendue. Je vais la finir. Je *veux* la finir.

— Nous avons saisi le sens, dit Matt avec douceur. Inutile d'en lire davantage. Nous comprenons pourquoi vous avez une dent contre nous et contre le groupe Kincaid. Je ressentirais la même chose à votre place.

Ses sœurs approuvèrent d'un hochement de tête, tandis que RJ fixait la table, la mâchoire aussi tendue que celle de Jack.

— J'ai dit que je la finirais, et je vais la finir.

Il reprit la lettre et la déplia de nouveau. Il s'éclaircit la gorge, et poursuivit d'une voix rauque :

— « Je te demande pardon, non seulement pour moi, mais aussi pour tes frères et sœurs. Tu aurais dû être un frère pour eux depuis le début. J'ai le sentiment que tu aurais appris beaucoup à leur contact, tout comme leur vie aurait été bien plus riche si tu en avais fait partie. Crois-le ou non, RJ et toi vous ressemblez beaucoup, et vous partagez beaucoup des mêmes forces… et faiblesses. J'espère que tu ne laisseras pas ces faiblesses vous empêcher d'avoir la relation que je vous ai refusée durant toutes ces années. J'ouvre une porte, mon fils, une porte que j'avais laissée fermée. »

Jack s'interrompit. Il leva les yeux, et cita le reste de mémoire.

— « Je t'ai laissé quarante-cinq pour cent du groupe Kincaid pour aider à compenser tout ce que j'ai négligé de te donner, tout ce que j'ai négligé d'être pour toi. Mais je t'ai aussi donné ces parts pour que tu aies le choix. Le choix de passer cette porte que j'ai ouverte à présent, et d'être l'homme que je sais au fond de moi que tu es. Ou le choix de fermer cette porte à clé… et d'obtenir ta vengeance. C'est à toi de décider, Jack. »

Il plia la lettre et la remit dans la poche de sa veste. Le silence envahit la pièce, un silence si profond que Nikki crut entendre chaque souffle retenu, chaque battement de cœur. Lentement, RJ se leva et regarda Jack. Pour la première fois, le regret, et non l'hostilité, se lisait sur son visage.

— J'aurais aimé que papa nous élève ensemble. Et en ce qui me concerne, je suis désolé de ce qu'il a fait, et je suis désolé que vous ayez eu le sentiment d'être un paria. Je crois que pour la première fois je comprends pourquoi vous vouliez choisir la vengeance, et je ne peux vraiment pas vous en vouloir. J'aimerais que vous fassiez un autre choix, mais je ferais sans doute le même si j'étais à votre place.

Matt se leva, comme ses sœurs. Un par un, ils vinrent vers lui. L'embrassèrent. RJ fut le dernier à approcher. Il lui tendit la main et attendit. Jack n'hésita pas, et la serra fermement.

— Si vous vous voulez bien tous vous rasseoir, nous allons finir cette réunion, dit-il. Avant que nous ne poursuivions, il y a un détail personnel que j'aimerais régler.

Il se tourna vers Nikki et lui prit la main.

— Il y a une semaine, je t'ai demandé de m'épouser. J'aimerais savoir si tu comptes honorer notre engagement.

Pendant une fraction de seconde, Nikki ne put bouger. N'osa pas espérer. Elle vit dans son regard qu'il avait abandonné toute ses défenses. Elle pourrait le détruire avec la moindre parole malheureuse.

— Tu veux toujours te marier avec moi ? demanda-t-elle prudemment.

— Oui. La question est… est-ce que *tu* veux te marier avec *moi ?* Tu sais qui je suis. Ce que je suis. Ce que je compte faire. Es-tu de mon côté ou contre moi ?

— Oh ! Jack.

Les larmes lui montèrent aux yeux, et elle les essuya d'une main tremblante.

— Tu ne le sais donc toujours pas ? J'ai toujours été de ton côté.

Pendant un long moment, Jack ne put bouger, ne put penser, tant son soulagement était intense. Il ferma les yeux un bref instant, et un muscle tressauta dans sa mâchoire. Dieu merci. Il ignorait ce qu'il aurait fait si elle l'avait rejeté. Il sortit de sa poche la bague de fiançailles, dont le saphir était parfaitement assorti aux yeux de Nikki, et la glissa à son doigt. Puis il la prit dans ses bras, et l'embrassa.

— Je t'aime, murmura-t-il contre sa bouche. Crois-moi, je n'ai toujours voulu que cela — que tu m'aimes, et que tu me fasses confiance.

— Je te fais confiance.

Dans son regard, il vit la passion et la foi qu'elle avait en lui.

— Et je t'aime de tout mon cœur, ajouta-t-elle.

— Alors, dépêchons-nous de finir cette réunion.

Elle retourna à sa place. Il lança un regard vers ses frères et sœurs. Tous l'observaient avec une méfiance compréhensible. Ce qui allait suivre serait presque aussi difficile que la lecture de la lettre de son père, et il craignait que cela anéantisse toute possibilité d'une relation cordiale avec les Kincaid.

— A présent, je dois vous informer qu'il y a quelques heures la police a arrêté mon frère, Alan Sinclair, pour le meurtre de notre père.

Ses mots eurent l'effet d'une bombe.

— Nikki et moi avons commencé à le soupçonner il y a quelques semaines et avons travaillé dur pour rassembler les preuves de sa culpabilité. Alan est passé aux aveux. Il a dit qu'il avait tué papa pour l'empêcher de lui couper les vivres. Apparemment, Alan croyait que notre mère allait hériter d'une large somme, suffisante pour qu'il puisse continuer sa pathétique existence dans le luxe. Je n'en avais aucune idée, sinon j'aurais fait tout ce qui était en mon pouvoir pour l'en empêcher. Je ne sais que rien de ce que je pourrais dire ne pourra racheter ce qu'il a fait. Mais je suis désolé, plus que les mots ne peuvent l'exprimer, d'être lié à cette sombre ordure.

Matt lui lança un regard sinistre.

— J'approuve cette motion, et vote pour qu'il pourrisse en prison pour le reste de sa misérable vie.

— Motion appuyée, renchérit Laurel.

— Je crois que c'est une motion sur laquelle nous pouvons tous être d'accord, conclut Lily, le regard luisant de colère. Mais si vous croyez que nous vous tenons responsable de ses actes, vous êtes fou.

— Une fois encore, j'approuve cette motion, dit Matt.

Il prit RJ par le coude, qui hocha la tête avec réticence.

— Je vous tiens responsable de beaucoup de choses, Sinclair, mais pas de ça.

Jack hocha la tête.

— J'apprécie. Si vous avez d'autres questions sur la situation, l'inspecteur McDonough est à votre disposition. A présent, je vais passer au sujet suivant.

— Allez droit au but, dit RJ. Nous sommes Carolina Shipping à présent, et tous ceux qui portent le nom de Kincaid sont au chômage, c'est ça ?

Jack sourit.

— Pas exactement. Ma prochaine motion est de faire entrer Carolina Shipping dans le groupe Kincaid.

— Attendez, dit Laurel, l'air intrigué. Vous allez incorporer votre compagnie à la nôtre ? Et non l'inverse ?

— Non, pas l'inverse, confirma-t-il.

Il alla ouvrit la porte de la salle de conférences.

— Harold, si vous voulez bien entrer.

Harold Parsons, l'avocat des Kincaid, apparut, une pile de documents à la main. Il salua l'assemblée d'un signe de tête.

— J'aimerais dire, pour votre information, que je n'apprécie pas d'être tiré du lit à l'aube, pour m'occuper d'affaires qui auraient dû — et auraient pu — être réglées il y a des semaines.

— Compris, dit Jack. Je suis sûr que votre appréciation, ou votre manque d'appréciation, se reflétera sur ma facture.

— Comptez là-dessus, maugréa l'avocat.

— Que se passe-t-il ? s'enquit RJ.

— Harold est sur le point de vous transmettre des documents qui redistribuent les parts du groupe Kincaid.

RJ se leva.

— Vous ne pouvez pas faire ça.

— Si, je le peux. Et je l'ai fait.

Jack haussa un sourcil.

— A moins que vous ne vouliez pas d'une part de quinze pour cent de la compagnie, pour remplacer les neuf pour cent que vous possédez actuellement ?

RJ allait répondre, mais il se ravisa, l'air abasourdi.

— Pardon ?

— Comme j'avais commencé à le dire, je redistribue les parts du groupe, pour que chacun de nous possède un montant égal, ce qui revient à quinze pour cent chacun. Nikki, bien sûr, continuera à contrôler les dix pour cent légués par son grand-père. Une fois que vous aurez signé, nous voterons ma prochaine motion, la nomination de RJ au poste de P.-D.G., tandis que je dirigerai la partie maritime du groupe, qui inclut Carolina Shipping. Je resterai seul maître de cet actif particulier du groupe. Je suppose que Matt continuera à être le directeur du développement. Et j'espère que Nikki restera notre détective privée.

Il marqua un temps.

— Des objections ? Non, je m'en doutais. Dans ce cas, la motion est adoptée. Prochain ordre du jour…

Avant que ses frères et sœurs aient le temps de se remettre de ses annonces, il prit sa fiancée dans ses bras.

— Nikki et moi nous absentons pour la journée. Ne prenez pas la peine de téléphoner. Aucun de nous ne répondra.

Et sans plus attendre, il quitta la pièce.

Derrière lui, les exclamations fusèrent. Il sourit, simplement.

Voilà, papa, j'ai ouvert la porte. Voyons qui décide d'entrer.

Il s'avéra que toute la famille Kincaid emprunta la porte que Jack avait ouverte. Sur l'insistance d'Elizabeth, ils brisèrent la tradition, et tous les Kincaid, jusqu'au dernier, apparurent sur le seuil de sa porte, dimanche après-midi, les bras chargés de mets. Des effluves odorants s'échappaient des différentes boîtes de conservation. Et tous ses invités, sans exception, le saluèrent avec une accolade et un baiser, ou une poignée de main masculine et une tape sur le dos. Il ne sut comment réagir.

Ils s'extasièrent tous sur la maison, et ensuite, remplirent les pièces et firent comme chez eux.

Nikki, remarquant la confusion de Jack, éclata de rire.

— Suis le mouvement, conseilla-t-elle. Tu as ouvert la porte, et maintenant, ils sont tous là.

— Fichtre ! Je pensais qu'ils viendraient un par un, pas tous à la fois.

— Il faut que tu fasses avec.

Elle noua ses bras autour de sa taille.

— Tout ou rien, c'est souvent ainsi que ça fonctionne avec la famille, Jack. C'est un des côtés amusants.

— Je te crois sur parole.

Il lui vola un rapide baiser, puis l'étreignit pour lui en donner un autre, plus langoureux cette fois.

— J'ai faim.

— Cela tombe bien, il y a des tas de choses à manger.

Il secoua la tête.

— Pas ce genre de faim.

Elle sourit et agita le doigt dans sa direction.

— Tu n'auras rien de plus tant que nous ne serons pas seuls. Viens.

Elle le prit par la main et l'entraîna vers la salle à manger.

— Allons nous joindre à la famille.

Angela arriva au milieu de la grande confusion entourant l'organisation du dîner. Surprise de trouver tous les Kincaid, elle voulut rebrousser chemin. Elizabeth la rattrapa et l'attira dans un coin. Jack se raidit, en voyant la tension sur les visages des deux femmes. Il avait l'impression d'observer deux trains sur le point d'entrer en collision. Devait-il les laisser régler leurs différends, ou intervenir ? Il n'était pas le seul à les regarder en retenant son souffle. Les filles d'Elizabeth aussi.

— Fais confiance à ma mère, conseilla RJ en posant la main sur son épaule. Elle sait qu'Angela est dans une position difficile, et que pour que tu fasses partie de notre famille elle doit trouver un moyen de régler ses différends avec ta mère. Je te le promets, elle ne fera pas empirer la situation, et peut-être, je dis bien peut-être, qu'en apprenant à se connaître elles parviendront à accepter le passé et à dépasser leur chagrin d'avoir perdu papa.

Tandis que Jack les observait, il vit les deux femmes verser des larmes, puis s'étreindre.

— Ta mère est une personne peu commune, dit-il lentement. Peu de femmes montreraient une telle gentillesse et une telle générosité envers la maîtresse de leur mari.

— Elle est unique en son genre, dit RJ d'une voix pleine de fierté.

Une fois qu'Angela fut accueillie dans la famille, le repas s'organisa comme une attaque coordonnée. L'argenterie et les assiettes apparurent sur sa table, suivis par les plats et les boissons. Quelqu'un trouva sa chaîne hi-fi et mit une musique d'ambiance. Puis ils prirent tous place, frères, sœurs, conjoints et parents, se mêlant dans un groupe sympathique.

Jack s'était attendu à une certaine gêne pour leur premier repas de famille. A défaut d'être détendu — cela viendrait peut-être plus tard —, le repas fut léger et amusant. Il avait du temps à présent. Il avait l'occasion de construire une relation avec ces gens, de créer ce qu'il n'avait jamais vraiment eu… une famille.

Il en apprit aussi beaucoup sur les Kincaid. Il découvrit que le bébé que Lily et Daniel attendaient d'un jour à l'autre était un garçon, et que puisqu'ils s'étaient mariés en secret à la mairie, pour ne pas voler la vedette à Kara en se mariant juste avant elle, les futurs parents comptaient renouveler leurs vœux lors d'une immense fête, en octobre. Il apprit aussi que le mari de Kara, Eli, avait d'abord été fiancé à Laurel. Bien sûr, Jack devinait, rien qu'en regardant Eli et Laurel, qu'ils ne partageaient aucune sorte d'alchimie. Laurel, de son côté, semblait rayonnante, et son mari, Rakin, annonça que les Kincaid pouvaient s'attendre à un afflux de nouveaux contrats, grâce à ses réseaux au Moyen-Orient.

Le moment le plus étonnant fut celui où RJ et Brooke annoncèrent qu'ils attendaient aussi un bébé, et que la future maman rougit de façon charmante. Aussitôt, Elizabeth posa sa fourchette sur son assiette, et regarda ses enfants un par un.

— Manifestement, je ne vous ai pas expliqué comment c'est censé fonctionner, les informa-t-elle d'un ton matriarcal. Alors, écoutez-moi. D'abord, on se marie, et ensuite, on tombe enceinte. Est-ce que l'ordre des choses est bien clair, à partir de maintenant ?

Lily et Brooke échangèrent un sourire.

— Oui, maman, dirent-elles à l'unisson.

— Je m'entraîne, c'est tout, ajouta Brooke. Quand nous serons mariés, je pourrai vous appeler maman pour de bon.

Sentant les larmes lui piquer les yeux, Elizabeth s'éclaircit la gorge.

— Inutile pour vous d'attendre. C'est adorable d'avoir une autre fille pour m'appeler maman, et d'avoir un futur petit-enfant en route.

Elle reprit sa fourchette.

— J'ajouterai qu'il y a des occasions exceptionnelles pour les grossesses hors mariage, qui servent à confirmer la règle.

Elle regarda Jack et sourit chaleureusement.

— Et pour lesquelles je suis, personnellement, très reconnaissante.

— Je propose un toast, dit RJ en levant son verre. A nous tous.

— Aux nouveaux départs, renchérit Lily.

— Aux nouveaux foyers, dit Nikki.

Matt lança un regard malicieux à Jack.

— Aux portes et aux fenêtres qu'on ouvre.

Jack fut le dernier à lever son verre. Il sentit les dernières barrières protectrices de son cœur céder et prit la main de Nikki. C'était si bon d'être libéré de ces barrières, bien plus qu'il ne l'aurait cru. Il laissa le peu de résistance qui lui restait être balayé, et s'autorisa à savourer et à accepter ce qu'il avait secrètement désiré depuis qu'il était cet adolescent à qui l'on avait dit qu'il ne serait jamais reconnu par son père.

Son regard balaya la tablée avant de se poser sur Nikki.

— Et surtout… à la famille, conclut-il.

Bien plus tard ce soir-là, Jack et Nikki allèrent sur la terrasse.

— Tout s'est bien passé, n'est-ce pas ? commenta-t-il.

Elle appuya la tête contre son épaule et poussa un soupir de satisfaction.

— Oui, en effet.

Il lui donna un long baiser.

— Merci, Nikki.

— De quoi ?

— De m'avoir donné une famille.

Elle arbora un petit sourire secret qui lui donna envie de l'embrasser de nouveau.

— Une famille qui est sur le point de s'agrandir, dit-elle.

Il rit en se souvenant des réprimandes maternelles d'Elizabeth.

— Grâce à Lily et à Daniel, à Brooke et à RJ. Et ce, malgré la désapprobation d'Elizabeth.

— Mmm. Je crains qu'elle ait encore une autre raison de désapprouver.

Il se figea.

— Que veux-tu dire ?

— Exactement ce que tu soupçonnes que je veux dire.

Elle se blottit contre lui.

— Je pense que tu feras un merveilleux père. Tu ne crois pas ?

Il tenta de répondre, mais les mots semblaient coincés dans sa gorge.

— Je vais être père ?

Un soupçon d'inquiétude brilla dans le regard bleu saphir de Nikki.

— Est-ce un problème pour toi ?

— Non, dit-il lentement. En fait, je crois que je ferai un père fantastique.

— Moi aussi, dit-elle avec un sourire de satisfaction.

Il fixa les vagues de l'océan, tout en songeant qu'il avait enfin réussi à avoir tout ce qu'il avait toujours voulu. En abandonnant ses défenses, il avait comblé son désir le plus cher — avoir un foyer et une famille, emplie de l'amour et du bonheur que Nikki et lui y apporteraient. Et un enfant. Leur enfant. Le fruit d'un amour profond, et le premier pas vers leur avenir ensemble.

En se concentrant, il pouvait presque voir cet avenir. Il entendait des voix et des pas d'enfants résonner entre les murs de son foyer, des murs qui connaîtraient des générations joyeuses et aimantes. Il serait un père aimant pour ses enfants, ici, jour après jour, et participerait à chacune des étapes de leur vie. Il se voyait passer les prochaines années auprès de la femme qu'il aimait, avec les frères et sœurs qu'il avait découverts si récemment, et les enfants qu'ils étaient sur le point d'avoir.

Sa maison serait si pleine qu'elle déborderait.

Et sa vie serait remplie d'amour.

Car cet avenir lui ferait le don de la chose la plus précieuse au monde…

Une famille.

Passions

Le 1er avril

Passions n°388

Retour en Louisiane - Ann Major

Depuis que Zach Torr est de retour à Bonne Terre, Louisiane, les choses vont de mal en pis pour Summer. Car cet homme qu'elle a éperdument aimé autrefois, non content de vouloir racheter les terres où elle a grandi pour se venger de la façon dont leur histoire s'est terminée, la soumet bientôt à un chantage impitoyable. Il jettera son frère en prison, si elle refuse de s'installer chez lui. Summer est d'autant plus bouleversée que les intentions de Zach sont claires : il veut la mettre dans son lit. Il veut sa reddition totale...

Un troublant ami - Gina Wilkins

Piégée. Jamais Kim n'aurait dû mentir à sa mère en affirmant qu'elle avait épousé le père de sa fille de neuf mois. Car aujourd'hui qu'elle doit se rendre à une réunion familiale dans le Missouri, elle n'a d'autre choix que d'accepter la proposition de Tate Price de se faire passer pour son époux. Or, si Tate la considère comme une amie et rien de plus, elle éprouve pour cet homme mystérieux et sexy des sentiments intenses. Et l'idée qu'ils puissent jouer les amoureux transis tout un week-end la trouble au plus haut point...

Passions n°389

Revanche pour un héritier - Yvonne Lindsay

Gracieuse, sensuelle, troublante... Judd Wilson tombe immédiatement sous le charme d'Anna Garrick. Jusqu'à ce qu'il découvre qu'elle a été envoyée par son père - cet homme cruel qui l'a abandonné enfant - pour lui apprendre qu'il est l'héritier de Wilson Wines. Dès lors, Judd voit se dessiner un plan. Il accompagnera Anna en Nouvelle-Zélande, sur les vignes familiales, et mettra à exécution la plus délectable des vengeances : démanteler l'empire de son père, puis voler à ce dernier celle qui ne peut être que sa maîtresse...

L'étreinte d'un rival - Yvonne Lindsay

Nicole Wilson n'en revient pas. Comment son père a-t-il pu la trahir en léguant Wilson Wines, l'entreprise à laquelle elle a consacré sa vie, à Judd, ce frère qu'elle vient tout juste de rencontrer ? Désemparée, elle s'offre une nuit de réconfort dans les bras d'un parfait inconnu. Mais hélas, au lendemain de leur étreinte passionnée, Nicole fait une terrible découverte. L'homme qui lui a fait perdre la raison n'est autre que Nate Hunter Jackson, le rival de sa famille. Un ennemi d'autant plus redoutable pour elle qu'il lui révèle vouloir utiliser leur liaison pour la faire chanter...

Passions n°390

Une réputation sulfureuse - Janice Maynard

Quitter Wolff Mountain – son domaine où il vit en reclus – pour accompagner Ariel Dane lors d'un tournage sur l'île Antigua ? Pour le Dr Jacob Wolff, cela ressemble à une très mauvaise idée. Et d'autant plus que la belle actrice veut certes l'embaucher comme médecin personnel, mais surtout comme faux petit ami. Mais alors qu'il est sur le point de refuser, il perçoit de la détresse dans le regard d'Ariel. Se pourrait-il que la belle à la réputation sulfureuse ne soit pas celle que tout le monde croit ? Jacob a soudain très envie de le découvrir...

Le plus précieux des secrets - Tracy Madison

Nous nous marierons, que tu le veuilles ou non. Face à la colère de Seth Foster, Rebecca frémit. Certes, elle n'avait pas imaginé revoir celui à qui elle s'est offerte, quelques mois plus tôt, et encore moins, recevoir une telle injonction de sa part. Mais au fond, comment pourrait-elle en vouloir à Seth ? S'il s'est présenté chez elle aujourd'hui, c'est qu'elle a brutalement rompu tout contact avec lui. S'il lui en veut tant, c'est qu'elle lui a caché son précieux secret. Hélas, ce qu'elle redoutait vient d'arriver : Seth est venu revendiquer la paternité de l'enfant qu'elle attend de lui...

Passions n°391

Pour un regard de toi - Christine Rimmer

Après s'être enfuie de l'église le jour de son mariage, Jocelyn se réfugie à Thunder Canyon, où elle compte bien se ressourcer - seule. Mais sa rencontre avec Jason Traub vient bientôt changer la donne. Avec lui, elle se sent immédiatement en confiance, même si elle s'interdit de tomber amoureuse. Aussi, lorsqu'il lui propose de l'épouser, Jocelyn est-elle plus désemparée que jamais. Car s'il ne s'agit pour Jason que d'un mariage de pure convenance, elle ne peut s'empêcher d'espérer qu'il la regarde comme la femme de sa vie ...

Délicieux souvenirs - Kathie DeNosky

« On rentre à la maison, ma chérie ? » Ainsi c'est donc vrai, songe Brianna avec effroi : Sam a perdu la mémoire pendant l'accident. Et il a oublié qu'elle n'est revenue à Sugar Creek que pour lui faire signer les papiers du divorce ! Brianna est d'autant plus affolée que les médecins lui ont demandé de ne pas brusquer son mari. Aussi décide-t-elle de jouer le jeu et de rentrer au ranch avec Sam. Même si l'idée de devoir vivre sous le même toit que celui qu'elle n'a jamais cessé d'aimer la bouleverse. Ainsi que la perspective de partager son lit...

Passions n°392

Cette inoubliable liaison - Andrea Laurence

En matière de femmes, Alex Stanton s'est fixé une règle d'or : des histoires courtes, zéro engagement. Seulement voilà, cela fait huit mois qu'il est incapable d'oublier Gwen, avec qui il a vécu une liaison aussi passionnée qu'éphémère. Aussi, quand il apprend qu'elle séjournera dans les Hamptons en même temps que lui, voit-il l'occasion de renouer avec la jeune femme, pour mieux l'effacer de sa mémoire ensuite. Mais quand il retrouve enfin Gwen, il comprend qu'il va devoir revoir ses plans de séduction. Car elle est enceinte...

Soupirs interdits - Lynne Marshall

De retour dans la petite ville de Whispering Oaks, Anne laisse les souvenirs affluer doucement à son esprit... Elle a tant vécu, ici ! Son premier baiser, son premier chagrin d'amour... A sa grande surprise, rien n'a changé, pas même les sentiments troublants, intenses, bouleversants, qu'elle ressent pour Jackson. L'adolescent d'autrefois s'est transformé en un pompier des plus sexy, et à son contact, elle sent le désir renaître. Un désir qu'elle doit pourtant faire taire, car comme autrefois, aimer Jackson lui est interdit...

Passions n°393

Plaisirs inattendus - Kate Hoffmann

C'est avec l'impression de vivre un rêve éveillé que Rachel accepte d'embaucher Dermot Quinn. Certes elle ne sait rien de lui, si ce n'est qu'il est l'homme le plus incroyablement sexy de la terre, mais comment pourrait-elle renoncer à une telle aubaine? Non seulement elle a désespérément besoin d'aide pour sauver son ranch, mais surtout, après des mois à travailler d'arrache-pied, elle meurt d'envie de succomber à l'affolant appel qu'elle voit briller dans ses yeux sombres. Alors même si elle se rend vite compte que Dermot n'a pas sa place ici et que, tôt ou tard, il devra retourner à sa vie de citadin, elle est bien décidée à profiter de ce cadeau tombé du ciel !

De si brûlantes retrouvailles - Cara Summers

Quand, au cours d'une réception, Nash Fortune aperçoit la personne que sa grand-mère a engagée pour écrire l'histoire de leur famille, il sent son cœur se figer. Car aucun doute n'est possible : la jeune femme blonde qui lui tourne le dos n'est autre que Bianca. Celle qui a fui loin de lui, des années auparavant, sans lui donner la moindre explication. Et qui, à son grand trouble, éveille toujours en lui un intense désir, irrépressible, presque sauvage... Sauf qu'il n'est plus le jeune homme d'autrefois. Et, il se le jure, il ne se laissera plus prendre au piège de ce qu'il ressent. Ou alors uniquement pour servir ses propres intérêts...

A paraître le 1er mars

Best-Sellers n°551 • suspense

La demeure maudite - Heather Graham

Comme chaque année, Ashley se réjouit d'accueillir dans sa superbe et majestueuse demeure de Louisiane — la plantation Donegal, au cœur du bayou — un festival historique qui rend hommage au passé de sa famille. Mais cette fois, rien ne se passe comme prévu : la fête tourne au cauchemar lorsqu'un cadavre est découvert, suspendu à l'ange de pierre qui surplombe le mausolée familial. Profondément choquée, et inquiète face à l'inaction de la police locale, Ashley décide de faire appel à une équipe d'enquêteurs du FBI, des spécialistes réputés pour avoir résolu les affaires les plus étranges. Une unité à laquelle appartient Jake Mallory, son premier amour, un homme atypique et pourvu d'un talent troublant pour communiquer avec l'au-delà. Mais aussi celui qui lui donnera le courage de dévoiler des secrets de famille que même la mort n'a pu ensevelir…

Best-Sellers n°552 • suspense

Ciel de feu - Karen Harper

Quand elle découvre que l'une des granges de la communauté Amish où elle vit vient de brûler, Sarah Kauffman est bouleversée. Non seulement elle est profondément touchée par la détresse des propriétaires, dont elle est proche, mais elle avait récemment obtenu d'eux l'autorisation de peindre une fresque sur le mur de la maison : tout le travail qu'elle a réalisé avec passion a été consumé dans les flammes. Mais lorsqu'un second, puis un troisième incendie se déclarent dans d'autres bâtiments également ornés de ses peintures, Sarah, stupéfaite, comprend qu'il s'agit bel et bien d'incendies criminels. Et que ces incendies ont un lien avec son propre travail. Décidée à découvrir la vérité, elle accepte alors sans hésiter de collaborer avec le troublant et charismatique Nate MacKenzie, l'inspecteur chargé de l'enquête. Très vite, les langues se délient, les secrets de familles se dévoilent, tandis que ses propres convictions commencent à vaciller. Se pourrait-il qu'elle soit la cible, la seule et unique cible, d'un criminel dépourvu de tous scrupules ?

Best-Sellers n°553 • suspense

Epiée - Leslie Tentler

« Je n'ai pas l'intention de vous tuer. A moins, bien sûr, que vous ne m'y forciez… »
Psychologue et animatrice d'une émission de radio, Rain Sommers a l'habitude des déséquilibrés qui l'appellent depuis les quartiers sombres de La Nouvelle-Orléans, pour donner libre cours à leurs fantasmes. Mais lorsqu'un auditeur commence à témoigner d'une obsession terrifiante pour elle et pour sa mère — une chanteuse emblématique assassinée trente ans plus tôt —, Rain prend peur. Qui peut bien être cet homme à la fois cynique et malsain qui semble très bien la connaître ? Près de basculer dans la panique, Rain n'a d'autre choix que d'accorder sa confiance à Trevor Rivette, un agent du FBI apparemment convaincu que l'auteur des coups de fil et le tueur en série sur lequel il enquête en ce moment ne sont qu'une seule et même personne. Mais en se plongeant dans l'enquête aux côtés de Trevor, Rain ignore encore qu'elle va se retrouver entraînée dans une spirale infernale où les secrets du passé et les événements récents sont inextricablement liés…

Best-Sellers n°554 • thriller

La signature écarlate - Andrea Ellison

A Nashville, personne n'a oublié la série de crimes qui ont terrifié la ville : dix jeunes femmes victimes d'un meurtrier sadique. Dix jeunes femmes au teint d'albâtre et aux cheveux de jais, aux lèvres outrageusement maquillées de rouge.

Vingt ans plus tard, la ville est de nouveau plongée dans la peur tandis que quatre nouvelles victimes sont découvertes, tuées exactement selon le même rituel. Pour les enquêteurs, il n'y a aucun doute : ces crimes portent la signature sanglante du même tueur. Mais pour Taylor Jackson, le lieutenant chargé de l'enquête, l'affaire va prendre une tournure plus personnelle : un détail dans le profil de l'assassin a en effet réveillé des souvenirs enfouis au plus profond d'elle-même. Des souvenirs qui lui font croire qu'elle a fréquenté de près le tueur. Pire encore : le portrait du suspect correspond point pour point à celui d'un notable de Nashville. Un homme qu'elle connaît bien…

Best-Sellers n°555 • suspense

N'oublie pas que je t'attends - Amanda Stevens

« Maman, je reviens bientôt. » Quand ce message est découvert sur le pare-brise d'une voiture garée devant chez elle, Tess Campbell reprend espoir. Car l'enfant qui a écrit ces mots ne peut être que sa petite Emily, kidnappée trois semaines plus tôt, et qui, elle en a la certitude, est toujours vivante. Mais à Eden, petite ville tranquille du Mississippi, Tess n'est pas seule à vivre dans l'angoisse de ne plus jamais revoir son enfant. Tout près d'elle, une autre mère, Naomi, endure ce calvaire depuis dix ans déjà. Depuis que sa fille Sadie a été enlevée dix ans plus tôt, dans la même école qu'Emily, et dans des circonstances étrangement similaires. Y a-t-il un lien entre ces deux enlèvements ? Et si oui, quels sont les mobiles des ravisseurs, qui n'ont fait aucune demande de rançon ?

Devant l'inertie de la police, Tess et Naomi décident d'unir leurs forces et de continuer à se battre. C'est alors qu'un nouveau drame se produit, qui vient relancer l'enquête : dans la petite école d'Emilie et de Sadie, une troisième fillette, Sara Beth, manque à l'appel…

Best-Sellers n°556 • roman

La fille du New Hampshire - Shannon Stacey

Quand sa rédactrice en chef découvre qu'elle a autrefois été la petite amie de Joe Kowalski, un auteur de bestsellers jaloux de son intimité, Keri Daniels se retrouve confrontée à un ultimatum : obtenir une interview exclusive avec Joe ou trouver un nouvel emploi. Furieuse mais désireuse de promouvoir sa carrière de journaliste qu'elle adore, Keri accepte de tenter sa chance auprès de Joe, quelle n'a pas revu depuis dix ans. Mais elle n'est pas au bout de ses surprises, car Joe lui propose bientôt un marché aussi surprenant qu'audacieux : si elle vient camper avec lui dans le New Hampshire, elle aura le droit de lui poser chaque jour une question pour son interview. Si c'est le prix à payer pour rédiger l'article de sa vie, qu'à cela ne tienne ! En revanche, pas question de céder à nouveau au charme ravageur de son ancien amant. Même si Keri a bien remarqué l'étincelle de désir qui illumine le regard de Joe quand il pose ses yeux d'azur sur elle…

Best-Sellers n°557 • historique
L'héritage scandaleux - Nicola Cornick
Londres, 1811
Après la disparition de son cruel époux, lady Joanna Ware est bouleversée par l'ultime humiliation que lui réserve le testament de celui-ci. En effet, non content de la déposséder de tous ses biens, son mari a fait d'elle la tutrice d'une petite Nina, fruit de l'une de ses innombrables liaisons. Pis encore : il a abandonné la fillette dans un monastère à l'autre bout du monde et exige que Joanna la récupère en personne. Malgré sa colère, Joanna est déterminée à sauver l'enfant, même s'il lui faut pour cela partir à l'autre bout du monde. Mais sa détermination vacille lorsqu'elle découvre qu'elle devra partager la garde de Nina avec le meilleur ami de son époux, Alex Grant. Car entre l'arrogant Alex et elle, la haine est palpable… tout autant que le désir.

Best-Sellers n°558 • historique
La fausse mariée - Margaret Moore
Midlands, 1204.
Pour remercier l'ombrageux inconnu qui lui a sauvé la vie alors qu'elle était attaquée par une bande de brigands, lady Elizabeth d'Averette est prête à tout… ou presque. Car lorsque le prétendu sir Oliver lui demande son aide pour infiltrer le château de Wimarc, l'une des forteresses les mieux gardées de la région, Elizabeth hésite. Certes, Oliver défend une noble cause : il veut libérer son frère retenu prisonnier injustement par le cruel Wimarc, mais son plan est aussi risqué qu'indécent. Comment pourraient-ils se faire passer pour mari et femme alors qu'ils se connaissent à peine ? D'autant qu'un tel mensonge les obligerait à une intimité intolérable pour une lady de son rang…

Composé et édité par les
éditions HARLEQUIN

Achevé d'imprimer en France (Malesherbes)
par Maury-Imprimeur
en février 2013

Dépôt légal en mars 2013
N° d'imprimeur : 179183